我从未许诺你一座玫瑰园

[美] 乔安妮·格林伯格 著
胡一霓 译

I NEVER PROMISED YOU A ROSE GARDEN

中信出版集团 | 北京

图书在版编目（CIP）数据

我从未许诺你一座玫瑰园 / (美) 乔安妮 · 格林伯格著 ; 胡一霓译 . -- 北京 : 中信出版社 , 2024. 8.

ISBN 978-7-5217-6703-2

I. I712.45

中国国家版本馆 CIP 数据核字第 2024CY3639 号

我从未许诺你一座玫瑰园

著者：［美］乔安妮 · 格林伯格

译者：胡一霓

出版发行：中信出版集团股份有限公司

（北京市朝阳区东三环北路 27 号嘉铭中心　邮编　100020）

承印者：**嘉业印刷（天津）有限公司**

开本：880mm × 1230mm 1/32　　印张：11.5　　字数：267 千字

版次：2024 年 8 月第 1 版　　印次：2024 年 8 月第 1 次印刷

书号：ISBN 978-7-5217-6703-2　　京权图字：01-2024-2773

定价：59.00 元

献给

我的母亲们

序 言

当我告诉亲朋好友，我正重读乔安妮·格林伯格的现代经典著作《我从未许诺你一座玫瑰园》时，评论者们似乎划分成了两个阵营：要么，该书正是这些人最为心爱的书，对他们而言意义重大；要么，对方从未听说过此书。这本最初于1964年出版的《我从未许诺你一座玫瑰园》，似乎深陷两种截然不同的口碑之中。本书探讨了年轻女性身份的不确定性，也触及精神疾病与社会议题，这使之与另一部半自传体的经典作品颇为相像，那便是出版于1963年的西尔维娅·普拉斯的著作《钟形罩》，该书仅仅早于本书一年问世。

然而，正如抑郁症与精神分裂症之间宛如隔着一道污名的鸿沟，《钟形罩》的粉丝与《我从未许诺你一座玫瑰园》的粉丝也有着天壤之别。过去数十年间，敏感的读者们往往倾向于更强烈地认同《钟形罩》中雄心勃勃而又时尚的埃丝特·格林伍德，毕竟在一切出了岔子之前，她可是吃着高档午餐，恣意享用着鱼子酱呢。而《我从未许诺你一座玫瑰园》的女主角黛博拉·布劳具有犹太人与精神病患者双重身份，有能力实施暴力行为与骇人的自残行为，相形之下，显得颇为难以美化。

尽管如此，却正是那种勇气，让我深为倾心。我欣赏那一刻的胆识——黛博拉割破自己的手臂后，就被送进了戒备森严的D病房，而正是在D病房：

> 两人（卡拉与黛博拉）相视一笑，双双心知：D病房才不是全院“最不堪”的病房，它其实是全院最诚实的病房。本院其余病房，不还得顾及自己的地位和形象吗？

因为，在诸多方面，“疯狂”的并不仅仅是花季少女黛博拉，而是这个世界。在接受心理治疗师弗里德医生的治疗时，黛博拉谈起当她因为身上的肿瘤做手术时，某些成年人是如何就肿瘤的事反复向她撒谎的。她描述了某夏令营营地中一些女孩的排犹性的奚落。针对战争时期，黛博拉则提到了种族灭绝：“黛博拉有时会听人提到，德国有个名叫希特勒的人物，带着同样的恶意和快意在杀害犹太人。”从所在街区某些中伤她的“心怀恨意的孩子”身上，黛博拉见到了“同样的恶意和快意”。尽管某种潜藏在黛博拉脑海中的事物确实让她一手创造出了她想象中的“业尔”世界，随即又害得她因此饱受折磨，这部小说却也暗含着对于某事的惊叹：当现实世界充斥着恐怖时，更多的人其实并不会躲进精心设计的想象世界寻求庇护。

第一次阅读本书时，我正念八年级，时年十三岁。我当时最亲密的朋友和我都正在跟某种尚未诊断但来势汹汹的精神疾病打交道，而当我向凯特问起对这本小说的看法时，她答道：“我觉得，它也不算很怪。”我也这样觉得。本书字里行间透出的某种气质，让我心有戚戚焉。

数十年后，我依然惊叹于格林伯格发自肺腑地描绘出了精神病患者的痛楚。该议题也是我自己一度尝试的文学项目，而我觉得它难度颇大。当本书中的弗里德医生在治疗期间让黛博拉澄清某个关于她童年所患肿瘤的故事时，“此刻的黛博拉，却已经惊恐地逃向了‘业尔’世界，‘业尔’随之在她的头顶合上了大门，没有留下一丝她的影踪，仿佛滚滚的流水：芳踪已逝，水面无痕”。很难说清书中的黛博拉对“业尔”世界的体验究竟有多写实，但当格林伯格用幻想作家的笔法描绘出它时，她便将精神错乱的体验以与之近似的形式呈现在了读者面前，无论读者是否有过此类经历。

其原因在于：精神错乱，即使被描绘成某种逃避，也免不了会带来痛苦。尽管本书中的“业尔”世界源于躲避人生中诸多风暴的避难所，但黛博拉一旦失控，“业尔”便会变得极为可怕且严苛。书中的弗里德医生看透了这一点，于是通过心理治疗引导黛博拉朝生动的现实世界迈进。因此，《我从未许诺你一座玫瑰园》整部小说便是一场“业尔”世界与现实世界之战。

黛博拉走向“真实”的漫漫之旅以及她在某医院病房中经历的日程安排，反映了这部小说诞生的时代，也是为精神病患者的治疗所做的某种发声。它展示了当时的医生们关于精神病与精神分裂症的思路以及当时如何对这样的患者进行短期治疗与长期治疗。到黛博拉出院时，她已经在该医院住了三年（正如格林伯格）。黛博拉和所在医院的某些病友会被紧紧地裹上“冷敷罩”，一次时长可达数小时：将他们裹进又冷又湿的床单里，再塞上冰袋，以便让这些激动的病人平静下来。尽管上述治疗在我看来很残忍，却被黛博拉等闲视之，正如她看待其他任何事物。尽管当初的住院多年、“冷敷罩”

和持续的心理动力学分析目前已被精神科药物和住院十日所取代，黛博拉与作者格林伯格却都指出了当初长而慢的疗程的效果。

在本小说的三分之二处，黛博拉意识到，她正开始以全新的眼光看待这个世界：

> 一步接一步，一点接一点，黛博拉竟开始看清俗世的颜色了。她居然见到了好些事物的轮廓，好些事物的色彩：绿树、人行道、树篱以及树篱后方那冬日的碧空……这时，一个念头向黛博拉缓缓地袭来了，继而愈演愈烈……她逐渐清晰地悟到，她不仅不会变成“活死人”，还将真正地活着。

这正是黛博拉做出的选择，一个十分激烈的决定，以求拯救自己、实现平和。我爱这部小说，因它并不惧怕将读者从真实世界掷入虚幻，并不惧怕描绘困扰着黛博拉那混乱思绪的种种怪异谜题，并不惧怕用某种对于所谓“理智世界”的真实观点挑战读者，并不惧怕持一支“疯狂”之烛映照现实，然后发问：“这一下，我们能看见些什么？黑暗只存于内里，还是亦存于外界？”

汪蔚君（Esmé Weijun Wang）

第一章

仲秋时分，他们驱车行经葱茏的田野，驶过古雅的城镇，街巷中的棵棵绿树此刻已染上一派绚烂的秋色。他们罕少交谈。很显然，一行三人中，父亲最为紧张，他偶尔会说上几句，以便打破久久的沉默，但偏偏他的话说得不合时宜且没头没脑，似乎连他自己都听不下去。有那么一回，他一边凝视汽车后视镜中女孩的脸庞，一边发问：“知道吧，当初我结婚的时候，还是个对为人父母一无所知的蠢材……真要命，就是个傻乎乎的愣头青，对抚养子女这等事摸不着半点头脑……你知道，对吧？”他这番辩解，听来倒有点像是指责，但女孩只是闭口不答。母亲提议，不如停车片刻，喝杯咖啡好了。此行也算出门游玩了吧，竟能趁着如此仲秋，与自家的宝贝女儿同赏宜人的乡村风光，她说。

一家三口找了一个路边餐馆。女孩立刻钻出汽车，走向店后的洗手间。她迈步走远时，那对父母飞快地扭过头，眼神追随着女儿的身影。随后，父亲开了口：“没什么大碍。”

“我们是在车里等，还是进店等？”母亲高声问道，但却是在自语。父母二人中，她是更有条理的那一个，凡事未雨绸缪，言行早有计划；她的丈夫则事事听从妻子的吩咐，毕竟听话行事很轻松嘛，再说了，妻子通常也吩咐得对。至于眼下，他只觉得落寞且茫然，于是任由她说个不停，任由她又是权衡又是谋划——因为，这正是妻子寻求慰藉之道。对他而言，闭上嘴，倒是会省事不少。

“假如我们在车里等，就可以在她需要的时候去找她。”母亲接着说了下去，“假如她从洗手间出来，却没有看见我们……可是，那又显得我们对她很信赖——她必将认定我们信赖她……”

他们决定还是先进店，但举动很谨慎，看不出有半点异样的地方。夫妻二人在窗边的一个卡座里落了座，望见女孩正绕过餐馆的拐角，向父母迈步走回。他们竭力扮出审视陌生人的模样去审视她，仿佛与她素未谋面，仿佛她是别人家的女儿，刚刚才结识，并非他们亲生的黛博拉。他们端详着女儿笨拙的青春期的躯体，它看似很健康；他们端详着女儿充满灵性和活力的面容：只可惜，就花季少女而言，她的神情显得有点太过稚嫩了。

这对父母早已习惯了女儿身上某种愤愤的早熟气质，然而，就在此刻，女儿那熟悉的面孔上，却没有一丝早熟的痕迹。也恰是此刻，两人正在竭力说服自己，可以把女儿视作路人。父亲一直在心中暗自思忖：“路人般的陌生人，这到底是哪门子道理？自降生人世开始，她就明明是我们的女儿……那帮人并不了解她。这事办得不对……办得不对！”

至于母亲，却正忙于审视自己审视女儿的这一幕。“泰山崩于前而色不变……我必须做到这一点，万万不可乱了一丝阵脚，落到别人眼中。”她暗自想道，于是，露出了笑容。

到了傍晚，一家三口在一座小城停了车，去城中最高档的餐厅吃了晚餐。算是本着叛逆与历险的精神前去就餐吧，毕竟全家的服饰跟高档餐厅实在不搭。随后，他们又去看了一场电影。整整一个晚上，黛博拉似乎都一副乐滋滋的样子。晚餐与电影期间，三人谈笑风生，随后便向更远处幽暗的乡间驶去，一路聊起过去的几趟出游，称赞对方竟还记得过往假期的快乐点滴。当一家人在某个汽车旅馆里留宿过夜时，黛博拉竟然分到了一个单独的房间——对她来说，实在又是一宗意外之喜，谁会知道（即使是那对慈爱的父母也不知道）她是多么需要这份优待呢。

雅各布·布劳与埃丝特·布劳一起坐在旅馆房间中，躲在各自的假面之后对视，一时间难以说清：到了现在，身边已再没有其他人，那他们戴着的假面具却为何依然没有摘下，好让两人都松一口气、喘息片刻、达成和解？就在紧邻的房间，就隔着一堵薄薄的墙，他们可以听到女儿脱衣就寝，发出窸窣的声响。他们并未向对方承认，哪怕是用眼神承认：整整一夜，除了女儿的呼吸声，邻屋的任何响动都会让夫妻俩的心悬到嗓子眼，只要那响动有可能意味着……某种危险。只有那么一回，就在夫妻俩双双躺下，准备提防着过上一夜之前，雅各布却冷不丁卸下了他的假面具，压低了声音在妻子耳边发问："我们为什么非把她送走不可？"

"因为医生叮嘱，一定要把她送走才行。"埃丝特直挺挺地躺在床上，也悄声回答，眼神投向无声的墙壁。

"那帮医生啊。"雅各布说道。但话说回来，从一开始，雅各布就从未想过要让全家乖乖遵从医嘱，吃这等苦头。

"那是个好去处。"她的声音响了些，因为她刻意提高了音量。

"大家嘴上把它叫作'精神病院'，可是小埃，它明明是……是个把人关起来的地方。它哪里算是个‘好去处’，何况是对一个小姑娘……她还根本没长大!”

“哎呀，雅各布，我们费了多大的劲儿，才做出这个决定?”埃丝特回答，“要是我们连医生也不信，我们又能信谁?李斯特医生明明声称，送她入院，是眼下唯一的法子，我们总得试试吧!”她倔强地再度扭开了头，面朝着墙壁。

他闭上了嘴，又一次向妻子服了软，毕竟她的口才比他好上太多了。夫妻俩互道了晚安，双双装作已然入睡的模样，却又双双躺着睁眼凝视，长声呼吸以便把对方蒙在鼓里，双眸费力地在一片漆黑中搜寻。

就在一墙之隔的邻屋，黛博拉伸了个懒腰，只盼沉入梦乡:“业尔”之国有一个名叫“第四重”的地方，非祸非福，得见全凭机缘，无规可循，无理可依。“第四重”中没有让人煎熬的悲伤苦痛，没有万般牵绊的过去未来，没有记忆，没有自我;“第四重”中空空荡荡，只有一条条冷冰冰的事实，若她需要，便会不请自来，不带一丝情感。

至于眼下，黛博拉躺在床上，却置身“业尔”的“第四重”中，所谓“未来”，已经被她远远地抛到了脑后。按理讲，邻屋的一对夫妇，正是黛博拉的亲生父母——真不赖。可是，这一点属于某个虚无的世界，而这个世界目前正在分崩离析，黛博拉已经瞬间被滴溜溜地抛进了一个全新的世界，而在那个新世界中，她却只觉心无一丝挂碍。逃离旧世界时，她便也逃离了“业尔”之国的林林总总，逃离了“众相神”、“审查神”和“业尔”诸神。她翻了个身，酣然入睡了，竟然一夜无梦。

次日早晨，一家三口又继续上路。当车子驶离旅馆、驶向艳阳时，黛博拉突然悟出：或许，这趟旅行永远也走不到头；或许，此刻她所感受到的那种平和而又奇妙的自由，正是来自“业尔”各路神魔的全新礼物，尽管他们通常都十分严苛。

汽车又朝秋意盎然的乡间与阳光斑驳的街巷行驶了几个小时，母亲开了口：“公路出口匝道在哪里，雅各布？”

“业尔”世界之中，一声厉啸传出了“业尔”的“深渊”：“无罪！清白无罪！”

黛博拉·布劳从自由之中瞬间惊醒，迎头赶上了两个世界的对撞。跟往常一样，在此之前，是一场诡异而又无声的破碎：在她最生机勃勃的那个世界，即“业尔”世界，此时艳阳裂开，大地喷发，她被碎尸万段、锉骨扬灰；而在另一个世界，即现实世界，也即那幽魂与幻影出没的俗世，一辆汽车却已拐弯驶入了一条岔道，又驶过一段路，来到了一栋红砖老宅的前方。它是一栋维多利亚式大楼，略有点破旧，四周环绕着绿树：就一所精神病院来说，它的门脸堪称颇为上得了台面的了。汽车在红砖老宅前停下时，被两个世界对撞惊呆的黛博拉还没有回过神来，好不容易才下了车，一步步迈上台阶，进了大楼——医生们可都在大楼里。这家医院的每扇窗户，竟然都配有栅栏。黛博拉不禁微微一笑："倒是跟它很搭，棒极了。"

一眼望见这家医院的栅栏，雅各布·布劳的脸色顿时变得惨白。面对这一幕，他再也无法用"疗养院"或"疗养护理机构"一类的称谓来哄自己安心了。真相赤裸裸又冷冰冰，恰似这家医院的一扇扇铁窗。至于埃丝特，她则竭力想要不出声地向丈夫发问：我们本该料到这里会有铁窗，但我们又为何如此震惊？

夫妻俩等待着。时不时地，埃丝特·布劳还要尽全力强装笑颜。撇开医院的重重铁窗不提，他们所在的这间屋子倒跟普通候诊室差不多，埃丝特还拿屋里老掉牙的杂志打趣了几句。大厅深处的某个地方，忽然传来了一把钥匙插入锁孔发出的嘎吱声，雅各布顿时再次呆在了原地，不禁轻声叫苦："别这样对她，别这样对我们的小黛比[1]。"但他并未发觉：就在忽然之间，他家女儿露出了一抹冷酷的神情。

一位医生走下门厅，先强打了一番精神，才迈步进了屋。他是个体型方正的男子，略显鲁钝。此刻，他一头闯进了这间屋子，而布劳一家心中的苦痛正像不散的阴云一样在屋里盘旋着。"这家医院是一所老宅，是一个令人胆寒的去处。"这位医生心里很有数：他即将设法将这名女孩带走，同时安抚好这对父母，让他们安心离去，让他们一心感觉自己走了正道。

有些时候，就在这间屋里，就在最后的关头，某些患者的父母、

1 "黛博拉"一名的昵称。——译者注

丈夫或妻子，会嫌恶地扭转脸庞，躲开真相，躲开那让人后背生寒的疾病。有些时候，他们会再次把那眼神异样的患者带走。“要么是出于恐惧，要么是好心办了坏事，要不然……”这时，医生又再度端详起面前的这对父母，“便是出于一丝妒意与怒意，不肯让一代代绵延下来的苦难在他们的下一代身上画上句号。”医生暗自思忖着。他尽量拿出了同情心，但又保持明智。没过多久，他便召来了一名护士，把女孩送去了病房。看上去，这个女孩貌似正在经受精神休克之苦，她被带走时，医生察觉到了她父母的离别之痛。

该医生向这对父母允诺：趁着尚未离开本院，他们可以跟女儿道个别。随后，他又把这对父母交给了秘书，毕竟秘书小姐还有一大堆信息要登记。等到再次见到布劳夫妇时，他们已经跟女儿道过别，正准备从医院离开，看上去也是一副大受冲击的样子，于是，医生的脑海中猛地闪过了一个念头：这是“创伤性休克”——毕竟，他们两人刚被活生生夺去了一个女儿嘛。

雅各布·布劳并非一个会自我反思的人，也并非一个会回顾人生、将之品味咀嚼的人。时不时地，他会怀疑是自己的妻子太过贪心，就爱一次又一次用一个又一个字词反复检视自身的激情。不过，说实话，其中倒有几分像是雅各布在犯红眼病。跟妻子一样，他也深爱着自家的两个女儿，尽管他从未向她们吐露心声；跟妻子一样，他也曾期盼与人互诉衷肠，可惜他一直未能敞开心扉——正因如此，他与妻子无法大着胆子，把各自的秘密说出口。就在刚才，在那家充斥着铁锁和铁窗的阴森医院里，雅各布·布劳的大女儿挥别他时，几乎显得有点迫不及待。她扭脸避开了他的亲吻，后退了几步。看上去，她似乎并不想要他的慰藉，也不太乐意被他碰上一下。雅各布本就是个有脾气的人，此刻，他只盼胸中燃起一股熊熊怒火，又准又直，焚毁一切。可是，那股怒火却又交织着怜悯和惧意，交织着爱，他根本逃不开。它在他的心中翻涌，发出一股异味。雅各布体内的溃疡处传来一份正在慢慢复苏的旧痛。

第二章

黛博拉被人带至一个简朴的房间，有人看管着她，直到淋浴间空了出来。黛博拉淋浴时，院方也派人在一旁看护：热腾腾的水蒸气中，一名女子沉着地端坐着，在黛博拉擦干身子期间对她好一番端详。黛博拉乖乖地听从着吩咐，但她也微微向内弯了弯左臂，免得对方发现她手腕上两处小小的伤口——那两处割伤正在愈合呢。遵照新住处的新规，她又回到了刚才那间小屋，一名面带苦笑的医生问了好些关于她的问题，黛博拉一一回答，医生的神情却似乎颇为不悦。很显然，这位医生听不见黛博拉身后的声声厉啸。

就在此刻，在黛博拉身处的空荡荡的所谓"中洲"地带，在"业尔"与"当下"之间，"众相神"正重获生机。用不了多久，"众相神"的万般面貌便会放声呼喝，对黛博拉又是奚落又是怒骂，害得她无论是在"业尔"还是在俗世，都只觉得震耳欲聋。活像个明知自己即将挨罚的小孩，黛博拉索性跟即将降临的神祇斗起了气，拼命地折腾了一通。于是，对于眼前那位医生提出的某些问题，她干脆开口吐露了真相：这一下，就让神祇再给她安上"懒鬼"和"撒谎精"的名头好了。厉啸声又变响了些许，黛博拉能隐隐听出其中的几个字词，毕竟，这个房间根本就拦不住一声声厉啸。为了不被"众相神"一口吞噬，黛博拉只能逃往"当下"，逃往那位冷冰冰的医生和他的笔记本，要不然，她便只能逃往“业尔”，逃往那金灿灿的草甸与诸神所在之处。可惜的是，“业尔”也不乏骇人与令人迷惘的地方，而黛博拉目前再也难以说清，究竟哪条路还能通往“业尔”的哪一国。至于医生，此刻他们好歹能派上点用场吧。

黛博拉抬眼望向那位正渐渐隐没在一片喧嚣中的医生，问道：“你问的好几件事，我都如实告诉了你真相，那你能帮我吗？”

“这一点，取决于你自己。”对方尖刻地说，随后合上笔记本，出了屋。

“一名所谓的‘专家’啊。”“堕落神”安忒拉贝笑了。

“请您带我走吧。”黛博拉一遍遍地恳求安忒拉贝，同时随他一路朝下跌落——“堕落神”安忒拉贝永坠不停。

“如你所愿。”安忒拉贝说。他的满头发丝乃熊熊烈焰，在阵阵秋风中微微盘绕着。

于是，当天及次日，黛博拉都在“业尔”的平原上度过。那是绵延万里的浩瀚大地，一眼根本望不到边。

对于“业尔”诸神的莫大恩典，黛博拉深表感激。前几个月真是太难熬了，“业尔”中充斥着太多的盲目、寒意与痛楚。至于现在，按照俗世的法则，黛博拉的皮囊倒还在四处走动，时而答话，时而询问，时而忙着做这，时而忙着做那。但在心底，她已不再是“黛博拉”，而是“业尔”大地上的一员，有着跟“业尔”大地合衬的名号，翩然载歌载舞，启唇歌颂唱祷，只为跟拂过碧草的徐徐微风互相唱和。

对雅各布·布劳和埃丝特·布劳来说，返程回家之路，跟前往那家医院的旅途一样漫长。尽管身边已经不再有黛博拉的身影，但跟以往相比，夫妻俩更加开不了口吐露心声了。

据埃丝特看来，比起丈夫，她更懂自家的大女儿。在她眼中，并非因为之前黛博拉曾幼稚地试图自杀，家里才张罗着请了一轮医生，做出了一轮决定。坐在汽车里，坐在丈夫的邻座，埃丝特恨不得开口告诉雅各布：其实，对女儿那次冒着傻气、闹剧式的割腕，她心怀感激。长久以来，埃丝特一直暗自疑心有些事情大有蹊跷，拜割腕事件所赐，这份疑心才终于尘埃落定。想当初，浴室地板上的一摊鲜血，让布劳夫妇心中原本轻飘飘的感受和担忧顿时变得沉甸甸起来。事发次日，埃丝特就去找了医生。至于此刻，她只盼能向雅各布揭开诸多他并不知晓的真相，可惜她也深悉，得知真相，难免会伤了他的心。她扭头向雅各布望去，他正忙着开车，沉着一张脸，紧盯着路面。“过上一两个月，我们就能去探望她啦。”埃丝特告诉丈夫。

随后，夫妻两人就编起了说法，准备拿去打发熟人，打发那几个不太亲近的亲戚，也打发那几个对此颇有成见、容不下家人住进精神病院的亲戚。面对这群亲朋的时候，在布劳夫妇嘴里，黛博拉入住的精神病院，会摇身变成一所学校。至于面对女儿苏茜[1]时嘛——就在上个月，“病倒”一词已经一遍遍地落进苏茜的耳朵，甚至在那之前，苏茜早已不时深感困惑——那就换成“黛博拉目前体弱且贫血，因此进了一家特殊康复学校”之类的说法吧。对黛博拉

1 “苏珊”一名的昵称。——译者注

的外祖父和外祖母，不如声称她并无大碍，或者声称她进了一个类似疗养院的地方，反正外祖父和外祖母早已经对那位精神科医师和他的提议心里有数。可是，向外祖父和外祖母转告黛博拉入院事宜时，那家医院的外观只怕不能照原样直说。除此之外，布劳夫妇离开那家医院时，还遥遥听见一扇铁窗后传来一阵高亢而又刺耳的尖叫，夫妻二人不禁瑟瑟发抖起来，咬紧了牙关——这一幕，也万万不能跟黛博拉的外祖父、外祖母提起。那声厉啸，已经害得埃丝特当场犯起了疑心：难道他们夫妻俩终究还是办了错事？那声厉啸，必须牢牢地锁进埃丝特的心中，只要黛博拉在那个地方待上一天，那声厉啸就必须锁牢一天。

弗里德医生从座椅上站起身，朝窗边走去。这扇窗背对着医院的座座大楼，可以俯瞰一座小花园，至于花园更远处，则是本院病人们散步的地方。望着手中只有三页纸的病历报告，她在心里权衡着：假如真的接诊这位患者，她将不得不少讲几场讲座？少写多少文章？拒绝几次与医生们的商讨？但话说回来，弗里德医生倒是颇爱接诊病人。正因为他们所患的疾病，这些患者得以从有别于绝大多数神智健全人士的角度，去审视所谓的神智健全。被拒于关爱、分享与简单交流的大门外，他们常常极度渴望关爱、分享与简单的交流，而在弗里德医生看来，那种赤诚的激情，自有其魅力。

弗里德医生暗自感伤地琢磨着一件事：有些时候，跟精神病院的住院者相比，人世间可要病态多了。她还记得一度住在德国某家医院的蒂尔达，当时医院高墙的另一侧仍是希特勒的天下，就连弗里德医生本人，一时间也难以说清，究竟医院高墙哪一侧的人们，才算是神志清醒的。蒂尔达的心中翻涌着杀气腾腾的恨意，她一度被缚在床上，一度被人用喂食管灌食，一度被药物降服，但那满心的恨意，偶尔却也会消退，让蒂尔达的心中透进几缕光亮。弗里德医生还记得，蒂尔达曾经躺在帆布床上，抬眼凝望着她，蹩脚地扮出一副彬彬有礼的派头，微笑着说："噢，请进，亲爱的医生。您来得正好，正赶上跟病人共进一杯安神茶，共迎世界末日。"

时至今日，蒂尔达与希特勒都已消失了踪迹，但对于即将迈出校门的年轻医生，该向他们传授的经验却数不胜数，毕竟年轻一辈还缺了点人生历练。当成千上万人正忙着疾呼求助、写信求助、电话求助时，弗里德医生却要接受私人病患，而患者的病情真正见到起色可能需要花费数年时光，如此说来，此举是否算得上值当？就在这一刻，弗里德医生猛然发觉自己正沉溺于虚荣心中，不由哈哈笑出了声——她还曾经把这种虚荣称作"医生的强敌"，排名仅次于患者所患的疾病。假如按上帝的安排，事情大可一件接一件地逐一处理，那她又该有什么怨言？

于是，弗里德医生捧着报告坐下，阅读了全文：

黛博拉·F. 布劳

现年十六岁

既往住院史：无

初步诊断：精神分裂症

1. 测试：该患者测试结果显示出高智商（140~150），但受到疾病影响，许多测试问题被曲解并被施以过度个人化解读。该患者对测试及面谈的反应一律非常主观，人格测试显示出典型的精神分裂模式，并伴有强迫及受虐成分。

2. 面谈（初次）： 入院时，该患者表现得定向感良好、思维富有逻辑性，但在面谈过程中，其思维开始缺乏逻辑性，对于任何可被理解为纠正或批评的言辞，她一律表现出极度的焦虑。她竭尽所能地运用才智，试图打动面谈医师，并将之视为一种难缠的防御手段。她曾不合时宜地发笑三次：一次是在她声称，本次住院治疗的原因在于她曾试图自杀时；另外两次，则是在问题提及具体的“几月几号”时。随着面谈的进行，该患者的态度发生了转变，她开始提高音量，提起她所经历的各种偶然事件，将其称为她患病的缘由。她提到五岁时经历的一场手术，该手术对她造成了创伤性的影响；还提到一位狠心的保姆；等等。上述事件并无关联，也没有任何规律可循。在讲述其中某一事件时，该患者突然上前，用指责的语气质问医师：“你问的好几件事，我都如实告诉了你真相，那你能帮我吗？”据此来看，本次面谈不宜再继续进行。

3. 家族史： 该患者于一九三二年十月生于伊利诺伊州芝加哥，母乳喂养至八月龄。家有一妹苏珊，生于一九三七年。其父为雅各布·布劳，会计师，其家人于一九一三年自波兰移居美国。该患者出生时一切正常，五岁时经历了两场尿道肿瘤切除术。后因家境拮据，患者全家搬至芝加哥郊区，与外祖父母一家一同居住。后来该患者家境有所改善，但其父又患上了溃疡与高血压。一九四二年，全家因战争搬至城里，该患者一度难以适应，受到同校一帮同学的嘲笑。该患者青春期期间身体状况正常，但于十六岁时试图自杀。该患者有长期疑病症史，但除肿瘤外，身体状况一向良好。

弗里德医生翻过了一页，查看着各项人格因素数据和测试得分。居然才十六岁，比弗里德医生曾经诊治过的任何一名患者都要年轻。先撇开患者本人不谈，要是能够查出治疗能否在如此少不更事的患者身上见效，查出如此少不更事的患者究竟是更难诊治还是更易诊治，那倒颇有些吸引力。

到了最后，还是女孩的年纪，让弗里德医生下定了决心：这份报告的分量，终究超过了她想要参加的那些会议、想要撰写的那些文章。

“但若我们……若我们大功告成……”弗里德医生先悄声用德语说了一句，却又逼着自己从母语换成了英文，“她尚有大把美好年华……”

她再次审视了一遍报告上的事实和数字。曾经有一次，一份跟它酷似的报告害得弗里德医生对医院的一位心理学家说道：“有朝一日，我们真该弄个测试，好让大家查出健康在哪里，就像查出病在哪里一样。”

当时，那位心理学家回答弗里德医生：“靠着‘吐真剂’异戊巴比妥、硫喷妥钠和催眠术，这件事恐怕不难办到。”

“我倒不这么认为。”弗里德医生说，“那深埋于人心的力量，是一个藏得太深的秘密。但说来说去……说来说去，它却终究是我们唯一的盟友。”

第三章

有那么一阵儿（至于这段时间在俗世算是多久，黛博拉实在算不清），黛博拉的日子竟过得很平静。值此期间，黛博拉也并未被俗世逼得团团转，因此，真相再度水落石出了：看来，“业尔”之中的重重痛楚，貌似正是因为俗世给黛博拉带来了种种压力。有时候，黛博拉可以从“业尔”之中窥见“现实”世界，仿佛两个世界只隔着薄薄的一层纱。每逢此时，她便会自称“雅努丝”，因为她只觉自己仿佛摇身变成了罗马两面神雅努斯，仿佛她有着两张脸孔，各用一张脸面对一个世界。想当初，正是黛博拉不小心松口讲出了“雅努丝”一名，才害得她第一次在学校里惹了祸。当天，她原本一直在遵照所谓的“业尔”“秘密历”度日（黛博拉将其称作“秘密历”，谁让“业尔”千载、俗世一日呢，两个世界遵照的历法不一样），到了正午时分，她又重归俗世开始度日，遵照的是黛博拉所谓的俗世“繁重历”。正值黛博拉切换世界的关头，她也正沉浸在那份神通广大的快感中，没料到，她却在一篇课堂论文的卷首赫然写下了几个字：雅努丝现身。老师开口发问：“黛博拉，你这篇文章上涂的标记是什么意思？‘雅努丝’，这个词又是什么意思？”

当时，老师站在她的课桌旁，就在光天化日之下，就在朗朗教室中，黛博拉却只觉得后背生寒，仿佛噩梦瞬间成了真。黛博拉放眼朝四周张望，却顿时惊觉：除了物体的大致轮廓，她竟什么都看不清了，只看见重重灰影，而且失去了立体感，眼前的一切活像一幅平面图。文章上的标记，本来象征着从“业尔”时间转入俗世时间，可惜黛博拉偏偏在切换两个世界的关头被抓了包，哪个世界的事她又能撒手不管呢？乖乖回答老师的问题，必将招致一场噩梦，而她必然无法理性地从这场噩梦中醒来。于是，黛博拉撒了个谎，瞒过了老师，一颗心简直悬到了嗓子眼里。绝不能再让黛博拉惹出这种大祸了——于是，就在当天夜里，“中洲”地带迎来了一众神魔：来自“业尔”的各路神魔与来自俗世的各路幽灵一窝蜂般聚在了这里，索性在自己的国度中造出了一位神祇“审查神”，让其插手黛博拉的言行，以期瞒过世人的耳目，不让世人得知“业尔”世界的存在。

但多年来，“审查神”的权力已变得越来越大。最近也正是这位神明在“业尔”和俗世两个世界到处乱闯，因此，有时黛博拉的言行根本躲不开他的耳目。低语一下某个秘密的名字，写一写某个标记，或者不慎泄露一丝内情，或许便会殃及那隐藏的秘处，将黛博拉与两个世界都毁于一旦。

至于活在俗世的日子，黛博拉则继续待在那家医院里。她去工艺坊干活，满心感激俗世终究也有着某些避世之处。她学会了编织工艺，用她那副毒舌又没好气儿的派头听从着指挥。黛博拉心中深知：工友们没一个对她有好感——大家向来都对她没什么好感嘛。不过，黛博拉所住的病房中，倒是有个大块头的姑娘曾约她一起打网球，当时黛博拉的心头仿佛传来了一声巨震，动静之大，只怕都遥遥传遍了“业尔”的最底层吧。她跟那位手拿铅笔的医生又见了几次，得知他便是本病房的管理员，也正是手握审批权的人士：本病房的病人们申请的某些“特权”能否获批（所谓“特权”，不过是跟寻常世界差不多的某些举动），就归他说了算，比如起床在病房里逛逛啦、去吃晚餐啦、去本院的室外区域逛逛啦、迈出医院大门看场电影或去趟商店啦。总之，每一样都算一项“特权”，仿佛某病人越是讨病房管理员的欢心，该病人获批离开本病房的距离也就越远。至于黛博拉，管理员倒是准她随意在本院的室外区域溜达，但不许她迈出医院的大门。于是，对那个名叫卡拉的大块头姑娘，黛博拉声称：“嗯，看来我的理智足有一百平方码[1]。”若是世间确有“工时”与“光年”之类的词语，那以行动面积来计量理智程度，又有何不可？

卡拉告诉黛博拉：“别担心。用不了多久，他们就会给你更多特权。要是你跟着医生加把劲，他们还会管你管得松一些。我只是说不清楚，我还得在这家医院里熬上多久，我已经待了整整三个月。”这时，两名女孩的心中都涌起了病房尽头处那群女子的身影：她们全都已经在这家医院里住了两年多了。

“这里有过顺利出院的病人吗？”黛博拉问，“我的意思是，治好了病，顺利出院的患者？”

“我不知道。”卡拉说。

两名女孩又问了一名护士。

“我不知道，”护士答道，“我来这家医院的时间还没那么长。”

黛博拉的耳边顿时传来了一声呻吟，是“暗黑神”兰特美恩叫了声苦。与此同时，“众相神”也发出了一声嗤笑——该神明乃黛博

1　1 平方码≈0.84 平方米。——编者注

拉所有老师、亲戚和同学汇集而成的群像，无时无刻不在暗地里指手画脚和叱骂着。

“关上一辈子，疯丫头！关上一辈子，懒丫头！”“众相神”告诉黛博拉。

没过多久，一名学生护士来到了黛博拉的身旁。黛博拉正仰天而躺，一个劲儿地盯着天花板。

“该起来了。”新手护士用发颤又心虚的声调说。这家医院最近又来了一批护理学生，进行精神科护理培训。黛博拉叹了口气，乖乖地站起身，心中还在暗自琢磨：恐怕是我身上那股笼罩全屋的疯劲儿，吓坏了这名护士吧。

“快点，”学生护士催她，“医生想见你。她是这家医院的负责人之一，还十分有名，因此我们必须抓紧一些，布劳小姐。”

“要是她真像你说的那么厉害，我得先穿上鞋才行。”黛博拉眼睁睁望见年轻护士露出了讶色，却又拼命忍住一脸不满的神情。必定是有人教过她，切勿表现出愤怒、恐惧或欢喜之类的强烈情感吧。

“你真该心存感激。”学生护士说道，“能见到这位医生，算你运气极佳。”

“谁让这位医生在全球‘疯人界’都大名远播、备受推崇呢。我们走吧。”黛博拉告诉护士。

护士打开了病房的门锁，又打开楼梯口的门锁，两人双双下了一层楼（这层属于开放楼层），从大楼后方出了屋。朝着一栋带有绿色百叶窗的白色宅邸，护士伸手指了指。它颇具橡树林荫大道式小镇风格，虽然矗立在本院的地界内，却跟本院的风格很不搭。黛博拉和护士来到宅邸的前门处，摁了摁门铃。过了片刻，一名身材丰满、头发花白的小个子女人现身应了门。“我们来自入院处，病人到了。”护士告诉对方。

“你能过一个小时再来接她吗?”小个子女人问学生护士。

“我打算等上一会儿。”

“没问题。”

黛博拉迈步进门时，“审查神”闷声闷气地给她敲响了警钟：“医生在哪儿？她是不是正躲在某扇门后偷偷观察?”这时，管家模样的小个子女人却伸手指了指一间屋子。

“医生人呢?”黛博拉一边问，一边竭力想要止住眼前正在重影般交叠的一堵堵墙和一扇扇门。

“我就是医生。”管家模样的小个子女人告诉她，“我还以为你早就知道，我是弗里德医生。”

“堕落神”安忒拉贝顿时哈哈大笑，边笑边从黑暗中一路下坠，告诉黛博拉：“这医生好一招瞒天过海!”“审查神”则在黛博拉的耳边怒吼：“小心哪……处处小心。”

两人走进一间洒满阳光的屋子，那位管家模样的名医转过身，开口道：“坐吧，请随意坐。”黛博拉只觉得精疲力尽，谁知医生又问：“你有什么话想跟我讲吗?”黛博拉顿时感觉心中涌起了一股汹涌的怒意，于是嗖地站起身，开口告诉那位医生，也告诉“业尔”世界、“审查神”和“众相神”：“好吧……你来问，我来答……你来把我的‘症状’通通处理掉，再把我送回家……可是到了那时候，我还有些什么呢?”

那位医生却轻声说了一句：“假如你真想抓着它们不肯放手，你就不会告诉我。”一时间，恐惧之绳攫住了黛博拉，恰似一根绞索。

“来吧，请坐。你无须放弃任何东西，直到你准备妥当。等到你真的有所放弃时，自会有其他事物顶替它们的位置。”医生说。

黛博拉坐了下来，“审查神”却趁机用“业尔”语对她说：“某飞鸟，听着，这间屋里的小桌子，实在数都数不过来，但小桌子可防不住你这笨手笨脚的小丫头哟。”

“你明白你为什么会进这家医院吗？”那位医生问。

“因为我笨。‘笨拙’是首要的罪名，而且我还有很长的一份清单：懒惰、任性、固执、以自我为中心、胖、丑、毒舌、缺心眼、狠心肠。当然了，我还是个撒谎精，而‘撒谎精’这一项又细分成好几条：（1）装作看不见、装作听不见、装作腿伤、装作头晕、似是而非地恶意装病，或者假想出痛苦来害得自己真的直不起腰；（2）输不起。对了，刚才我是不是还漏了‘对人有敌意’？……那就再加上‘对人有敌意’这一条。”

伴着一片静寂，尘埃从光束中纷纷坠落，黛博拉在心中暗想，也许这还是她第一次说出自己的真实感受。假如上述罪名通通成立，那就任它去吧，至少她在踏出这间办公室之前，已经倾吐了她对整个黑暗而又痛苦的俗世是多么憎恶，她已多么倦怠。

那位医生却只说了一句话：“听上去，这份清单确实很厉害。在我看来，其中有些并不属实，但我们只怕有活儿要干了。”

“其目的在于，让我在撒那些谎时，扮出一副又和气又温柔又快乐又像应声虫的样子。”黛博拉宣布。

“其目的在于，帮你康复。”

“其目的在于，让我闭嘴，不再倒苦水。”

“其目的在于，让你无须再倒苦水，毕竟正是因为你内心动荡，才有‘苦水’要倒。”

那根绞索，竟又勒紧了几分。一时间，黛博拉的心中惧意涌动，她的视野变成了一片灰。“他们个个都这么讲，你说的也跟他们一个样——说我装模作样，拿根本不存在的病倒苦水。”

“在我看来，我刚刚说的是，你确实病得很重。”

“跟这家医院的其他病人一样？”黛博拉也就只敢放肆到这个地步了，她已太过靠近那骇人的暗处。

“你其实是想问我：我是否认为你确实该进这家医院，我是否认为你得的正是所谓的‘精神疾病’？我的答案是肯定的。依我看，你确实患了此类疾病，但如果你加把劲，还有个医生跟你一起加把劲，你的病情会有所好转。”医生告诉黛博拉。

真是直截了当啊。就在此刻，黛博拉脑海中浮现出的，正是那个并未被说出口的字，那个往往交织着恐惧的字，那个人人遮遮掩掩、避之唯恐不及的“疯”字。但是，弗里德医生刚刚说出的这番话，却透出了一抹光，瞬间照亮了黛博拉昔日遭遇的诸多场景——不管是黛博拉的家、学校，还是一家家医生诊所。黛博拉去过的医生诊所，一间间都回荡着某种快活的指责：“你好着呢，身上一点毛病也没有。”只可惜，多年来，黛博拉早就深悉：她身上的毛病，又何止一点？她身上的毛病，可严重着呢，重得甚至超过在那些失明、感到剧痛、跛足、惊恐以及万事皆忘的时刻所泄露的内情。人们总对黛博拉声称：“你好着呢，身上一点毛病也没有，只要你……”于是，当初在诸多医生诊所中，黛博拉的心中都曾燃起怒意，而今日这位医生的一番话，总算是为她那些怒意昭了雪。

弗里德医生问黛博拉：“你在想些什么？我发觉，你的脸色缓和了一点。”

“我在思考轻罪与重罪之间的区别。”

“这话怎么讲？”

“对于‘此人并不患有某某急症’的指控，犯人表示认罪。对于被判一级‘疯癫罪’，犯人接受判决。”

“也许是二级。”医生开口道，露出一丝笑容，“既不全算出于自发，也不全算早有预谋。”

正在这时，黛博拉突然记起了一幕景象：在医院上锁的安全门的另一端，父母伫立在一起，却显得形单影只。黛博拉有这个念头，也并非“早有预谋”，但是，她确实算得上有一肚子怨气吧。

这时，黛博拉的耳边传来了一阵响动。学生护士正在另一间屋里走来走去，仿佛是想提醒两人，诊疗时间已经结束了。

弗里德医生提议道：“假如你同意，我们就再预约一次，随后开始谈话。因为我相信，如果我们齐心协力，就能战胜病魔。但首先，我想再次告诉你一声，我不会违背你的意愿，强行消除你身上的症状或疾病。”

对医生的承诺，黛博拉并没有接招，但她非常谨慎地流露出了一丝表示赞同的神情，而弗里德医生显然看在了眼里。两人迈出办公室，黛博拉千方百计地扮出一副神思不属的模样，仿佛她对眼前的人与事都毫不挂心。

“那就定在明天，同一时间段。”弗里德医生叮嘱黛博拉和护士。

“她听不懂你的话，”黛博拉告诉医生，“（冥河船夫）‘卡戎’说的是希腊语。”

弗里德医生轻笑了一声，随后正色道：“有朝一日，我希望能帮到你，让你眼中的这个世界不再只是地狱冥府。”

她们转身离开了，那位头戴白帽、身穿条纹制服的“卡戎”，领着失神的黛博拉向上锁的病房走去。弗里德医生望着两人走回大楼，心中暗自揣摩：在那份早熟、那份怨气和那个疾病的某处（其详情目前她还难以摸清），却有着一份深藏的力量。它就在某个地方，它绝非假象——当弗里德医生点破黛博拉的病情时，黛博拉隐隐松了一口气；黛博拉“试图自杀”而发出无声的呼救；黛博拉宣称游戏已经结束、医生无须再演（那宣言真是大胆而又激烈，少男少女和仍有斗志的病人们，不都总爱这样表达自己的立场吗？），这一宗宗实例，都仿佛透出它的余韵。黛博拉患有精神疾病，此事目前已被点破，但她这病深藏的病根，却依然难窥踪影，恰似岩浆深埋在火山之中，火山表面却被丛丛苍翠的树木覆盖。不过，就在某处，甚至就在火山之下，倒是深埋着一颗意志与力量的种子。弗里德医生长叹了一声，又继续埋头工作。

“这一次……这一次，深埋之种我只能唤醒！”弗里德医生叹道，一时间连颠倒的语序也顾不上了。

第四章

听说黛博拉进了某家“康复学校”，苏茜·布劳深信不疑。于是，埃丝特向自己的父母转告女儿入院事宜时，也竭力想把那家医院说成某家疗养院。可惜的是，黛博拉的外祖父和外祖母非但不吃这一套，还发了好一通火。

“她的头脑半点毛病也没有！那小姑娘的脑袋瓜灵光得很。”埃丝特的父亲说道（就黛博拉外祖父的风格而言，此话已经算是他的无上赞美了），“只不过，我们家的聪明才智，隔代遗传到了她的身上。她就是我，是我的亲骨肉。通通见鬼去吧，你们这帮人！”他说着便迈步出了屋。

随后几天，埃丝特对全家人好言相求，求大家支持她的决定，但一直等到她的大哥克劳德和她的小妹娜塔莉（娜塔莉可是全家的心肝宝贝）向埃丝特的双亲递话，声称确有必要送小姑娘入院时，老头儿才稍稍消了点气——毕竟，黛博拉可是他最为宠爱的孙辈。

在家的时候，雅各布很寡言，但对自己和妻子送女儿入院一事，他心中却始终有着一根刺。夫妻俩去见了李斯特医生两回，雅各布听着对话，竭力想要认定送女儿入院才是正道，好让自己安心。假如当面开口问他，雅各布倒也不得不松口表示赞同。再说了，所有事实不都在竭力劝他把“没错”两个字说出口吗？可惜，但凡有那么短短一瞬间，他向自己内心的感受低了头，他的整个世界便顿时会被一层疑云笼罩。每逢他跟埃丝特拌嘴，两人都闭口不提那件头等大事，于是，布劳夫妇周遭满布着恨与怨的气息，却又无人说出半个字。

黛博拉入院首月的月底，那家医院给布劳夫妇寄来了一封信，笼统地交代了一下黛博拉的情况：无论是对于医院的日常作息，还是对于医院的员工，黛博拉都“适应良好”，她已开始治疗了，并获准在医院的室外区域走动。从这封含糊其词的信中，埃丝特恨不得挑拣出每一缕希望，她把信读了一次又一次，半个正面的字眼也不肯放过，翻来覆去地斟酌着信中的言辞，一心想要找出最华彩的亮点。

与此同时，她也竭力想让雅各布和父亲改变心意，索性对着镜子提前把说辞练习了一番。埃丝特认定，其实在内心深处，父亲很明白，她和雅各布走的是正道。黛博拉入院惹得老人家动怒，只不过是因为父亲觉得自己下不来台。埃丝特发觉，她那位霸道、敏捷、杰出且一心求变的移民父亲，眼下似乎已不再跟昔日一样强势了，虽然他说话还跟昔日一样口无遮拦。有些时候，埃丝特甚至会暗自思忖：随着黛博拉的病情到了紧要关头，全家人的人生要义竟然都不得不面临拷问。某天夜里，她冷不丁开口问雅各布：“我们怎么摊上了这等事？我们究竟犯了什么天大的错？”

雅各布却说：“我哪里知道？要是早就知道的话，我还会送走她吗？当初的日子，似乎也挺不赖……她的日子，过得很不赖。现在可好，他们竟然非说她当初很遭罪。当初，我们给了爱，也给了舒适的生活，她既没挨过饿，也没受过冻……”

就在这一秒，埃丝特才猛然记起，雅各布也一度是移民，他也确实挨过饿，受过冻，当过异国的异乡人。他定然誓要保护亲生骨肉免遭这条条恶狼的魔爪吧！出于一片守护之心，埃丝特抬手去挽丈夫的手臂，可惜她刚刚伸出手，他却微微转开了身。

“埃丝特，还有什么要说的吗？还有吗？”雅各布问。

她无言以对，但就在次日，她便写了一封信给黛博拉的医院，询问他们夫妻两人何时可以前去探望，见见医生。这封信让雅各布很振奋，他一心等着回音，每天都会去查查收到的所有来信。埃丝特的父亲却只是哼了一声：“你指望那家医院怎么办……难道要人家索性告诉你，根本就不该送她入院？世上遍地都是蠢材，那家医院又怎么少得了蠢材？”

“胡说八道！”雅各布怒道——他还从未对岳父说过如此气冲冲的话，“医生一行有着职业道德。假如他们认定她根本就不该入院，肯定会让父母赶紧带她回家。”

这时，埃丝特才悟出：原来，丈夫还在等待诊断结果变成“没病”的一刻，等待奇迹发生的一刻，等待上锁的大门砰地打开的一刻，等待去年一年的影片开始倒放的一刻，等待众人笑谈人生际遇何等荒谬的一刻——他尚在等着人生向前“倒带”，倒啊倒啊倒啊，直到过往被一股脑儿抹个干净。忽然间，她对雅各布心生怜悯，可惜，她又不能让他误以为，这才是她去医院探望黛博拉的缘由。“我想告诉那家医院的医生……我想问问医生……我们的生活已经有所改变……有些黛博拉或许根本不清楚的内情，让我们夫妻俩做出了当初所做的决定。即使我们有着满腔善意，许多事也无法改变，而它们背后自有缘故。”她说。

“我们过着简单的生活，美好的生活；我们过着有尊严的生活。”很显然，对自己刚说的这句话，雅各布深信不疑。埃丝特看得出，遇上她本该改口不跟雅各布唱反调，但她又偏偏没有改口的关头，她的某些言辞恐怕就会给雅各布抹黑，给他们两人的关系抹黑，不管是在婚前还是婚后。至于此刻，她绝不忍心再伤他了。再说，再争下去又有什么用？几番挣扎已成过去。对于除黛博拉之外的所有人，事情已经成了定局；而对黛博拉来说，谁又知道会怎么样？

黛博拉入院的最初几个月，有时候，布劳家的日子过得很平静，甚至很幸福。苏茜成了家中的独女，变得日渐自在。至于雅各布，尽管他嘴上不肯承认，却也悟到了一点：早在黛博拉离家之前，他就已经被某件不可名状的事情吓破了胆，已经好一阵子避之唯恐不及了。

一天，布劳家来了苏茜的好几个同学，大家又笑又闹，埃丝特一时兴起，请大家共进晚餐。苏茜简直大放异彩。同学们走后，雅各布好脾气地说："真是一群傻孩子。我们小时候有傻成那样吗？瞧瞧那戴帽子的小家伙！"他说着大笑起来，猛然发觉自己竟十分开心，不禁叹道："天哪……今晚我真是笑得合不拢嘴。以前我哪有开心成这样的时候！"紧接着，他又补上一句："真的有那么久没开心成这样了吗？整整好几年？"

"对，"埃丝特答道，"确实已经这么久了。"

"这么说来，那段时间她或许……真的不太开心。"雅各布遥想着大女儿，嘴里念叨着。

"她病了。"埃丝特告诉丈夫。

"情绪不佳！"雅各布高声宣布，随后离开了房间。几分钟后，他又进了房间。"她只是情绪不佳！"他补上一句。

“你父母来信声称，他们想来探望你。”弗里德医生说道。就在此时，弗里德医生正坐在某扇十二世纪铁闸门的另一头——有时候，黛博拉会发觉，这扇沉重的闸门会活生生把她们两人隔开。至于这一次，闸门倒是已经升了起来，根本看不见它的踪迹，可惜，当弗里德医生提到“父母”、“探望”等字眼时，黛博拉的耳边却猛然传来了一阵沉闷的吱嘎声，闸门随之轰然落下，隔在了两人的中间。

“出了什么事？”弗里德医生问。很显然，她并未听见闸门落下发出的铿锵巨响，但她仿佛察觉到了那道隔阂。

“现在我看不清你的样子，也听不清你说的话。你跟我之间，隔着一道闸门。”黛博拉说。

“又是你的那扇中世纪闸门。其实，闸门会有开口，知道吧？你为什么不打开一扇小门呢？”

“可是，小门也上了锁。”

弗里德医生的眼神落在了她的烟灰缸上。“嗯，你那群建造门禁的匠人，只怕脑筋不太灵光。要不然，他们绝不会造些带有侧门，但侧门却没法儿打开的关卡。”

弗里德医生害得黛博拉很恼火：医生竟然以她之矛、攻她之盾。顿时，她与医生之间的那道屏障变厚了几分，弗里德医生轻柔而带有异国口音的话语随之被拦在了铁墙外，变得越发微弱，终究成了铁墙后的一片静寂。钻进黛博拉耳朵的最后几个字是：“你希望父母前来探望吗？”

“我想见我母亲。”黛博拉答道，“但不想见他。我不希望他来看我。”

话一出口，黛博拉只觉得大吃一惊。她心中深悉，她说的是真心话，这番话在某种程度上至关重要，但她说不清是为什么。多年来，黛博拉确实把某些话说出了口，但她根本记不起自己是何时动念要把它们说出口的。有些时候，不过是某种感受席卷了她，那份感受倒是明确无误，但感受背后的逻辑，却偏偏无迹可寻（偏偏又是只有逻辑才可能让俗世信服），结果，黛博拉渐渐便对自己的欲望失去了信心。正因如此，她又更加不分青红皂白地为自己的欲望辩解。她也明白，此刻她心中的感觉，算是几分欣喜吧，欣喜自己竟然手握着奖惩他人的权力。父亲对黛博拉的爱，正是黛博拉反击的武器，但她心里也有数，虽然她无法解释清楚：对她来说，父亲的怜悯与爱，目前却颇为危险。黛博拉深知，这家医院对她有好处；黛博拉也深知，她没办法解释自己的直觉，没办法说清为何这家医院正是她的归宿。鉴于黛博拉自己一个字也说不出，本院的铁锁铁窗却又胜过千言，雅各布或许就会被恐惧和悲伤击败，毕竟当初父母刚刚送自己入院时，她便在父亲身上见到了惧意和哀伤。或许他就会决定，不许女儿再被"关起来"，谁让 D 病房那群女子动不动就又嚎又叫呢，中间某一位说不定就会把事情搞砸。这一切，黛博拉心里全都有数，可惜她就是无法说出口。再说了，还有她的权力感呢。

黛博拉望见，弗里德医生的一张嘴正在翕动着。看来，对方正在不停地提问，不停地指责吧。黛博拉又随安忒拉贝开始坠落了，一路穿过他那遍布火焰的黑暗，坠入"业尔"。这一次，她坠得极深。最开始的好一阵子，黛博拉眼前只有一片漆黑。随后，她的眼前便笼罩着一段段条状的灰影。这个地方，她很熟悉，它正是"业尔"的"深渊"。"深渊"之中，诸神与"众相神"呻吟而又叫嚷着，但就连他们自己也不知所云；"深渊"之中，世人的声音会遥遥传来，但根本没有任何意义。身处“深渊”虽也免不了俗世的叨扰，但那已是一个破碎的俗世，让人无从辨认。

曾经有一次，黛博拉在“深渊”受了灼伤，因为她虽眼睁睁望见了“深渊”中的火炉与沸水，但水与火的形与神都失去了意义。“意义”本身，已变得无关紧要。当然，“深渊”中也并无“畏惧”一说，因为“畏惧”也同样失去了意义。有些时候，就连英文，黛博拉也会忘个精光。

“深渊”的恐怖之处在于跃出“深渊”之时：就在“意义”本身回归之前，黛博拉的意志、关切和她对于意义的不舍，又会再度回到她的心中。比如，曾经有一次（那次也是在学校），黛博拉刚刚跃出“深渊”，一名老师就伸手指了指她课本里的一个单词，嘴里问：“到底……这是个什么词？”当时，黛博拉真是绞尽了脑汁，拼命想要读懂面前那本白纸黑字的“天书”，可惜却只觉得一头雾水。光是回想足够的英文词，以便挤出一句“什么？”，就已经耗尽了黛博拉全身的力气，老师听了却很火大。难道，黛博拉是在耍小聪明？“究竟……这是个什么词？”老师又问。黛博拉却依然什么话也不说，毕竟她根本无法从白纸黑字中捕捉到一丝现实。教室里有人扑哧笑出了声，老师显然担心自己下不来台，于是抛下了不吱声的黛博拉，消失在了一片灰影中。当下，已变得空无一物；俗世，已变得空无一物。

至于目前，在弗里德医生的办公室，跃出“深渊”而招致的恐怖尚未拉开帷幕。此刻的黛博拉依然深陷在“深渊”中，世上是否有语言，是否有意义，甚至是否有光，都还无关紧要。

埃丝特·布劳急切地打开医院的信，读了起来，先是感觉一阵茫然，接着便生了一肚子气。“信上声称，黛博拉想让我去那家医院看她，但她也已经告诉医生，这次她希望我单独前往。”埃丝特告诉丈夫，尽力绕开了信中的那句原文，以免雅各布听了心里难过——“……她拒绝与布劳先生见面。”

雅各布说：“不如我们先开车过去跟她见个面，要是你愿意的话，你们母女俩再好好聚一聚。”

埃丝特又把话说得直白了些。“雅各布，院方认为，如果我们两个人都去，阵仗恐怕太大了。我可以自己开车过去，不然就搭火车。”

“别说傻话，简直是瞎诌。我要去医院。”雅各布说。

“绝非瞎诌。”埃丝特说道，“拜托你了，雅各布……”

雅各布一把从桌上拿起那封信，读了一遍，先是被自家太太点燃了胸中的怒火（刚才她竟想要瞒天过海，帮他避开伤人的字眼），接着才又被信中的字眼气得够呛。“她把自己当作哪门子人物！”他冒出一句。

“黛博拉病了，雅各布……我早就告诉过你……李斯特医生也告诉过你。”

“行！也行。”他答道。

这时，雅各布的心酸已盖过了怒气。“你总不能单独前往吧。不如我开车送你过去，然后我去一旁待着。假如女儿改了主意，她也能见我一面。”他提议道。

“那是当然。”埃丝特告诉丈夫。又服软了一回——埃丝特心里很有数。她恐怕会一直夹在父女俩之间左右为难，但她总不能拒绝雅各布吧。也许，他可以去见见那家医院的医生，随后就放心了呢。

她起身从丈夫手中接过医院的信，只盼着医院之行多少能抚平几分信件带来的痛，毕竟信中的字眼一个个都在拒人于千里之外。

走进卧室收好信件时，埃丝特听见苏茜正在跟一个朋友通电话。“可是我拿不准……这种事没办法提前筹划……我早就告诉过你了。我姐姐黛比病得很重。不……我爸妈每个月都会收到些关于她的医院报告。不……不是那样。不过，要是接下来收到的是个坏消息，我爸妈只怕也没心思办这办那了……那是当然。嗯，我会告诉你一切是否顺利。”

忽然间，埃丝特只觉得一股怒火涌上心头；有那么片刻，她的双眸也被泪水刺得隐隐作痛。黛博拉！黛博拉！她把全家人害成了什么样！

第五章

在弗里德医生那间亮堂堂但乱糟糟的办公室里，她与埃丝特·布劳见了面。在弗里德医生看来，就本次治疗而言，查清黛博拉的母亲究竟是敌是友，堪称头等要事。好些患者的父母嘴上声称（甚至也一心认定），他们盼着子女能够得到医治，但其实，他们却只是为了明里暗里向大家点破一件事：他们家孩子遭的罪，正是因为他们家孩子私底下自己造的孽。对某些父母来说，子女的独立是一宗天大的风险，难免会让心态不稳的他们一时失衡。但从埃丝特那副完美的外表中，弗里德医生倒是看出了几分智慧、练达和直率，再加上一份专注，她不禁露出了一抹苦笑。多年来，这直脾气的母女二人，必定经历了几番煎熬吧！

两人双双在舒适的椅子上落座，面对埃丝特身上明晃晃的珠宝，弗里德医生不禁有点自惭形秽，呼吸变得粗重了些。医生再度审视了一遍对方。这是一名头脑很清醒的女子：对现实的重罚，她坦然接受；对现实的馈赠，她欣然拥抱。她的女儿就大不一样，区别到底在哪里？

黛博拉的母亲放眼打量着整间办公室。“这……黛博拉就是来这间屋进行治疗？”

“没错。”

尽管神情极度隐忍，但看上去，埃丝特显然是松了一口气。“这个房间很宜人。没有……铁窗。”她嘴里吐出了那个词，竭力想要显得客观而又自如，听得弗里德医生差点皱起眉头。

“目前的话，‘宜人’与否恐怕并不重要。我说不清她是否足够信任我，信任到足以看清这个房间的本来面目。”

“她能不能治好？我非常爱她！”

“假如此话属实，”弗里德医生在心中暗自揣摩着，“鉴于大家即将经历的一切，这份爱只怕马上就会遇到一番严峻的考验了。”她开口说道：“想要治好你女儿，我们大家必须保持耐心，一起加把劲才行。”托弗里德医生那副口音的福，她的话听上去有点怪，“为此她必须投入巨大的精力，对抗自己寻求安全感的冲动……所以，你可能会发觉她显得非常累，根本就懒得收拾打扮自己。在你看来，目前黛博拉还有什么事让你格外担心？”

埃丝特努力地梳理着自己的思绪。现在就想让黛博拉的病情见到起色，确实早了些；至于隐忧，倒是另外一说。“瞧，这段时间……这段时间，我们一直在寻思，怎么会出这种事，到底为什么会出这种事。她在家里真是备受宠爱！有人告诉我，这种病的起因出自患者的童年和过往。所以这段时间以来，我们全家一直在回想过往。我琢磨过，雅各布琢磨过，全家人都在思来想去，可就偏偏找不出什么起因。真是毫无理由，知道吧，这一点才最让人心惊。”埃丝特告诉医生。

埃丝特的话音比她预想中的更加响亮，仿佛竭力想要说服这几张桌椅，说服这位医生，说服这间精神病院——这间医院有着重重铁窗和好些尖叫的病人，而他们入院的起因，必定跟黛博拉的不一样吧？肯定不一样。

“起因千千万，哪能一眼就都被人看个清楚？就连看清它们的真面目，也不是一件易事。不过，我们可以说出自己眼中的真相，并有着自己的理由。拜托用你自己的话，跟我讲讲你眼中的黛博拉和你自己。”弗里德医生说。

“那我恐怕该从我自己的父亲讲起。”

埃丝特的父亲来自拉脱维亚，患有畸形足——不知怎的，就埃丝特的父亲来说，上述两点比名字或职业更具有代表性。踏上美利坚的国土时，他年纪尚轻，是个又穷困又跛脚的异乡人，但他一头扎进了新生活，仿佛向一名劲敌发起了冲锋。仰仗着一身火气，他开始自学，做起了生意，经历了几番浮沉，最后终于发了家，致了富。带着自己的火气和财富，他在一个历史悠久、门第森严的富人区买下了一栋豪宅。邻居们流露出他所倾慕的种种风采，可惜的是，邻居们也个个都瞧不起他的口音、他的作风和他所信仰的宗教。正是由于邻居们，他的太太和子女都过着憋屈的日子，而他也用市井粗话冲着邻居们破口大骂，不管是邻居家的丈夫、太太还是孩子，总之一个不漏，那些市井粗话可都是他在往昔上不了台面的岁月中学到的。后来，他终于悟到：真正征服这片土地之人，将不会是他自己，而是他的子孙后代，是他那接受了良好教育、不带口音、被精心栽培的子孙后代。想当初，孩子们幼时曾在他膝下耳濡目染，学了些拉脱维亚语粗口和意第绪语粗口，他又尽力请人教他们高雅的法语，权当补救。

“一八七八年，”埃丝特告诉医生，“贵族千金们会学习弹奏竖琴。我深知这一点，因为我也曾经被逼着去学弹奏竖琴，尽管当时弹竖琴早已经过时了，尽管我恨死了弹竖琴，也根本没有弹竖琴的天分。可是，竖琴恰似一面亟待摘取的旗帜，我父亲志在必得，即使是经由我的手。有时我在弹竖琴，父亲就会在地板上走来走去，嘴里还冲着他脑海中的贵族念叨：‘瞧，你这该死的家伙……正是在下，那个小瘸子！’”

然而，埃丝特父亲的那帮“美式”子女自小就已心知，自己的价值、风度、文化和成功，不过是一种表象。假若真想一窥自身真正的价值，只需瞧瞧邻居的一双双眼睛，要不然，就听听汤凉之后或追求者迟到时，父亲嘴里冒出的那些话吧。至于那群追求者，他们也将成为彰显家族荣耀的一面面旗帜，成为成功联姻的一个个象征，就像旧时的名门显贵那样。但谁又能料到，埃丝特偏偏很任性，挑中了一个家里看不上眼的人。小伙子的脑瓜够机灵，谈吐得体，相貌也不赖，还一路供自己读完了会计学校，但小伙子的家里人尽是“一帮生手穷光蛋”，既配不上埃丝特，也半点都配不上家族的梦想。大家吵过又闹过，多亏雅各布还算前途有望，埃丝特的父亲最后终于松了口。娜塔莉嫁了个富贵人家，因此，家里才敢让另一位千金赌上一赌。没过多久，两位年轻的太太就都怀上了孩子，只怕埃丝特的父亲觉得自己已然开创了一个世家。

紧接着，埃丝特居然生下了一个金发碧眼的千金！是个雪肤金发的小姑娘，真是很出挑，令人激动又难以置信。对暗地里被家人孤立的埃丝特而言，这个女儿堪称救星；而对埃丝特的父亲来说，这个小外孙女，则活像是朝他心中那早已去世的旧时贵族及贵族家那群一身雪肤的千金狠狠扇上了一巴掌。这个外孙女，堪称一颗掌上明珠。

说完这一段，埃丝特又向弗里德医生回忆起了大萧条时期，回忆起了当时那层无处不在的忧虑的阴云。“那是忧虑与——”说到这儿，埃丝特苦思着某个能唤起昔日回忆的字眼，“虚幻。”当时，雅各布的职业生涯陷入了低谷，他原本满口答应要多接活儿（反正都是些乏味又老套的活儿，算是别人懒得争的残羹剩饭），好配得上被娶进门的埃丝特，谁料到根本就没活儿可接。账目中的每一列数字，只怕都有着数百人在等着争抢，个个都跟雅各布一样眼巴巴地盼着，也跟雅各布一样受过良好的教育。可惜的是，布劳夫妇偏偏还住在城里最高端的新区。毕竟是世家千金，又怎能不过体面的日子？于是，埃丝特的父亲付了布劳夫妇的全部账单。降生人世时，黛博拉就已经身裹手工蕾丝，那是在革命中落败的某个欧洲名门代代相传的宝物。夺取一面旧有的旗帜，总强过再织一面全新的旗帜。就连当初黛博拉外出时戴的深具王侯气质的帽子，一度也曾戴在某位货真价实的王子头上。虽然土气的农夫出身早已是上辈人的往事，但在埃丝特父亲这个土气的农夫心中，依然有着一个土气的梦想：他要的不仅仅是自由，还是有头有脸的自由。所谓新世界，并不仅仅是把旧世界的怨气通通抹平嘛。活像一个对上帝宣称“你并不存在，我恨你！”的无神论者，埃丝特的父亲动不动就会冲着对他充耳不闻的昔日嚷嚷几句，非要跟它对着干。雅各布每周只能挣上十五美金或二十美金的时候，黛博拉却有着整整十二条手工刺绣丝绸长裙和一名德裔保姆。

可惜的是，雅各布连女儿的伙食费也付不起。过了一段时间，布劳夫妇搬回了埃丝特家的大宅，招来了邻居们的又一波白眼。尽管埃丝特自己也无力挣脱过往，但她看得出雅各布并不开心，谁让他偏偏要靠一个瞧不起他的岳父施恩呢。可是，埃丝特自己也很心虚，于是，她不显山不露水地始终站在父亲一边，跟丈夫唱着对台戏，仿佛生下了黛博拉，她也就站对了阵营。雅各布只是埃丝特家族的配偶，而那个备受宠爱的天之骄女黛博拉，那个总是面带笑容、心满意足的黛博拉，却正是关键所在，足以让家族的美梦成真。

谁能料到，布劳夫妇随后便发觉，他们的天之骄女出了点毛病。那名散发着香水味、被人精心呵护的小女孩身上，竟然长了一个肿瘤。刚开始的症状，是小姑娘很丢脸地失禁了，这种破事真是害得布劳家古板的家庭教师义愤填膺！可惜的是，不管是骂她、打她还是凶她，黛博拉都偏偏改不了这副“懒”样子。

“当时我们都不明就里！”埃丝特脱口而出。弗里德医生审视着对方，发觉在那周密而得体的假面具下，埃丝特竟是个热情又激烈的人。“在那段时间，日程安排、家庭教师，还有各种规条，简直犹如神明！那是当年所谓的‘科学’育儿法，总之恨不得样样东西都要保持无菌，怕细菌、怕变异怕得厉害。”埃丝特说。

“当时的托儿所活像医院！我也记得。”弗里德医生笑道，尽量用笑声安抚对方——毕竟，即便追悔当初的错举，追悔当初自己一味追捧那些昏了头的专家，一切也都已经来不及了。

为了查清黛博拉的病情，她经过一次次检查、一次次诊断，换了一次次医生。还用说吗，黛博拉必须得到顶级的治疗。最后为黛博拉操刀手术的专家，堪称中西部的顶尖圣手。他忙得团团转，根本没空跟小女孩开口解释半句，也没空在奇迹般的现代外科手术收尾后在她身边多待片刻，尽管手术做完后，接踵而至的就是一阵古老又残暴的剧痛。黛博拉经历了两次手术，等到第一次手术做完，她迎来了难忍的痛楚。

当时，埃丝特还逼着自己扮出一副开心且坚强的模样。但凡在黛比的病房里现身，她总是面带一缕微笑。埃丝特又怀上了孩子，但之前她的一对孪生儿子生下来竟是死胎，因此，她这次怀孕时始终悬着一颗心。不过，在医院的工作人员、家人和黛博拉面前，埃丝特从未露出半点端倪，她很为自己的这份能耐骄傲。到了最后，家里终于收到了喜讯：黛博拉的手术很成功。布劳夫妇开心得不得了，感激得不得了。黛博拉回家的时候，埃丝特父亲家的整栋大宅都张灯结彩，显得喜气洋洋，大家还开了个派对，全体亲戚悉数到场。两天后，雅各布又接到了“苏尔茨伯格”的那份活儿。一时间，不知怎的，埃丝特仿佛也猛然惦记起了一批昔日的老熟人。

当初那段日子里，“苏尔茨伯格”的活儿似乎成了布劳夫妇生活中的头等大事。它还可以拆成一连串活儿，规模都要小一些，但笔笔都能赚大钱，害得布劳夫妇有点得意忘形。雅各布终于解脱了，再也不是个在家吃闲饭的女婿。他在某个安静且低调的街区买下了一栋新房，就在离城区不远的地方。新宅子并不大，带有林木葱郁的小花园，附近一带还有许多不同姓氏的邻居，邻居们家里有着许多小孩。刚开始，黛博拉显得很提防，但没过多久她就撒开了欢，出门交起了朋友。埃丝特也有了一帮朋友，有了可以自行照料的鲜花，有了灿烂的阳光和大敞的窗户，有了自己当家做主、再也用不着仆人的日子。这段日子为时一年——真是快活的一年。谁知道某天晚上，雅各布回到家里，却告诉埃丝特，“苏尔茨伯格”的活儿竟是一条巨型诈骗链，他已经花了整整三个月想要查清钱究竟到了谁的手中，又是怎么到了人家手中。自行退出的前一夜，雅各布对埃丝特说："一场如此繁复而狡猾的骗局，自有一种美感。它会害得我们……倾家荡产。其实你心里有数，对不对？不过，我仍忍不住佩服那份才智……"

布劳夫妇不得不卖掉了自己的房子，一个月后，他们一家又搬回了埃丝特父亲的大宅。虽然他们手头很拮据，但埃丝特的父母决定把大宅送给布劳夫妇。大宅里住的已经不再是一大家子人，房间实在太多了，而埃丝特的父母也已经在芝加哥租了一套公寓自住。可是不消说，埃丝特家的大宅总不能落在外人手里吧。于是，当初令雅各布恨得牙痒的地方，如今又变成了布劳家的宅邸。

冬季时分，黛博拉会去最高端的学校；夏季时分，黛博拉会去最高端的夏令营。对黛博拉而言，交朋友是件难事，但在埃丝特看来，谁家的孩子交朋友又很容易？直到几年以后，家里才得知，黛博拉去的第一个夏令营（她整整去了三年），竟然有着浓厚的反犹气氛。但黛博拉连半句也没跟家里提过，当时埃丝特和雅各布只望见一帮女孩，个个玩着、笑着、烤着棉花糖、唱着宣告"向胜利前进"[1]的老歌呢。

"除了默不作声以外，难道黛博拉就没有流露出半点迹象，让你们明白她在生病，她很痛苦？"弗里德医生问道。

"嗯，其实是有……刚才，我也提到了学校。那家学校很小，大家都很友善，对她的印象也很不错。她向来聪慧，但有一天，学校的心理学专家打了个电话给我们，通知我们某项测试的结果。学校的学生全部参与了测试，但据心理学专家看来，黛博拉的回答似

1 出自十九世纪英国赞美诗《前进，基督徒战士》。后文亦有提及。——译者注

乎表明她‘有着精神障碍’。”

“当时她的年纪有多大？”

“十岁。”埃丝特吐字很慢，“当时，我望了望我的掌上明珠，尽全力想要看透她的心思，想要看清心理学专家的话是否属实。我发觉她不爱跟别的小孩一起玩；她总爱成天待在家中，爱自己一个人躲起来；她还爱暴食，人也长胖了。这些变化都是日积月累的，以至于我直到那一刻才真正看清。还有一点……她从不睡觉。”

“世上怎么会有不睡觉的人？你的意思是，她睡得很少？”

“我明白，世上哪有不睡觉的人？但我从来没有亲眼见过黛博拉入睡。到了夜里，每当我们踏进她的房间，她总是一副没有半点睡意的模样，还说她刚听见我们上楼发出的脚步声。可是，我家楼梯台阶上铺的地毯，分明厚得不得了。以前我们常拿浅睡易醒的人打趣，其实，浅睡易醒半点也不好笑。学校建议我们带黛博拉去见见儿童精神科医师，我们也乖乖照办了，可惜黛博拉却似乎显得越发困扰，越发愤怒。在第三次诊疗以后，她开口问我们：‘难道我不是你们期盼的宝贝？你们非要纠正我的大脑不可？’当时她才十岁，但她说话的语调就已经透着一股怨气，那在她身上显得过于老成。雅各布和我不再带她去看医生了，因为我们不希望女儿心里有怨气。不知怎的，不知不觉中，雅各布和我就已经习惯了竖起耳朵倾听，即使是在我们已经就寝的时候，也会提防着……”

“提防着什么？”

“我说不清楚……”埃丝特摇摇头，仿佛避开了一个说不出口的字眼。

等到第二次世界大战爆发时，布劳夫妇再也保不住一栋足有十五个房间的大宅了。夫妻俩竭力想要把它卖掉，埃丝特还挣扎了一阵子：他们早已被大宅中诸多发霉的大房间压得喘不过气来，但毕竟埃丝特的父母和家里其余亲戚全都很挑剔，他们可还盼着布劳夫妇把大宅“打理得像个样”呢。布劳夫妇终于找到了一位买主，感激地卸掉了昔日的重担，搬进了城里的一套公寓。乍一看，搬家倒是件好事，尤其是对黛博拉来说——她的各种小怪癖，她的各种恐惧和她的孤独感，一旦淹没在大城市的茫茫人海中，似乎就变得不那么怪了。她依然算不上有多开心，但新学校的老师们对她青睐有加，而且她轻轻松松就能学得很不赖。她还学起了音乐，一头扎进了小姑娘们喜爱的各种事情中。

埃丝特竭力回想：当初究竟出过些什么事，会让黛博拉落到今日的境地？好吧……黛博拉性子极烈。埃丝特记得，她曾不时跟女儿聊起此事，叮嘱女儿切勿太钻牛角尖。可惜的是，她们母女俩都爱钻牛角尖。再说了，性格也不是说改就能改得了的。后来到了城里，黛博拉发现了艺术，她刚刚萌生的爱好恰似一股洪流，让她把空闲的每一秒都花在了画画和写生上。最初几年间，也就是黛博拉十一二岁前后，她画出了数千幅画作，更别提上学时她在碎纸片上的速写和涂鸦了。

后来，布劳夫妇把黛博拉的几幅画作交给了美术老师与艺术评论家们点评，而对方告诉夫妻俩，他们的女儿确实很有天赋，理应多加鼓励。相较于埃丝特心中那层隐隐的疑云，美术老师和评论家们的此类评语显得光明而又简单。在全家人看来，美术老师和评论家们的点评，似乎忽然解释清了黛博拉的一大堆异样：比如，它解释清了黛博拉为何如此多病和敏感、为何爱失眠、为何性子烈，也解释清了黛博拉突如其来的痛楚神情为何又会立刻变成一张冷冰冰、木呆呆的面孔，或者变成几句毒舌的妙语。还用说吗……黛博拉与众不同，是个少见的才女，所以，她对生病抱怨几句，或者她走神一会儿，大家总不能跟她计较吧。“毕竟是青春期，何况还是个天才少女的青春期”——埃丝特总爱这样念叨。可惜的是，埃丝特自己却也始终抱有些许疑心，因为总有东一条西一条的蛛丝马迹让她心里犯嘀咕，仿佛在嘲弄她是个活生生的睁眼瞎。某天傍晚，黛博拉又莫名其妙地开始喊痛，随后去看了医生。回家时，黛博拉显得既茫然，又惊惧，隐隐透出几分诡异。第二天，黛博拉早早就出了家门，声称要去办点事，但直到很晚才回到家中。大约凌晨四点钟时，出于某种说不清道不明的直觉，埃丝特突然从梦中惊醒，想也没想，便直奔黛博拉的房间（向弗里德医生讲起这件往事时，埃丝特心中莫名地涌上了一种负疚感）。黛博拉的卧室竟空空如也。埃丝特又朝浴室里望了望，发现黛博拉正静静地坐在地板上，盯着鲜血从手腕流向洗手盆。

“我问过黛博拉，当初为什么没有直接让血淌进水槽。”弗里德医生告诉埃丝特，“她的回答，在我看来真是很有意思。她告诉我，当初她并不打算让血淌得太远。瞧，其实在心底，黛博拉深知一件事：当时她并非在试图自杀，而是在呼救，是一个缄默又茫然的人在呼救。你们一家住的是公寓楼，假如黛博拉真打算自绝于世，挑一扇窗户应该会快得多，也准得多，但她偏偏挑了割腕。再说了，她还深知，你睡觉容易惊醒，因为她自己就睡得不沉。”

“可是，难道当初她就是下了决心，要用割腕来求助？难道一切尽在她的计划之中？”埃丝特问弗里德医生。

“当然，她并非刻意而为之，但她的理智选择了最佳路径。毕竟，怎么说呢，目前她已经入了院，也算是求助成功了吧。不如我们再聊聊夏令营和学校的事——黛博拉跟夏令营的其余营员和同学是不是经常闹矛盾？要是闹了矛盾，她会自行解决，还是会向你们求助？”

“我曾经出手力挺女儿，这还用说吗？我记得曾经有好几次，黛博拉都需要家人相助，当时，我也次次都陪在她的身旁。她刚开始上学的时候，一度跟某个小圈子闹别扭，于是我把她和涉事的所有人都带去了动物园，让她们尽情地玩了一天，打破了她们之间的僵局。至于在夏令营，有些时候，其他营员不太理解我女儿。但我跟夏令营的辅导员处得很不错，算是能省点事。后来，黛博拉又跟城里公立学校的某位老师非常处不来，所以我又请老师喝茶，聊了一会儿天，解释了一下黛博拉有多怕人，大家有时又如何误解了黛博拉的态度。总之，我帮着老师深入了解了一下黛博拉嘛。之后，黛博拉在校期间，那位老师跟她一直都是朋友。到了最后，老师还跟我讲，结识黛博拉真是荣幸，她是个非常不错的女孩。”

“对于你出手相助，黛博拉有什么看法？”

“她当然是松了一口气。对她一个小姑娘来说，这种麻烦就是天大的事。我也很开心，毕竟自己能够尽到为人父母的责任，在这些小忙上鼎力相助。这一点，我自己的母亲就办不到。”

“假如回顾你出手相助的那些时光……那些时刻滋味如何？当时你都有些什么样的感受？”

“正如刚才所说，我很开心。跟黛博拉闹矛盾的那些人，纷纷松了一口气，我也很高兴能帮到女儿。当初我尽了全力，想要克服自己害羞的毛病。不管身处哪个地方，我都尽量泰然处之。唱歌啦，讲笑话啦，我必须学会如何让人敞开心扉。我为女儿感到自豪，不仅常常夸她，也常常告诉她我是多么爱她。她从不觉得自己没人护着，从不觉得被人冷落。”

“我懂了。”弗里德医生说。

但在埃丝特看来，弗里德医生似乎根本就没有懂。不知怎么回事，她跟医生之间似乎有着某种误解，因此，埃丝特又开了口：“自从黛博拉降生人世，我就一直力挺她。有可能，病根还得追溯到当初她长的那个肿瘤上，倒不在我们身上——不在雅各布和我的夫妻之情上，也不在我们对孩子的舐犊之情上。尽管我们一心爱她护她，可这糟透顶的病，又怎么防得住？”

“其实你心里早就有数，知道你女儿的情况不太对劲，对吧？不仅仅是因为学校的心理学专家告诉过你。那据你看来，她显得不太对劲，是从什么时候开始的？”

“是某年的夏令营……不对……还在更早一点的时候。谁能说得清楚，气氛究竟是在哪一刻变了？总之，仿佛一瞬间就起了变故，仅此而已。”

“那次夏令营，到底出了些什么事？”

“嗯，那是她第三年参加夏令营，当时她才九岁。临近夏末的时候，雅各布和我去见了黛博拉，但她显得不太开心的样子。于是，我告诉女儿，我小时候就曾经靠着参与体育运动熬过难关——对年轻人来说，投身体育，堪称赢得认同、交到朋友的高招。我们离开夏令营时，她看上去已经没什么异样了，但不知怎的，在那一年之后……她就有点……好像少了某种心气……仿佛她自此以后就泄了气，只等着祸事临头。”

“只等着祸事临头了……”弗里德医生沉吟道，“于是接下来，有那么一段时间，黛博拉就开始运筹帷幄，好让祸事真的‘临头’了。”

埃丝特闻言，向医生转过了身，眼神中满是赞同。“难道她这个病，就是这副样子？”她问。

“或许这是她的其中一种症状。我曾经有过一个病人，他会下狠手百般地折磨自己。当我问他自我折磨的原因，他告诉我：‘趁着我还没有落进俗世的魔爪，自己先下手嘛。’当时我问道：‘你为什么不等上一等，先瞧瞧人世对你有着怎样的安排？’结果他回答道：‘难道你还没有发觉？说到底，魔爪迟早都会降临，谁也逃不过这一劫，但我自己抢先动手，至少我就能毁在我自己的手上。’”

“那位病人……后来康复了吗？”

“没错，他确实康复了。后来纳粹来了，把他关进了达豪集中营，他死在了那儿。布劳太太，我向你提起往事，是因为我想要告诉你这一点：你永远无法让世界彻底变个样，借以保护你的挚爱之人，但假如你曾经尽力想要尝试，那也在情理之中。”

“我总得尽力挽救局面吧。”埃丝特一边说，一边坐回椅子里，陷入了沉思，“不知怎的，据我看来，当初我确实犯了不少错——真是天大的错——但我错待的是雅各布，不是黛博拉。”说到这儿，她顿了顿，用难以置信的眼神向弗里德医生望去，“当初我怎么会对他如此狠心？这么多年——自从买下那套价钱高得离谱的公寓，多年来，我们都靠着父亲施恩过活；多年来，假如‘父亲这么想’、‘父亲这么安排’，我就任由雅各布伏低做小，即使到了今天也是……为什么——明明雅各布才是我的丈夫，而雅各布要的一桩桩、一件件又都那么简单、那么低调?”埃丝特再度向弗里德医生望去,“照这么说,单单有爱,是不够的。我对雅各布的爱没能拦住我伤害他,也没能拦住我害得他看低自己,害得我父亲看低他。至于我们对黛博拉的爱,也没能拦住我们……招来了……这场……病。”

弗里德医生凝望着埃丝特,倾听着她的话语。那是一位“泰山崩于前而色不变”的母亲,正在倾吐她的爱与痛,至于这位母亲的女儿,却正因被蒙在鼓里而病入膏肓。埃丝特的爱与痛,都显得极为真挚,于是,弗里德医生很温柔地开了口:“病因就交给我们,也就是黛博拉和我,来认真琢磨好了。切勿折磨或责怪你自己,切勿折磨或责怪你丈夫以及其他任何人。将来总有一天,黛博拉会需要你的支持,而不是你的自责。”

多亏医生的一番话把埃丝特拉回了当下,她顿时悟到:她必须面对的,是当下的黛博拉。“怎么……等到跟她说话的时候,我怎么知道该说些什么?她不肯跟雅各布见面,这事你心里有数,对不对?而且我上次见到她的时候,她有种怪异的神情,活像正在梦游。”

“其实,真正危险的只有一件事,尤其是现在,因为她对此非常敏感。”弗里德医生告诉埃丝特。

“是哪件事呢,医生?”

“哎呀,当然是撒谎。”

这时两人双双站起了身,因为会面时间已经结束了。“时间真是过得太快了,就连千万分之一也没能说完。”埃丝特在心中暗自琢磨道。弗里德医生把她送到了办公室门口,略微安抚了一下埃丝特。医生正在思忖着:“患者本人的说法,相较于患者母亲对医生和女儿的说法,只怕大不相同。乐于相助的父母,感激不尽的女儿——如果真是母亲说的这样，那女儿又怎么会摇身变成本院的病人？女儿与母亲口中这一个个关于现实的不同版本，究竟都有几分真、几分假，其中的区别又有几分？——弄清这一点，将有助于解读其中的每一个版本。”

踏出弗里德医生的办公室时，埃丝特猛然觉得，自己刚才的那番言辞，恐怕是在给自己抹黑。也许说来说去，当初她尽力去帮女儿，反而是帮了倒忙。医院倒是已经准许埃丝特单独带黛博拉外出，不如母女俩就去城里看场电影、吃顿晚餐、聊聊天好了。“我向你发誓，”在内心深处，埃丝特对黛博拉说道，“我发誓将不会利用你。我不会向你问起，当初我们究竟做到了些什么，又没能做到些什么。”

她回到了旅馆的小房间里，告诉雅各布，黛博拉依然不肯跟他见面。除此之外，刚才医生还声称，他俩不能逼女儿。黛博拉拒绝见雅各布，与其说是冷落父亲，不如说是尝试着想要自己做主，真是既可怜，又糊涂。在埃丝特看来，这些话不过是医生在哄雅各布安心罢了，但她也并未点破。“可怜的雅各布……我又被夹在中间了……就非要借我的手让他挨上一击吗？”埃丝特心想。

过了片刻，雅各布才松了口，不再坚持去见女儿。但谁能料到，埃丝特却一眼望见了丈夫的身影——就在电影院的后排，他正凝神遥望着黛博拉，根本没有在看电影；母女俩踏出电影院时，她望见丈夫正孤零零一个人伫立在阴影中，遥望着女儿；母女俩踏进餐馆时，他又在街角现了身，伫立在初冬寒冷的小径上。

第六章

“跟我讲讲你进入这家医院之前的生活吧。”那位医生开了口。

“我母亲不全都跟你讲过一遍了吗？”高居于她那冰冷的王国，黛博拉愤愤地答道。

“你母亲告诉我的，是她给予了些什么，不是你得到了些什么；是她目睹了些什么，不是你目睹了些什么。除此之外，她还跟我提起，她对当初你身上长的那个肿瘤都知道些什么。”

“对肿瘤的事，她所知甚少。”黛博拉告诉医生。

“那就跟我讲讲你所知道的内情吧。”

当时，黛博拉年仅五岁，但当医生们对她体内那女性私密处的病症纷纷摇头时，她也已经懂得为此脸红了。医生们把针头探测仪之类的器械扎进了她的体内，仿佛她这么一个大活人的全身上下，只有私密处那隐秘的恶瘤才真正算得上有血有肉。某天傍晚，父亲决定次日将她送去医院时，黛博拉只觉得胸中涌起了万丈怒火——不羁之人每每像物件般受人摆布，胸中便会涌起万丈怒火嘛。当天夜里，她做了一场梦（一场噩梦），梦见自己像被洗劫一空的屋子般遭了劫，先被人撕得四分五裂，又被人用去污粉擦洗干净、重新拼好。虽然她丢掉了小命，但到了此刻，人们总算容得下她了。后来，她又做了另一场噩梦，梦见了一只碎裂的花盆，而盆中的花朵似乎正是她自己那荒废的力量所化而成的。接连做了两场噩梦以后，黛博拉便陷入了沉默，仿佛一时回不过神来。可惜的是，就连在噩梦中她也没有料到，那场手术会让她痛得有多厉害。

“千万别吵哟，一点也不痛。”当时有人告诉她。谁知紧接着，她便感觉到医疗器械火辣辣地从身上划了过去。

“瞧，我们会让你的洋娃娃好好睡上一觉。”又有人说了一句。

随后，面罩便被拉了下来，向她灌来芬芳却又恶心的催眠化学制品。

“这是什么地方？”当时，黛博拉开口发问。

“是梦乡。”她的耳边先是传来了某人的回答，随后，她的私密处却又传来了一阵火辣辣的剧痛，痛得如此厉害，如此之久，简直超乎她的想象。

黛博拉曾经开口问过其中一人。他是一名实习医师，而且似乎很不忍心见到她吃苦。“你们为什么一个个都撒天大的谎来骗我？”她问医师。实习医师回答：“免得吓坏了你。”又一个下午，黛博拉又一次躺上了手术台，医护人员又说道：“这一次，我们肯定会治好你。”听听这群耍花招的撒谎精说出来的话吧，黛博拉心里很有数：他们马上就会来取她的小命。对了，他们还把“你的洋娃娃”又说了一遍，真是睁着眼睛说瞎话。

竟然动不动就拿那套谎言来哄她，这帮家伙是有多瞧不起人！难道这不比取人性命更让人感到凄凉？一帮取人性命的家伙，还满嘴都是“会把你治好”之类的谎言，他们那秀逗的脑子里究竟在盘算些什么？更别提到了后来，在她深受剧痛煎熬时，耳边竟然又传来了一句：“你的洋娃娃感觉怎么样？”

黛博拉一边讲述，一边端详着弗里德医生，心中有点好奇：除了遭遇几个白眼，她那已逝的昔日，是否还会在漠然的俗世唤醒某种感受？没料到的是，那位医生的神情与嗓音，竟都充斥着冲天的怒气。为了此刻伫立在两人面前的那个五岁小女孩，医生正在鸣不平呢。“这帮见鬼的蠢材！他们什么时候才能学会不再撒谎哄小孩！哼！”弗里德医生说着，极不耐烦地掐灭了香烟。

“这么说来，你居然不会把它当作耳边风喽……”黛博拉说——眼前这从未见过的局面，害得她不得不谨慎行事。

“你说得半点也没错，我绝对不会！”医生答道。

“那我就把没人知道的内情跟你讲讲吧。”黛博拉说，“他们从来没有道过歉，谁也没有。他们从未为如此冷酷地开刀道过歉，为让我受苦又为之羞耻道过歉，为他们骗了我如此之久、骗得如此蹩脚道过歉，那满嘴谎话简直是在嘲弄我嘛。他们从未为上述这一条又一条道过歉，我也从未原谅过他们。”

“怎么个‘不原谅’法？”

“那个肿瘤并未从我的体内消失。它还在那儿，还在吞噬我的内在。只不过，没有人能够看见它。”

“这种做法惩罚的是你，不是他们。”

“‘乌普鲁’惩罚我，也惩罚他们。”

“‘乌普’……是什么？”

就在这时，“业尔”的大门猛然应声洞开——它精心守护的一个秘密，竟然不小心被泄露给了俗世，泄露给了那间阳光明媚却又机关重重的办公室，这让它很惊恐。“业尔”的语言是深埋的秘密，它一边悄悄地攫取黛博拉内心那个声音的掌控权，一边远远地避开俗世众人。至于“乌普鲁”这个“业尔”词语，指的则是黛博拉待在那家医院最后一天的所有情感和记忆，而在那天之后，一切似乎就都变成灰蒙蒙的迷雾了。

“你刚才在说什么？”那位医生问了一句。而此刻的黛博拉，却已经惊恐地逃向了“业尔”世界，“业尔”随之在她的头顶合上了大门，没有留下一丝她的影踪，仿佛滚滚的流水：芳踪已逝，水面无痕。

凝望着黛博拉，凝望着这个远离言语、理智与慰藉的少女，弗里德医生暗自心想：“病人们一个个都对自己那不受控的力量如此忌惮！不知道怎么回事，他们就是不信，他们自己也只是凡人，胸中的怒火不比其他凡人旺到哪里去！”

数日后，黛博拉再度重返“中洲”，遥遥地俯瞰着俗世。黛博拉、卡拉再加上其余几个人，一起坐在病房的走廊上。

“院方有没有给你进城的特权？”卡拉问黛博拉。

“没有。不过，我母亲来医院探望的时候，院方准我迈出医院的大门。”

“她这次探访愉快吗？”

“应该还算不错。我母亲一个劲儿地想要让我弄清楚，我这个病的病根到底是什么。我们才刚刚落座，她就急吼吼地开了口。其实，我心里很明白，这件事她只怕非问不可，可惜我偏偏没办法告诉她，就算我真的知道病根是什么。”

“有些时候，我真是恨那些害我犯病的人，恨得牙痒痒。”卡拉说道，“有人声称，要是治疗到位，你就不会再恨他们了，但我对这破事可真拿不准。再说了，我的敌人，根本就不可和解、不可原谅。”

“谁是你的敌人?”黛博拉嘴上发问，心里猜想着卡拉是否只有一个敌人。

“我母亲。”卡拉的口吻很平淡，“她朝我、我哥和她自己开了枪。他们俩死了，我活了下来。后来，我父亲再婚了，我疯了。”

卡拉的一个个字词，直白而又无情，不带半点避讳，不带半点世人常在精神病院之外听到的委婉。“直白”与“无情”，堪称本医院的两项重要特权，院内的每个人都把它们行使得淋漓尽致。对于某些从不敢（除非是在私底下）将自己定位为“怪人”的人来说，“自由”二字，代表的是发癫、抓狂、脑子秀逗，或者更进一步，是精神失常、精神错乱、神志不清。当然，享有上述自由的特权，也有高低之分。D病房那群常常尖叫、眼神直勾勾的病人，在本院其他病房的病人嘴里，就属于“脑子秀逗”；在她们自己嘴里，则属于“疯子”。只有D病房的病人自己，才有权对自己动用那些终极字眼而又没人胆敢回嘴，比如“癫得厉害”、“精神失常”。至于某些没那么闹的病房，比如A病房与B病房的病人，在本院颠倒的等级制度中，地位就要低上几分，只能动用不那么重磅的字眼，比如“发癫”、“抓狂”、“脑子秀逗”。上述一条又一条，全是本院病人默而不宣的潜规则，不过没人会告诉你，只能自行摸索。若是本院B病房的某位病人胆敢自称“疯子”，那她恐怕是在摆谱。悟出了这一点，黛博拉总算咂摸出了当初凯瑟琳言辞中的鄙夷之意——当时，一名护士对有着一双死鱼眼、人又刻板的凯瑟琳说：“拜托，你的情绪很低落哦。”凯瑟琳听完却哈哈笑出了声：“我才不是情绪很低落，我是在抓狂!”

从黛博拉入院算起，已经足足两个月了。医院里又来了好些病人，有几个被送进了D病房，跟D病房“癫得厉害”的病人们待在一块儿；其余几个，则转到别家医院去了。

“我们要变成资深病人喽，变成这家医院的‘老手’。”卡拉宣布。或许，卡拉说得很对。除了D病房，黛博拉已经不再害怕这个地方了。她会乖乖听从医护人员的吩咐，毕竟除了那座貌似无辜的白楼中的那位“恐怖使者”弗里德医生，对医院的其他事物，“审查神”并未流露出一副小心提防的模样。

“到底要过多久才会知道，我们能不能治好？”黛博拉问。

“你们两个小鬼头，现在正处于蜜月期。”坐在黛博拉和卡拉身旁的一名女孩告诉她，“蜜月期大约是三个月。我心里很有数，我去过六家医院，被人分析过、电击过、麻痹过，用过戊四氮、异戊巴比妥和一大堆别的药，总之他们鼓捣出什么药，我就用什么药。现在只缺一次脑部手术，我就见识过全套花招了。什么鬼用也没有，总之这样不行，那样也不行。”她以一副劫数难逃但又引人注目的派头站起身，从其他病人身边走开了。“业尔”的二把手兰特美恩却悄声对黛博拉说了一句：“假若某人劫数难逃，此人必是个美人儿吧。如若不然，闹剧只能成为喜剧。所以，你这不漂亮的丫头……”

“杀了我吧，我那以鹰之姿现身的王。”黛博拉用“业尔”的语言告诉兰特美恩。“她在这家医院里待了多久？”黛博拉用俗世的语言问卡拉。

“依我看，超过一年了吧。”卡拉答道。

“也就是……会一直待下去？”

“我也拿不准。”卡拉答道。

冬天笼罩着众人。时值十二月，窗外的树枝显得黑乎乎、光秃秃的。医院的休息室中，一群人正在装点一棵圣诞树，以迎接圣诞。五名工作人员，再加上两个病人——真要命，大家还真是费了好一番力气，想把这间“疯人院”打扮得像个家。只可惜，一切都是谎言。在诸多圣诞树装饰品（装饰品不得带有锋利的边缘，不得含有玻璃）之间，众人的笑声假得不得了，但据黛博拉看来，至少他们还知道不好意思嘛。至于在弗里德医生的诊室里，医生则继续揪着黛博拉的过往不放，黛博拉也继续伪装、闪躲，或者索性摇身变成缩头乌龟。除了在病房里跟卡拉和玛丽昂的交往，黛博拉已经与俗世渐行渐远了，甚至离内心的那个低语声也更远了几分——当她恨不得自己身处“业尔”时，它还会回答问题，挺身而出做她的替身。“我没办法把感受说出口。”想到自己曾用种种“业尔”隐喻将自己的期盼告诉自己，告诉各路“业尔”神魔，黛博拉不禁下了结论。近年来，她时不时便会冒出各种念头，遇上各色事件，可惜俗世之中无人与她分享，于是，“业尔”的平原、深渊与山峰间回荡的字词变得越来越多，算是借以表达各种怪异的痛苦与壮举吧。

“肯定能找出几个对应的字词。”弗里德医生告诉黛博拉，“试着去找一找好了，然后再跟我讲一讲。”

“是某种隐喻，你不会懂的。”

“也许你可以解释一下。”

“比如，有一个词，它代表的是‘挪不开的眼神’，但它又另有某些隐含的意义。”

“隐含了什么意义？”

“其实，它还可以用来指代‘石棺’。”这个词意味着，某些时候，黛博拉的视野被困在她的石棺之内，正如已逝的死者。对黛博拉而言，天地之大，不过便是她自己那区区一方石棺罢了。

“凭着‘挪不开的眼神’，你能看见我吗？”弗里德医生问道。

“我看见的你，活像一张照片，照的是某种真实的事物。”

跟医生的交流，让黛博拉感觉非常心惊。托它的福，周遭的墙壁竟已在微微地震动，恰似一颗泵血的巨型心脏。安忒拉贝用“业尔”语念起了咒，可惜，黛博拉听不懂他的话。

“希望你打探消息打探得开心。”冲着坐在椅子上的那位医生，黛博拉说道。医生的身影此刻正在她的眼前越变越模糊。

“我并不是故意想要吓到你。”弗里德医生告诉黛博拉，却并没有发觉周遭的墙壁正在扭曲，“不过，我们还有许多工作要做。我想问问你，既然我们已经谈过当初的肿瘤手术，那在肿瘤手术以后，世界为什么会突然变灰了？除此之外，其他的一切是什么样子？早年间的其他一切，又是什么样子？”

就在这一秒，就在“业尔”之外，弗里德医生已然变成了一片灰色中的一抹虚影，因此黛博拉跟她说话颇有难度。可是，过往岁月偏偏又勾起了黛博拉某种心酸的失落感，假如眼前这位医生能将过往理出一点头绪，或许回忆就会没那么让人难受。于是，黛博拉梳理起了件件往事，可惜的是，无论她怎么回顾，想起的都是受挫与困惑。即使是在多年前某家医院成功地为她移除肿瘤时，不知怎的，黛博拉也玩不转大家上演的那出戏。那出戏的规则处处是谎话加花招，黛博拉倒是看得透，却拿不准该如何应对，该如何融入剧情，该如何对谎话买账。再说了，所谓的“康复”，也不过是虚伪的幌子，因为那颗肿瘤明明还在黛博拉的身上。

等到妹妹苏茜降生人世时，黛博拉的种种感官都告诉她：这位不速之客，是个红脸蛋、皱巴巴、又臭又闹的小人儿。谁能料到，亲戚们却潮水般地涌进了儿童房，惊叹着美丽而娇嫩的新生儿，活生生把黛博拉撇到了一旁。对黛博拉毫不费力就察觉出的事实，亲戚们还很吃惊、很恼火：黛博拉竟然认定新生儿长得很丑，竟然没有一心迷上小人儿，竟然难以想象小人儿终有出落齐整的一天，也难以想象她终究会有跟小人儿做伴的一天。

“可是，她是你的小妹妹啊。”亲戚们说道。

“这事又不是我办的，明明连问也没有问过我一声。”黛博拉回答。

就冲着黛博拉这句话，家里人开始对她有点看不顺眼了。“对一个五岁幼童而言，她的话确实显得早熟而又机灵，”亲戚们评论道，“可惜也很冷血，近乎无情。”“话是实话，”亲戚们评论道，“可惜出自怒火和自私，而不是出自爱意。”随着岁月的流逝，家里的叔叔阿姨纷纷疏远了黛博拉。黛博拉很骄傲，但却并未流露出多少爱心；苏茜却成了一个烂漫而又无忧的可人儿，个性很娇憨，亲戚们个个宠她宠得不得了。

借由黛博拉的身与口，那个祸根肿瘤宣告着自身，恰似一个恶灵或者被鬼魂附体的倒霉蛋嘴里说出的话。在黛博拉的身上，它牢牢地扎下了根。因为肿瘤手术的缘故，黛博拉迟迟才入校上学，结果可好，同学们在她缺席期间结下的一个个小团体和一宗宗友谊，全被她错过了。至于埃丝特，身为善良又哀伤的母亲，她看出了这致命的污点，索性做了东，把学校里人气最旺的一群女孩请到了家里。当时，黛博拉太伤心了，实在没力气去拦住母亲。再说了，也许靠着惹人爱的母亲，不管有没有“污点”，同学们好歹能容下黛博拉吧——在某种程度上，这种想法也确实颇有道理。可惜的是，在黛博拉家附近一带，此时依然是那套名门价值观的天下，于是，“肮脏的犹太人”小女孩（黛博拉已经认定，自己确实很“污浊”）变成了小霸王们下手霸凌的绝佳对象。其中一个小霸王，就住在黛博拉家的隔壁。每逢碰见黛博拉，他冲她劈头就是几句根深蒂固、等级森严的奚落，毕竟他就爱这些字眼：“犹太人，犹太人，肮脏的犹太人，我奶奶恨你奶奶，我妈妈恨你妈妈，那我也恨你！”——听听，整整三代人。这些话确实很带劲，就连黛博拉也能体会到。除此之外，到了夏季，黛博拉还有夏令营那一关要过。

据人们宣称，夏令营不讲什么宗派。就各类相差无几的中产阶级新教徒而言，这话或许说得很有理，可惜的是，黛博拉偏偏是夏令营里唯一的犹太人。在夏令营的墙上和厕所中，营员们竟然涂上了好些骂人的话（想当初，正是在夏令营的厕所中，那个身上长肿瘤的“坏丫头”在排出火辣辣的尿液时忍不住发出了尖叫）。

不过，这群小孩身上这本能的恨，倒并非天下独一份。因为黛博拉有时会听人提到，德国有个名叫希特勒的人物，带着同样的恶意和快意在杀害犹太人。某个春日，就在黛博拉动身前往营地之前，她发觉父亲把头埋在厨房餐桌上，正在号啕痛哭，为“捷克人和波兰人”流下了眼泪。但等黛博拉到了夏令营的营地以后，一名骑术教练却酸溜溜地提到，希特勒好歹办了件好事，清理掉了一批“废物点心”。黛博拉听了不禁有点纳闷：难道这批人身上都长了肿瘤吗？

那段时光里，黛博拉的世界只围绕着两件事在转：一个祸根肿瘤，再加上一份对上帝、捷克人和波兰人的特殊信仰，尽管这份信仰有乐亦有苦。黛博拉当时的世界充斥着谜团、谎言与变化。谜团背后的真相，便是泪水；谎言背后的现实，便是死亡；至于变化，则是一场秘密的战斗，而在这场战斗中，犹太人或者黛博拉，往往都是战败的一方。

正是在夏令营中，“业尔”第一次降临到了黛博拉的身旁，但此事她并未向弗里德医生提起。当然，她也没有向弗里德医生提到坐拥神域的“业尔”诸神，没有提到“众相神”。她一心讲述着往事，但也分心张望了片刻，赫然发觉弗里德医生那张表情丰富的面孔，分明正在为她鸣不平。黛博拉不禁想要感谢这个俗世的凡人——没料到的是，弗里德医生竟然心软到了能为人动怒的地步。“我从未料到，俗世凡人也被赋予了内在。”黛博拉沉吟道，接下来，便感觉自己累极了。

当黛博拉回到病房时，“业尔”诸神却一窝蜂般对她群起而攻之。她在一把硬邦邦的椅子上落了座，听着“众相神”的呼号和“业尔”其他低层神域里的怒吼。“听着，某飞鸟；听着，某野马：你并非世人之一！”一句句“业尔”语，宣告着永久的抽离。“看哪！”安忒拉贝一边下坠，一边告诉黛博拉，“你正探头探脑地自寻死路，你将永与‘深渊’为伍，你将打破封印，你将自取灭亡。”这时，远方却又传来了一句话，出自毒舌的“众相神”：“你才不是我们中间的一员。”

随后，安忒拉贝宣布道：“你向来都不是世人中的一员，从来都不是。你与世人截然不同。”

安忒拉贝的话，给了黛博拉一种深远、长久的慰藉。黛博拉变得开心且沉默起来，一心想要证明她与世人之间的鸿沟。她有一个锡罐盖子，是在某次散步的时候发现的，当时她捡了起来，心里有点拿不准该拿它做些什么。锡罐盖子的边缘呈波纹状，很锋利。此时此刻，她用锡罐盖子从上臂内侧划过，望着鲜血沿着锡罐盖子划下的六七道划痕慢慢地开始流淌，就在手肘下方。她并不觉得有多痛，只是她的身体有种不适的抗拒感。锡罐盖子再度划了下来，沿着最初的划痕，小心而又讲究地往下划。黛博拉十分用力，划得又深了些，前后划了大概十次，直到手臂内侧被割出了一道道血痕。紧接着，她便沉入了梦乡。

“姓布劳的小姑娘呢？我在这里没看到她的名字。”有人问了一句。

“噢，他们把她挪到了D病房。今天早晨，盖茨去布劳的房间叫她起床，结果，见到的真是一团糟啊：床单和布劳的脸上都洒着血渍，她的一条胳膊还被一个锡罐盖子割了好多划痕。哎哟！所以，就给她打了一剂破伤风针，立刻搭电梯送上楼去了。”

“真有意思……我还一直以为，那小姑娘病得并不厉害。每次见到她，我都会忍不住暗自心想：富家女露面喽。瞧瞧她走路的派头，仿佛我们一个个都太过卑微，她连瞧也懒得瞧上一眼，总之有失她的身份，更别提她说话时挖苦的口吻了。说真的，不在于她说了些什么，而在于那种冷冰冰的腔调。就是个被宠坏了的富家千金，没什么大不了。”

“谁知道我们医院的病人一个个到底怎么回事？反正医生们声称，要不是病得厉害，他们也不会入院。再说了，我们医院的治疗，可难熬得很。”

“那个傲慢的小婊子，只怕长这么大从没遇到过什么难熬的难关吧。”

第七章

D 病房让黛博拉无比心惊，毕竟这个地方撕下了一切慰藉和伪装正常的面具。女人们个个在光秃秃的椅子上坐得笔直，不然就在地板上或坐或躺，时而呻吟，时而沉默，时而发怒。至于 D 病房的护理员和护士，则个个长得高大而结实，强壮而有力。黛博拉进了 D 病房，心里的一块石头总算落了地，在某种程度上，护士和护理员的身材既让人心惊，却又有点让人心安。隔着一扇窗户（这扇窗户上带有栅栏和纱窗，活像击剑面罩），黛博拉向室外望去，只等着弄清一件事：这个骇人的 D 病房，为什么似乎却又有些说不清道不明的妙处呢？

一名女子出现在了黛博拉的身后。“你怕得要命，对吧？”

“没错。”

“我的名字叫李。”

“是个护理员？”

“见鬼，才不是。跟你一样，我是个精神病患者……没错，你也是，我们这帮人，难道不都是吗？”对方说道。

这是一名小个子女郎，长着一头黑发，脑子有点秀逗。但是，女郎却一眼看穿了另一名病人的恐惧。因为同为本院病友，她能在顷刻间直达对方的内心，本院的医护人员可没她这份本事。“她还真有胆魄，”黛博拉暗自心想，“也真不怕我揍她一顿。”正是在这一秒，黛博拉猛然悟出了D病房的妙处：在这里，再也无须用谎话撑起门面了，再也无须按俗世那些难以理解的规条过活了。等到黛博拉“眼盲”时，等到黛博拉身上那并无实体的肿瘤传来阵阵剧痛时，等到黛博拉深受“业尔”的“深渊”之苦时，再也没有人会开口数落她：“大家会怎么想啊！”“拿出点淑女的样子！”“别小题大做！”

紧挨着黛博拉的那张床，住着某位自称“退位英国国王爱德华八世之秘密首任妻室”的病友，她声称自己是被前英国国王爱德华八世的死敌秘密送进了这家医院（“这鬼地方，不就是家妓院吗”）。当护士把黛博拉的随身物品锁进内置式小橱柜时，邻床的病友正坐在床上，跟某位看不见的首相商议着对策。她站起身，走到黛博拉面前，露出一脸怜惜的神情。“亲爱的，你还这么年轻，真不该到这鬼地方来。哎哟，你肯定还是个处女吧。自从来了这里以后，每天夜里，我都会遭人强奸。”说完以后，她又继续跟看不见的首相商议对策去了。

“在这个D病房，我上哪里去找单独跟你们见面的地方？”黛博拉对兰特美恩和各路神魔哭诉道。

“终归会有办法的，”“业尔”响起了回音，“那位‘退位英国国王之非隐婚非妻室’女士可有不少客人，我们才不会跟她的客人挤作一处！”笑声响彻“业尔”，可惜“深渊”已经不远了。

“竟然有人护送你过来？”弗里德医生问黛博拉，困惑地朝站在她身旁的护理员望了望。

“她现在被送上了楼，到了D病房。”护理员的语气很镇定，随后站到了那间文明又普通，但却机关重重的办公室外面。

“出了什么事？”医生问。从黛博拉的脸上，弗里德医生看出了失落、恐惧和那张凶巴巴的假面具。黛博拉坐了下来，弯腰掩住脆弱的腹部和下腹——肿瘤动不动就会在那里苏醒嘛。

“我不得不那么办，没什么大不了。我在胳膊上轻轻划了几道痕，没什么大不了。”

弗里德医生凝神审视着黛博拉，只等觉察到某些蛛丝马迹：她的诚意到底有几分？“给我瞧瞧吧，”医生说，“让我瞧瞧你的胳膊。”

黛博拉解开了衣袖，只觉得无比羞耻。

“哎呀！”弗里德医生嘴里冒出了带有口音且好笑的大白话英文，“这一下，只怕要留个好大的疤！”

“要是见到它，我的所有舞伴只怕都会退避三舍。”

“翩翩起舞也好，再次活在人世间也好，这些都不是什么不可能的事。不过，你惹上大麻烦了，你明白，对吧？是时候一句不落地告诉我了，到底是什么原因，让你干出了这等事。”

黛博拉赫然发觉，弗里德医生竟没有惊恐，没有被吓到，没有嘲弄，也没有流露出人们常在自己惹上麻烦时流露出的千百种不该流露的神情。弗里德医生只是非常认真。于是，黛博拉跟她讲起了“业尔”。

曾经一度（此刻回想起来，感觉真奇怪），“业尔”的众神是黛博拉隐秘而又高贵的同伴，分享着她的孤独。在夏令营中正是如此，因为营员们一直把黛博拉视作眼中钉；在学校里也是如此，因为随着岁月的流逝，黛博拉的怪癖让她与同学们渐行渐远。她越发孤独，“业尔”的天地却变得越发广阔。“业尔”神祇是一群笑嘻嘻、亮闪闪的角色，黛博拉会时不时神游，前去与他们结交，恰似结交一群守护灵。可惜的是，后来的局面却起了变化："业尔"从美好与守护之源，摇身变成了痛苦与恐惧之源。慢慢地，黛博拉不得不去哄它、安抚它，从"业尔"明亮又舒适的王座之上，她眼睁睁堕入了"业尔"暗无天日的牢笼之中。身为"业尔"的女王时，黛博拉与"业尔"诸神平起平坐；身为"业尔"的囚徒时，黛博拉却低进了尘埃里，苦不堪言。时至今日，黛博拉还不得不忍受两个世界让人目眩的切换，忍受俗世的种种敌意化成"众相神"嘴里的碎碎念，并臣服且听命于"审查神"——毕竟，"审查神"肩负着重任，严防着"业尔"世界的秘种撒向俗世大地。在俗世大地上，它们终将蓬勃生长，开出一朵朵癫狂之花，被整个俗世亲眼目睹，害得整个俗世避之唯恐不及。不过，"审查神"目前已经当上了两个世界的暴君。他一度是黛博拉的守护神，现在却处处跟她作对。据黛博拉看来，"业尔"的现实性之证明，恰是它的残酷性：跟俗世一样，其承诺皆是谎言；而其优势与特权，最终皆是邪恶与苦痛。美妙变成了需要，需要变成了暴力，暴力又变成了彻底的暴政。

"它还有自己的语言？"弗里德医生问道，猛然记起了黛博拉嘴里那些诱人的字词，记起了黛博拉又是如何在吐露这些字词后抽离自己的。

"没错，"黛博拉答道，"它是一种秘密语言，有些时候，我会用某种仿拉丁语做幌子，但那只是给'业尔'语打掩护的假货。"

"你不能一直都用真的'业尔'语吗？"

黛博拉笑出了声：弗里德医生这个问题，问得真是荒唐。"大材又何必小用呢。"她回答。

"可是，你的英文听上去非常过硬。"

"用英文，是说给俗世听的，为了被世人辜负，被世人厌弃。用'业尔'语，则是为了说出该说的话。"

"你画画用的又是哪种语言？我的意思是，当你想到画画，用的是英文，还是'伊儿'语？"

"是'业尔'语。"黛博拉说。

"对不起。"弗里德医生说，"我可能有点犯红眼病，因为你竟然会用你自己的语言跟自己沟通，而不是跟人世间的世人沟通。"

"进行艺术创作的时候，我两种语言都会用。"黛博拉告诉对方，但她也留意到了一件事：弗里德医生来势很猛，她还想跟黛博拉进一步"沟通"呢。

"诊疗时间已经结束了。"弗里德医生柔声说道，"你把秘密世界的事告诉了我，真是非常棒。我希望你回去转告那群神明，告诉'众相神'和'审查神'，我才不会被他们吓到腿软。就算他们发威，也拦不住我们两个人的努力。"

第一个秘密目前已被黛博拉捅了出去。不过，当黛博拉和护理员迈步走回医院病房时，天倒也没有扑通一声塌下来。没有来自"业尔"的闪电，也没有来自"业尔"的咆哮。最后一扇病房门在黛博拉的身后锁上了，工作人员开始提供午餐。最近一阵，病房里刚换了护士长，新上任的护士长给病人们发的竟是金属汤匙，而不是木制汤匙。可惜的是，金属汤匙少了两只。众人苦苦寻找着那两只失踪的汤匙时，一名新来的病人多丽丝却哈哈大笑起来。"请大家保持冷静！保持冷静！"有人说道——对黛博拉来说，以上便是从俗世传来的最后几个清晰的字词，就在那一刻，时光仿佛活生生断片了。

D 病房的管理员在开口发问：“你感觉怎么样?”黛博拉感觉说话实在费劲，因此，她伸出手比画了一下：人影涌动。黛博拉看不见了。

“看上去你很惊恐。”管理员说。

涌动的人影发出了一阵响动。过了片刻，黛博拉又能听见别人说话的声音了。“你知道冷敷罩这种疗法吗? 我会为你准备一下冷敷罩。刚开始会有点不舒服，但等你敷上一会儿，也许就能平静下来。不会痛，用不着担心。”

“当心这套说辞……这正是同一套说辞。这套说辞之后，就是欺骗，还有……”正在这时，肿瘤传来了一阵剧痛，害得黛博拉在地板上不停地乱扭。一股惧意涌遍了全身，恰似血管瞬间爆裂，随后便是一片漆黑，甚至超越了“业尔”之力。

过了一段时间，黛博拉才恢复意识，但知觉还有点迟钝。她发觉自己正躺在一张床上，一条湿漉漉、冷冰冰的床单垫在她光溜溜的身下，另一条床单紧紧地盖住了她。紧接着，她又发觉自己正被人在床单之间翻来翻去，身上还裹上了别的几条床单。随后上场的是约束带，她感觉被裹得越来越紧，一时喘不过气来，被紧紧地压到了床上。不过，她并未等到冷敷结束的一刻……

又过了一段时间，黛博拉带着无比清晰的知觉，再度从“业尔”的“深渊”中挣脱了。她的身子依然被冷敷罩裹得严严实实，但她的体温却已经让床单暖了起来，仿佛她折腾得有多热，床单就有多暖。一番挣扎与苦楚看来只会给身上的一层“茧壳”加温，而那份灼热又只会把她累得够呛。黛博拉扭了扭头，就已经感觉累极了，但全身上下，她也就只能扭一扭头。

过了片刻，有人进了屋。“你感觉怎么样？”

“我……”听上去，黛博拉的声音显得很讶异，“我来这里多久了？”

“三个半小时左右。正常标准是四个小时，所以如果你已经感觉没事了的话，再过半小时，就可以从床上起来了。”他说完就出了屋。黛博拉的关节被约束带勒得好痛，但现实倒并未消失。她轻轻松松就从“业尔”最深处的“深渊”来到了此地，真让她大吃一惊。

仿佛过了好久好久，工作人员才进了屋，帮黛博拉起床。他们松开黛博拉身上的“茧壳”时，她细细地观察了一番：她的颈下放了一个冰袋，脚边放了一个热水袋。她被床单裹了个严实，活像一具木乃伊，上方和下方又另外各铺了几条床单。床单外面则是三根又宽又长的帆布条，分别从黛博拉的胸部、腹部和膝盖紧紧地跨过，绑在另一侧的床上。第四根帆布条在黛博拉的脚边打了个结，随后拉下来绑在床脚的栏杆上。紧贴黛博拉身体裹住她的，是几条大尺寸床单：三条交错在一起，恰似湿漉漉的白色叶子；内侧的那一条，则把黛博拉的两条胳膊缚在了身体的两侧。

起身时，黛博拉觉得很虚弱，几乎迈不开步子，但她好歹在俗世复生了。等到穿好衣服，她回到自己的床边躺了下来。隔壁床那位“退位英国国王之非隐婚非妻室”女士，对黛博拉倒是很关切。“你这可怜的雏妓，”她告诉黛博拉，“我可是亲眼目睹了他们对你造的孽，就因为你没跟那个医生上床！他们居然把你绑起来，好让你动弹不得，然后他就进了屋，侵犯了你。”

“何等嘉奖啊！”黛博拉挖苦道。

“别跟我说瞎话！我可是‘退位英国国王之非隐婚非妻室’女士！”那位“隐婚妻室”女士扯着嗓子嚷嚷开了。女士麾下的一群幽魂应声向她涌去，于是她又跟他们聊起了天，仿佛正在上演一幕大戏，戏中尽是上流社会的各色八卦与杯盏交错的叮当声。出于礼貌，女士向他们介绍了黛博拉（皱巴巴的床单在黛博拉身上留下的一道道勒痕，此刻正在渐渐消退）：“这位就是我跟你们提过的那个雏妓。”

第八章

“D 病房……究竟是什么意思?”埃丝特·布劳说着，再度审视起了黛博拉医院的报告。她只盼信上的“D 病房”一词会摇身一变，不然的话，那封信上就再平白冒出几个字，让“D 病房”一词显得跟她期盼中的一样祥和。医院的月度报告依旧是寥寥数语，似乎没什么人情味，只劝埃丝特耐心等待，可惜的是，信中所述的事实倒是半点也错不了。除此之外，信末的签名竟然换了一位医生，成了 D 病房的管理员。埃丝特立即给那家医院写了一封信，没多久便收到了回复，声称眼下探访并不明智。

怀揣一种近乎恐慌的担忧，埃丝特又写信给了弗里德医生。也许她可以再去医院一趟嘛，并非为了去见黛博拉（既然医院已经声称“眼下探访并不明智”），而是为了跟黛博拉的医生商议一下最近的变故。从弗里德医生的回信来看，正直的她显然是在尽力打消埃丝特的疑虑。与此同时，弗里德医生也在劝埃丝特耐心等待。当然了，假如埃丝特与丈夫依然认为有必要前去医院一趟，弗里德医生会跟他们预约会面，不过，信中还声称，黛博拉的遭遇“虽看似一次挫折”，其实却用不着焦虑。

埃丝特猛然记起当初那铁窗重重的高楼上传来的声声尖叫，不禁打了个寒战。她把弗里德医生的回信读了一次又一次，悟出了信中的言外之意，仿佛破解了某种密语。绝不能让她自己或雅各布的惧意拦住女儿的康复之路。务必要等，务必要忍。埃丝特默默地将弗里德医生的回信和医院报告及其余信件一起搁到了一旁，没有再瞥它一眼。

“难道其中是有着某种模式?”弗里德医生问道。“你向我透露了某个秘密，紧接着你就害怕得不得了，吓得躲进恐慌之中，不然就躲进你的秘密世界之中——把它称作‘业尔’也罢，把它称作‘那儿’也行。”

“别再拿俏皮话打趣我了。”黛博拉答道，两人双双笑出了声。

“没问题，那就跟我讲讲你怎么会动不动就心乱吧。”弗里德医生凝神望着她的病人，对“业尔”世界颇为好奇：它一度是黛博拉的避难所，却突然间失了色，眼下则索性沦落成了暴政之地，害得黛博拉不得不花费无数时日去供奉诸神。

“有一天……”黛博拉开了口，“在我放学步行回家的途中，兰特美恩突然降临了，并对我说：‘三变三镜像，随后便是死亡。’兰特美恩说的是‘业尔’语，但‘死亡’一词在‘业尔’语中也指入睡、发疯和‘业尔’的‘深渊’，所以，我没有弄懂他究竟是什么意思。至于第一变，我倒是心里有数，指的是当初肿瘤切除手术以后，我们从医院乘车回家，此变有个镜像般的写照，是几年之后，我亲眼见到的破碎的花朵。第二变，指的是当初我在夏令营里遭人羞辱，此变的镜像，则是在我大约十四岁的时候，在某辆车里遭遇的一段经历。至于第三变，指的是我们搬家回城，此变的镜像，则被兰特美恩早早地说中了，属于预言成真了吧。它究竟指的是当初割腕还是回家，这一点我有些拿不准，但总而言之，兰特美恩当初提及的就是‘死亡’。”

“可是，其中‘两变’出在那位神明……不管他到底是个什么身份吧，总之，其中‘两变’远远早于这位人物断言会有‘三变’的那一刻，对不对？”弗里德医生问。

“但其中‘第三变’出在兰特美恩预言之后，几次变局的镜像也出在预言之后啊。”黛博拉说，随后又说起序曲与定数是如何交织在一起，构成了她的秘密世界的。

想当初，黛博拉的肿瘤刚被切除的时候，大家个个开心得不得了。微雨之中，家人驱车将她从医院接回家，一路回荡着笑声。黛博拉从汽车后座站起身，望向车外灰蒙蒙的天空，望向湿漉漉的街巷，望向正裹紧外套的人们。现实并不在这辆充斥着父母欢声笑语的汽车里，却偏偏贴近那片阴沉的天空——就在这时，细雨初收，天空显得昏暗而疲惫。黛博拉猛然悟出：此时此刻，昏暗已成了她的生命之色，也将永远会是她的此生之色。又过了数年，在黛博拉的灵魂与俗世争辩了其他现实之后，兰特美恩又让黛博拉记起了当初顿悟的那一天。

早在黛博拉尚未前往医院时，她便已做过一个梦。正如黛博拉想象中的医院病房，梦中有一间白屋，有一扇敞开的窗。透过窗户，她遥遥望见明媚的碧空，碧空中飘过一朵变幻多端的白云。窗户上立着一只花盆，盆中长着一株红色天竺葵。“瞧，”梦中的声音告诉黛博拉，“医院里有鲜花，有力量。你会活下去，会活得坚强。”岂料陡然间，窗外的碧空却暗沉了下来，周遭顷刻变了色，一块不知从何处抛下的石头砸碎了花盆，砸坏了鲜花。黛博拉的耳边传来了尖叫声，心中则预感到祸事即将来临。多年后，一名毒舌的艺术生经过了一只掉到街上摔碎了的花盆——此时的她，已彻底变成另一个“黛博拉”了。她发现盆中的泥土已经撒了出来，一朵红花从根茎间垂下。这时，兰特美恩在她的身旁悄声说道：“瞧好了，瞧瞧。变局已然来临，变局之镜像就在眼前。应验了。”再有两次变局临世，再有两次镜像临世，随后降临的，便是“以沫”（“以沫”一词，似死亡似沉眠似发疯，又似一声绝望的叹息）。

第二次变局临世时，黛博拉才九岁，当时她真是受尽了羞辱。那天是黛博拉第三年参加夏令营的第一天，因为忙于抗争身为“黛博拉”的种种不公，她举报了两名取笑她并拒绝跟她同行的女孩。夏令营主管向黛博拉投来严肃的目光。“到底那些话是从谁嘴里说出来的？‘我们才不跟臭犹太妞同行。’是克莱尔，还是琼？”主管问。

因为正值夏令营首日，黛博拉还分不清一大群女孩的名字和面孔。“是克莱尔。”黛博拉说。直到克莱尔被叫了过来，又死活不承认说过那通话时，黛博拉才猛然悟出，克莱尔当初只是一边听，一边点头表示赞同，发话的人其实是琼。

“克莱尔声称，不是她说的。现在你又怎么说？”夏令营主管问道。

“没什么可说的。”黛博拉答道——“毁灭号”列车正在继续前行。黛博拉索性不再挣扎了，闭上了嘴。当天，夏令营举办了一场亲密无间的篝火晚会。多年以后，营员们还曾略带怀旧的惆怅追忆起它，慨叹自己纯真的少年时光。夏令营主管却发表了一段激昂的演说，谈起：“我们中间的一个撒谎精，竟利用她的宗教博取同情，还朝无辜女孩的头上泼脏水。我们中间有一个人，什么阴毒的手段她都使得出来，什么下作的手段她都使得出来。”夏令营主管还说，他无意指名道姓，但营员们个个心里有数。

数日后，黛博拉设法溜出了夏令营，独处了一段时间，谁料一个声音却不知从何处传了过来，在她的耳边幽幽响起，温柔而又低沉：“你并非世人之一。你本是我们之一。”黛博拉四处寻找着那个声音，它却就在片片绿叶与缕缕阳光之间。“别再跟那帮家伙的瞎话斗下去了，你并非世人之一。”声音说。过了一阵子，黛博拉既盼着再度听到那个声音，又为它的消失感到更加哀伤，但谁能料到，她竟在繁星漫天的夜里再度与它重逢了。跟她同路的行人没一个能听见它，但那浑厚的嗓音在她耳边开了口，恰似念起一首诗：“你大可化身为我们的飞鸟，乘风自由翱翔。你大可化身为我们的野马，率性不再羞耻。”

黛博拉在夏令营受辱，正是“第二变”。然而众神随之崛起，未来的“业尔”初具雏形，则让受辱一事变得不那么重要了。提到世人的敌意，与其说它是一道创伤，不如说它是一种突如其来的证明，忽然印证了“业尔”到底有多真，而这份真实也体现在了其镜像般的写照之中：想当初，黛博拉正在某辆车里，安忒拉贝却冷不丁从车中的人群向她发出了召唤，结果她不得不把车叫停，以便脱身。在夏令营里，俗世的牢笼曾久久地将黛博拉困住，但自此之后，黛博拉便成了自由身，因为正如“业尔”所说，她另有所属。

第三次变局，则是搬回城中。黛博拉的母亲原本以为，搬家会是一件幸事。他们终于有了自己的家，即使只是一间公寓。再说了，黛博拉还能找到跟她同龄的伙伴。可是，一家人离开旧宅时，黛博拉却不禁笑出了声。因为她心里很有数，自己一家只怕甩也甩不掉祸根。到了城里，致命的缺点只怕会愈发明显，问题本身也会愈发清晰。旧有的敌意与孤独，终于再也无法怪到“雅各布一家是犹太人”一点上了。另一方面，故地的怨愤，倒已经变得日渐熟悉。而搬回城中以后，全新的蔑视与孤独又在黛博拉那副尚未变硬的心肠上深深割下了一道道伤。

至于这一回，其镜像则随着另一件让人下不来台的糗事来临了：黛博拉居然被人奚落了一顿，被人取笑“笨手笨脚”，害得某位体育老师孤立了她。黛博拉一头栽进了“业尔”的“深渊”，活生生过了三天噩梦般的日子，既无法被自己的灵魂看清，也无法被自己的双耳听见。

紧接着，就在黛博拉十六岁生日前不久的一个晚上，她从医生的诊所回家，身上还背负着那并不存在的肿瘤所带来的并不存在的剧痛。当时，她的身旁有着安忒拉贝、兰特美恩、“审查神”和“众相神”。就在诸神相互矛盾的喝令声与咒骂声中，黛博拉突然悟出：不知怎的，时间已经又溜走一天了。不知道怎么回事，时光仿佛再度断片，目前已经跳到了另一个时间点，而黛博拉的身后，竟然有个警察在穷追不舍。警察终于来到她身旁，他开口就问黛博拉到底出了什么事——刚才她可一直在惊恐地拔腿狂奔，似乎在躲什么东西。她向警察保证，自己没出什么事，甚至闪身躲进了一栋大楼，躲开了警察。等到再度迈出大楼时，黛博拉迈开脚步，仿佛应和着缓慢而低沉的鼓点声，一声又一声。“它来了，‘以沫’终于降临了。”黛博拉暗自心想。耳边传来一声平静的长音，她只觉得心中一片祥和，因为到了此刻，她已无须再挣扎、再反抗了。

“三变三镜像”——正如兰特美恩当初所料。

“不过，我还是有点拿不准。我这人很容易上当，知道吧，这一点甚至在‘业尔’为我博得了一个绰号，叫作‘回回受骗的倒霉蛋’。”黛博拉告诉弗里德医生。

“你提到的‘三变’之中，其中‘两变’远远早于诸神在你的面前现身。鉴于这件事，我说不清这是否属于事后之明，也说不清他们是否只是为了迎合你对人世的看法而蒙骗你。”弗里德医生在座椅上朝前俯过身子，感觉到黛博拉正心力交瘁。毕竟，黛博拉刚刚才吐露了她心底最真挚的动力。一种秘密语言，却是为另一种更加秘密的语言作幌子；一个世界，却是为另一个隐藏的世界作幌子；一堆症状，却是为另一堆更加深层的症状作幌子（目前尚不到着手处理的时候），而深层的那堆症状之下，却又藏着一种更加深层、如火如荼的求生欲。弗里德医生想要告诉面前这个一脸愕然的女孩，她的病，她那人人退避、人人惊惧的病，其实也是某种适应方式。黛博拉秘藏的所有世界、语言、规条与和解，是她在一个无序与恐怖之世中活下去的手段。

“知道吧……精神疾病的无奈之处在于，为了生存，你必须付出惨痛的代价。”弗里德医生说。

“至少，活成个‘疯子’，也是活在某处。”

“说得半点也没错。但也依然是活在某个群体之中，与他人在一起。”

“不！不是！”

“付出惨痛的代价，你才能找到归属。”

“可是，我的归属不在这儿！不在你身上，不在俗世！很久很久以前，安忒拉贝就告诉过我，我的归属就在‘业尔’！”话虽如此，黛博拉的心里却明白：弗里德医生刚才所说，或许也略有一丝道理。对弗里德医生的一席话，黛博拉已经敞开了一丝心扉，恰似一只惯于黑暗的眼睛，透过睫毛的重重遮蔽，小心地朝着光明睁开，却发觉光亮有些刺目，于是又匆匆合上。不过，光明已至，势不可挡，即使此刻闭目弃绝也来不及了。毕竟，黛博拉在本院的D病房感觉如鱼得水，胜过昔日在任何一个地方。生平第一次，她有了定位，有了身份——黛博拉是“疯子”之一。她终究有了一则明晃晃贴在脑门上的标签。

诊疗结束后，弗里德医生来到她的厨房，动手泡起了咖啡。变化，再加上镜像！世间所有人的双眸，不都是一面面扭曲的镜子吗？又来了，跟过往上百次的经历一样，弗里德医生再度伫立在某人的真相与另一人的真相之间，惊叹于一件事：即使两人之间有爱，有着多年共同的经历，双方眼中的真相却依然有可能天差地别。遭遇肿瘤与夏令营反犹事件以后，黛博拉想必就已经产生了颇为有害的孤独感，而这种孤独的感受又给精神疾病提供了土壤；埃丝特所给予的爱，全都被黛博拉一股脑另行诠释了。假如黛博拉果真劫数难逃，她想必认定母亲早已心中有数了，认定母亲对女儿只是怜悯，却并非爱，也认定母亲以殉道者自居，却并非以女儿为傲。

等到咖啡开始冒泡的时候，弗里德医生朝它望了望，猛然有种老眼昏花的感觉。黛博拉那位母亲，可真是厉害。“迷人……非要迷人不可，非要事事成功不可……”对着面前的空杯，弗里德医生咕哝着，“依我看，她恐怕很好胜……有点霸道，但也不乏实打实的爱……哎哟！”突然，弗里德医生腾身闪到一旁，用德语惊叹了一声，那是她童年时代与少年时代所熟识的语言。咖啡刚刚煮沸了，从壶盖下溢了出来。

黛博拉迈步向病房走去，只盼能找个地方，让自己独处片刻。但在这家医院里，“独处”本就是件说不清的事，因为尽管医院里挤满了人，楼层里挤满了人，病房里挤满了人，病人们却一个个仿佛相隔了万里。在黛博拉听说过的所有医院中，都难免会有一大群“原子化”的病人，已与俗世所有团体、所有组织干脆地一刀两断了。跟黛博拉同住 D 病房的病友中，有几个一动也不动；另外几个，则跟某位“被暗杀之前总统之被投入妓院之妻室”女士一样，索性自建了自己的王国，甚至似乎从未朝现实世界的边缘走近一步，正如眼下的黛博拉。

看上去，此地的诸多病人都似乎坐拥某种超能力，几乎一眼便能看透他人的弱点所在，还能看透对方那些弱点的力度和强度。但是，随超能力而来的一点，则是病人们即使看透了对方的软肋，却根本不知道该拿它怎么办才好，仿佛各种自毁的力量也对病人们的超能力颇为忌惮。早已有人教导过本院的这群病人，行事要“文明”，切勿嘲笑残障人士，切勿扔石头去砸畸形人士，切勿一个劲儿地呆望着路上的老人家。病人们倒是乖乖遵守了上述戒律，但若是遇到肉眼不可见的残缺，他们却显得耳聪目明，不仅看得透种种秘密，还能听得出所谓的心智健全人士心底深藏的种种渴求。每逢这种时刻，他们恐怕就会变得冷酷起来。只不过，对人是否冷血，其实并不在他们自己的掌控之中。

黛博拉发觉，某位护理员动不动便会挨D病房的病人们一顿揍。出手的是D病房病情最重的几位病人，别人讲话她们常当耳边风，面对现实她们常当睁眼瞎。然而，她们几个倒总爱跟同一名男子作对。某天，一场比平素打得更凶的闹剧上演以后，院方进行了调查。当天的打斗堪称一场混战，D病房的病人与工作人员都有人挂了彩，D病房管理员不得不找全体人员一一问询。黛博拉本来躺在地板上观战了片刻，只盼某位护理员能被自己的脚绊倒。如此一来，黛博拉就能学着圣奥古斯丁的派头，开口说一句“我那只脚是在那儿没错，但我可没逼着他去招惹脚呀。自由意志，说来说去，终究是…… 自由意志”。

D病房管理员找了全体人员问话，询问之前的那场打斗。病人们纷纷端出一副不屑于搭理的模样，就连话最少、眼神最癫的几名病人都隐隐显得有点鄙夷，故意让病房管理员碰上一鼻子灰。

“当时到底是怎么闹起来的？”D病房的管理员医生对黛博拉说——空荡荡的休息室中再无旁人，对此刻的黛博拉而言，这显得意义深重。“嗯…… 霍布斯走下了大厅，接着大家就打起来了。打得十分精彩，动静不算太大，下手也不算太软。露西·马滕森一拳揍得霍布斯先生魂飞天外，霍布斯先生的脚又踢到了李·米勒身上。我倒也伸了一只脚出去，只可惜没人肯搭理。”

“好了，黛博拉，”管理员医生恳切地说（黛博拉可以看出他眼中的希冀之色，那必定跟他身为医生的成就感有关——若是其他医生都会碰壁，他却能从病人嘴里问出个究竟的话），“我希望你能告诉我……为什么遇袭的向来都是霍布斯，不是麦克弗森或肯顿？难道霍布斯瞒着我们对病人很凶？”

噢，D病房管理员眼中那抹希冀之光！那并非为了黛博拉，而是为了她的答案；并非为了D病房的病人们，而是为了他能在自己的梦中淡然说上一句：“没错，那件事我搞定了。”

至于D病房的病人们为何偏偏挑中了霍布斯，放过了麦克弗森，这一点黛博拉倒是心中有数，但她无法说出口，正如她也无法怜悯管理员医生脸上那抹赤裸裸又雄心勃勃的希冀之色。有时候，霍布斯确实是有点粗暴，但原因不止于此。霍布斯被周遭的各式癫狂吓得厉害，因为种种癫狂之举，正映衬出他内心的某种底色。霍布斯恨不得病人一个个显得比实际上更癫狂、更古怪，以便让他看清区分“精神错乱者”与他自己的那道界线——正是它，将霍布斯自己、霍布斯的各种意向、各种念头、各种希冀，与D病房病人们彻头彻尾的癫狂之举区分开来。至于麦克弗森，他是个坚强的人，甚至是个快活的人。他盼着病人们跟他一样，假如病人们变得越发像他，他就会感觉越发舒心。他不停感召D病房的病人们跟他学，但也从不强求，而是在私底下使些巧劲，但凡见到一点成效，他就欢欣鼓舞。其实，护理员们在心底各有所求，D病房的病人们只是让他们所得即所求罢了。此事并无任何不公之处。再说，就在当天早些时候，黛博拉还悟出：虽然霍布斯的手腕在混战中骨折了，但这也只是把他入住某家精神病院的时间朝后拖上一阵而已。

黛博拉并不愿意将这番话说出口，因此，她开口告诉医生：“此战并无不公之处。”但在医生听来，黛博拉的话简直犹如天书，因为眼下明明有个病人正躺在床上，另一名病人断了肋骨，霍布斯手腕骨折，另一名护理员手指骨折，还有两名护士添了黑眼圈，脸上也又青又肿。D病房的管理员医生站起身，准备离开了。他竟然没能从黛博拉的嘴里多套出一句实话，于是黛博拉察觉到，他对她又恼火又感到恶心，谁让她害得他的白日梦平白碰壁了呢。正在这时，休息室的门飞快地打开了，病房管理员转过了身。进屋的是D病房的另一位病人海琳，手中正端着她的午餐托盘——很显然，黛博拉在休息室被管理员医生问话时，其余病人已开始领午餐了。

有那么片刻，黛博拉还以为，海琳只是打算在休息室里吃午餐，毕竟这间屋阳光明媚。不过，等到望见海琳的面孔时，她才发觉，不，海琳进休息室，才不是为了沐浴阳光。管理员医生猛地抬起头说："回你该待的地方去吧，海琳。"海琳闻言却后退了一步，一扭胳膊，翩翩然将托盘砸在了黛博拉的头上。黛博拉刚刚望见了海琳芭蕾舞般的风姿，正拜倒在那份曼妙之下，谁料突然就只觉得天崩地裂，一摊湿乎乎、热乎乎的食物雪崩般朝她兜头淋了下来。那是炖菜、一片片食物，还有斜斜来袭的托盘边缘。黛博拉朝病房管理员医生扭过头，却发觉他已经在墙边蜷缩了起来，平素那副慢吞吞的专业腔已猛然变了调："别揍我，海琳……千万别揍我！我知道你揍得有多狠！"D病房管理员话音刚落，护理员们就冲进了休息室，使出有力的胳膊和凝重的面孔，打算降伏海琳。据黛博拉看来，眼前似乎是一群护理员在对付一名娇小女子，尽管海琳活像一台打谷机，护理员们则活像一颗颗谷粒。一摊食物沿着黛博拉的发间与脸庞徐徐滴落，在它的后方，黛博拉嗫嚅道："再见吧，海琳与'六人组'。"

"你刚才说什么？"医生一边问，一边理了理衣服，又挣扎着想要换一副表情。

“我说，‘抬起啦，喘息啦’，”黛博拉用法语答道，“‘拖走啦’。”

就在这时，黛博拉的耳边传来了挪床的声响，分明是有人正在准备冷敷罩。管理员医生匆匆离开了休息室，动身去对付大楼后方某个房间里突然响起的尖叫声。黛博拉独自伫立在一片混乱中，心中不禁有点好奇：自己有没有流血呢？

托这场闹剧的福，黛博拉不得不等了半个小时，才等到护理员来把浴室门打开，好让她进去清洗一番。这间医院跟别处也没什么两样，总得先料理揍人的人，再料理挨揍的人嘛。说来说去，医院跟俗世，也并非相隔万里。冲着整件破事，黛博拉在心中暗骂了一声。工作人员制服海琳时确实很凶，但他们确实是为了黛博拉着想，他们为她担了心。黛博拉把海琳的午餐从身上清理干净，回到自己的床边，却发觉自己那份冷冰冰的午餐正搁在床上，已经被某位住在窗边的病人吃了一半了。

“吃吧，宝贝，”那位“退位国王之妻室”女士坐在床上，对黛博拉说，“反正他们稍后也会让你把吃下去的再吐出来。”

“不用了……”黛博拉望着炖菜说，“我已经吃过了。”

那位“被暗杀之前总统之妻室”女士用犀利的眼神瞪着黛博拉。“我的宝贝，瞧你这副模样，你找得到男人才怪哩！”

她扭头不再搭理黛博拉了，继续忙于出席会议。就在此时，黛博拉突然悟出海琳为何会冲进休息室，打算揍她一顿。大约一小时前，在管理员医生尚未找黛博拉问话的时候，海琳来找过黛博拉，口齿清楚地说了几句，又把一封信里的几张照片拿给黛博拉瞧了瞧。海琳被院方安置在隔离室里，因为人人都怕她，怕她的怒气和拳头。

若是海琳有心出手，那拳头只怕能打断几根骨头。可是，今天隔离室偏偏开了门，无人留意到海琳溜去见了黛博拉一趟，也无人听到她们两人说了多少关于照片的知心话。当时海琳一直念叨着，告诉黛博拉这人是谁、那人又是谁，还冲着其中一张照片说："她跟我一起念过大学。"相中人是个漂亮女生，伫立在现实世界中，伫立在那噩梦一般的无人区。海琳从黛博拉手中将照片取了回来，又在黛博拉的床上躺下来，开口说："快滚蛋……我累了。"她可是惹不起的海琳，于是，黛博拉出了屋，进了大厅。没过多久，护理员便发现了海琳，打发她回了自己的房间。此时此刻，黛博拉好歹悟出了一件事：海琳刚刚突袭了她，全怪黛博拉亲眼目睹了那张照片勾起的耻辱与痛苦。对于这个堂堂见证人，除了让黛博拉丢脸以外，海琳还能怎么办？毕竟，明镜免不了要被泼上脏水，免得明镜活生生映射出真相：在那副由凶巴巴的拳头、双眸与脏话组成的假面具下，竟有着一抹突如其来、不为人知的脆弱。

"哲学家啊！"黛博拉喃喃自语道，继而从耳后取出了一片食物。

第九章

“我们已经聊过那几次变局，也已经聊过了秘密世界。但在此期间，你的生活中究竟发生了些什么？”弗里德医生问。

“很难捋个清楚，但总之，看似处处都充斥着恨意，俗世也好，夏令营也好，学校也好……”

“学校里也有排犹倾向吗？”

“噢，学校里的恨意才更纯呢。恨意全都落在了我一个人头上，那真是实打实的厌恶，教养有方也改不了的厌恶。可惜的是，厌恶每每会变成怒火或恨意，我却向来摸不清缘由。大家会来找我，嘴里声称‘既然你亲手犯下了那种事……’，不然就是‘既然你亲口说出了那种话……就连我也没法儿再护着你了……’——其实，每次我都说不清楚，我自己到底亲口说了什么话，亲手做了什么事。我们家的女仆纷纷离去，活像连成了一长队，所以我也就被逼着一次又一次地‘道歉’，但我也向来摸不清缘由。有一回，我跟交情最深的密友打招呼，她却掉头避开了我。当我问她为什么时，她答道：‘既然你亲手犯下了那种事……’总之，她再也没有跟我搭过腔，我也一直没有摸清其中缘故。”

“你确定你没有隐瞒什么真相吗？比如某些缘故惹火了这帮朋友？”

“我千方百计地琢磨过、思考过、回忆过，但我实在摸不着头脑。真的没有。”

“出了这种事，你感觉怎么样？”

“过了一段时间，就只剩下一片朦胧，再加上难逃的劫数招来的意外了。”

“‘难逃的劫数招来的意外’？”

“在律法全无而只余毁灭之处，‘以沫’无时无刻不在逼近，‘以沫’的阴影逃也逃不开。然而，它的来袭，动不动就会害我受苦，还会害我一次次从始料不及的角度挨上一击又一击，虽然我根本摸不清缘由。”

“说不定，这只是因为，你在人世间寻求的，本就是备受惊吓、备受震惊。”

“你的意思是，这是精心安排的一幕幕骗局？”一时间，黛博拉有种天摇地晃的感觉。

“不过，势必是你亲手布下了骗局，对吧？不然你便对它一无所知。”

黛博拉的脑海中顿时浮现出了一幕，来自当初她只待末日降临的岁月。当时，她已经被赶出了那个排犹的夏令营，但她人生的底色却已奠定，只能眼见着绝望越积越深。据大家传言，她总是独自一人埋头素描，可她从不肯把笔下的画作给任何人瞧瞧。她开始随身带着速写本，走到哪儿就带到哪儿，将它紧紧地攥在手中，仿佛紧攥住一面盾牌。谁知有一次，黛博拉待在一群悠然谈笑的男生女生身旁，一幅画却从她的速写本中掉了出来，她根本没有发觉。其中一名男生捡起了画作。“嘿，这是什么东西？谁掉的？”

那是一幅精致的人像，画着众多的人物。大家一个接一个地矢口否认：不，这画不是我的，不是，真不是……到了最后，捡到画的男生又朝黛博拉望去。

“这画是不是你的？”

“不是。”

“哎，得了吧……还不如干脆承认。”

“不是。”

黛博拉凝神审视着捡到画的男生，发觉他其实想要出手相助：假如她认下这幅画作，因此挨了罚，被其他人取笑，那他就会挺身相护。他倒是愿意施恩，可惜黛博拉实在说不清楚，她需要为这份恩情付出何等代价。

“这幅画到底是不是你的？”男生问。

“不是。”

“你瞧那帮家伙，当初居然害得我跟我的艺术割席。”黛博拉愤愤地告诉弗里德医生。

“可是，难道你没有察觉，那名男生其实是在恳求你，别跟你的艺术割席？再说了，当时在场的其他人并没有发笑，只是你心里害怕他们会笑你。你凭一己之力，把自己逼到了撒谎的地步。”

黛博拉紧盯着弗里德医生，只觉既惊恐，又恼火。“曾经有多少次，人们说了点真话，就招来了杀身之祸！”

她气冲冲地站起身，走到弗里德医生的办公桌前，取了一张纸画了起来，算是回应众人的“指责”，其中包括弗里德医生（看上去，医生正口口声声地责怪黛博拉）、“众相神”（“众相神”就没有站在黛博拉这一边的时候），再加上诸多怪罪她的言辞。黛博拉气呼呼地画了好一会儿，画完之后，把画递给了弗里德医生。

“我可以从画中一眼看出你的怒气。可是，画中有些符号，恐怕还要麻烦你解释一下。比如皇冠……权杖……飞鸟……”

“这几只是夜莺，它们非常惹人爱。瞧，画中的女孩堪称应有尽有、心想事成。她的头发会被飞鸟用来做窝，用来擦亮皇冠；她的骨头会被用来打磨权杖。女孩坐拥最美的皇冠与最沉的权杖，人人都在赞叹：‘多么幸运的女孩，真是宝贝加身！’”

弗里德医生眼睁睁望着她的病人惊恐地落荒而逃，一次又一次。用不了多久，黛博拉就会再也无处可逃了，她将不得不直面自己——毕竟，正是黛博拉亲手谋划了自毁之路。弗里德医生向黛博拉望去。至少，目前的战斗中，她已经不玩虚招了。往昔的冷漠，已经不见了踪迹。弗里德医生心中涌起了一抹希望，再加上一种前所未有的激动，那是从心底传来的回声，依然在为面前这名女孩颂唱康复之歌。医生并未流露出激动的神情，免得被黛博拉发觉，免得黛博拉又非要对着干，试图证明“业尔”确实存在，从而害得她自己吃尽苦头。

“皇冠与夜莺！”黛博拉用挖苦的口吻说，“留着这幅画吧，你还可以亮给你教的那群医生瞧瞧。别忘了跟那群博学的医生说一声，要学懂线性透视，用不着非得当个理智健全的人。”

“这个问题，确实取决于视角。”弗里德医生说，“但依我看，我还是自己留着这幅画吧，以便提醒我自己：即使经受着疾病的摧残，但只要创造力够深厚、够蓬勃，就足以茁壮生长，并开出繁花。”

黛博拉正坐在D病房的地板上，懒散地只等跟安忒拉贝碰头，却望见卡拉沿着大厅朝她走来，还打着招呼："嘿，小黛……"

"卡拉？我还不知道你也搬到楼上来了。"

看上去，卡拉疲惫得要命。"小黛，我真是受够了把满腔恨意藏在心里，所以我决定搬到楼上D病房来，这样我就能拼命嘶吼，吼到嗓子哑掉。"两人相视一笑，双双心知：D病房才不是全院"最不堪"的病房，它其实是全院最诚实的病房。本院其余病房，不还得顾及自己的地位和形象吗？

身处地狱边缘的人，才对恶魔最为忌惮；对于已然身处地狱的人来说，恶魔随处可见，简直没什么特别。因此，A病房与B病房的病人们念叨着一条条轻微的症状，服下镇静药，畏惧着吵闹声、赤裸裸的剧痛与满腔的绝望。相形之下，D病房有时确实仿若飘摇的小舟，但那一波又一波暗流般的癫狂，却早就动摇不了D病房的一群病人了。

有些时候，D病房的病人们也会互相谈起入院前的日子，不然就讲讲小道消息。不管她们有多嘴硬不肯承认，这群无家可归的闲人，却还总是本能地想要沾沾俗世的烟火气。毕竟就目前来说，D病房病人们的世界，不仅充斥着一个个精神错乱的患者，还被高墙与病房围在其中。

"你以前待在哪家医院里？"

"桂冠州立。"

"杰西也待过那家，但我是在康科德医院认识她的。"

“康科德医院的哪个病房？”

“五号病房和十八号病房。”

“我有个朋友住在七号。据她说，那地方疯得厉害啊。”一位病人说。

“真见鬼，说得对！海斯凯茨是那个地方的头儿，他可比医院的病人秀逗多了。”

“海斯凯茨？”正在这时，海琳梦游般走下了大厅，正好经过众人的身旁，闻言惊道：“长得又矮又瘦，还有一双蓝眸……一发 r 音就吐字不清的那个人吗？还有，他抬头的时候是不是这副模样？”

“对，就是这个人。”

“那个浑蛋！我在圣玛丽山医院挨过他一顿揍。”海琳说完又继续往前迈步，离开了几个聊天的病人，再度“梦游”了起来。李·米勒却若有所思地揉了揉耳朵：“圣玛丽山……我倒是记得……多丽丝就进过那家医院，多丽丝·里维拉。”

“多丽丝究竟是谁？”

“噢，小姑娘，她是个老前辈。但凡我听过的治疗，她这位老手都经历过一回。她疯得简直没边儿，在楼上这间 D 病房里待了整整三年呢。”李·米勒告诉黛博拉。

“那院方后来把她送去了哪里？”

“没送去哪里。她现在住在医院外面，还找了份工。”

听众们纷纷对此表示怀疑。真的有人清楚内情吗？真的有人能说出一位顺利出院的病人吗？有谁真的被这家医院成功治好了病，而不是待在这家医院里，再无出头之日？大家一窝蜂地问了李·米勒一大堆问题，直到她开口宣布：“听着，当初我是在 D 病房认识多丽丝的，可我不知道她到底是怎么治好的病，而且她出院以后，我就再也没见过她了！我只知道她反正出了院，还有了工作。真要命，赶紧给我滚蛋！”

病人们转过身，一哄而散，奔向了休息室、浴室、大厅尽头和各自的床位。黄昏已变成黑夜。等到晚餐餐盘被人撤走时，“被暗杀之前总统之妻室”女士开启了她那每月一次的逃亡之旅，向自由奔去——她拔腿狂奔，顾自冲向了关着的D病房大门。

黛博拉伫立在当场，倾听“众相神”不停地数落她这不行、那不对。而在一片喧闹声中，安忒拉贝又扯开嗓子嚷嚷道：“瞧瞧你有没有顺利出院过日子的一天吧！瞧瞧你有没有顺利出院找份工作好好做人的一天吧！”听到安忒拉贝的威胁，黛博拉被吓得头晕眼花。对她来说，外面的世界与外面的世人，都显得非常陌生，仿佛她从未跟他们同桌共餐，仿佛她从未被卷入他们那致命且难测的人生洪流。黛博拉的眼前再次浮现了一宗宗貌似简单但她却无法扮出的举止，恰似一幅幅静态图：比如，年轻女孩们结伴而行，嘴里说着“哈喽”，无所畏惧地去上学；比如，漂亮女生们忙于恋爱或结婚。黛博拉顿时记起了海琳与她的痛楚——当初正是因为心中痛楚，海琳才恨不得抹杀黛博拉的那张面孔。毕竟，黛博拉曾目睹并领会了海琳某位漂亮的大学密友的照片嘛。

“你并非世人之一！”兰特美恩在“业尔”中厉吼了一声，尽力想要保护黛博拉。

“别人家的母亲，可个个都以自家女儿为傲哟！”“众相神”用不无挖苦的口吻嘲弄道——每当遇上比平时更不堪的情形，“众相神”便会用上这副口吻。

“赶紧跟你那位‘名医’一起离开这儿!”“审查神”咆哮着,“难道你以为,你可以把秘密拿出去到处乱讲,却还一直高枕无忧?世上还有生不如死的惨事呢,惨得要命。”

“藏起来的时候到了……”爱达忒悄声说了一句。爱达忒是一位罕少现身的神明,叫作“伪善神”。

就在不停歇的争执中,就在“众相神”的诸多面貌与转瞬即逝的诸位神明中,黛博拉却赫然望见了麦克弗森的身影,他正在走下D病房的大厅,恰似一幅漫画。“我要张嘴向他求助了。”她告诉诸神。“那你倒是求助啊。试试看。”安忒拉贝发出了一串笑声,带着一股焦味从黛博拉的身旁掠过。“蠢蛋!”他留下一句。

麦克弗森正迈步经过她的身旁。用不了多久,他便会消失踪影。黛博拉向他走近几步,却说不出一句话来,只好伸出一只手做了个手势,拼命想要吸引对方的注意。麦克弗森用余光瞥见了她,顿时被黛博拉专注的眼神和她手上怪异的动作吸引了目光:黛博拉的那只手几乎像在痉挛,被扭成了诡异的姿势。他转过了身。

“小黛?怎么回事?”

黛博拉无法向他开口。黛博拉只能无力地用身体和一只手向他示意,但麦克弗森看破了她的恐慌。“撑住,黛博拉,我会尽快赶回。”他说。

于是,她开始等待。随着种种感官渐渐地失灵,她心中的恐慌也越积越深。现在,她的眼前只有一片灰色了,她的耳朵几乎听不见任何声响,她的触觉也在逐渐丧失,因此她的躯体与衣物摸上去显得极不真实。“业尔”的嗫嚅仍在黛博拉的耳边回荡,过了一会儿,她又闻见了某人身上传来的乙醚兼氯仿的气味,恰似“深渊”

散发出的恶臭味。她不禁在心中暗自揣摩：不如尽力瞧瞧对方是谁吧。眼前一切皆是白色。如此说来，应该是几名护士，不然便是冬日白雪。

“黛博拉，你能听到我说话吗？”是麦克弗森的声音。远处又有人开了口：“今天晚上，病人一个个是怎么回事？”麦克弗森还在竭力跟黛博拉搭腔：“小黛……别担心。你能不能走路？”

黛博拉漫无目的地迈开了脚步。她走得很蹒跚，不得不倚在某人的身上，被带到了大厅的尽头——冷敷罩正在那儿等着她。她几乎感激地瘫倒在了冷敷罩上，根本没有察觉到湿漉漉的床单带来的第一波寒意……

过了好一阵，黛博拉才清醒过来。她听着自己的呼吸声，听了好一段时间，久久地吁出了一口气。身旁却有人开口发问：“小黛？是你吗？”

“卡拉？”

“没错。”

“到底出了什么事？”

“我也说不清楚，”卡拉说，“我自己还是D病房的新手呢。不过，反正我们病房今晚肯定抓狂得厉害。”

“抓狂得厉害！”两人双双笑出了声。

“过了多久了？”黛博拉问道。

“你来得比我晚一些。海琳就在隔壁屋，莉娜也是，李·米勒正在歇斯底里地抓狂呢。”

“今天谁值晚班？”

“霍布斯。”谁都听得出卡拉反感的口吻，“我倒希望是麦克弗森。”

黛博拉跟卡拉聊了片刻，慢慢地重归现实，两人都聊得很开心，却又都不敢承认：从某种意义上讲，她们也算是朋友了吧。卡拉讲起她是如何旁听了海琳跟医生之间的一小时诊疗，因为海琳有暴力举动，她的诊疗改在了 D 病房内进行。“沉默真是无异于谋杀，”卡拉说，“老克雷格就禁不住沉默的折磨。刚才他干脆自说自话起来，没过多久，他的声音就越来越响，人也变得越来越沮丧。我反正只等着海琳从嘴里冒出一句‘冷静点，医生，我只是来帮你一把罢了’。等到老克雷格出来的时候，他显得活像……我们中间的一员！”

这时，黛博拉的神智已彻底清醒，她伸展了一下身体，顿时感觉隐隐作痛——目前她对这种痛觉已不再陌生，谁让她的双脚和脚踝血流不畅呢。她可以望见，卡拉正躺在邻近的床上，身子一动不动，被裹得好似一具木乃伊。

“黛博拉……小黛……我明白问题出在哪里啦，明白我们为什么要闹了。”卡拉说道。

“为什么要闹？”黛博拉一边问，一边琢磨着自己是否真想知道缘由。

“因为多丽丝 · 里维拉。”

黛博拉的心底某处涌起了一股难忍的痛楚。这种痛楚最近才刚冒头，却已变得日渐熟悉，黛博拉索性启用了某些“业尔”字眼来形容：就在这份痛楚之中，隐藏着某个古老而可怕的词语——真相。

“不，不关多丽丝 · 里维拉的事。”黛博拉说。

“就是因为她。”卡拉答道，口吻显得越发笃定，“她居然能康复出院，还找了份工，这破事简直把我们吓得够呛。因为有朝一日，我们或许就……不得不‘病愈’，好起来，去人世间过活。因为说不定哪天，他们就会为我们敞开去往……人世间的那扇门。”卡拉的声音活生生被她的恐慌打断了。

被裹在一动不动的白色外壳里，黛博拉的心脏却开始怦怦乱跳，胸膛也随之不停地起伏着。她浑身都发起了抖。“真要命，”她在心中暗自思忖，“此刻我的模样，正是我在俗世的真面目：恰似一座不动的高峰，内里却是一座火山。”

“见鬼去吧！”她扯开嗓子冲着卡拉高喊，“就因为你老妈发了疯，自杀了，你就觉得自己比我更有发疯的资格，对吧！”黛博拉赫然听见，隔壁床传来了一阵急促的吸气声。虽然一击得手，冷血的黛博拉却并不足以自保。她拼命地用头抵住冰袋，而它也恰似现实一般，牢牢地抵住了她的后颈。

正在这时，两人头顶的灯亮了。她们都眨眨眼睛，尽力躲开炫目的光。

“我就是过来瞧瞧。”霍布斯宣布。他迈步走来，摸摸黛博拉的太阳穴，确认了脉搏。“她的体温还没有降下去，”他告诉跟在他身后进来的护理员，“这个病人也一样。”他一边在卡拉身旁挺直腰，一边又补上一句。霍布斯和护理员又出了屋，房间里的灯光也随之熄灭了。

黛博拉羞愧地扭开了头，避开了另一张床上的卡拉。

“不知道肉熟了没有？”卡拉的口吻很哀怨，“不对，估计还得再等二十分钟。”

“我们并非世人之一。”黛博拉咕哝着。此时此刻，“业尔”竟如此抚慰人心，真让黛博拉大吃一惊。“卡拉……”黛博拉只觉这番话难以说出口，“很抱歉，我刚才说了那些话。我是为了自保，不是为了跟你作对。我并不想伤害你，害得你病情加重。”

房间里沉默了片刻。唯一的动静，是两人的呼吸。紧接着，耳边传来了卡拉的话音，既不带一丝怨气，也不像是在调笑，尽管黛博拉正在倾听对方话中的怨恨。“我的病，堪称满溢的杯中水，你那小小的一滴，早就溢出杯面一去不复返了。”

“你刚才那些关于多丽丝·里维拉的话……或许，说得有理。”

骨子里的真相确实伤人，但这一次，它好歹没那么伤人。

“我知道。”卡拉说。

黛博拉开始对抗起了现实，对抗起了冷敷罩和疑问。她挣扎着想要挣脱约束带，流出了眼泪。

“怎么啦？”一片漆黑中，卡拉问道。

“你明明可以伤害我，你却没有下手！”黛博拉说不清卡拉为什么会放过她，于是，她躺在床上一个劲儿地发颤，在赤裸裸、冷冰冰的惊惧中咬紧了牙关。

第十章

布劳一家正在用餐。埃丝特很累，雅各布很恼火。黛博拉的医院又发来了一份报告，雅各布已经读完了。一如平日，那家医院的报告显得含糊且笼统，但在雅各布看来，医院的报告貌似还声称，某些深埋在他家宝贝女儿内心的恨意、暴力和惧意，已经突然爆发了。于是，她已被转到了“防护更加严密的地方”——雅各布实在难以说清，对黛比而言，此事究竟有何意味，但他内心的眼睛只望见当初某间病房中戒备森严的铁窗，他内心的耳朵只听见当初高楼上的那间“暴力病房”里传来的一声声疯狂的尖叫，这些场景一夜又一夜地在梦中苦苦折磨着他。他的黛比竟然被人送去了那条走廊，送去了那声声尖叫所在之处。埃丝特早就深悉，她无法永远把雅各布蒙在鼓里，但她要么藏起医院的报告，要么就把医院的报告瞎解释一通，反正能瞒多久瞒多久。现在可好，雅各布也得知了真相，埃丝特只能好好地安抚丈夫，一遍遍说着 D 病房管理员那些小心又中性的言辞。

“人家说了，从某些方面来看，黛比的病情好转了一些呢。”埃丝特向丈夫解释道。可惜雅各布并不相信，而她也暗自怀疑自己是否相信自己嘴里说出的话。

为了苏茜，餐桌旁的布劳夫妇倒是竭力想将医院报告抛到脑后，可惜两人都办不到，不得不一遍遍地为报告担忧。当着家里快活的小女儿的面，布劳夫妇用某种近乎密语的言辞说着话。苏茜则坐在桌旁，边吃边叽喳个不停，尚未彻底摸透家中的气氛为何如此凝重，仿佛有一团浓雾，害得家中所有人都无法看清对方的面目。应该是由于黛比的缘故吧。每次不都是由于黛比的缘故吗？有那么片刻，苏茜暗自好奇：若是她生了病，被送到了很远的地方，父母是否会为了她遭受如此深刻的切肤之痛？可是，苏茜也突然意识到，她根本就不敢尝试。她会输，几乎算是输定了。苏茜既害怕自己想要索性碰壁一回，又内疚自己竟然预见到了必败的局面，还为受尽父母宠爱的黛比生了一肚子气，于是，她的眼神在父母之间调转，开口说道："好啦！她又不是在某个地方流落街头，明明有医生之类的人在照顾她！为什么家里所有人都总在为无比可怜的黛比伤心呢！"苏茜气呼呼地离开了餐桌，但仍瞥见了父母痛苦的神情。

休息室中，卡拉坐在黛博拉的身旁，一小口一小口地抽着烟。据新任护士长修订的规条，想要吸烟的病人必须前往大厅或休息室，由某位护士或护理员进行个别看护。两个星期以来，大厅与各房间里一遍又一遍地响彻"要抽烟！要抽烟！"的呼声，工作人员也逐渐开始露出一脸疲态。

刚才，卡拉从尽头处的集体寝室迈步上前，一边念叨"给支烟吧，求求你了"，一边走向带有栅栏的 D 病房大门，随后转身冲着黛博拉挤了挤眼睛。"加入不了，就开打吧。"她告诉黛博拉。两人双双坐了下来，只待时光流逝。

搬进D病房的初期，黛博拉活生生在脑海中为自己上演了一出闹剧，在心中暗自琢磨：D病房，可是精神病院的“暴力病房”哪。想到上述字词，黛博拉的脑海中仿佛浮现出了好些激昂的巨幅图画。但实际上，D病房似乎比黛博拉想象中要安全得多，可惜身处现实中的D病房，简直无异于受尽无聊的苦，而且苦日子永远看不到头，正如黛博拉身上的病。冷冰冰的走廊地板裂了好些缝隙，横向十九道，纵向二十三道（假如算上地板接缝的话）。置身病房世界时，随着眼前变换的一幕又一幕，黛博拉会在走廊中四处走动，绕过某个被称作“大厅”的宽阔处，走进休息室，再绕过休息室，来到护士站，经过大楼前端的浴室，经过一排隔离室，经过几间集体寝室（此处禁止闲逛），经过大楼后端的浴室，再绕到走廊的另一头重来一回。当她因走神而无法迈步时，黛博拉就躺在自己的床上。天花板上饰有方形隔音板，其上的孔洞有着整整十九行，整整十九列。有些时候，黛博拉会站在护士站附近那几位石雕般的女郎身旁，只等着有人闹出点动静。当然，没闹出什么动静也行。精神失常的无聊日子，恰似一片沙漠，是如此广阔，以至于任何人的打闹或痛苦都恰似一块绿洲，而与人相伴的片刻时光，则恰似沙漠中的一阵甘霖，明明雨早已停了，却依然被人惦念，被人期许，被人回味——当卡拉一口口地抽着她那根宝贝香烟时，黛博拉与卡拉就沉浸在如此甘霖之中。

“等到有空的时候，我给你画一幅画像好了。”黛博拉紧盯着卡拉那支烟腾起的烟雾宣布。听了黛博拉的话，卡拉顿时心里有数了：黛博拉不仅设法偷到了铅笔和纸，还已经把铅笔和纸藏起来了。两人正待在楼前浴室的冷水管后面，这个浴室的后半间屋正是浴缸所在的地方，它常年挂着锁，除非有人正在使用。但是，若要使用这半间屋，又得有护理员陪同才行。黛博拉把这间屋的事讲给卡拉听了，卡拉听出了她的言外之意。

“要画肖像，就得有纸呢。”卡拉冒出一句。

“没错。”

“你要画一幅什么样的画？”

“水彩画。我会用上好多好多水。”

卡拉听懂了黛博拉的话，微微一笑。“要是真能办到，那你还缺点拿去垫着画画的东西吧。”卡拉其实是在暗示，她手头有一本书，眼下藏了起来，随时可以去取。

若是局势允许，病人们倒是非常乐于沉浸在暗号与密语之中，那是某些偏远小团体的成员才能共享的一套暗号与密语，因为他们熟知彼此每天的每一刻，比如修女们、监狱的犯人们以及精神病院的病人们。越过护理员那一张张陌生的面孔，病人们不时交谈着，渐渐结成了一丝情谊。有时候，海琳会跟着黛博拉或卡拉一起行动，接着就被吓得厉害，再度遁入打闹中。D 病房的前辈李·米勒则是话最多的一位。尽管 D 病房谈不上什么凝聚力，谈不上什么忠诚或慷慨，但是至少大家还有秘密嘛。

“要是现在就能去画那幅肖像画，那该有多好。”黛博拉把话说出了口，大声说出了自己对某些违禁品的渴盼。D 病房允许病人们保留纸张，铅笔和钢笔却被视作武器，除非是在护理员的看管陪同下使用，否则不许带入 D 病房。

“我需要去洗洗头吗？”卡拉把话说得很含糊。若是解读一下这个暗号，意思就是，不如她们两人都申请去洗个头。卡拉先去申请，就能用上大楼后方带有漂亮大水槽的浴室了。按照规定，除非浴室里值班的人员高达三人，不然每次至多只能有一名病人使用水槽，因此，黛博拉将不得不用楼前的浴室洗头，这样也就有可能哄得护理员打开后半间屋（带有浴缸的半间屋）的大门，然后将护理员的注意力引开，取出她藏好的宝贝。

“我的头发好像是很脏，”黛博拉说，“若是不合你的意，那就忍着吧。”实际上，她是在对卡拉说：“谢谢你。”

计划进行得颇为顺利。因此到了午餐时间，那支违禁品铅笔就已挂在黛博拉病床第四根弹簧下面一个用废弃橡皮筋做成的吊钩上了。随后，便是等待发放午餐。随后，便是等待午餐结束。随后，便是等待换班。随后，便是等待晚餐。随后，便是等待镇静药。随后，便是等待就寝。

弗里德医生正在出席某个会议，并不在医院里，因此最近黛博拉连治疗时段都没有。黛博拉本可以申请去工艺坊干活，在早间时分与D病房的病人们一同前往，但她懒得申请。她什么“正经事”都懒得做。有时候，她会坐在地板上，躲在“退位国王之妻室”女士的床后，随意画上几笔。她乖乖忍受着“众相神”对她的谴责、“审查神”对她的专治、“业尔”对她的哄诱以及诸神对她妙语连珠的中伤。但在被“业尔”罚了好几个小时，或者被“业尔”哄了好几个小时以后，黛博拉就又过上了等待的日子，无休止地等待，以一餐一觉为界，其间不时闪现一两句话，发上一通火，历经一个故事，要不然就见识一下另一位病人的惊天妄想——上述一切，黛博拉都漠然地经受着，将之融入了记忆中D病房四壁之内的一幕又一幕。有些时候，黛博拉还会遇上几场骇人的噩梦，或者如火山般喷发的恐慌感，抑或是幻象中的声音、气味、触觉与惧意浑然交织成一体。但大多数时候，她只能遥遥望着护士站门口悬挂的时钟，它恰似击剑运动员重重遮蔽的面孔，时刻只待应战。

埃丝特又给黛博拉的医院写了一封信，询问能否前去黛博拉刚换的病房探访，能否见见 D 病房的医生及黛博拉的主治医生。她收到了院方的答复，跟往常一样，信写得让人一头雾水，但又颇让人宽慰——信中声称，病人的病情已经“尽可能地得以好转”了。假如愿意的话，埃丝特可以见见弗里德医生。信中还表明，D 病房管理员并不直接跟病人家属打交道，院方也没有批准埃丝特前去 D 病房探望。假如有任何事项需要商议，院方将安排出时间，让埃丝特跟社工罗林德太太聊一聊……

随后，埃丝特便坐了很久很久的火车，赴约去见弗里德医生。雅各布忙于工作，因此没有坚持开车送她，这让埃丝特很开心。可惜到了医院，埃丝特却发觉：尽管目前她已置身于医院之中，但跟本院的医生们打交道，却并未轻松多少——埃丝特本来还盼着，好歹能用某种方式绕开医院的一堆明文规定呢。弗里德医生的态度倒是很温柔，但却并不明确。弗里德医生尽力安抚埃丝特，免得她担心 D 病房。弗里德医生似乎还依然满怀希冀，认为目前不过是“疾病的一个阶段”。埃丝特也跟社工聊了聊，可惜听到的答案不仅没什么区别，还显得更客观、更冷漠。至于“D 病房禁止探视”的规定，也丝毫没有动摇。

探访结束以后，埃丝特准备返程回家，向雅各布和家里人撒谎。

她会告诉大家，她已经跟黛博拉见过面，见过了黛博拉搬去的新病房，见过了病房的医生，总之，一切都好。家里人会恨不得听到这番话，恨不得相信这番话，因此，他们会由着埃丝特信口雌黄，甘愿被蒙在鼓里一阵子。埃丝特本来给黛博拉带去了一大堆杂志，结果院方连转交都不肯。埃丝特坐在火车上眺望窗外时，才不经意地发觉，杂志竟然还带在自己的身旁。她开始懒洋洋地翻阅着杂志，只可惜，无论她在读哪一页，仿佛看见的都是她不得不对雅各布撒的那个谎，再加上她不得不埋在心中的那份痛。埃丝特尽力想靠杂志上的图片分分心，却根本无法办到。她凝望着图片，眸中盈满了泪水，害得杂志广告中喜洋洋的模特变得一片模糊：

学院之秋

经典校园风

翻到下一页：

新晋名媛亮相！

当她初踏舞池：白色衣裙，白色衣裙，还是白色衣裙

那一页杂志上洒满了勿忘我图样，埃丝特将下颌紧紧地贴上了花朵，只等着不再流泪的一刻。黛博拉的同学们，只怕也正读着同样的杂志，一边在脑海中将自己的脸安在杂志模特身上，一边盼着毕业，盼着去念大学吧。埃丝特那几位家有千金的朋友已经像交换名片一样谈起各家大学了。她们还忙着筹备随后要填的日记、随后

要穿的漂亮衣裳哩。埃丝特依然不时跟这几位主妇朋友碰头闲聊，跟黛博拉相比，别人家的孩子遇上的麻烦真是小巫见大巫。“玛乔丽太害羞啦，她在朋友身边总闹别扭！”“不管遇上什么事，海伦都当成生死攸关的大事……这姑娘较真得要命。”埃丝特听着好友们谈起自家的千金，尽管她那冰冷的谎言就摆在面前，她却依然东一处西一处地认出了黛博拉的气息：黛博拉的种种小癖好，不就跟朋友家这几位千金一样吗？跟她们一样，黛博拉也很害羞；跟她们一样，黛博拉也用早熟与挖苦人的妙语掩饰惧意；跟她们一样，黛博拉也很较真。可是，黛博拉还有重归大千世界的一天吗？那家医院……难道……难道一直是个错？

等到回了家，等到埃丝特望见了雅各布，又望见微笑且镇定的一家人，她便颇有底气地绕开了话头，流利地说了一堆含糊的话。埃丝特自认已大获全胜，直到雅各布开口说：“真不赖……院方认为她的病情大有好转，实在让我很开心。等到下次你去探望时，我就跟你一起去。”

“你当初是怎么毁了你妹妹的？”弗里德医生问黛博拉。尽管身在八月炙热的俗世，黛博拉却正蜷在沙发上，被“业尔”的寒意冻得直发抖。

“我不是故意的。可是，我妹妹接触到了我的本性。它有个‘业尔’语名称：它是我的‘自我’，但它有毒，它会毒害人的心智。”

“是你说过什么毁人的话吗？还是你做过什么毁人的事？或者你想要做些毁人的事？”

“不，它是我自己的一种特质，算是一种分泌物吧，类似汗液。换句话讲，就是散发出黛博拉特质，但它有毒。”

突然间，黛博拉心中对有毒的自己涌起了强烈的怜悯之情。于是她开始解释，一笔笔地描画她自己是副什么模样，她身上的毒性又有多大。

“等等……”弗里德医生抬手想要拦住病人，但黛博拉已全然沉浸在自恨的快感中了，恰似沉浸在爱意之中。于是，黛博拉开始讲个不停，讲得天花乱坠又添油加醋，等到终于说完时，她的影子仿佛铺天盖地。弗里德医生一直等到黛博拉总算能够听见自己的时候，才直截了当地发问：“这么说，难道你还在出招骗我吗？”

黛博拉绕开了话头，对自己刚刚树立的形象又是辩解又是维护，弗里德医生却说：“不，亲爱的，这一套没有用。这招‘伪装术’纯属老一套，它可不是出自你们伊尔人之手。”

“是‘业尔’。”

“是吗？不过，为了逃避，人们要么遗忘，要么扮作另一回事，要么将其曲解——上述种种，都是逃避真相的好办法，毕竟真相可能很不堪。”

“那为什么不逃避，让自己安然无虞呢？”

“也让自己抓狂。”

“好吧，也让自己抓狂。为什么不呢，瞧瞧他们都对我下了什么毒手！”

“说得没错。你巧妙地让我记起了我漏掉的一点。还有一种‘伪装术’，就是把一切都归咎到别人的头上。因此，你也就不必面对他人真正对你做了些什么，不必面对你当初究竟对自己做了些什么，目前又对自己做了些什么。”

其实，黛博拉刚才提到自己“毒性十足”，对她来说多少算是实话，可惜她刚才一番浮夸的说辞，却让它显得很假。就在此刻，黛博拉眼见的是个恶魔般的女孩，这个形象显得很陌生。弗里德医生又继续追问她当初是如何毁了苏茜，黛博拉乖乖地照办了，讲起了刚开始她是如何犯了红眼病，后来又是如何对妹妹萌生了爱意，害得她又痛苦、又愧疚的。黛博拉的病，已经埋伏好多年了。她讲起了自己的感觉：她认识的每个人，都被她染上了这种病。其中苏茜比任何人都病得深，谁让苏茜是个敏感且有爱心的家伙呢。

“你会害得妹妹产生幻觉吗？比如让她闻见并不存在的气味？你会害得她怀疑自己的理智，或者怀疑现实吗？”

“不，”黛博拉告诉医生，“我的病，并非看见什么幻象，听见什么幻象。我的病，深藏在其下。我从未让苏茜染上任何症状。那种病恰似火山，火山的外表却不得不由她自己装点。”

“你还冷吗？”弗里德医生问。

“冷啊。自从最近开始下雨，冻死人的雾气赖着不走开始，我就觉得好冷。在D病房，他们一直都不肯开暖气。”

“要是到了人世的室外，眼下可是八月。天气很晴朗，太阳暖烘烘的。这份寒意和浓雾，只怕是在你心里吧。”

这时，黛博拉身上的肿瘤气呼呼地醒来了：竟然还有别人想跟它争黛博拉呢。于是，肿瘤发出了一道雷霆，越过了自己的王国，打算给对手提个醒：它的地位不可动摇。黛博拉顿时弯下了腰，痛苦地喘着粗气，身子直发颤。“我早就给你敲过警钟。”“审查神”说。一时间，黛博拉闻见了乙醚兼氯仿的气味，听见了自己怦怦的心跳声。“我妹妹出生时，我曾经下手想要她的命。”她冒出一句话。听上去，这个秘密竟并不比她的话音响亮多少，让黛博拉大吃一惊：她竟然并未听见一声惊雷。

“你是如何下了手？”弗里德医生问。

“我本来想把她扔到窗外。当时要不是母亲进屋拦住了我，我差点就得手了。”

“你父母罚你了吗？”

“没有。家里再也没有一个人提过这事。”

黛博拉心中缓缓涌起了对家人的感激之情：他们竟跟一个恶魔同住一个屋檐下，还将恶魔当作了有血有肉的人。

“你手术过后……”弗里德医生若有所思地说。

“当时，我们一家住在那栋阳光明媚的宅子里，在那儿住了一年吧。你瞧，无论家人为我付出了什么，为我做了什么——”有那么片刻，黛博拉看似已经快要流出眼泪，直到她的病让她突然记起：眼泪属于人类。“你并非世人之一。”“业尔”宣布。于是，黛博拉的泪珠猛然消逝了，仿佛从未出现过。

“当时，你只是动了杀她的念头，对吧？”

“不！我已经把妹妹举到了窗边，准备动手呢。”

“而你的父母再也没有提起过这件事，也从未问过你一句？”

“没有。”黛博拉的心里很有数：父母必定是将那赤裸裸的真相匆匆埋进了心底的某处，仿佛它是一块腐肉。不过，眼下的黛博拉也已深悉，深埋的谎言会发出恶臭味，对罪人穷追不舍，始终萦绕在罪人呼吸的空气中，直到一切都染上那股气息，那股腐臭且变质的气息。“业尔”中有一处地方，名叫“恐惧沼泽”。兰特美恩曾带黛博拉去过那儿，亲眼见证了那一幕：她那年复一年的噩梦生出的怪物和尸首，在“恐惧沼泽”中堆积了起来，一个个从近乎坚实的沼泽地上飘过。

黛博拉问兰特美恩：“那股刺鼻的臭味是怎么回事？”

“某飞鸟，那是羞耻与秘密，是羞耻与秘密。”兰特美恩说。

黛博拉哈哈笑出了声。弗里德医生探身朝她凑近了些：“出了什么事？带我一起去吧。”

“可怜，”黛博拉告诉对方，“真可怜。有个地方有个小偷，打听到人们埋下了不少金银珠宝，把财宝藏了起来。要是他发现了我埋下的宝贝，你能想象此人脸上的神色吗?!”有那么片刻，医生与病人双双笑出了声。

第十一章

晚班开始的时候，海琳来到护士站前，使劲地跺起了脚。一眨眼的工夫，咚咚巨响就招来了一名护理员。

“又在闹什么啊，海琳？”护理员问。

“结案啦。霍布斯案已经尘埃落定，所以我来跺跺脚。”海琳说。

海琳露出了淘气的笑容，护理员顿时脸色一沉。昨天晚上，霍布斯先生下班回家以后，关上了家里的所有门窗，打开了煤气，故去了。不过，此事本该是个天大的秘密才对。可是，在D病房这座铁窗重重的“尼姑庵”里，霍布斯之死却无人不知——即使是某些本该无知之人。

作为一群所谓的“疯子”、“狂人”、“怪人”，D病房的病人们自觉无须讲究什么脸面，也无须讲究“为死者讳”。对缺胳膊少腿之类的肢体残疾，她们或许尚存怜悯，但对死亡及一大堆“为死者讳”之类的习俗，D病房的病人们却会动不动就翻个白眼。曾经有一次，海琳说过一句话：“所谓‘疯人’，就是绞索断裂之人。”毕竟，D病房的病人们个个恨不得了结自己，个个曾一次次试图自杀，个个对死者很羡慕。在D病房的病人们眼中，整个世界都在围着她们转，而她们的病，其中就有几分得怪在这一点上。因此，霍布斯自杀，无异于躲在她们够不着的地方朝她们吐舌头，她们却根本无法扇他一巴掌。

晚班时间已至，D 病房的病人们都眼巴巴地等着见证：到底谁会来接霍布斯的班呢。等到大厅尽头处的几个病人望见顶替者时，她们把消息告诉了其他人。

“是个‘吃苦佬’……一个新人……总之是个来吃苦头的新人。”说话的病人重重地呻吟了一声。所谓“吃苦佬”，指的是为了不蹲监狱宁愿来精神病院工作的“良心拒服兵役者”[1]。好久好久以前，李·米勒给他们起了这个绰号，当时她说：“噢，这帮拒服兵役的家伙，我真烦死他们了。他们死活不肯去打仗，所以政府宣布，‘不如就让你们吃点苦头吧！要么去蹲监狱，要么就去精神病院！’”海琳闻言大笑了起来，旁边却有人插了嘴：“要是他们算是‘吃苦佬’，那我们不就正是‘苦头’吗？”

此时此刻，卡拉只悄声说了一句：“我倒是挺爱变成别人要吃的‘苦头’的，这让我有种被需要的感觉。”她说完笑了笑，却透出几分怨愤——对卡拉来说，怨气倒并不常有。

通常来说，“吃苦佬”会成对出现。“依我说，我们不如把其中一个起名叫作‘小苦’吧。”较真的玛丽一边提议，一边伸手抹去那看不见的圣痕流出的鲜血。病人们发出了一阵哄笑。

“或许这小子还过得去。”卡拉评论道，“但凡是个人，就强过霍布斯。”

D 病房的病人们目睹着新来的工作人员第一次迈步走下病房大厅，走完了长而艰辛的一段路。他吓得够呛。病人们看出了他的惧

---

1 良心拒服兵役者，指出于个人良心等道义上的原因而拒服兵役的个人。——译者注

意，只觉得半是好笑，半是恼火。隔离室里的康斯坦蒂娅一见到对方就发出了尖叫。听见尖叫以后，玛丽立刻说："天哪，这小子只怕要吓晕了！"她哈哈笑了几声，却又感到几许心酸，"康斯坦蒂娅也只是个'大活人'，知道吧？"

"他怕的是，他会染上我们身上的病。"黛博拉断言。大家都笑了。霍布斯不就染上大家身上的病，还被它害死了嘛。

新人一行的脚步正在渐渐朝病人们逼近。

"能拜托你们从地板上起来吗？"病房护士长对几名病人说。病人们正坐在地板上，背靠着大厅和走廊的墙壁。

黛博拉打量着新来的"吃苦佬"。"障碍。"她说。

黛博拉是在暗指，她和D病房的其余病人正冲着吓破胆的新人伸出自己的双脚，好似军事训练中新人必须越过的一个个路障。她和其余几名病人全都心里有数，自己恰似战争的替身，用以展示战争那恐怖的一面，因此，她们会尽力满足军方的期待，严格训练一下新人。可惜的是，护士们既没有发笑，也没有弄懂，一边从旁经过，一边再度告诫病人们赶紧起身。但是，病人们心中深悉，护士们不过是走走过场。D病房的病人们成天都在地上坐着，但只有在客人到访病房时，护士才会突然端出一副阔太派头，冲着尘灰咯咯地娇笑几声，只盼"再整洁一点就好啦"。

康斯坦蒂娅本来正打算嚎上一整夜，病房大门却突然打开了，麦克弗森迈步进了屋。黛博拉紧盯着他，发觉所有人忽然间都从容了几分，于是意味深长地说道："他们应该是换锁了。"

就在刚才，黛博拉正在心中暗自思忖：麦克弗森开锁进门的一套流程，顺序跟之前大不一样了，仿佛病房的大门并非同一批，锁也并非同一批。可惜黛博拉又隐隐感觉，说出这种话，只怕让她自己讨不了好，于是，她又将矛头转向了此事的罪魁祸首。

“他们……应该……换锁……了。”黛博拉说。

麦克弗森接过了话头：“反正钥匙这档子事，我也不爱管。”卡拉闻言，放眼环顾着周围，恰似刚才的黛博拉，她心知大家都没有听懂。不过，对麦克弗森而言，听不懂也不会种下祸根，招来他的白眼或恨意，因此卡拉又悄然坐回了原位。

麦克弗森在场，其实D病房的病人们都很开心。可惜，这种感觉也意味着她们很脆弱，因此大家不得不掩饰一番。“要是没有那几把钥匙，你只怕说不清跟我们有什么不同吧！”病人们说道。

麦克弗森却只是笑了笑：笑的是他自己，不是她们。“我们本来就没什么不同。”说着，他进了护士站。

“他是在跟谁开玩笑啊！”海琳说。海琳的话没有半点恶意，她只是急匆匆想要重建刚被麦克弗森攻破的心防。她转过身，再度没入了混沌，但托麦克弗森的福，大家并未你一言我一语地揶揄溜号的海琳。不过，等到护士一行再次带着那个“吃苦佬”从病人们身旁经过时，他被吓得紧咬住牙关，整个人呆得不得了，于是病人们没一个能忍住内心冷血的劲头——在她们眼中，那劲头似乎正是真我本色。“吃苦佬”一步步走过她们的身旁，海琳整个人直发颤，卡拉露出了一副茫然的样子，向来乐滋滋、忘乎所以的玛丽则娇笑道：“哎呀，又来了一个中意煤气的小子！”

“不如叫他‘霍布斯之利维坦’吧，这小子说不定会大大惨过霍布斯！”

“他们的宗教信仰不容许他们自杀。”在靠墙的地方，西尔维娅冒出了一句话。

突然间，D病房变得鸦雀无声。西尔维娅已经一年多没有说过话了，她的声音是如此沉闷，仿佛墙壁活生生开了口。D病房一片静寂，所有病人都在琢磨：难道，刚才真是自己听走了耳？就在刚才，D病房里死活不肯开口的“活摆设”西尔维娅，竟真的开口说话了？病人们都看得出来，大家都在试图确认：难道是自己犯了病？到底刚才是西尔维娅真的开了口，还是自己听到了幻觉中的声音？紧接着，李·米勒终于出了招，迈步向护士站紧闭的大门走去。她咚咚猛敲了一顿房门，直到护士把门打开，气冲冲地朝外张望，仿佛正面对一个陌生的推销员。

“赶紧叫医生吧，”李·米勒只说了一句，“西尔维娅开口了。”

“病房报告还没写完。”护士说着便关上了门。李·米勒又咚咚在房门上猛敲了一通。过了片刻，门开了。“嗯？”

“你最好还是把医生叫来。如果你不去叫，要是犯了错，那就该怪到你的头上，怪不到我头上。亚当斯医生肯定会来，她哪次不来嘛。上次西尔维娅开口说话，她还在凌晨三点钟赶了过来！”

“米勒，你们干吗一个个这么激动？”护士问，“西尔维娅到底说了些什么？”

“她说了什么不重要，对你来说也没有意义，因为她只是插了一句嘴。”

“聊什么时插了一句嘴？”

“真要命。拜托你了！”

站在兴冲冲的李·米勒与西尔维娅中间，黛博拉猛然发觉，不管从这段对话中随意摘拣哪几句，只怕都会显得很蠢。就西尔维娅而言，灵光已一闪而过了。至于李·米勒，她的周身却环绕着一圈幽光，那是“业尔”点明某人“坦苦图苦”身份的征兆：“坦苦图苦”是“业尔”语，相当于“不躲不藏”。换句话讲，此人无遮无挡，无可庇护。李·米勒竟为了他人将自己置于如此险地，对方还永远也不会因此夸她一声，感激她一分。对于此举，“业尔”也有相应的词语，倒是罕少派上用场，叫“讷兰克”，意味着“睁眼瞎”。此时此刻，黛博拉想要感谢李，谢她是个“不藏不躲”的“睁眼瞎”。“业尔”分明赞颂了李·米勒，可惜的是，黛博拉无法把夸她的话说出口。

必须有所行动才行。李·米勒正孤零零一个人深陷险境，她惹上了事，陷入了现实的泥潭，但偏偏无人能帮她。眼下的黛博拉正困在一具无法动弹的躯体中（跟西尔维娅一样，她根本就动不了），嘴里又说不出一个字，不禁发起了抖。恐惧之中，黛博拉再次一头扎进了“业尔”，想要扎得越深越好。没料到的是，烈焰腾腾的安忒拉贝却哈哈笑出了声。“你怎敢投向俗世！你将受罚，你这叛徒！”他宣布道。就在黛博拉的面前，通往“业尔”的大门赫然合上了。

“不！不！要是你们关上‘业尔’的大门，我肯定会抓狂！”黛博拉向诸神哭诉。

“你不是很欣赏‘讷兰克’‘坦苦图苦’吗？好得很，俗世就在那边，接招吧！”

一股漆黑的风猛然袭来。D 病房的四壁顿时不见了踪迹，俗世变成了一重重阴影。黛博拉搜寻着那片属于实地的影子，只盼着能让自己站稳脚跟，谁知却再次上了当：那片影子竟飘然消散了，恰似海市蜃楼。黛博拉放眼向陆地张望，风却活生生吹走了它。管你什么东南西北，总之道路无一可行；管你什么物理、固体、触觉、运动、形状、光线、重力，总之定律无一适用。黛博拉说不清自己究竟是站还是坐，道路究竟是曲还是直，也说不清那束光到底是从哪里传过来的——它仿佛利刃一般向她刺来。她的身体变得很不听使唤，她既找不到自己的胳膊，也不知该如何挥动双臂。思绪随着视线狂舞着，变得时有时无，她尽力想要捕捉自己的思绪，却发觉自己已一股脑把英文忘了个精光，就连"业尔"语也变成了一堆乱语。记忆已一去不复返，其后便是思维，紧接着便只剩下了一连串的感觉，一种接一种，换得越来越快，可惜哪种都说不清道不明，谁让眼下的黛博拉既失去了语言，也失去了思维呢。这种种迹象，似乎暗示着某种骇人而又隐秘的征兆，但黛博拉根本摸不透是怎么回事，因为她的自我终于捂住了耳朵、闭上了嘴。此时此刻，恐怖已无边无垠。

等到终于熬过"业尔"的"神罚"时，黛博拉凝望着自己的指甲。十个指甲全被冻得发紫。目前正值夏季，屋外遍洒着翠色与阳光，黛博拉却不敢动脑细想现在究竟是什么时候，免得又要挨"业尔"的罚，害得自己神志全失。她发觉自己竟躺在别人的床上，于是爬了起来，又从床上取过一条毯子，进了病房的大厅，却依然被冻得牙关直打战。黛博拉根本认不出任何人，但她至少拿得准：她还活着，眼前是某些名为"人类"的三维实体，会在名为"时间"的某种元素中行动。她走向其中一名人类，问了一个不相干的问题："今天是星期几啊？"

"今天是星期三。"

"好吧。那天又是哪天?"黛博拉问。对方没有听懂,但黛博拉自己也只觉得一头雾水,实在无力追问,便迈步走开了。在她身后,那几个名为"人类"的三维实体还在抱怨酷暑难耐,在其脸孔前方扇动着其所在时空的空气。

刺骨的寒意害得黛博拉直想吐,因此她又回了屋,找了一张床躺下,心中顿时觉得很感激:幸好她还认得出来,这张正是她自己的床。

"你看出是怎么回事了吧……"安忒拉贝的口吻显得很和蔼,"我们可以把你玩弄在鼓掌之间。某飞鸟,你可千万别逗我们玩,毕竟我们有能耐用各种办法把你玩死。你以为那些字眼都是虚张声势的吗,比如失去理智、精神错乱、崩溃、抓狂、疯疯癫癫?哎,瞧瞧吧,它们可一个个真得不得了。某飞鸟,你可千万别逗我们玩,毕竟我们还是在护着你。下次你再对俗世心生倾慕,就好好等着我们召来的黑暗吧。"

随后,弗里德医生向黛博拉问起:"自从上次治疗之后,你又有什么发现吗?"

"我发现了精神失常究竟是怎么回事。"黛博拉答道。她满怀敬畏地记起了"精神失常"是多么恐怖、多么厉害、多么无边无垠,于是摇了摇头。"精神失常确实不可小觑,很厉害。"

新来的"吃苦佬",也即那位"霍布斯之利维坦",与D病房病人间的斗争仍在继续。他有着毫不通融的原教旨主义信仰,认定精神失常正是精神失常者应得的果报，是上帝之罚，或魔鬼之功，有时甚至三者兼而有之。随着时光一天天溜走，他已逐渐不再那么忌惮D病房了，他那义愤填膺的时刻也随之来临。这时，他又猛然发觉：托信仰的福，他正遭人迫害呢。

面对“吃苦佬”的厌憎，D病房的病人们使出了病态的招数。几名识字的病人要么把《圣经》改写一下，要么拿《圣经》的段落开涮，把他吓得够呛。康斯坦蒂娅公然挑逗他。海琳接过他递来的毛巾，行了个屈膝礼，嘴里念叨着：“从心有圣灵到心生妄念哪。阿门，阿门。”至于黛博拉，她索性一条接一条地指出，所谓“精神病患者”与所谓“宗教狂热分子”，究竟是有多么相像。怒气与暴行好似风一般席卷着整个D病房，麦克弗森看上去有所察觉，于是琢磨着该怎么办才好。话说回来，反正医院的人手也不够。另外两名新来医院的“良心拒服兵役者”，在其他病房倒是表现得很不赖，其中一名看似挺会跟精神疾病患者打交道。对于D病房的新人埃利斯，麦克弗森也不太看得顺眼，但他又很同情埃利斯。埃利斯跟这份工作很不搭。对待D病房的病人们，埃利斯又怕又恨，但对待罚自己吃苦头的政府，他却恰似早期的基督教殉道者对待罗马官员。正因如此，埃利斯恐怕是甩不掉“霍布斯之利维坦”这个绰号，甩不掉霍布斯的影子了。最惨的是，埃利斯的宗教信仰偏偏又将自杀视作滔天的罪行，真是骇人听闻。

换句话讲，新人埃利斯，背负着死去的霍布斯留下的千斤重担。麦克弗森则在心中暗自嘀咕：世上还有什么人，能像D病房这帮病人一样滑头而冷血，专朝人家的伤口上撒盐呢？有些时候，麦克弗森也很纳闷，为什么当初D病房的病人会处处针对霍布斯，却从未针对他；为什么眼下D病房的病人又会处处针对埃利斯，却从未针对他。海琳就从没用她那灵光的脑瓜对付过麦克弗森，板着脸的黛博拉·布劳就从没用她那难挡的毒舌对付过麦克弗森。在麦克弗森看来，这靠的或许不仅仅是运气，但他也实在拿不准，自己究竟是如何，又是为何得以逃脱周遭那无所不在的怨愤与痛苦的。

此时此刻，麦克弗森正在遥望D病房的一群病人。她们站立着，要么等待晚餐，要么等待天黑，要么等待镇静药，要么等待就寝。黛博拉·布劳正站在带有栅栏和隔板的暖气片旁边，直勾勾盯着医院高墙外的某个地方。他曾经问过黛博拉，她究竟在张望什么，结果她从另一个世界开口答道："依我看，我已死亡。"

康斯坦蒂娅目前已经出了隔离室，却依然与世隔绝，正躲在角落里一个劲儿地咕哝着；李·米勒紧咬着牙关；住在集体寝室的卡博特小姐一味坚称"我是某位遭到暗杀的美国前总统之妻室"；琳达、玛丽昂、苏·吉普森和D病房其余几名病人则跟往常一个模样。可是，眼下的D病房却萦绕着某种风雨欲来的气氛，久久挥之不去，绝非只是全病房的无数导火索凑到了一起。这时，埃利斯迈步走出了护士站，刚才他正在护士站里写用药报告。紧接着，D病房的病人们便开始出招了。

"来了来了……是那位'霍布斯之利维坦'哦！"

"撒旦，退到我后面去！"[1]有人用上了《圣经》里的句子。

"霍布斯自杀身亡，军队把这小子送进了精神病院！"某病人说道。

---

1 本句译文摘自《圣经》当代译本。——译者注

“人家给这小子派了个职位，可惜不是能让他当上军官的那种职位。”

“这职位倒是能害得他脑子秀逗！”

“这位传教士，今天‘地狱’有什么最新消息吗？”又有人问埃利斯。

“先别急着问人家，容他先查查自己有几个子儿嘛。”

D 病房墙上一扇沉重的防护网后方，有一台内置式收音机。它本来只该在白天的某些时段播音，也只播放某些无伤大雅的轻音乐。此刻麦克弗森却开了防护网上的锁，打开收音机，把音量调得极大。尖细的乐声淌进了 D 病房。那是浪漫的爱情舞曲，在 D 病房浓浓的尿味与消毒剂气味中显得格格不入，颇有几分可悲，甚至有点可笑。当播音员用娇滴滴的声音宣布“从沐浴星光的屋顶向你道声晚安”时，卡拉扮出缠绵的怨妇腔答道：“我轻舞约束带以示道别，舞姿翩翩，向你道声晚安……晚安……”

整间 D 病房爆发出了一阵哄笑声，气氛顿时松弛了下来，尽管空气中依然弥漫着某种剑拔弩张的气息，恰似闪电劈过留下了一抹臭氧的余味。一场大祸，就此被堪堪避过了。

黛博拉服过了镇静药，钻回了自己的被窝，等待着那场熟悉的等待。诸神与“众相神”渐渐变成了让人昏昏欲睡的嗡嗡声。这时，麦克弗森走进集体寝室，在她的床边停下了脚步。

“小黛，”他轻声告诉黛博拉，“别再为难埃利斯先生了，行吗？”

“为什么非要来问我？”黛博拉问。

“我希望你们大家都能放他一马，不要再拿他开涮，不要再提霍布斯。”

“你难道是打算跟病房里所有人都打一遍招呼？”尽管黛博拉的个性很审慎，但她偏偏又小心地想要争宠，小心地怀疑着俗世众人究竟有何居心。眼下这一秒，后者终于压倒了前者，活生生害她把问题问出了口。

“对，”麦克弗森答道，“D 病房全体一个不漏。”

“就连玛丽和莉娜也不会漏过？”黛博拉问。即使是 D 病房的病人，也公认玛丽和莉娜是病房里病情最重的两位。

“小黛……总之，放他一马吧。”

有那么片刻，黛博拉只觉得麦克弗森在利用她。麦克弗森原本是唯一能用昵称称呼病人而又不显得勉强的工作人员，可惜这一秒，他那句“小黛”听上去显得很勉强。

“为什么非要我答应？依我看，你们这些正常人不早就认定，我们这些病人是不受俗世惯例或俗世习俗所困的吗？我可不是什么讲礼的老好人，我对霍布斯的了解比你深得多。霍布斯纯属我们中间的一员！唯一把他跟我们区分开的宝贝，就是那几把金属钥匙，以前他还经常把玩它们，求个安心。埃利斯跟他是一个模子里塑出来的，我看得透他，看得透他心里的恨。”

麦克弗森的声音压得很低，他的怒火却真得不得了，黛博拉只觉那一腔怒火来得蹊跷，来自麦克弗森心底从未展露过的一面。

“难道你认为，全天下的病人都能安生住进医院吗？难道你们这群姑娘认为，全天下的苦独独被你们吃了？我可不愿意提到钱，毕竟天天都有人提钱，提得你耳朵都要起茧子了，可是，我想告诉大家一声，医院外面可有不少盼着住院却死活住不起的人。要是有人脑子确实出了毛病，估计你一眼就能看出来。你总不会耍花招去害别的病人吧，我还从没听过你对别的病人说一句不中听的话。”（这时，黛博拉却突然记起了自己曾对卡拉说过的那句话，负罪感顿时再度涌上了心头。）“别再为难埃利斯，小黛，日后你必定不会为此后悔。”

“我尽力吧。”黛博拉告诉麦克弗森。

麦克弗森垂下眼眸，凝神向她望来。黑暗之中，黛博拉无法看清他的面容，但依她猜想，那恐怕是一副安然的神情。随后，他转过身，出了集体寝室。黛博拉跟镇静药抗争了一会儿，琢磨着麦克弗森刚才的行为和言辞。他的一番话确实很刺耳，但却并未说错，而且撇开麦克弗森的怒火不提，他刚才的口吻竟然体现出了某种尊重，仿佛对话双方并无尊卑之分。这种口吻本就世间罕见，而在精神病房里，它堪称无价之宝。对于这副重担，黛博拉感觉很胆怯，但胆怯之中，却又交织着一种全新的感受：喜悦。

第十二章

“我总是一遍遍想起最近治疗中提到的几件事。”弗里德医生说，“从你的言辞听来，你将自己的病视作一座火山。你还提到，火山的外表将不得不由你妹妹自行装饰。你明白你自己在跟我们说些什么吗？难道你真的没有发觉，诸神、群魔与整个‘业尔’，都是出自你自己之手？”

“我根本不是那个意思！”黛博拉立刻朝后缩，耳边却依然回荡着从“众相神”之口说出的碎碎念：“赶紧醒醒吧，一切不过是你脑子里的白日梦。”“‘业尔’千真万确！”黛博拉向弗里德医生宣布。

“我敢肯定，在你看来，它确实‘千真万确’。但你言语间似乎还提到了另一件事：该病与该病的症状是两回事，尽管症状经常被人误认为是疾病本身。难道你的话不是意味着，尽管该病的症状与该病脱不了干系，但二者并不相同？”

“没错。”

“那就拜托你带我回顾一下你的过往吧，回到你尚未装点火山外表的时候，带我见一见火山的真面目。”弗里德医生看出了黛博拉惊恐的神情，于是又补上一句：“用不着一次看个清楚，每次瞥上几眼就好了。”

弗里德医生与黛博拉已经聊过黛博拉遭遇的几个弥天大谎，也聊过了黛博拉人生中避无可避的小小的谎言，可惜的是，拜黛博拉的感受与观点所赐，即使是小小的谎言，似乎也通通成了奠定毁灭之路的一块块砖头，仿佛它们早在计划之中，仿佛它们是好些秘而不宣的恶作剧，众所周知但却无人愿意承认。经过数月的治疗，黛博拉渐渐悟出：在她的眼中，俗世之所以显得如此骇人，其实有着诸多原因。外祖父的名门执念，始终像阴影一般笼罩着全家人。黛博拉回想起当初，耳边便会传来外祖父熟悉的嗓音："当个班上第二名，那可万万不行哦，你一定要当上第一名。""要是受了伤，千万别哭，一定要笑。你绝对不能让对手得知，他们已经伤到了你。"外祖父的上述教导，句句都是针对那些对"秘而不宣的恶作剧"心知肚明的家伙，人家的脸上还挂着笑容呢。要有尊严，就得有忍痛而死却还不失风度的能耐，仿佛生死皆是寻常事。就连外祖父以黛博拉为傲，也跟怒火脱不了干系。"你这小家伙脑袋灵光……得让所有人都好好瞧瞧！"靠着一己之力，他便养出了毒舌的外孙女，将毒舌活生生地磨砺出了锋芒：谁让外祖父把女人叫作"娘儿们"，叫作"下崽的婆娘"，还扇过黛博拉巴掌呢——就因为她长大之后无法成材，毕竟她是个"娘儿们"嘛。有朝一日，黛博拉将不得不迎战满世界的蠢蛋和忘恩负义的小人，还要赢下属于外祖父的一战——某个瘸腿移民和某位身故已久的拉脱维亚伯爵之间古老而又神秘的战斗，尽管她是个女子。

在黛博拉成长的那个时空，身处美国的犹太人依然深陷在一场旧战之中，那是数年前他们便已从欧洲逃离的纷争。紧接着，随着纳粹横行于欧洲，又在美国撒播仇恨，新的战斗也愈演愈烈。好些大都市里爆发了"立陶宛、波兰和俄罗斯犹太工人总联盟"组织的多次游行，也出了不少冲突事件，受害的都是犹太教堂和胆敢踏出犹太人区的犹太人。黛博拉记得，她曾亲眼目睹布劳大宅被泼上了油漆，早晨送来的报纸旁赫然摆着几只臭烘烘的死老鼠，报纸上又赫然写道：捷克犹太人正逃往波兰边境，谁知某些“热爱自由”的波兰人却给他们送上了枪子儿。黛博拉对仇恨了解甚深，也曾被附近的“小霸王”欺负过一两次，外祖父却仿佛从中得到了某种说不清道不明的印证，因而得意地宣布：“纯属人家嫉妒！最优秀、最聪明的精英，哪能不招人嫉妒。把你的腰板挺直喽，千万不能示弱，让这帮家伙得逞。”但紧接着，仿佛仇恨透过玩笑隐隐冒出了头，外祖父又补上一句：“你一定会给他们点厉害瞧瞧！你跟我是一个模子里塑出来的嘛。至于其他人，都是些傻瓜……总有一天，你定会给他们点厉害瞧瞧！”

说到“给他们点厉害瞧瞧”，黛博拉亮出的厉害招式，却是某种预兆、某种骗局、某种诱惑，是她的早熟。种种迹象都在显示，黛博拉终究会出人头地，恰似正在印证着外祖父的眼光。有好长一段时间，黛博拉以自己的毒舌为刀。靠着它，黛博拉在她跟俗世那没有硝烟的战争中惊艳了一帮成年人，可惜它却从未骗过同龄人的眼睛。小家伙们看透了黛博拉，出于惧意，他们也使出了聪明的招数，一心想要把她打垮。

“那可真是一片肥沃的土地，随后便迎来了‘业尔’这颗种子。”弗里德医生说，“成人世界的骗局、外祖父的种种自负言辞与你眼见的世界之间的鸿沟，还有你那份早熟所导致的假象，让你显得很特别。除此之外，再加上一条血淋淋的事实：无论你所谓的‘特别’有多让人惊艳，你却连跟同龄人相处都办不到。”

“她跟别人之间确实有着一条鸿沟，她是个娇养成性的富家千金嘛，有女佣服侍，有进口衣裳，还有……还有……”

“还有什么？你又神游到哪里去了？”弗里德医生问。

“我说不清楚。”黛博拉回答，但她分明到了一个她曾经来过的地方，“这里没有颜色，只有一片片灰色的阴影。她的个子好大，她是白色的。我的个子好小，我跟她中间隔着好些栅栏。她给我东西吃。灰色。我没有吃。在哪里啊，我的……”

“你的什么？”

“救赎！”黛博拉脱口而出。

“说下去。”弗里德医生说。

“我的……自我，我的爱。”

弗里德医生凝神端详了黛博拉一会儿，随后开了口：“我有一种预感……你愿意跟我一起试试吗？”

“你相信我吗？”

“那是当然，不然怎么会有这门科学，我们俩又怎么会一起开展治疗呢。你对自己的基本了解其实很透彻，用不着怀疑。”

“那就继续吧。要不然，只怕世上就没了精神病治疗学啦。”（一阵笑声。）

“在你很小的时候，你母亲曾在怀孕期间出过事，对吧？”

“说得对，她流产了。是双胞胎。”

“随后她就去休养了一阵？”

黛博拉的昔日顿时被一束光照亮了，耳边仿佛传来了啪的一声，好似一个球猛地落入了捕手的手中：真相揭晓了，清晰而又坚定。黛博拉倾听着耳边的声音，结巴着讲了起来，填补着那多年噩梦中缺失的细节。尽管那场噩梦其实不过是俗之又俗的经历罢了，跟“被人抛到一边”也差不了多少。

“我看见的那团白影，肯定是个护士吧。我只觉得，一切温暖都已离我而去。这种感觉经常出现，但我认定，我绝不可能真的去过那样一个地方。栅栏是婴儿床的围栏，必定是在我自己的婴儿床上……护士冷漠又疏离……喂！喂！”刚才那束光，眼下已经显得颇为友好，它又照亮了另一幕，而它来得如此突然，于是黛博拉与昔日的一念相通，变得活像揭晓某种真相，不仅意义重大，而且仿若奇迹。“围栏……婴儿床的围栏，加上那种寒意，再加上我无法看清楚颜色……不就是当下的情形吗！就是业尔‘深渊’的一部分……确实是当下的情形，是当下！当我等着坠落时，我眼前出现的一道道黑影，应该就是当初的婴儿床围栏；我感受到的寒意，则是当初感受到的寒冷……我还一直在心里嘀咕，为何就算把大衣穿上，也死活防不住那份寒意呢。”

黛博拉一口气说了好一段话，弗里德医生露出了笑容。“毕竟它重逾千斤嘛，无异于被人抛到一旁，挚爱之人也纷纷离去。”

“当时我还以为，自己恐怕小命不保，但他们最后还是回到了我身旁。”黛博拉顿了顿，脑海中突然又冒出了一个问题，好像它早已在此守候：“难道大家的眼前，不都应该蒙上一道道黑影？不用说，谁都会有被抛下孤零零一个人的时刻，或许会被抛下一两周，甚至还有人父母双亡，但子女们也并未就此变得脑子秀逗，眼前蒙上一道道黑影啊。”就在这时，黛博拉又猛然悟到，这成了另一项铁铮铮的证明：不知道什么缘故，她这人果然有点毛病，那毛病跟基因一样深植在她的骨子里，她就是天生的一枚坏种。黛博拉只等着弗里德医生同情地表示反对——医生会说出熟悉又宽心的谎言，但靠着这些谎言，黛博拉就可以照亮回归“业尔”的路。没料到，弗里德医生的话却颇为强硬。

“你的记忆或许还是原来的模样，但多年来你一遍又一遍地渲染，已经让它变得分量十足。每次你不由自主地回忆起被遗弃所带来的寒意，回忆起围栏与孤独，曾经的遭遇便会在你的心底宣扬：‘看见了吗？说来说去，这才是生活的真面目。’”弗里德医生告诉黛博拉。

弗里德医生说完站起身，宣告着本次治疗的结束。“今天的治疗进展得很顺利，查明了哪些来自过去的阴影目前还在缠着你不放。”

黛博拉悄声道：“我还在好奇呢，代价究竟是什么。”

医生摸了摸她的胳膊。“代价由你自定。拜托你转告‘业尔’中的诸位一声，在我们俩查明真相的过程中，他们还是别使坏的好。”

黛博拉从医生的掌中抽开了自己的胳膊：不知道什么缘故，她有点害怕碰触。但她显然做得很对，因为她胳膊上医生刚刚碰过的地方已经冒起了烟，毛衣袖子下方的肌肤好像正在被灼烧，被活生生烫得冒起了泡。

“真抱歉，”弗里德医生望见了黛博拉苍白的面孔，立刻说道，“我不是故意要在你还没准备好的时候碰到你的。”

“避雷针。”黛博拉嘴里回答，眼神却透过胳膊上的毛衣，望见了自己备受烧灼的肌肤，也看透了当某人化成“避雷针”承受天雷一击时，该是多么惊心的景象。

弗里德医生被黛博拉没头没脑的话害得很迷茫，她的目光越过眼前病人正在发抖的躯体，望向那被苦苦追寻的灵魂——就在刚才，它还乐滋滋地现身了片刻，现在却已经消失了。“我们会一起努力，我们会摸透实情。”弗里德医生宣布。

“要是我们还没倒下的话。”黛博拉回答。

第十三章

时光流逝。恰似一颗蹦跳的网球，黛博拉被抛来荡去，从“业尔”的某处到了“业尔”的另一处，从俗世到了虚无，从艳阳之下到了黑夜，越过俗世所谓的“年月日时”，同时还要尽力不再凶巴巴地对待埃利斯先生。她不再用带有“霍布斯”的绰号称呼埃利斯。虽然并非心甘情愿，她倒也还算听话。她还尽可能地忍受埃利斯那副殉难的派头，总之能忍多久忍多久。又有一帮护理学生来了本院，又离开了本院。其中几名学生仿佛吃了定心丸，因为她们从此再也不会惧怕病人了。另外几名，却被吓得落荒而逃，因为这家医院里一群所谓的“疯女人”嘴里说出的话，其实跟这几位护理学生肚子里没说出口的话没什么区别，活像让她们当头挨了一棒。另一群新来的护理学生，则在本院病人面前开了眼界，因为她们遇上了动不动就脱个精光的康斯坦蒂娅、优雅但下手狠辣的海琳，再加上眼神直勾勾的黛博拉。一名年轻的护士曾大声宣布：“那小姑娘简直就像一眼看穿了我，活像我是个透明人。”黛博拉倒是想要安抚护士，后来，她便悄声对那位护士说：“弄错‘透明人’了。”黛博拉的话其实是指，“透明人”并非这位漂亮的护士，而是D病房里她这个丑陋的病人，可惜她的话把吓破了胆的学生护士吓得更加够呛，于是，黛博拉便再度见证：她与所谓“人类”的物种之间，果然有着一道无法逾越的鸿沟。

黛博拉站在D病房大厅前方的小隔离室里。她的午餐餐盘是由一名护士送过来的，护士正摆弄着一串钥匙（毕竟，钥匙正是本院护士与病人的“不同之处”），脸色显得很苍白，或许是记起了心中深埋的某个疯兮兮又吓死人的噩梦吧。说到噩梦，至少黛博拉很有共鸣，很相信，也很理解。她轻声哄了护士几句，结果却发觉护士被吓得面色凝重，猛地转过了身，踉跄着想要站稳。

几乎是出自本能，黛博拉向护士伸出了一只手，谁让她跟这位笨手笨脚的护士像是一个模子里塑出来的呢。于是，黛博拉那只手扶住了护士的手臂，扶了片刻。年轻的护士再度站稳了脚跟，接着便惊恐地从黛博拉手中抽回了胳膊，踉跄着出了房间。

“受苦吧。”黛博拉对聚集在“业尔”的诸神说道——在“业尔”语中，这句隐喻差不多算是打了个招呼。“我乃一截导线，承载闪电天雷。经我之身，雷霆由医生传向护士。我自来便是导电的铜线，世人却始终误以为我是一块顽铁！”

安忒拉贝发出了哈哈的笑声。“机灵点吧。”伴着他那没完没了、烈焰熊熊的坠落，安忒拉贝的发丝飘落出点点火星，他开口说道，“出了这间屋子，出了这个病房，出了这所医院，总之就是如此种种。等到人家值班完毕，欢笑也好，散步也好，呼吸也好，总之都是在你永不会知悉的俗世。世人的呼与吸，世人的血与骨，世人的昼与夜，实在与你不同。你的本性，会要他们的命。一旦染上你那份毒，他们要么小命不保，要么就会被它逼疯。”

“就跟‘业尔’的‘深渊’一样?”

“一模一样。”

听到自己竟如此害人，黛博拉不禁惊呼了一声。她跌倒在地板上，轻声地呻吟：“威力太大，太害人了。不要伤到任何人……不要那样！不要那样……不要……”

紧接着，她仿佛一脚踏在了自己身上，恍然间已披挂上她的“业尔”头衔与“业尔”名号，拔腿向地板上那俗世的自己踢了过去，踢着她的小腹，踢着她长着肿瘤的部位，活像在踢一个不经踢的烂熟的甜瓜。一阵颇具仪式性的吱嘎声响了起来，宣告着“业尔”的离去，这时，铁窗外的天空已笼上了一层暮色。黛博拉放眼向窗外遥望，发觉自己又已站直了身子，正伫立在窗前，悄声低语：“所有神明，赐我一死吧。”黛博拉心中深悉，假若全体“业尔”神魔一个不漏地跟她作对，那自己恐怕性命难保了。无论怎样的快乐、幸福、安宁或是自由，都不足以抵偿这样的苦难。“赶紧取我小命吧，安忒拉贝也好，‘众相神’也好，你们其他神明也好，给我个痛快，让我在俗世灰飞烟灭！”

屋外的电灯却适时亮了起来，一把钥匙插进了锁孔，发出了一阵嘎嘎声。“只是来查看一下。”换班护士喜滋滋地说，但当一眼望见黛博拉的脸，她立刻转身告诉身后的一名护士，“别查病房了，赶紧准备一下冷敷罩。”

黛博拉难以说清，此刻的自己，究竟是在哪个世界流露出了哪副面貌，但她反正大大地松了口气。有人正赶来救她。很显然，黛博拉那副假面具没能把痛苦遮个严实。“也许是眼窝泄漏了内情吧……”片刻后，对赶到身边的几个人，黛博拉嗫嚅道。

黛博拉再度苏醒时，身边一片漆黑。她仿若一只来自海底的巨鲸，来自别的时空，那儿另有一番规则与气候。跟之前那扇窗外面黄昏时分的景象不同，眼下这扇窗的外面已经换成了沉沉的夜色。这间屋里有两张床，更远处则是一片漆黑，点缀着无数星光——对了，窗户玻璃外带有栅栏，栅栏上又带有护网，护网又绷得好紧好紧。这是一个美丽的夜晚，即使这间屋的窗户有着重重的防护，却也没能拦住灿烂的星光。一个低沉的声音从另一张床上传了过来。“是谁？”黛博拉问。

“我们的鼻子痒小姐，鼻子痒的维纳斯。”回答的人是海琳。

“用这些冷敷罩的时候，你有没有遇到过眼睛里进了头发的情形？”黛博拉一边问，一边回想自己有时是怎么陷入跟头发、绒毛及各种瘙痒的苦斗的，总之，它们是一大堆烦人的坏家伙——当你实在无法伸手将这些玩意儿拨到一旁时，只怕满脑子就只有它们吧。

“我就是我自己的眼中钉。”海琳冷冷地回答，“你不也是吗？”

于是，黛博拉躺在床上闭上了嘴，在永恒的末日中歇息了一会儿。她可以看透自己的思绪。有那么一阵子，她还琢磨着海琳，毕竟海琳正躺在另一张床上，跟她活像一对双胞胎。虽然海琳有着一肚子怨气，通常还很火大，黛博拉却很尊重海琳的智慧，也很尊重另外一点：以她那“刺儿头”却又毫不让步的风范，海琳竟然收手了，不再收拾殉道者埃利斯先生。大多数时候，海琳都不太搭理人，总之她谁也不理，但有时她又会突然冒出一两句脆生生的狠话，甚至有时会突然猛揍别人一顿。不过，海琳神志清醒时，她却会变得既安静，又低调，因此黛博拉看得出来，尽管海琳的病情很严重，她身上却有着一股说不清的力量或意志，不然便是某种特质，能够让她逐渐康复。黛博拉心里很明白：海琳有能耐把病治好。正因如此，海琳让她百感交集，黛博拉对她既眼红，又尊重，还有点忌惮。

曾经有一回，黛博拉还对海琳说过几句刺心的话。她曾经告诉对方，在她看来，海琳有能耐把病治好，接着便眼睁睁发觉肌肉发达的海琳变得很惊恐。因为就在当时，黛博拉尚未彻底弄懂她自己有多折磨人。不过，海琳却用理智且高尚的口吻对黛博拉说道，假如她黛博拉不立马滚蛋，海琳本人就会打断她那个粪坑脑袋里的每一根骨头，一根也不漏。于是，黛博拉乖乖听了海琳的吩咐。

房间里的灯突然亮了，海琳和黛博拉不禁双双叹了口气。前一秒，她们还身处被星光点缀的一片漆黑中，只觉得无比美妙；后一秒，她们就赫然暴露在了光天化日之下。这真让人下不来台。进屋的只有埃利斯一个人，他快步走到海琳的床边，给她量起了脉搏。

通常来说，医院的护士和护理员会在进屋前先说上几句，以便让房间内尚未回过神的病人先感受一下现实世界，毕竟护士和护理员们也正是现实世界的化身。通常来说，护士和护理员也会等到病人们有所示意时再进屋，就算病人眨眨眼睛也行。没料到的是，埃利斯却贸贸然闯进了一个如此脆弱的地方，实在有点让人吃不消。他伸手去碰海琳的头，准备量一下太阳穴脉搏，以便稍后在报告中填上某个数字，海琳却用力挣脱了埃利斯的手——被冷敷罩裹紧时，全身也就只有头能动一动了。埃利斯紧紧地握住海琳的脸庞，用一只手稳住它，又试着用另一只手去测海琳的脉搏。海琳再次挣脱了他的手。埃利斯微微地挺直了腰，顿时腾起了怒火，挥手揍向了海琳的脸。一下又一下，揍得又准又狠。海琳冲着埃利斯啐了一口唾沫，真是气冲冲又口沫四溅的一击。黛博拉望着眼前的景象。自此之后，在黛博拉心中，它便永远地象征着全体精神病患是多么无助，因为一方挥出了又准又狠又无情的一拳，另一方却在一遍遍地吐口水还击。海琳的唾沫甚至没能吐到埃利斯的身上，但她每吐一口，他就挥臂结结实实地揍她一拳。房间里一片沉寂，只剩下海琳干裂的嘴唇发出的吧唧声、海琳费力的呼吸声以及拳头落下的声音。揍人者与被揍者都是如此专注，仿佛浑然忘记了世间的一切。等到埃利斯终于扇耳光扇服了海琳，他又给海琳和黛博拉都量了量脉搏，随后就离开了。他迈出房间时，海琳咳出了一口血。

次日，以“业尔”的眼光来看，黛博拉竟然变成了她自己的敌人：她成了一个自愿泄密者，一个“不躲不藏”的“睁眼瞎”，一个在“业尔”语中被称作“讷兰克”“坦苦图苦”的家伙。她去找了一名护士，要求趁着D病房的病房医生前来签署本周医嘱时，见见病房医生。

“你为什么要见病房医生？”护士问。

“我有话要跟他讲。”黛博拉回答。

“你要讲什么？”

“所谓‘和平主义者’，乃动手解决问题之人。”黛博拉回答。

这名护士换成了病房护士，黛博拉把话又说了一回。病房护士换成了白班护士长，黛博拉把话又说了一回。房间中渐渐似有阴云汇聚，一步步向黛博拉逼来，仿佛“业尔”的“神罚”即将降临，可是，黛博拉却非把真相告诉医生不可，以免自己良心不安。她亲眼目睹了某场暴行，因此，她也莫名其妙地跟施暴者和受害者一起卷进了事件当中。只可惜，护士长对黛博拉的话不太买账，然而眼下阴云已愈逼愈近，风势也已愈卷愈急，黛博拉不得不苦苦地央求。

到了最后，对方终于松了口，准她去见病房医生了。黛博拉把见到的情景告诉了D病房的病房医生，讲得生硬而且简洁，尽全力扮出世人那种理性的派头，好让医生相信。她并未提到此事有多重要，也并未提到埃利斯的各种倾向——黛博拉心中深悉，这一点是个秘密，但也只不过是因为，埃利斯手握着D病房的病人们没有的病房钥匙嘛。等到黛博拉终于讲完时，医生坐在那儿，细细审视着她。根据多年的经验，黛博拉很清楚，眼前这位医生无法望见她头顶的那片阴云，无法感受到她周围那股漆黑的风，也无法察觉到“业尔”的“神罚”马上就要到来。医生正闲坐在另一个季节（应该是春季）中呢，闲坐在另一片艳阳下。可惜，它的光芒只在黛博拉的视野、黛博拉的现实与黛博拉的王国之外驻足。

终于，医生开了口：“海琳为什么不自己来告诉我？”

“出事以后，海琳马上就抽离了。”黛博拉还恨不得补上一句，告诉医生，这真是海琳一贯的做派：但凡海琳露出一脸茫然的神情，黛博拉就不得不替她“背黑锅”，正如当初黛博拉告诉海琳，她觉得海琳有希望把病治好的时候。恍然间，黛博拉又觉得此话有点不妥当，但她一时间回不过神来，恰似一块布被钉子活生生地钩住，结果她就再也说不出一句话了。

“对于本医院院内的任何暴行，我们都乐于制止，但我们也不能采信没有证据的说辞。之前你裹在冷敷罩里，正是因为你的情绪很不稳，知道吧。也许是你相信自己亲眼目睹了什么事……”

“至少去问问埃利斯吧。以他的灵魂……假如他不得不撒谎，只怕他的灵魂不太受得了吧。”

“我会做个记录。”D病房的病房医生嘴上答应，却根本没有碰那个他走到哪里都随身携带的笔记本。很显然，那位医生正在黛博拉身上施展李·米勒所谓的“三号疗法”：变着法儿地用套话敷衍人，比如说些“对，没错，那是当然”之类的话，旨在不做改变但又把人哄好、不去领会但又让人闭嘴、手也不抬地解决争端。黛博拉凝望着病房医生，想起了他给她开的镇静药。她本来还想多要一点镇静药，而她心里也很明白：假如她就挑这一秒向他开口，对方会同意给她加量。不过，黛博拉并不愿意用海琳咽下的鲜血换取自己多睡片刻，于是，她任由病房医生离开了，嘴里还咕哝了一句：“拜托多给点镇静药吧，大发善心加点量。”就在这时，黛博拉又眼睁睁地望见，一群毒虫已纷纷从阴云中坠落。病房医生离开了。不过也不要紧，不如告诉弗里德医生吧，就告诉那位“烈焰之触”。

“弗锐”，正是弗里德医生新得的“业尔”语名号，意为“烈焰之触”，因为它能让黛博拉记起当初弗里德医生那“烈焰之触”的威力是多么可怕：弗里德医生只是碰了碰黛博拉的胳膊，就害得她的肌肤被无形烈焰灼烧了一番。

“这些话你有没有告诉D病房的病房医生？”“弗锐”问黛博拉。

“告诉了。结果，医生笑着给我施展了一下‘三号疗法’，说了一堆‘好的好的’。”黛博拉说。之前她竟然克制住了自己，为了自己的尊严，竟然没有开口问病房医生要她一心想要的镇静药，真是荒唐啊。既然告密注定要付出高昂的代价，至少也该有所回报吧。

“我并不参与你所在病房的管理，也不能违反病房的规条，知道吧？”“弗锐”说。

黛博拉说道：“我又没说要改动本院病房的规条，除非本院病房的规条就是殴打裹着冷敷罩无法还手的病人。”

“我也无权处分本院病房的工作人员。”“弗锐”说。

“难道这间医院里所有人的大名，都叫本丢·彼拉多[1]？”黛博拉问。

到了最后，“弗锐”终于答应在医院的员工会议上提及此事，但黛博拉并不买账。“也许，你是在怀疑我到底有没有亲眼目睹吧。”她对弗里德医生说。

“这一点我毫不怀疑。”弗里德医生答道，“不过你瞧，我无力决定病房如何处理此事，我不是个负责行政的医生。”

黛博拉赫然望见，就在此刻，干柴已被烈火点燃了。“当正义不得声张、邪恶瞒天过海、守信者备受折磨时，你所谓的‘现实’，究竟好在哪里？海琳信守了关于埃利斯的承诺，我也一样。你所谓的‘现实’，究竟好在哪里？”

“听着，”“弗锐”告诉黛博拉，“我从未向你许下一座玫瑰园，我从未向你许下完美的正义……”（忽然间，弗里德医生记起了蒂尔达，蒂尔达曾经逃出纽伦堡的医院，消失在遍布着“卐”字符的城市中，随后却又再度回到医院里，学着世人欢笑的模样，发出一阵阵刺耳的嘎嘎笑声。“愿平安与你同在，医生，外头的人竟比我还癫哪！”当时蒂尔达说了这样一句话。）“……我也从未向你许下和平与幸福。我伸出援手，只能助你享有为上述一切而战的自由。我所给

1　本丢·彼拉多，判处耶稣钉死在十字架上的罗马帝国的总督。——译者注

予的唯一现实，便是挑战，而身心健康，便可享有接受挑战或拒绝挑战的自由，这要视你的能力而定。我从未向你许下过谎言，而玫瑰园般的完美世界，却正是一个谎言……而且吧，还没劲透顶！”

“那你能在员工会议上提几句吗，关于海琳的事？”

“我说过我会提，我就会提。不过，我可不承诺任何事。”

由于海琳让黛博拉孤零零一个人背上了目击者的重担，黛博拉发觉自己正下意识地向李·米勒走去，谁让当初正是“坦苦图苦”李·米勒为西尔维娅那被忘到脑后的一句话挺身而出的呢。李·米勒不许任何人出现在她的身后，也不喜欢跟D病房的其余病人一样靠墙站着，因此她只好绕着圈不停地走，“让大家都在该待的地方好好待着嘛”。尽管黛博拉并未把李·米勒当作“大姐头”来拥戴效忠，但出于某种神秘的合拍的感觉，她开始像个小尾巴一样跟着李·米勒，恰似托勒密“地心说”中绕着行星团团转的太阳。

“走开，布劳！”李·米勒吩咐。

李·米勒的话，真是恰到好处——在黛博拉看来，李·米勒居然开口跟自己搭话了，意味着李·米勒也承认，她们俩正在上演一出对手戏。

“走开，布劳！”李·米勒吩咐。

黛博拉却被这段情谊所困，依然紧跟着她。

“护士！赶紧把这婊子弄走啊！”

护士现身了。“赶紧离开大厅，黛博拉，不然也别紧跟着李·米勒。”——这名护士也上场入了戏，但她并非“不躲不藏”的“坦苦图苦”。李·米勒的吸引力瞬间消失了，黛博拉再度走远了。

“某飞鸟，借我火光照耀，”她的耳边传来了安忒拉贝的声音，“你就睁眼瞧个仔细吧，瞧瞧他们是如何小心翼翼地防着你，连危险性极小的利器也不让你接近：别针也罢、火柴也罢、皮带也罢、鞋带也罢，就连恶狠狠的眼神都算。在上了锁的隔离室中，埃利斯会不会殴打赤裸裸的目击者呢？”

正如其余几个雕像般的D病房病人，黛博拉沿着墙壁，滑向地板上一个常待的位置，同时审视着脑海中的景象：画面很简单，清晰而又骇人。

傍晚时分，露西娅突然开了口。露西娅是D病房的一名新病人，因为爱动手，也因为曾在本国一家非常难熬的医院里待了九年而颇有威望。她对几名挤在暖气片护栏旁边的病人（D病房的这几位病人，成天都觉得浑身发冷）说：“这个地方，跟别家不太一样。我待过不少医院，去过不少病房。我哥也是同一副德行，算是待过好多病房的老病号了。至于这个病房嘛……有几个吓坏了的病人，有几个癫得厉害的病人，又在地板上撒尿，又整天嚎个不停……不过，终究是因为，还有那么一点盼头。还有那么一星半点的盼头。”

露西娅说完又走开了，活像鸵鸟般迈开腿一样，一路跃过了大厅，边走边发出阵阵笑声，想要把刚才那几句吓死人的话一笔勾销。可惜的是，话已说出了口，眼下正在房间中久久不肯散去，恰似D病房里动物园般的气味。谁会不怕希望呢，谁会不怕那一星半点的盼头？但对于黛博拉而言，露西娅的几句话偏偏赶在这一刻传到了她的耳边，显得格外不同凡响，因此，黛博拉审视着俗世和“业尔”两个世界，一眼望见了某件迫在眉睫的大事：低垂的阴云、云层中坠落的毒虫，再加上法律，它在漆黑的风中仿若一根飘摇的游丝。

“别管什么盼头了，这是个行政管理问题。”

第十四章

弗里德医生看得出来：埃丝特与雅各布正一起坐在办公室中，只等着慰藉与心安呢。她恨不得坦白告诉面前的布劳夫妇：她又不是上帝。她可从未夸海口许下过承诺，她也无权裁定布劳夫妇究竟做过什么或者漏了什么，以至于将亲生女儿带进了一场苦战。

“难道想要一个跟其他人一样的孩子，有什么错吗？”雅各布问，“我……我的意思是，真的没有治愈之法？难道她得一直待在这儿，动不动就得有人管、有人哄？”他顿时听出了自己的话显得多冷血，“不是爱不爱的问题……她生病也好，康复也好……我们总得有个预期吧，甚至总得有个盼头吧。能不能请您告诉我们，我们还有什么盼头？”

“如果你所谓的‘盼头’，指的是一份大学文凭、一大沓舞会请柬、一大堆压花玫瑰，再加上一个出身不赖、人也不赖的年轻小伙，那恕我无法保证。大多数父母，不都有着上述期盼吗？我不知道黛博拉有朝一日是否会拥有这一切，也不知道她究竟是否盼望这一切。我与黛博拉一起进行的治疗，其中有一部分，就是为了了解并接受她真正想要些什么。”

“我们可以见见她吗？”

弗里德医生早就心中有数，布劳夫妇迟早会问这个问题——果然如此。可惜的是，她并不愿意回答这个问题。“当然，假如你们决定见她，那我不拦着你们，但我并不建议你们这次来访就去见她。”她尽量用极度冷静的口吻回答。

“为什么啊！”为免心虚，雅各布提高了音量。

“因为她现在对现实的感觉还非常不稳，她的模样也许会吓到你，这一点她心里很明白，所以她怕你……也怕她自己。”

雅各布恍惚地坐回了原位，不禁质疑起了一件事：想当初，他们为什么要把黛博拉送进医院呢？早在很久以前，黛博拉或许就已经病了，正如大家所说。黛博拉向来都没什么自信，向来都是一副惨兮兮的样子，但她好歹是他们夫妻的宝贝女儿——没什么自信，因此得有人护着，有人替她着想；一副惨兮兮的样子，因此得有人哄着，有人宠着。至少，当初的黛博拉并不陌生。现在可好，这位医生描绘的景象，让黛博拉显得面目全非。

“依我说，她的症状与她的病并非一回事。”弗里德医生开了口，“她的症状，正是某种防御手段。信不信由你，但她的病正是她立足的唯一一块实地。她和我正尽力在那块土地上劈出一条路。她只能无条件地相信，等到这块土地覆灭以后，会有一块更加坚实的土地让她立足。请你想象一下，你就会明白，目前她为什么无心打扮自己、她为什么如此害怕、她的症状为什么又会激增。”

弗里德医生正在尽力描述某人的感受，而此人终其一生也从未体会过毫无心理问题是一种什么滋味。“我们从未亲身经历过她这种病，因此只能猜想患病会是多么恐惧、多么孤独。目前，她正在倾听某种召唤，让她抛开多年来对现实的认知，不加怀疑地采信另外一种世界观。黛博拉的病，现阶段已经变成了一场争夺健康的殊死搏斗。”

“可是，我们给她的世界并没有那么可怕。”雅各布冒出一句。

“可是，难道你还看不出来，她从未接受过你的世界？她活生生造出了一个机器人，替她完成现实中的各种行动，但在机器人的背后，那个有血有肉的真人却越离越远。”弗里德医生心知，对那熟悉的“机器人”背后的陌生人，人们通常心存忌惮，因此，她没有再继续说下去。

雅各布轻声道：“我还是想见她。”

“不，雅各布……还是别……！”

“埃丝……我想见她！我有权跟她见面。”

“好，”弗里德医生用和善的口吻说，“容我打个电话，让人把她从病房带下来，你们就可以在访客室见她了。”她说着拿起电话，“假如二位随后还想跟我见面，请让值班的护理员再给我打电话吧。我会在这里待到四点钟。”

弗里德医生望着布劳夫妇离开了她的办公室，迈着呆板的步伐走向医院大楼。某些病人家属啊！“请把他治好。”某病人家属声称。“请把她治好，给她附赠一套餐桌礼仪，再给她附赠一个未来，还要按我们说好的梦想定制哦！”某病人家属声称。弗里德医生叹了口气。即使是那些聪慧、诚实、善良的家属，也会察觉到一点：出卖自己的孩子，简直再容易不过了。欺瞒也好、虚荣也好、自负也好，总之种种他们原本绝不肯屈尊犯下的行径，却偏偏会被他们用在自己子女的身上。哎呀！弗里德医生又叹了一口气，谁让她从未生过孩子，也从未养过孩子呢。忽然间，她有点好奇：假如黛博拉是她的亲生女儿，她会不会也是同一副模样，为了女儿变得胃口极大，敢为各色美梦买单，还把那些美梦强加在“黛博拉”身上？弗里德医生又暗自思忖了片刻，随后转身向电话走去，终于接通了D病房。

“黛博拉刚刚被带去了访客室，医生。”护理员告诉医生。

“好吧，没关系。我只是希望……”

“医生？”

“她能有点时间，先梳梳头。”弗里德医生说。

驱车回家的途中，埃丝特与雅各布一言不发。他们在等待真相逐渐变得清晰，可惜的是，刚才所见的一切，却处处都与他们笃信的事实相悖，于是，布劳夫妇双双茫然地闭上了嘴。他们信任弗里德医生。弗里德医生并没有假惺惺地安抚夫妻俩，但她也好歹给了他们些许盼头。只可惜，正是所谓的“盼头”，让布劳夫妇最为绝望。他们的亲生女儿，几乎已经完全变了一个人。吓到布劳夫妇的，并不是黛博拉在小声地嘀咕，不是黛博拉在又打又闹，而是她那种微妙的抽离感。黛博拉，并不活在这具躯体中。

离开医院的会客室时，雅各布只说了一句：“她的脸色好苍白……”

埃丝特正竭力想要摸透自己心中究竟是什么滋味，低声咕哝：“好像……好像她的内心有个生命被活生生扼杀了。”

雅各布顿时对她生了一肚子气，扭开了头。“你这人一向就是话多！你就不能少说两句吗？”

返回芝加哥的路上，布劳夫妇满脑子都在琢磨一件事：若将真相告诉苏茜，此刻只怕为时已晚。

穿越爱恨的一次次轮回，弗里德医生对她那个不肯听话的病人穷追不舍。黛博拉一遍遍朝“业尔”的黑暗之中逃去，要么装模作样，要么就虚张声势地躲起来。她只盼自己眼瞎，只盼自己无知，因为她终于已经悟出：假如她自己目睹了些什么，察觉到了些什么，那不管其内容多么可耻，多么可怕，多么丑陋，都不得不亮出来跟弗里德医生讨论，尽管对黛博拉而言，其原因简直跟“业尔”的底层世界一样让人摸不着头脑。

“我任由你躲着你父亲，已经躲得够久了。”某次治疗时，“弗锐”宣布，“每次提到他，你的口吻都充斥着恐惧和仇恨，还有某些别的情绪。”

凭着她那俗世的手段，“弗锐”正在挖掘深层的秘密呢。但是，它们都深埋在看似普通的不公之举下面：比如黛博拉曾为鸡毛蒜皮的小事挨过一顿揍，或者黛博拉偏偏在紧要关头遭到了误解。其中一个秘密则是，黛博拉跟她的父亲很相像。父女俩都会突然间管不住自己的火暴脾气——先是狠狠地憋上一阵，随后便会爆发出一股极不合时宜的怒火。正因黛博拉察觉到了她与父亲的相似之处，所以她怕他，也怕她自己。她觉得父亲对她的爱极为盲目，他从未看透过她、理解过她，哪怕只是片刻时光。此外，有些事也大大超出了他的理解范围。

“有些时候，我对他很不屑。”黛博拉告诉弗里德医生。

“我明白，你一定记起了某些事。”

“父亲向来都很忌惮那些男人，忌惮那些暗藏在黑漆漆的街巷中准备向我下手的男子：要么是个色情狂，要么是个恶棍，总之每棵树后面都藏着一个，正在等我落入魔爪。他一次次地跟我敲警钟：

男人都有兽性，欲望无止境；男人是野兽……而且，我内心也深以为然。有一次，我在街上见到了一个暴露狂，结果挨了父亲一顿骂。暴露狂注意到了我，不知道什么缘故，父亲就认为必定是我犯了什么错。当时他真是又气又怕，念叨个没完，活像这类人通通在绕着我一个人转，恰似摆脱不了万有引力定律一样。我告诉父亲：'我这么一个被宠坏的废人，他们又能从我身上得到什么好处？我这人差劲透了，配谁也不够格。'紧接着，父亲就狠狠地打了我一顿，就因为我说的是真话。"

"也许，他怕的是自身的情欲会向他发号施令？"

"你在瞎说些什么啊？他可是我父亲……"早在回嘴之前，黛博拉却已心知答案。

"他首先是个男人，他明白自己的心思。那其余男子有没有这类心思？他明白，答案是肯定的。那其余男子有没有他那么强的自控力？很显然，答案是否定的。"

黛博拉苦思着那种近乎色欲的感觉，一次又一次，它似乎显得很露骨。它充斥着交缠的罪恶感与爱意，它一度纠缠着、迷惑着她，让她成为父亲嘴里那些犯下滔天罪行的色情狂的秘密同谋。惊惧之中，父亲眼里的黛博拉，显得跟那些色情狂一样饥渴，一样内疚——跟他一样。父亲曾经提起那些男子的病处，而黛博拉也在心中深悉，她自己的私处，也生过重病。梦境之中，黛博拉曾一次次拔腿逃离，最终却又转身面对的景象，自始至终，便是父亲和她自己那惊心而又熟悉的面孔。

"现在还那么可怕吗？"

"不……"黛博拉刚刚说了一个字，却又猛然记起，那阴影如今已在“业尔”的“恐惧沼泽”中长成了巨怪，它由父亲和黛博拉自己几条秘而不宣、稍纵即逝的思绪化身而成，被一层罪恶感笼罩着，以至于早已失去了本来的面目。黛博拉又开口告诉弗里德医生：“不，已经不害怕了……真不赖。对他而言，原来我并不仅仅……仅仅是个经常让他丢脸的女儿。这份渴慕中有几分是人……人……”黛博拉哭出了声。

惊恐向黛博拉袭来时，她正一心沉浸在哭泣中。“弗锐”立刻发觉了异样，打断了哽咽的黛博拉。

“快点！”弗里德医生说，“你的病，或许会试图让你付出代价，因为我们已经把它远远地抛在了后面。容我飞快地说上几句：你已经触及了真知，那便是真相、宽恕与爱，而这三者却都是你一直畏惧的‘现实’的一部分。可是，难道它们不是很美妙、很激动人心吗？”弗里德医生嘴里说着，却又察觉到，黛博拉眼中的光已经灭了。随后响起的话音，来自“业尔”。

“嗯……”隔着医患之间的那道“栅栏”，黛博拉的声音遥遥传来，“你办到啦。我哭了。我已经原谅了我的父母，没骗你。依我看，现在我该回家了吧。”

“你可没那么傻，我也一样。”“弗锐”用诚挚的口吻回答，竭力越过两人之间已经愈来愈远的距离，“还有一大堆秘密只待曝光，你心里很清楚。目前，你正处在戒断阶段，算是正在戒断你赖以生存的‘食粮’，也就是你的一大堆秘密与秘密力量，但你似乎又还没有找到可以取代它的‘食粮’。目前正是最为难熬的关头，甚至超过你入院之前的发病期。至少，进入这家医院之前的发病期，对你来说一度还有着某种意义，尽管那些意义有时候很可怕。现在你只能信任我，从而无条件地相信，等到全新的‘食粮’出现时，它会更加滋养。”

两人接着又聊了聊，“弗锐”又从黛博拉嘴里问出了许多关于往昔岁月的点滴。黛博拉已经精疲力竭，但她的身上依然有着一股倔劲，靠着这股倔劲，她一边吐露着信息，投向“弗锐”的世界，一边等待着两个世界的最后一次冲撞——它必将让她一辈子都精神错乱。

“还有许多头绪……数也数不清，”“弗锐”说，“不理清所有头绪，我们绝不收手。等到把头绪全都理清时，假如你真心期盼的话，你也可以继续选择‘业尔’。我只希望，你能有做出选择的机会，能够做出你自己真实而清醒的选择。”

“换句话讲，假如我乐意，到时我还可以继续癫狂下去？”

“癫得没治……假如你乐意的话。”

“疯得没治。”黛博拉回答。

“对，这种说法我记得。我还听人提过一个叫‘脑子进水’的说法，这又是什么意思？”

“这种说法就是指，此人脑子里乱得很。”

“哎，这种说法我可绝对不能忘掉！有些时候，本地人还挺会准确地捕捉精神疾病患者的感受的。”

“但是，假如到时候我还渴求‘业尔’……假如，到时候我还需要‘业尔’的话……”

“尽管你从未体会过毫无心理问题是一种什么滋味，但依我看，你总不会渴求或需要‘脑子里乱得很’吧？但话说回来，你刚才那个问题的答案，是肯定的。假如到时候你依然渴求或者需要‘业尔’，所有的选择也依然握在你的手中。”

D病房中充斥着一股几乎赤裸裸的激动之情。小隔离室里已经设好了两套冷敷罩，正等着有人被抬上床去。病房大厅里似乎挤满了白色与卡其色的身影，几名护士和护理员正快步走动，依然尚在等待。

“出了什么事？”黛博拉悄声问李·米勒——李·米勒正是最有可能得知内情又肯告诉黛博拉的人。

“卡洛儿小姐又回来啦。”李告诉黛博拉，“你来这里之前，她就待在D病房。真是谢天谢地，最近这里闷死人了。”

就在工作人员即将上楼来送午餐时，那架沉重的电梯咔嗒嗒地下了楼，在场的众人纷纷吃了一惊。过了片刻，她们听见电梯又上了楼，在D病房的双开门外停了下来。一群身穿白色制服的身影占领了半透明的磨砂玻璃屏，紧接着，一把钥匙插进了锁孔，D病房的管理员派头十足地亮相了。病房管理员的身后跟着足足四名护理员，两名抬脚，两名抬头，正合力抬着一个小个子老太太。看上去，她满头白发，却被约束带裹得活像个粽子。跟在他们身后的，还有各色无关紧要的人物：接待病房的白班护士、教士助手、教士、见习修士、神职志愿者等等。

“那就是卡洛儿小姐？”

“正是只有九十磅[1]的她。”李答道。当那位裹着约束带的病人被人抬着穿过病房大厅，经过设好的两套冷敷罩（真让人吃惊啊），进入远处的四号隔离室时，她沿途留下了一连串响当当的脏话，听上去不仅花样繁多且高深莫测，而且还拿捏得十分妥当。

1　1磅≈0.45kg，90磅≈40.5kg。——编者注

D病房沉默了好一段时间，刚才抬着病人的几个人逐渐回到了大厅。黛博拉正要再次前往集体寝室窗边她驻守的那个位置，却眼睁睁望见最后一名护理员瞬间追上了其他人。这位护理员的出场显得很荒唐、很骇人、很有趣、很搞笑、很不符合牛顿学说——他竟然在飞。他竟然正悬浮于空中，没有一丝表情，仿佛他生来就该当一条抛物线。

可惜的是，他并未停在空中。他吧嗒一声跌下来了。多亏了那又沉又笨重的吧嗒声，他的护理员同伴们才停下了脚步，转过身来。黛博拉失望地喘了几口粗气：终究还是一名凡人哪。

不管是在空中，还是吧嗒跌到地上，刚才那名护理员都好端端的，但谁能料到，他却差点被急匆匆掉头往回奔的工作人员踩在了脚底下——一群工作人员正赶回去，打算降伏将他抛到空中的人。D病房的病人们也赶紧跟了上去，一起去看热闹。敞开的门口正伫立着卡洛儿小姐，她个子小小的，仿佛一道闪电。“她的头发被活生生灼成了白色的呢。”黛博拉用“业尔”语悄声道。三名工作人员冲了上去，打算把卡洛儿小姐搬开。可惜的是，跟卡洛儿小姐在打斗中的飒爽英姿相比，他们显得颇令人同情。她甩开了工作人员，茫然又毫无表情的双眸直勾勾地盯着前方。又有几名护理员投入了这场混战，倒是给卡洛儿小姐省了不少事：现在她一味站着不动了，谁让护理员们自己乱成了一团呢。身为D病房最具震慑力的人物，海琳顿时察觉到她的宝座正岌岌可危，于是冲进了空荡荡的大厅，解开了护士站大门铰链上的搭扣，凭着护士站大门和她自己的体重，活生生把门拽了下来，又把它朝大厅扔去。随后，海琳见到些什么，便会扔些什么。西尔维娅原本正倚在墙边，恰似一座粗制滥造的雕像，但是，她实在忍不了海琳这番打闹，胸中顿时腾起了一股怒气，随后便踏过护士站大门、托盘、药品、餐具和毛巾凑成的一片狼藉，奔向了海琳。有人摁下了紧急警铃，十二名医护人员立刻现身，平息了这场暴乱，又把海琳和西尔维娅裹进了冷敷罩。很显然，D 病房管理员把给卡洛儿小姐开药的事忘了个精光，因为房门随即在她身后合上了，再也没有了动静。

病房大厅中，黛博拉从李·米勒身边经过时，李开口说了一句："刚才那幕戏，可比最近 D 病房的鬼样子精彩不少，这一点你总得承认吧。"

"假如刚才我能趁乱溜到麻醉药品柜旁边，那才叫精彩呢。"黛博拉沉吟道，"我哪里知道，区区一名小个子老太太，竟可以强悍到足以把成年男子揍得满地找牙的地步。"

"人家两年前就来过这儿。我曾经亲眼目睹她把一张床扔了出去。不是推出去，是扔出去。另外，我们所有人之中受教育程度最高的一位，就是卡洛儿小姐。"

"比海琳还高？"

"见鬼，那是当然！卡洛儿小姐会讲四五种语言，在医院外头还是个数学家之类的人物。有一次，她本来想要跟我解释一下，可是你也明白，我读到八年级就没读了嘛。"李·米勒放眼环视着周围，再度转起圈来，不耐烦地想让"大家都在该待的地方好好待着"。

四天后，卡洛儿小姐的房门敞开了。换句话讲，她可以进 D 病房走一走了。数小时后，卡洛儿小姐迟疑着走到门口时，却发觉黛博拉正坐在门外。

"哈喽。"黛博拉打了个招呼。

"哈喽……你这小姑娘的年纪也太轻了吧，怎么会上楼到了D病房?"卡洛儿小姐的声音确实上了年纪，但并不刺耳，从双元音的发音听上去，她的口音倒活脱脱是南方腹地的口音。

"抱歉我年纪尚轻。"黛博拉扮出一副怨妇腔，嘴里说，"但我们也有权跟其他任何人一样癫狂嘛。"

黛博拉的后半句话，其实不如说是一种撒娇，但令她惊讶的是，那位极度凶悍的战士却露出了温柔的笑意:"没错……依我看，你说的有理，虽然我还从未这样想过。"

可是，一片苦苦的渴求之心已经害得黛博拉在卡洛儿小姐的门口呆坐了四个多小时，此刻才容不得黛博拉讲什么礼数，讲什么耐心呢。

"李·米勒提到，你很懂语言和数学，是真的吗?"

"哇，她还待在这间病房?真是糟糕。"卡洛儿小姐咯咯笑道。

"难道你真的会讲那么多门语言?"

"天哪，才不是!想当初，老师就只教了我们读写一门语言，而且只教我们阅读经典。"

"你还记得那几门语言吗?"黛博拉问。卡洛儿小姐向黛博拉望去，恰似不再下坠的安忒拉贝，有着亮晶晶的蓝眸、硬邦邦的白发，仿佛一点即燃。她审视了黛博拉片刻。"你想怎么样?"她问。

"教我吧。"

卡洛儿小姐那硬邦邦的身体线条似乎瞬间融化了，整个人不再紧绷，凛然的双眸泛上了泪光，有那么片刻，竟显得盈盈欲滴。"我病了，"卡洛儿小姐告诉黛博拉，"我病得很重，也很忘事。托生病和那么多年……的福，我有时不太拿得准……"黛博拉眼睁睁见到卡洛儿小姐经受着一番无形的折磨，竭力想要站稳脚跟。

“不要紧。”黛博拉说。

“我现在很累。”卡洛儿小姐说了一句，又退回了那间光秃秃的屋子，“我会做出决定，稍后再跟你说一声。”她咣当关上了那扇没有把手的沉重的房门。

坐在地板上，身处门缝吹来的冷风中，黛博拉可以听见门后那闷闷的声响——很显然，卡洛儿小姐陷入了一场苦战，因为门后的声音正是怒骂与叫嚷、挥拳与跌倒。一名护理员从黛博拉身边走了过去。“我刚才不是把这扇门打开了吗？……屋里到底出了什么事？”

“卡洛儿对阵卡洛儿，是一场离婚诉讼，在争孩子的监护权呢。”黛博拉告诉对方。

“布劳，你刚才看到她出屋了吧。是她自己关上门的吗？”

“或许，她该找个人聊聊。”黛博拉说。

护理员转过身，慢吞吞地找人一层层审批去了。黛博拉又在卡洛儿小姐的门前坐了下来，掏出了衣兜里所有的宝贝。她找到了两支烟，是她在一名健忘的学生护士身后捡到的。两支烟都只抽了一半。黛博拉走到李·米勒的床边，将两支烟塞到李·米勒的枕头下，以示谢意——西尔维娅的那笔债，现在算是还清了。

时间已经过了很久，病房护士却迟迟没有现身。黛博拉坐在卡洛儿小姐的房门旁，察觉到与人亲近是多么让她内疚。她那份毒性，竟然正在荼毒整个D病房，给每个人都招来苦痛。就每一场跟门后这场苦斗一样怒冲冲的战役来说，黛博拉好歹也得负上一两分责任吧。可是，她又恍然记起，卡拉曾经提到，她的病堪称满溢的杯中水，黛博拉那小小的一滴，根本掀不起什么波澜。照这么说，黛博拉究竟该不该负责？

一时间，黛博拉有点拿不准，于是索性不再深究。过了一会儿，房间里的动静消失了，透过门缝，传来了卡洛儿小姐精疲力竭的声音。

“小姑娘……小姑娘……你还没走吗？”

“你是在叫我吗？你叫的人难道是我吗？”趁着自己还能把话说出口，黛博拉叫道。

“是你。”紧接着，卡洛儿小姐又开了口：

> “Inter vitae scelerisque purus
> Non eget Mauris jaculis neque arcu
> Nec venanatis gravida sagittis,
> Fusce，pharetra.”[1]

“这是什么意思？”

“是明天，”卡洛儿小姐回答，“也是教你拼写。”

1 本段拉丁语出自贺拉斯《赞歌集》，意为“全真于生活远罪孽而纯洁 / 他便无须毛利的弓与标枪 / 也不要箭囊因荷浸毒的箭 / 而沉重，伏苏”（此译文出自刘皓明：《贺拉斯与印度》，《文汇报 · 文汇学人》第 327 期，2018 年 1 月 19 日）。——译者注

第十五章

在双方掉头缩回各自世界的间隙，黛博拉与卡洛儿小姐会时不时地碰头。最近一阵，黛博拉已一脚踏进了某个又干又闷的时段。她那焦灼的自我散发着一股焦味，动不动就朝她的鼻孔里钻。那恐怕是烤焦的肤发和衣物吧，再加上鞋面和鞋底散发的气味。她失去了辨别颜色的能力，眼前的一道道黑影又害得她的视野变成了小小的灰色的一条。尽管如此，黛博拉依然在埋头苦学。她的衣兜和秘密藏宝处都被纸片塞满了，纸片上写满了卡洛儿小姐记得的拉丁语经典中的词句与诗歌、希腊字母与希腊语词汇，再加上另外一些华章，从众人嘴里那“放荡”的中世纪顺手牵羊而来。

“在我们所处的时代，中世纪显得太过声色犬马。”卡洛儿小姐用羞涩的口吻告诉黛博拉，“据称，中世纪兽性十足，中世纪的拉丁语也很上不了台面，可是，当初中世纪书籍却偏偏趁着晚间传遍了我们学校的集体寝室，也并不是每本书都很淫乱嘛。奇怪的是，我记得最清楚的，却正是这群载歌载舞的狂人……”随后，她便背诵起了彼得·亚伯拉德与邓斯·司各脱的作品。“或许，就‘愚昧与黑暗’来说，我跟这群狂人很相像……毕竟，我和你都到这家医院来了……”话音未落，卡洛儿小姐却又陷入了一阵抽噎与怒火中。

若是换成某个遵循老一套的教师，面对戒心又强、脾气又冲的黛博拉，恐怕会碰一鼻子灰吧。不过，卡洛儿小姐时断时续的温柔教导，却丝毫没有让黛博拉心生戒意，因为卡洛儿小姐的举止本就自带绝望与痛苦。除此之外，这位导师身上可没有半点黛博拉在大多数老师身上见过的那种酸溜溜的优越感。卡洛儿小姐本来就是一名病友，而黛博拉内心真正的渴求此刻也终于挥别了她身上那份蒙蔽众人双眼的早熟，逼得她主动出击，汲取着卡洛儿小姐能够传授的一切知识。

排队等着领取镇静药时，黛博拉说："那首名为'De Ramis Cadunt Folia'[1]的诗歌，我学得还不赖……但后来学到'Nam Signa Coeli Ultima'那一句，就有点吃力。"

"嗯，至少这句里的词汇你应该都认识……我记得，在其他几首诗里，你也见过这些词。"卡洛儿小姐回答。

"我明白它们是什么意思，可是……"

"没错，句子里的Signa一词指的是'标志'，但在此处富有占星学意义，不如说，更偏向于'黄道十二宫'中的某一宫。"

等待用餐托盘时，黛博拉说：

"Morpheus in mentem
trahit impellentem
ventum lenem,
segetes maturas[2],

1　一首拉丁语诗歌，诗名大意是"树叶飘落"，后面的"Nam Signa Coeli Ultima"是该诗歌中的一句。——译者注
2　本段拉丁语大意为"梦神已至 / 轻风送爽 / 滚滚麦浪"。——译者注

……剩下的我就不记得了。”

她们两人从诗歌谈到某些诗句，谈到句子，谈到短语，又从黛博拉本就熟悉的某些单词谈到单词的变格形式。卡洛儿小姐仰仗的是她的记忆，黛博拉仰仗的则是她的渴求与那支违禁品铅笔。

到了最后，卡洛儿小姐终于开口宣布："我会的拉丁语和希腊语，你都已经学会了。我很抱歉，没办法教你语法……我已经差不多忘了个精光。不过，至少现在阅读经典著作的时候，你会时不时读到熟悉的字词。再说，你也东一句、西一句地朝你的纸片上摘抄了不少宝贝嘛。"

实际上，依黛博拉看来，这堆纸片已变得相当棘手了。在黛博拉的弹簧床垫下面和衣兜中，它们塞得满满当当。黛博拉意识到，是时候向病房申请拥有笔记本的特权了。大约花了一个星期，她才鼓起勇气，但她最终还是加入了D病房病人中那群想要申请特权的"请愿者"，只等着D病房的病房医生前来巡视。从D病房这支"请愿"的队伍看来，即使不算那几个每次必到的家伙，眼下也似乎有好几名病人想见病房医生：

李·米勒："嘿，今天晚上，我要双份的镇静药。"

"被暗杀之前总统之妻室"女士："放我回家！我想回家！"

玛丽（归菲奥伦蒂尼医生治疗的那位玛丽）："我从某些社会党人那儿染上了一种社会性疾病！"

玛丽（归道本医生治疗的那位玛丽）："谋杀加火灾！起火啦！"

卡拉本来打算进城去看电影，可惜的是，身为D病房的病人，她不仅缺一份特别许可，还缺了点钱。至于卡洛儿小姐，她则刚刚踏出耶稣当初去往刑场的那条“苦路”的前几步，正打算找医生批准几项再普通不过的D病房特权呢。

医生终于到了D病房，医患之间开启了好几轮一问一答。当黛博拉开口索要笔记本时，医生飞快地瞥了瞥她，分明是在掂量。

“之后再说吧。”医生起身离开，又扭头抛下一句，随后便走远了。

当天下午，亚当斯医生来到了D病房，跟西尔维娅见面。等到亚当斯医生离开时，她随身携带的一本《天使望故乡》却不见了踪影。当天晚些时候，一名学生护士又在到处寻找她的讲座笔记本，可惜只是白辛苦一场。两天后，半本写着字的讲座笔记本在D病房外的电梯里现了身，不过，没写字的那半本，却凭空消失了。

黛博拉也开始缠着海琳，求她把尚未忘光的诗句告诉自己。海琳答应了，居然从已然遥远但残影依稀的回忆中记起了好些《哈姆雷特》和《理查三世》的篇章，害得海琳自己也吓了一跳。黛博拉认真地抄下了希腊语单词，又抄下了拉丁语单词，《天使望故乡》却变成了她藏在床垫下的一块心病，但她好歹读了一遍又一遍，直到道本医生的病人玛丽发现了它，把书吃下了肚，只剩下了书皮。卡拉也读过《天使望故乡》，于是有那么一段时间，黛博拉和卡拉会聊起这部小说。

“如果我能学会这些知识……”黛博拉说，“……我能阅读并学习，那为什么依然感觉如此黑暗？”

卡拉凝望着黛博拉，微微露出了笑容。“小黛，”她说，“难道有谁告诉过你，学到事实、理论或语言，就等于了解你自己？尤其你又……”就在这一刻，黛博拉突然悟出：她身上那份早熟的智慧，尽管助长了她的病症，是该病不可分割的一部分，却也超越了现实的困扰而为她所用。

“换句话讲，或许某人学啊学啊，脑子却秀逗了。”黛博拉冒出一句。

“至少，在黛博拉身上或许如此。”海琳尖刻地说。

黛博拉把她的笔记本藏到了集体寝室的暖气片后面，然后在自己的床上躺了下来。她在床上躺了整整三个月，只在获得允许前去浴室或者被人带离病房去见弗里德医生时，才愿意动身起床。看上去，黛博拉似乎身处一片漆黑之中。“业尔”时来时去，“众相神”时现时隐，但除了跟随弗里德医生进行治疗的时段，黛博拉根本无力反抗。有些时候，卡拉会进屋跟她说上几句，把病房里的小道消息或当天发生的各种琐事告诉她。不过，黛博拉也难以说清，卡拉前来探望，对她来说意义究竟有多深重。有时候，接连好几天，也就卡拉前来探望时，黛博拉才会见一见人。都怪黛博拉那副骗人的假面具流露出的某种气质，逼得护理员们一个个都急匆匆地溜走了。护理员们要么放下餐盘，要么放下衣服，随后便一声不吭地离开了，连头也懒得点一下。黛博拉开始做起了噩梦，动不动就高喊着惊醒过来，院方索性把她挪出了又闹又挤的前排集体寝室，让她搬进了D病房大厅后方一个又小又暗的房间，跟另外两名“活死人”当了舍友。晨光乍现时，这个房间的病人们顿时无法言语，只能望见眼前一两英尺远的地方，可惜的是，她们的噩梦却又偏偏变成了一声声尖啸，从嘴里逃之夭夭，把D病房其他病人靠着镇静药辛苦得来的梦乡撕得粉碎。不如就让她们三位互相吵醒对方吧，免得让整个D病房都跟着受累。于是，这三位病人就被挪到了一间屋里。搬到这个房间以后，有好几夜，似乎都活生生重演了黛博拉童年时代从护士吓人的一番话中听到的“疯人院”闹剧。时至今日，黛博拉还对此念念不忘呢。一觉惊醒时，黛博拉常常会发觉，某位室友竟然正站在她的身旁，高举着双臂。要不然，她便会发觉，另一名室友正在怒冲冲地出手揍她。一天夜里，黛博拉突然想起了父亲，想起了他那份爱的另一面（也是人类的需求），随后索性打破了自己那“于无声中震慑人”的模式，冲着之前揍醒过她的那位胖室友开口说道：“哎，迪丽娅，看在上帝的分上，拜托回床上待着行吗，让我好好睡上一觉。”

迪丽娅闻言竟然走开了，黛博拉发觉自己的招数居然真的奏了效，顿时开心得不得了。谁知道某天夜里，这间屋中扮演“鬼影”角色的人，却赫然变成了海琳，气呼呼、凶巴巴的海琳。黛博拉还以为又是其中一名室友在捣鬼，于是习惯性地哼了一声。

“走开，真见鬼，少来烦我。”黛博拉说道。

“我疯了，”海琳一边说，一边在黑暗中逼近黛博拉，“我疯了……”

黛博拉顿时认出了海琳的声音，也深知海琳打闹起来有多厉害，但偏偏就在这时，一串笑声已经涌到了她的嘴边，仿佛一个熟识的老友。

“依你说，要是挑出我最不起眼的一则噩梦，再挑出它最不起眼的一天，你能比得过它吗？”黛博拉问。

“我无所不能……”海琳回答。不过，黛博拉听得出来：与其说海琳的语气有多凶残，不如说，她的口吻透出几分自尊受伤的意味。

“听着，海琳。管着你我的是同一套条条框框，无论你对我下什么毒手，也不会比我自己的病下的毒手更巧妙、更快速、更厉害。晚安，海琳，乖乖回去睡觉吧。”

海琳二话不说转过了身，穿过了大厅。破天荒头一遭，黛博拉在心里夸了夸自己灵光的脑瓜。

躺在床上度过的黯淡无光的数月中，有些时候，黛博拉会想起那位神话般的人物，那位多丽丝·里维拉——她也曾经住过这些房间，曾经受过这般恐惧，曾经经历过周遭那只可意会不可言传的质疑，质疑她终将康复，然而，多丽丝·里维拉却还是治好了病，好端端地出了院，占领了世界。

“当初她怎么忍得了那种混沌，一天接一天的混沌？”黛博拉问卡拉。

“也许，她只是咬紧了牙关，每分钟都在战斗，不管是醒还是睡。”

“她有选择吗？她能许个愿就变得理智健全吗？”黛博拉嘴里问道，脑海中却浮现出了多丽丝的影子：一个冷淡又倦怠的幽灵，把身上的每一分力气都花在了维护假面具上。

“据我的医生声称，实际上，我们都选择了一条条不同的路。”

“我记得……”黛博拉嗫嚅道，“……我在俗世生活的岁月……”她再度想起了“审查神”。（“现在抬脚迈一步。”“现在微笑一下，嘴里要说‘你好’。”）想当初，为了维护那副俗世的面具，为了伺候那位“审查神”，黛博拉花了太多太多精力。“后来我干脆放弃了，因为我实在太累，累得再也无力挣扎。”黛博拉说道。

据“弗锐”声称，所谓理智健全，与挑战和选择都颇有关系。可惜的是，据黛博拉所知，“业尔”为她打造的那些令人震惊的挑战，呈现的却是如下场景：或者是毒蛇纷纷从墙上坠下，或者是某人或某地突然现身，又突然消失；如若不然，便是“业尔”和俗世两个世界碰撞带来的一场巨震。

“弗锐”还曾声称：“把你的所谓‘经验’先搁到一旁吧。或许，你从未体会过毫无心理问题是一种什么滋味，因此，请相信我们两个人的共同努力，也相信你心底深藏的健全的心智。”

但话说回来，一片阴影之中，某个缩成一团的单薄身影却正在等待黛博拉记起她的一刻。那是多丽丝·里维拉，那位成功重返俗世的人物。

一天下午，说不清出于什么缘由，黛博拉终于从床上爬了起来，穿过大厅，来到了 D 病房的大门旁。黛博拉走出来了。她那变灰了的视野依然无法望见远处，但这似乎也并没有那么重要。

卡洛儿小姐正坐在 D 病房大门附近的地板上，恋恋不舍地抽着一支烟。见到黛博拉时，她露出了老太太模样的和蔼笑容。

“哎，黛博拉，你总算出屋啦，欢迎。”她告诉黛博拉，“我一直在忙着回忆呢，要是你还想学东西的话。”

“我想学！”黛博拉欢呼一声，接着就去护士站借来了一支有着医院编号的铅笔和一张纸，把随后的时间花在了卡洛儿小姐、彼得·亚伯拉德和神话人物美狄亚那疾风骤雨般的情感上，一直学到晚餐时分。黛博拉从未料到，卡洛儿小姐会很开心见到自己；黛博拉也从未料到，当卡拉在大厅里一眼望见她时，会微笑着走向她。“嗨，小黛！”卡拉说——卡拉竟然立刻就上前跟黛博拉相认，真是勇气十足，不仅体现出了信任，而且体现出了一份让人十分感动的忠诚。毕竟，通常而言，不管遇上哪位病人经历大变，稍等片刻先观察一下对方的变化，之后再上前相认，总要稳妥得多嘛。黛博拉实在想不通：卡拉的慷慨和勇气，究竟是从何而来？她思索了一会儿：难道仅仅是因为卡拉很高兴见到她吗？难道在黛博拉那堪称“睁眼瞎”的视野之外，真的还别有一番洞天？

“受苦吧，受害者。”这时，安忒拉贝对黛博拉轻声道，用隐喻式“业尔”语跟她打了个招呼。对于安忒拉贝和安忒拉贝的命令，黛博拉乖乖地遵从了，于是她的视野也顿时变得开阔，竟隐隐地透出了几分颜色，虽然颜色依然看得不太分明。

“我真开心今天你出屋了，小黛。”卡拉接着说，“我本来还打算去你的寝室找你，跟你说一声，明天我就要搬到楼下 B 病房了。”

“某飞鸟，你就是不听劝，对吧？”安忒拉贝温柔地问黛博拉，“世人播撒种子于肥沃之土，只待新生。阳光、水分与养分，一应俱全。世人使出一副巧舌，哄那种子破土而出，嘴里呼喊：‘加入我们吧！加入我们吧！’耳边甜言蜜语，身边暖意融融，于是，第一抹绿芽便现了身。谁知世人却凌驾于嫩芽上方，手持一根毒液满满的滴管……他们守候已久。”

就在这一刻，黛博拉却猛然悟到了一个骇人的真相：卡拉已经成了她的朋友。她喜欢卡拉，她心中那份交友的渴求虽然伤痕累累，却并未死去。

“审查神”顿时发出了大笑，安忒拉贝开始急速地坠落——凭着自身的万般曼妙，安忒拉贝正在嘲弄黛博拉呢。他那一口淬火的贝齿是一颗颗钻石，他的发丝与火焰共舞。不过，黛博拉还发觉：就在刚刚，她既没有回答卡拉一个字，她的那张面具也没有丝毫动容。

“嗯。”黛博拉回答卡拉。因为她满心只盼着让自己受苦，而她所知的唯一办法便是说真话，于是，她开口对卡拉说了一句：“我会想念你的。”

话音刚落，黛博拉便被吓得出了一身冷汗，整个人发起了抖。紧接着，她站起身，走到那几个身处《神曲》所述“地狱第三层”的病人身旁，跟她们挤到了一起——她们正挤在时暖时不暖的暖气片前方呢。

次日早晨，当卡拉准备离开D病房时，她再次简短地跟黛博拉道了个别。“我又不会走远。你说不定能够获批下楼，去B病房看我。”卡拉说。

黛博拉听完，朝着卡拉扭过一张困惑的脸孔。拜“业尔”的准则与魔法所赐，眼下的黛博拉已经跟失落感和友谊一刀两断了，也已活生生从脑海中抹掉了卡拉此人的存在。因此，“业尔”依然强大。面对一心想让黛博拉受苦的俗世，“业尔”的女王兼受害者尚有余力与之对抗。整整一天，黛博拉简直过得乐滋滋的，先是求着卡洛儿小姐回忆提图斯·卢克莱修·卡鲁斯与其诗中提到的“原子”，接着施展巧舌挡开了海琳的话头，又狠狠地回击了海琳几句，害得海琳一时间又嫉妒、又敬畏、又惊惧——毕竟这正是海琳回应他人的风格嘛。那一天，是上楼来到D病房后，黛博拉第一次戴上自己的面具。既然卡拉的离开让她心惊，不如就把面具戴上吧。多丽丝·里维拉早已起身离开，多丽丝·里维拉早已成为传奇。在脑海之中，黛博拉将多丽丝·里维拉描画成了一位绝望、坚忍的人物，不然便是一抹幽灵，处在生死之间。毕竟，除了“绝望”与“坚忍”

以外，黛博拉实在想象不出还能如何再度面对俗世。但是，黛博拉也深悉：卡拉有活力，反应也迅捷；卡拉已经迈出了第一步，走向了被世人称为“现实”的那场噩梦。如今，毁灭之眼已一寸接一寸地逼近了黛博拉的藏身处，只差一步便会发现她。用不了多久，它便会朝着黛博拉掉转目光了。时至今日，黛博拉的病情已经轻了几分，她那假充正常的面具也不见了踪迹，因此，毁灭之眼迟早会盯上她，毁灭之手迟早会攥住她，将她放逐到那片名叫“现实”的荒野，连那层薄薄的护甲也不许她戴——那层护甲可是黛博拉花了一生时间辛苦打造，又花了一年时间在这家医院里亲手毁掉的呢。头顶之上，“业尔”之中，美得刺眼的兰特美恩正化身成一只巨鸟，在万里长空自由地翱翔。曾经一度，黛博拉也会跟随兰特美恩，一同在长空中翱翔。“你见到了些什么呀?”黛博拉用“业尔”语问兰特美恩。

“见到了峭壁峡谷，见到了日月同天。”兰特美恩说。

“带我跟你一起走吧！”

“先别走！”正在这时，“审查神”却用他刺耳的嗓音拦住了两人。黛博拉从未见过“审查神”的真身，毕竟“审查神”既不属于俗世，也不属于“业尔”，而是游走于两个世界之间。

“没错……先别走。”非男非女的“伪善神”爱达忒，这时也跟在“审查神”后面开了口。几位神明详细地商讨起了此事，搬出诸多黛博拉眼下已经熟识的精神病学术语，搬出她已熟识的癫狂行径，兰特美恩却恰好发现了一道峡谷，发出一声胜利的鹰啸，随后俯冲而下，消失了踪影。

不知怎的，在此期间，暮色已然降临了。卡洛儿小姐走到黛博拉的面前，开口说："依我猜，要是某人连医院的餐食也能下咽，其秘密恐怕在于，此人病得太重，根本吃不出是什么味道吧。"

"玛丽还藏了几根糖果棒，对不对？问问她吧，说不定她会给你一块。"

"嗯，可惜的是，我不能开口要东西。我向来都不能求人，我还以为你早就心知。要是我不得不开口求人，我就会变得跟中了邪一样，会……嗯，我就会变得斗志高昂。"

"我还没有发现呢。"黛博拉边说边暗自好奇：她何曾正眼看过任何世人？何曾留意过任何世事？

"我想告诉你一件事，"卡洛儿小姐的语气几乎有点羞涩，"我给你找了一位导师，这人有本事流利地阅读古典希腊语，是个货真价实的希腊学生。要是你开口向他求助的话，我敢断言，他会很乐意帮你。"

"是谁？这家医院里的人吗……是这儿的一个病人？"

"不，是埃利斯先生。现在他就在 D 病房上晚班呢。"

"埃利斯！"就在这一秒，黛博拉突然悟出：想当初，海琳出了事，身为目击者的黛博拉决定"不躲不藏"，因此没有把嘴管好，也跟着遭了罪，但偏偏这一切都发生在卡洛儿小姐搬进 D 病房之前。自从麦克弗森跟黛博拉打过招呼以后，她就再没跟埃利斯先生搭过一句腔，结果不知道什么缘故，虽然埃利斯先生的白眼和毒舌依然像安忒拉贝的火焰一样显眼，却也渐渐地融进了 D 病房的整幕背景之中。最近一阵子，埃利斯先生变得很寡言，反正也没什么可反驳的嘛。毕竟，他已不再是个新人，不再是 D 病房的病人们逗弄的目标。到了如今，无论是 D 病房的病人们，还是埃利斯自己，都只把他当成某个管东管西的家伙，只不过他所看管的对象中，还有几个是大活人而已。或许本院的院方派人跟埃利斯聊过殴打病人的事，或许没有。或许某个病人在埃利斯轮值期间被裹进了冷敷罩，结果等到再出屋时，她对俗世的戒心比进屋时又重了几分。但究竟有没有这样一位病人，谁又能说得准呢。

“假如你真想学，”卡洛儿小姐柔声对黛博拉说了下去，“钥匙就握在埃利斯的手中……”这句话逗得她自己哈哈笑了一声，“反正我能教你的希腊语，你都已经学完了。”

黛博拉可以望见，大厅尽头处的埃利斯此刻正在打开浴室的大门，好让“退位国王之妻室”女士进屋。他退后几步给她让了路，既没有抬眼看她，也没有说话。他迈步回了走廊，不带一丝表情，眼中空无一物，也空无一人。当埃利斯从黛博拉身边走过时，她体内的肿瘤发出了一阵剧痛，害得她猛地弯下了腰，用双手双膝趴在了地上。黛博拉身上冒出了黑乎乎的汗，看来要熬一阵儿才能熬过去了。不过，她又猛然发觉，身旁站着的并非埃利斯，却是新来的看护助理卡斯尔，正望着她在这阵昏眩中挣扎。

“怎么回事，布劳？”卡斯尔问。

“你布下的空间法则并无不妥，”黛博拉汗津津地说道，“但是上帝啊……你施与我们选择时，请千万慎重！”

第十六章

数周以来，为了不得不把黛博拉的病告诉苏茜，埃丝特·布劳一直在发愁。毕竟，苏茜还从未听说过精神失常惹出的一幕幕老套的八点档闹剧，从未听说过《简·爱》中的疯女人，从未听说过精神病院；她从未听说过那数百座有着重重高墙与丁点希望的大宅，其中任何一座都显得暗无天日；她从未听说过淡忘了闹剧，但也淡忘了回忆的病人；她也还从未听说过，癫狂之人会取他人的性命，将其骨子里的毒性散播给另一人，因此给未来埋下隐患。对上述诸多观点，“现代科学”已将之公开斥为歪理，但在事实的表象之下，种种古老的恐惧却依然深植在心智健全的人们心中，正如它深植在精神疾病患者们的心中。谈到全新的理论与证据，人们纷纷在口头表示附和，可是，他们所谓的信念却往往只是再纯粹不过的假象，经不起赤裸裸的恐惧轻轻一碰，一碰便会服软，毕竟，那正是千万代人一辈辈传下来的畏惧与魔法。

苏茜心中姐姐那熟悉的形象，即将变成老套的“疯女人”形象，有着一张眼神直勾勾的面孔，身穿约束衣，被锁在阁楼里——一念及此，埃丝特简直无力承受。时至今日，埃丝特已经发觉，想当初，就在她与雅各布第一次听到那家医院开锁发出的吱嘎声、见到那家医院的重重铁窗、又被医院高墙上某个女子的尖叫声吓得浑身打战时，夫妻俩脑海中浮现出的，正是上述老套的“疯女人”形象。尽管如此，埃丝特却不得不把事情告诉苏茜——明明早就应该告诉苏茜了嘛。布劳家的小妹正在日渐长大，布劳夫妇总不能一讲话就避开苏茜吧。最让夫妻俩揪心的根源，却偏偏要继续瞒着苏茜，显得实在不公道。但话说回来，必须找个稳妥的办法告诉苏茜，千万别出乱子，千万别出岔子。布劳夫妇本来打算，索性请李斯特医生转告苏茜，谁料李斯特医生却一口拒绝了。这事该归埃丝特和雅各布夫妻俩管，医生声称。

“那就再等一等吧。”雅各布提议。可是，埃丝特心中深悉，“再等一等”只是雅各布常常借以溜号的一块挡箭牌，接下来事情便会不了了之。闭上你的双眸，麻烦便会没了踪影；万事都会顺顺利利，顺利得很喔。可惜，事实并非如此。于是，布劳夫妇唇枪舌剑地争论了好几轮，埃丝特终于占了上风。当天晚上，一家人吃完晚餐，等到苏茜正要起身去练钢琴时，埃丝特叫住了她。

“家里出了件大事……”在埃丝特自己听来，她的声音显得有点怪——既庄重，又尴尬。她直挺挺地端坐着，开口告诉小女儿：黛博拉就读的所谓“康复学校”，其实是一家医院；黛博拉的医生，其实是几名精神科医生；黛博拉的病，其实问题并非出在身体上，而是出在精神上。母女二人慢慢谈起了那个冷冰冰的话题，随后，雅各布也东一句、西一句地插了嘴，要么补上几句，要么解释或者纠正几处，把他自己本来拿不太准的诸多事项都说成了事实。

苏茜平静地听着父母的话，端出一副十二岁少女自若的派头，没有一丝表情。正因如此，布劳夫妇根本察觉不出她对他们的话究竟有些什么看法。等到布劳夫妇终于说完时，苏茜等了片刻才慢吞吞地开了口。

“我一直就有点纳闷，为什么医院的那些报告看上去写的全是黛比的思绪怎么样，而不是她的身体怎么样，比如脉搏、体温之类的。”

“你读过医院的报告？”

“那倒没有。不过，我听到你们有时会跟外婆提到医院信里的段落。有一次，你还给克劳德舅舅读了信里的好几段，听上去就很蹊跷，反正不像那些常见病。”这时，苏茜微微露出了笑容，显然是记起了其余几件让她颇为不解的事情，“现在总算说得通了，算是水落石出了吧。”

苏茜说完便迈步进了隔壁房间，练起了钢琴。过了几分钟，她又回到了厨房——埃丝特与雅各布依然坐在餐桌旁，呆呆地喝着咖啡。“黛比总没有摇身变成拿破仑之类的人物吧……对不对？”苏茜问。

“当然没有！”于是，布劳夫妇用有些生硬又痛苦的口吻谈起了医生们对黛博拉的病如何持有乐观态度，谈起了及早治疗的优势，也谈起了家人们的耐心与深爱作为一股强大的力量，将如何助黛博拉一臂之力。

苏茜却冒出一句：“我真盼她能赶紧回家啊……有时候，我很想她。”说完后，她便又回去弹起了舒伯特的作品。

局势的发展远在意料之外，害得布劳夫妇在桌边端坐了好一段时间。剑拔弩张的气氛突然不见了踪影，让埃丝特顿觉有点心虚。

雅各布慢吞吞地说道：“这就完事了吗？……我的意思是，事情就这么告一段落了？还是说，女儿根本没听清我们刚才说的那番话？等到她从震惊中回过神，会不会又回来找我们，脸上还带着这几个月来我一直在担心的那种表情？”

“我说不清楚，可是，或许我们一直在担心的重击，只不过是杯弓蛇影。”

雅各布长长地抽了一口烟，吁出一口气，也随之挥去了心中的些许痛楚。

“英语是一门美妙的语言，”“弗锐”告诉黛博拉，“竟然拥有种种了不得的表达方式。看上去，你就活像所谓的‘心情跌到了谷底’。”

“英语哪里赶得上‘业尔’语。”

“要夸奖某样事物，并不等于就要贬低另一样。”

“是吗？难道犯错不等于求死吗？”（黛博拉手持早熟之利剑，早已将它挥舞自如，毕竟正是她自己磨砺出了它的锋芒。身为“业尔”女王兼“业尔”之奴与“业尔”之囚，她便代表着“正确”，永不会犯错。）

“可是，你明明也犯过代价高昂的错误，不是吗？”“弗锐”柔声问，“当初在夏令营里，在两个女孩中间，你认错了人。”

“我曾经错过成百上千次。可是，只要我又丑又废又无药可救，只要我本性染毒且又毒害他人，那我依然很有可能显得很对。假如我真的错了，哪怕只错了一丁点，那么，我这个人岂不是一无所有了？”

从自己刚才的一番话中，黛博拉见到了昔日虚荣的幽灵，它正心虚地忙着舔舐自己的伤口呢。于是，她哈哈笑了起来。“即使‘培奈’……算了……总之，我总不能一无所有吧。”

“我们所有人也是同样的道理。”“弗锐”说，“难道这让你觉得很丢脸吗？但依我看，这倒是某种迹象，表明你是人世间的一员，其程度并不逊色于你是‘业尔’的一员。你相信你嘴里所谓的‘本性’真的带毒吗？”

随后，黛博拉便向“弗锐”讲起了“业尔”世界关于各人之“本”的某些规条。根据不同的本性，人们会被分门别类，而各人之“本”，在“业尔”语中叫作“甘侬”。所谓“甘侬”，正是各人之“本”的集中体现，由养育方式与环境塑造而成。黛博拉认定，她与其余某些人的“甘侬”、与俗世众人的“甘侬”都大不一样。黛博拉起初还以为，单单她一个人跟整个人类大相径庭，但谁能料到，D病房其余几位“活死人”倒像是跟黛博拉一样染了毒。整整一生，黛博拉自己与她的所有物件都浸染了她的“甘侬”，浸染了那份毒。正因如此，她向来都不肯借给别人她的衣服、书籍或铅笔，也不肯让任何人碰她的任何物品。在学校或夏令营时，她还常常开心地向其他孩子借东西，不然就偷上几件，直到那份被窃的“甘侬”从物品中渐渐散去，偷来的物品也显得不再那么结实、纯净、优雅。

“可是，你明明跟我提过，在夏令营里，你曾经用你母亲给你的糖果讨好夏令营的那帮孩子。”“弗锐”说。

“嗯，没错。送来的糖果装在一个盒子里，全都裹着玻璃纸，并无个人色彩。糖果的包装没有拆开，所以它尚未沾染上我那份毒，再说了，也要花上一两天，才能染上我的毒嘛。一收到糖果，我几乎立刻就送了人。”

“换句话讲，你用糖果换来了数小时的人气。”

“我心里有数，我是个撒谎精兼胆小鬼。但那个时候，‘众相神’已经开始变得越来越强大了，‘撒谎精兼胆小鬼’是再常见不过的一类评语。”

“而且，这种感觉还与你不得不维持的那份早熟交织在一起，再加上你外祖父成天都在念叨，你是多么特殊。”

这时，黛博拉抽离了思绪。弗里德医生抬起头，用犀利的眼神审视着她，察觉到黛博拉刚刚又冒出了一个念头。

“安忒拉贝……”黛博拉用“业尔”语高喊。

“你现在是在哪里？”弗里德医生插了嘴。

“安忒拉贝！”黛博拉用“业尔”语大声发问，“这份重担，她受得了吗？”

“又出了什么事，黛博拉？”弗里德医生问。

黛博拉先冲着神明呻吟了一声，随后又绝望地转向了那位凡人。“安忒拉贝深悉我亲眼目睹了些什么……换句话讲，也就是我必须向你谈起些什么……假若我并未亲眼见证，那就好了；假若它能得以隐藏，那就好了，那件不同凡响的事……那件事。”

紧接着，拜多年前被护士扔下的一幕所赐，黛博拉再度感受到了寒意，发起了抖。“弗锐”给了她一条毯子，她干脆躺到了沙发上，裹着毯子抖个不停。

“战争期间……”黛博拉开口告诉弗里德医生，“我是个日本人。”

“一个货真价实的日本人？”

“当时我扮成了美国人，但实际上，我并不是个美国人。”

“为什么？”

“因为，我正是敌方。”黛博拉说道。

在黛博拉看来，此事似乎属于终极秘密，因此弗里德医生不得不一次次地请她大声点说话。随后，黛博拉便解释了原委：想当初，因为她有能耐遁入“业尔”，再飞越千万里遁出“业尔”，同时在表面上不露一丝痕迹，所以“业尔”送给她的九岁生日礼物，便是变形之神力。有那么一年左右，她变成了一匹野马，不然就变成一只青铜色羽毛的巨禽。黛博拉还给弗里德医生念了一段“业尔”语咒语——正是靠着这段咒语，当初黛博拉才得以从那个又丑又遭人厌的女孩的假象中解脱，化身成为飞鸟：

“厄，奎沃奎沃夸如艾尔业尔阿大特提摩鲁苦布剌欧文厄乐普凯尔业尔……”

（“振翼而过，我翱翔于你梦境的峡谷之上，放声吟唱……”）

当她化身成为翱翔的飞鸟时，俗世众人似乎顿时便成了注定受罚的一方，成了有错的一方，而不再是她。她曼妙而愤怒，她是如此完美。在黛博拉眼中，俗世众人不仅沉睡不醒，眼睛分明还很瞎呢。

第二次世界大战来临时，在美国人眼中，太平洋诸岛的名字仿佛陡然间变成了地狱与魔法的另一种代名词。“众相神”曾告诉黛博拉：“美国人恨那帮日本人，正如他们一直都恨你。”安忒拉贝则在坠落中露出彬彬有礼的微笑，告诉黛博拉：“某飞鸟，你并非世人之一。”

黛博拉还记得某次从广播中听到的一个演讲的片段：“谁要是不站在我们这边，就是站在了我们的对立面！”听到这句话，“众相神”便冲着黛博拉高呼道：“那好，你只怕非得当个跟他们作对的敌人不可了！”

某天夜里，就在入睡之前，黛博拉重生了，成了一名被俘的日本士兵。藏身在一副美国犹太女孩的面具后方，拥有在美国郊区及都市长大的历史，那个“敌方”却睁开了一对细长的双眸，苦寻着揭下假面的一天。黛博拉身上的肿瘤，正是“他”那一刻也不停歇的战争创痛；“他”那通晓某种奇特语言的头脑，充斥着一个个越狱之梦。“他”并不恨捉住他的美军，毕竟，“他”从未盼着美军输掉这场战争。但如此一来，黛博拉的一身反骨、黛博拉的私处当初所遭的罪、黛博拉那怨愤又秘密的伤痕、黛博拉藏起来的“业尔”语言，便都在俗世中找到了某种意义。“业尔”曾向黛博拉宣称，“你并非世人之一”——这一论断之俘虏意义与私密意义，这一论断之荣耀与不幸，在某种程度上，仿佛经由这个日本战俘的身份得到了某种印证。

太平洋战争结束的当日，安忒拉贝指使黛博拉打碎了一个玻璃杯，赤足踏到了碎片上。她并不觉得痛，医生倒是在取出玻璃碎片时打了个哆嗦，对黛博拉战士般坚忍的气质又是敬畏，又有点摸不着头脑。

“我终于鼓足了勇气，有胆面对那帮见鬼的医生了！”黛博拉用“业尔”语对兰特美恩说。

“你身兼俘虏与受害者两重身份，我们才不想让你逃跑呢。”兰特美恩答道。

“日本战俘这重身份，你瞒着身边所有人没有说。难道你也把它瞒着‘业尔’？”此刻，“弗锐”问黛博拉。

“它并不属于‘业尔’，它属于俗世。”

“换句话讲，‘审查神’就负责保守这个秘密，对不对？我实在无法理解，这位‘审查神’究竟在你的王国中扮演何等角色。”

“‘审查神’本来应该是我的保护神。一开始，他驻守在两个世界的分界线地带‘中洲’，以防‘业尔’的秘密在俗世的言谈中泄露出去。他会审查我的一举一动，以免‘业尔’的声音与仪式传进世人的耳朵。但不知道什么缘故，后来，他变成了暴君。他开始对我的言谈举止发号施令，即使是我不在‘业尔’的时候。”

“可是，这位‘审查神’乃至‘业尔’本身，却依然只是一种理解并解释现实的尝试，其目的在于打造某种可容你活在其中的真相。好了，”弗里德医生总结道，“我敢断言，值得深究与查看之处，还颇有不少。现在，你已不再是个受害者，你是跟我并肩作战的斗士，正为你美好而强大的人生而战。”

黛博拉离开时，弗里德医生望了望她的座钟。今天的治疗真是又长、又让人精疲力竭，尽管据时钟显示，今天的诊疗时间并没有超过平时。弗里德医生刚才倾尽心力地倾听并分享，让她实在有点拿不准：她还能面对整整一下午又哭又悲的其余病人吗？别忘了，还得教导一群专攻精神病学的学生，回答他们刁钻的问题呢！对了，今天究竟是个什么日子？弗里德医生又查了查书桌上的预约簿：没错，今天有研讨会。但话说回来，奇迹般的是，居然还要再过一小时，她才不得不动身前往。唱片柜中，她的舒曼唱片已闲置了整整三周，尚未拆封；记忆之中，贝多芬在呼唤着她。为什么时间总是如此紧张？她伸了个懒腰，走进客厅，哼了几段乐曲，权当自娱自乐。舒曼还是贝多芬呢？医生今天的心情又怎么样？

她从唱片柜里取下舒曼唱片，一边拆封，一边想起了某个病人：该病人的医生来找过弗里德医生，求教一个看似根本无解的问题。

算了，暂时将病人们搁到一旁吧。她设好唱片机，放上了第一张唱片。舒曼甜美而轻柔的音乐顿时充斥着整间屋。弗里德医生聆听着音乐，脑海中浮现出了德语和年少时读过的诗歌。她坐回客厅那把柔软的座椅中，闭目养起了神。随后，当天的第十二通电话便丁零丁零地响了起来。

黛博拉从弗里德医生的诊室返回病房的路上，骇人的阴云再度朝她笼罩下来，耳边传来了“众相神”、“审查神”与“业尔”发出的隆隆声。等到终于回了D病房，黛博拉深恐大祸即将临头，不得不打破了自己的沉默。她发现护士长正要离开，便赶紧追了上去，可惜她一句话也说不出口。结果，D病房的大门关上了，白班随之宣告结束。晚班开始了，阴云朝着黛博拉越逼越近，作势要将她吞没。赶在狂潮来袭之前，黛博拉找到了病房护士，她正忙着给晚班的汤匙点数。

“奥尔森小姐……”

“怎么啦？”

“要出事了……拜托你……这一波我只怕承受不住，不如先弄套冷敷罩让我躲躲吧。”

病房护士抬起了头，朝黛博拉投来犀利而富有洞察力的目光。她说：“好，布劳小姐，请你去床上躺下吧。”

果然不出所料，来袭的狂潮势头极猛，裹挟着一阵响亮的哈哈笑声，对黛博拉好一通嘲弄。可惜的是，黛博拉尚未来得及切断所有的感知。在她的脑海中，“审查神”的声音显得十分响亮，听上去活像黛博拉的牙关咬碎了一块煤渣：“俘虏兼受害者！你可明白，我们为何如此对你？第三轮镜像，也即终极骗局，即将施于你身！正如计划所料，你进了这家医院。我们任由你相信那个医生，你曝光的秘密已越来越多。今天这个秘密，则是最后一个。现在，你泄露的秘密已经够多了，你会见识到她下的毒手——她和俗世！”耳边那刺耳的狂笑，差点逼得黛博拉把牙关咬得粉碎。

黛博拉迈步走向冷敷罩，躺在冰冷的床单上，露出一张木然的脸。不过，当“业尔”的“神罚”终于来临时，她已经被重重约束带缚住了，即便在床上又打又闹，也根本没有半点用处……

过了好久好久，黛博拉才清醒过来。她环顾着四周。谢天谢地，她的视线刚刚竟变得清晰起来了。另一张床上也有着一团鼓囊囊的白色床单，但黛博拉不知道里面裹的究竟是谁。

“海琳？”她问。

一片沉寂。时间已经过去了好一会儿。黛博拉双脚的血液循环极为不畅，她的脚后跟又长时间地紧贴着湿漉漉的床单，因此已经开始火辣辣地发烫。她仰面躺下，使出全身的力气拉扯，竭力想让脚踝挣脱束缚。等到不得不放弃的时候，她休息了片刻，尽全力保持清醒，好让自己能够理清自己的思绪。黛博拉进屋已经超过四小时了。无须多久，护理员们应该便会赶到，将她从这套已经开始令人痛苦的“战斗服”中解救出来。可惜的是，护理员们却并未现身。疼痛愈发剧烈了。她能够察觉，自己的脚踝和双膝正被床单紧裹着，又被约束带朝下拉扯，正在渐渐肿胀。不过，即使脚踝和双膝都痛得厉害，也无法抵消缺血的双脚上那份火辣辣的剧痛。为了给双腿减减压，黛博拉用力地动了动腿，这下可好，她成功地害得两条小腿都严重抽筋了。黛博拉终于发觉，她根本无法缓解紧张的肌肉，于是，她便咬紧了牙关，继续等待。可惜的是，护理员们依然没有现身。黛博拉发出了抽泣声。

“布劳小姐……黛博拉……你怎么了？”

声音是从另一张床上传来的，然而，黛博拉却认不出这个声音。

“是谁？”她问道，唯恐又中了某种圈套。

“我是西尔维娅。黛博拉，你出了什么事？”

黛博拉闻言扭过了头，就连疼痛也没能拦住她的好奇心。“我还拿不准你是否见过我呢，是否知道我的名字。”她说。正如D病房其余所有病人，黛博拉眼中的西尔维娅跟一件派不上用场的摆设也差不了多少。当初竟错待了沉默的西尔维娅，黛博拉不禁感觉有点羞愧。

“我是病了，但还没死。”西尔维娅说道，“你没事吧？”

“天哪……好痛。我们在这里待多久了？”

“五个小时左右……或许六个小时。我们刚才是一起被送进了冷敷罩。不如喊几声吧，也许会有人露面。”

“我做不到……我一直喊不出口。”黛博拉答道。

随着时间的推移，剧痛终于活生生将黛博拉的喊声逼出了口。有那么片刻，她放声叫喊，只盼“业尔”不要将其视作怯懦的尖叫，永远都用它来罚她。可惜的是，这间屋里依然无人露面，到了最后，黛博拉便住了嘴。西尔维娅在喉间轻笑了一声。

“我竟然忘到了脑后，疯子的叫喊，正是疯言疯语嘛。”西尔维娅告诉黛博拉。

“你怎么受得了？”黛博拉问。

“我的血液循环可能比你好一点。通常而言，我根本就不觉得痛。但要是你的脚绑得有点太紧，或者你的血液循环有点问题……哎呀……晚间厨房的灯灭了。换句话讲，现在大概是三点钟。”

黛博拉还从未根据这家医院的常规、昼夜的变化和医护人员的个人癖好来计算过时间。除了好久好久以前的某一刻，西尔维娅向来都酷似个“活死人”，但她的洞察力真让黛博拉叹服。“照这么算，我们进来多久了？”她问西尔维娅。

“七个小时。”

然而，屋里依旧无人现身。黛博拉的脸上淌满了泪珠，却根本无法擦掉。在痛楚的烈焰中，安忒拉贝沿着黑暗一路下坠，嘴里还在高喊：“骗局！骗局！就在此刻！”

然而，屋里依旧无人现身。黛博拉突然悟出：那份脆弱的信任已害得她再度全然暴露于寒风与寒冷的刀锋之下。热辣辣的刺痛正向她的双腿蔓延，她不禁呻吟了一声。“天哪，他们的酷刑真是巧夺天工！”

“你指的是那些约束带？”西尔维娅问道。

“我指的是希望！”趁着黛博拉开口说话时，终极骗局之镜像（“等待已久的死亡”）正一步接一步地向她逼近。“我看见你了，‘以沫’。”黛博拉说道，第一次当着陌生人的面高声说出了“业尔”语。

等到护理员终于现了身，黛博拉却显得很安静，护理员们一个个都很开心。

“好了，你们两个总算冷静下来了。”

黛博拉还无法迈步，幸好晚班并不太忙，因此护理员们吩咐她静坐一会儿，直到消肿为止。她的双腿渐渐恢复了血色，双脚也有了力气。但在西尔维娅暴露在光天化日前，黛博拉扭过了头，只为回报西尔维娅刚才那份帮她挣脱了沉默的慈悲。她迈步向西尔维娅的床走去，眼睁睁望见其他人的目光中添了几分警觉。

“西尔维娅……”黛博拉开了口。

谁能料到，此刻的西尔维娅却又已经变回了一件“活摆设”、一座雕像、一具人体模型，总之，不过是一具尚有脉搏的熟悉的躯壳罢了。

跟当初那一星半点的“盼头”相比，百分百即将降临的厄运倒让人好受得多。这场最终骗局早在黛博拉的预料之中，因此它的来临几乎让人松了一口气。趁着她尚未前往弗里德医生的办公室，“众相神”与“业尔”的各路神魔一窝蜂聚到了“业尔”的地平线上。“我可不当软骨头，反正这次不会。我不会再扮勇敢，扮好好先生。别再跟我耍花招，我也不会再装作一副好说话的样子。我不会再接招参与这场游戏，不会像个睁眼瞎一样白白地送死。”黛博拉向“业尔”的各路神魔许诺道。

但是，见到“弗锐”露出熟悉的微笑向她打招呼时，黛博拉的心中不禁飘过了一片疑云。“或许，弗里德医生并不知情。”黛博拉在心中暗想。可惜的是，这种念头只怕很蠢吧，正如一场白日梦。终极变局便是死亡，要不然，就比死还惨——早在数年前，此话就已被人说出了口。昨天晚上，黛博拉第一次用英语求助时，对方竟轻轻松松就答应了她，可惜，却也不过是出于蔑视。在那张冷冰冰的床上，黛博拉居然放下了戒备，跟人交了心——世人还真是好手段呢。那帮世人的戏弄至今还害得黛博拉的脚踝和双脚隐隐作痛。在隐隐约约的痛楚的映衬之下，某道阴影此刻更显幽暗。它正是即将来临的大祸，而黛博拉对此一直心中有数。除了眼下坐在黛博拉面前的这名女子，除了这名有着“烈焰之触”的女子，还有何方神圣，能够招来如此逃不开又躲不掉的末日？

“嗯？”黛博拉说道。

“嗯？”“弗锐”答道。

黛博拉的心中猛然涌上了一股怒火。“我深知，这一幕迟早都会上演，我深知，中了圈套的倒霉蛋在这场戏里没有一丝逃脱的机会。可是，我看得透其中的花招，也看得透这场戏的结局。既无生路，又何必犯傻！好吧，我确实很傻。终极骗局和终极变局就在眼前了，赶紧给我个痛快！”

“这又是在上演哪一出？”“弗锐”边说边摇头，非常小心地保持着镇定，“之前，你跟我提到了日本兵的事，也提到了你与众不同一事。我还竭尽全力想让你确信，即便向我透露了如此珍贵的秘密，我对你的信心也绝不会动摇一分一毫。结果，第二天你就改口声称，说我们的共同努力变成了终极骗局与变局的其中一环。”

“世人深知我何时准备妥当。”黛博拉告诉弗里德医生，“当我能够开口求助时，世人便深悉，我已经信任了他人，于是他们也就准备好了石头，打算砸碎花盆了。”

“不知道什么缘故，在你的脑海里，你以前待过的某家医院，和现在你所在的这家医院，已经混作了一谈。我绝不会先撬开你的心门，然后再背叛你。”

“你这人连一点慈悲之心都没有吗？”黛博拉扯着嗓子嚷嚷，“世人皆怕自家客厅的地板溅上鲜血。‘我见不得人家受苦，反正千万别死在我家里！’世人宣称。终极变局即将来临，你竟然还在谈什么‘信任’，宣称什么‘一切都好’！”

“其实，见到你现在这副糟糕的情形，我根本说不出什么‘一切都好’。从昨天到现在，中间究竟出了什么事？如果你非要声称终极变局已经开启，那拜托告诉我吧，让我们两个人都听听……它到底是个什么样子。”

慢慢地，弗里德医生领着黛博拉，朝吐露真相越走越近。慢慢地，黛博拉一点点地告诉医生，自己昨天晚上是如何主动索要了冷敷罩。“其中自有一种幽默感。”她愤愤地说，“活像心智健全人士见到响尾蛇时的反应。他们会尖叫着求助，为了保命拔腿狂奔，锁上门，钻到床下，可是，等到蛇被抓住的时候，他们却晕过去了。我早已为大祸来袭做好了一切准备，可惜我忘了一点——我正站在人家的地盘上，对方只需动手拆我的台。”黛博拉向弗里德医生讲起，昨天她是如何扯着嗓子呼救，喊了好久好久。随后，她又讲起来自“业尔”的痛苦与笑声。在回答“弗锐”的问题时，黛博拉感觉到某种正义的自豪，简直近乎喜滋滋了。

“你确定，昨天你真的等了那么久吗？”

“百分百确定。”

“嗯，但你也确实向人求助了……”

“你从来没有当过精神病患，对吧？”黛博拉问弗里德医生。

“弗锐”的脸上此刻没有一丝笑意，黛博拉还从未见过她的脸色如此凝重：“没有……很不好意思，因为我只能猜想那种感受。但是这一点并不会对我帮助你造成阻碍。相反，这一点意味着，假如有时我的认知略为迟钝的话，你有责任将一切清楚地解释给我听，再对我有点耐性。”

弗里德医生接着说了下去，脸上又露出了疑惑。“但是我认为，就你目前惹上的麻烦而言，你有点太自满了。依我看，你不该如此轻易服软，因此我再重申一遍吧，我绝不会背叛你。”

此时此刻，黛博拉终于求得了火种。

“证明给我瞧瞧啊！”她一边放声高呼，一边记起多年来，一个个老师、医生、辅导员与家人是如何乐滋滋地向她说出骗人或折磨人的话的。

“不太容易，但我会给你一个驳不倒的证明。”“弗锐”答道，“那就是时间。”

第十七章

当初卡洛儿小姐被送进D病房的一幕，竟在D病房中再度上演了：又是同样一套约束带，又是同样一顿打闹怒骂。总之，D病房要把刚送来的一位“母老虎”关进囚笼呢。跟以前一样，病房中顿时充斥着紧张的气氛。诸如此类的盛大亮相，往往预示着该病人的痛苦，预示着会有一番打闹，它恰似一股变幻的风，拂过那些经不起半点变化的病人。乍看之下，几乎没人知晓D病房又来了什么新病人。D病房的病人总是来来去去的，但托那几位好斗的病人的福，D病房总是弥漫着一股特殊的恐慌气息。至于眼下，自居为D病房老病号的李·米勒，正带着一丝好笑而又宽容的神情，旁观着这位新病人被送进D病房，直到她一眼望见那位沿着大厅前行的“母老虎”的面孔。李·米勒从一大群护理员中认出了某张脸，立刻转过身，走向自己的床，躺了下来。

后来，当黛博拉去找李·米勒，问起新来的病人究竟是谁（黛博拉深知，通常来说，某些病人早已提前几天得知了小道消息，对新病人的身份一清二楚：姓名啦、年纪啦、职业啦、宗教啦，再加上是否已婚，以前待过哪家医院，经历过哪类休克疗法，又经历过哪类其余疗法以及对此人有何评价），李却回答了一句“干吗要问我?”，随后便拉过毯子，盖在了脸上。

黛博拉没办法，只好去找了一名护理员打听。

“是一位再度入院的病人，”护理员轻飘飘地说道，“这上面的记载并不多。她的名字叫作多丽丝·里维拉。”

黛博拉顿时觉得有点反胃，便又回到了墙边，护理员从她的身旁迈步走开。恐惧与怒火，恐惧与报复的喜悦，恐惧与嫉妒，一时间都在黛博拉的心中翻涌。她感觉如此恶心，不禁干呕了起来。伟大的多丽丝·里维拉，竟在俗世之轮下折断了脊梁——此事，必是某种证明。突然间，妒意从黛博拉的嘴里脱口而出，化成了一串哈哈的苦笑。

“北极星里维拉，也就不过如此！她以为她是谁？”

“拿破仑！”莉娜高声嚷嚷了一句，抓起她正在用的那个沉甸甸的烟灰缸，朝黛博拉扔了过来。烟灰缸并未击中目标，倒是砸上了黛博拉身旁的墙壁。

“别闹了，莉娜。”护理员嘴里吩咐，语气却软得不得了。

后来，黛博拉听到这名护理员在护士站里对人说：“姓布劳的婊子见鬼去吧！那婊子根本就不值得拯救，妈咪和爹地却偏偏大笔大笔地花钱在她身上。”

旁边有人反驳了几句，但也只是敷衍了事。黛博拉慢吞吞地转过身，走过几间隔离室的房门，来到安置多丽丝的那间屋前。

“这就是你的下场吧，你这个妄人！”她冲着门后的某人嚷嚷。她多丽丝到底是何方神圣，竟敢试图挑战所有世人？她多丽丝又怎敢败在俗世的重重磨难之下？不过，黛博拉的心中久久地翻涌着一种怜悯，正如怜悯她自己；与此相对的，则是一种惧意，正如为她自己感到惊惧。某些病人固执地不肯相信自身的“甘依”确实带毒，因此被打击得体无完肤。谁能料到，她们竟已重返这家医院了。她们重返了医院，慢慢地，她们又从病房的地板上站了起来，整个人抖得活像拳击赛中的输家，片刻后再蹒跚着一次次地重返俗世，一次次地返回医院，并非飞扬于画布之上，而是紧裹于帆布之中。究竟要经历多少回合，她们才会咽下最后一口气？

“某飞鸟，还有你。”这时，兰特美恩轻笑了一声，说道，“虽身处黑暗、痛苦、没头没脑、极度恐惧之中，但你尚有心跳，尚有脉搏，算是个活死人吧。”

“为什么啊？”黛博拉用“业尔”语冲他高呼。

“因为你的守护者，是一帮虐待狂！”

整整一天，所有人都忙着去看多丽丝一眼。医生与护士用充满权威的钥匙吱嘎地打开多丽丝那扇锁着的房门。又是冷敷罩又是镇静药，又是诊疗又是咨询，总之，D 病房里充斥着一派激动又恼火的气氛。D 病房的这群小妹妹，一个个都犯起了红眼病，谁让她们的某个姐妹居然重返了医院，吸引了所有人的目光，抢了她们的风头呢？道本医生的病人玛丽站在多丽丝的门外，一声不吭地冲着一堆人呻吟，李·米勒则坐在大厅里她常待的位置上，气呼呼地咕哝：“医生啊，所以你们搞砸了呗。赶紧收手滚蛋吧……她败了。这群医生，吃了败仗也没有自知之明。”

几天后，多丽丝本人终于现了身，脸色显得很苍白，面容也很枯槁。不过，此刻的她已经拥有整整一个大厅秘而不宣的敌人了。凭借她自己和卡拉亲手打造的多丽丝神话，黛博拉审视着多丽丝本人：多丽丝非常瘦，有着花白的头发，尽管她显得很疲惫，还被镇静药害得有点晕乎乎的，她的身上却涌动着一股勃勃的生命力。不管多丽丝是以何种方式在俗世纵横了这么久，总之，绝非靠着向俗世屈膝。

多丽丝发觉黛博拉正用无情的眼神打量着她，正如整个D病房。

“你在呆呆地瞧些什么？”多丽丝用严厉而又诚挚的口吻问道。“你这家伙看上去，也远不如时尚模特儿。”

“以前你就待过这间病房。”黛博拉脱口而出——多丽丝的问话远在意料之外，她自己的答话也在意料之外。

“那又怎样？”

“那你怎么又回来了？”

“见鬼，关你什么事！”

“就是关我的事！”黛博拉嚷嚷了起来。她尚未来得及开口解释，一群心急的护理员就绕着多丽丝围成了一圈，又领着她走开了，给黛博拉留下了满腔怒火和一个尚未问出口的问题。

正在这时，“业尔”发出了隆隆声，“众相神”尖厉的笑声仿佛也已到了他的嘴边。“我也一样！”黛博拉对“业尔”密密麻麻的诸神说道。她走到多丽丝紧闭的隔离室房门前方，嘭嘭嘭地敲了起来。

“嘿！难道是太棘手了吗……难道这就是原因？”她朝着那扇门高呼。

“不！棘手的是我，而且出了很多事。”那扇门朝着黛博拉高呼。

“什么事？”

“总之不关你的鬼事！”

“可是，大家都在说什么康复……说什么病愈出院。病房里的每个人，而且……”

黛博拉闹出的动静已经落进了护理员的耳朵。护理员们立刻采取了行动——防患于未然嘛。“离那扇门远点，黛博拉，那不是你该待的地方。”一团团白影对她说道。

“我在跟多丽丝说话。”黛博拉偏偏不肯走。她说不清对方是否会回答她的问题，但她认定，假如她不得不再度启用“审查神”，假如她不得不再度戴上面具扮作心智健全，假如她不得不把一大堆谎言与恐怖照单全收，只为了活在那个在她眼中既没有立体感、又没有颜色的俗世里，那她非问问这扇门不可——即使它不予作答。

“嗯，布劳……来吧。”护理员们分明是在给黛博拉敲警钟：假若不听吩咐，要么冷敷罩伺候，要么隔离室伺候，要不然就冷敷罩和隔离室一起伺候。

“喂！”正在这时，那扇门却说了一句话，“听着……就让她留在这儿好了。说不定，我能回答那个疯婊子的问题。总得她开口问出来，我心里才会有数。”

“里维拉，这事跟你没关系。”一名护理员义正词严地宣布。“布劳……”

“好吧，好吧。”黛博拉说道。

当天下午，道本医生的病人玛丽绊了一跤，结果活生生摔飞了一只鞋，正好被黛博拉接住。她把鞋子扔回给玛丽，随后一段时间，D病房的四五名病人便开始把这只鞋当球玩，互相接来抛去，忽而将它扔到屋角，忽而又将它扔进集体寝室。没料到的是，某次黛博拉高高跃起去接鞋时，却跌了一跤，崴了脚。次日早上，D病房的病房医生为她的脚踝做了检查，声称据他看来，黛博拉脚踝骨折了。

“我们医院的X光机出了故障，”病房医生说，“只能把她送去圣艾格尼丝医院了。”

于是，两名身穿制服的学生护士搭乘出租车将黛博拉送到了圣艾格尼丝医院，一路都在担心黛博拉会趁机开溜。到了圣艾格尼丝医院，黛博拉被安置到了一个私人间，私人间里外都有两队护士把守。至于黛博拉，却忙着时而发笑，时而怒骂。好几名护士和医院员工偷偷摸摸地不停在私人间门口走动。“屋里是那个精神病患吗？”有人问。他们在房间外面悄声地低语，仿佛黛博拉是个电影明星，不然便是个携带瘟疫的灾星。黛博拉穿过大厅去拍X光片时，人们纷纷扭过头，朝着她掉转了目光。也有几位刻意摆出漠然的样子——“要是我盯着她，她会不会也盯着我？”

陪同黛博拉的两名学生护士顿时自觉成了大人物，双双开口告诉X光室里的其余工作人员，她俩管的可是D病房呢。

“她们会动手施暴吗？”有人问。

或许，学生护士只是向对方抛了个眼色作答，因为黛博拉没有听见任何答复。但就在此时，她却恍然望见了众人眼中的自己：有着一头好长的头发，因为缺乏运动显得软趴趴且脏兮兮，在她那上不了台面的睡衣裤外罩了一件病房旧浴袍（医护人员原本以为，黛博拉会留在圣艾格尼丝医院过夜，除此之外，穿衣打扮毕竟是件麻烦事），或许还要加上一副“疯兮兮”的眼神。谁让黛博拉向来都难以说清，自己的面具究竟看上去是副什么样子呢。随后，她突然悟出：眼前便是它，是多丽丝·里维拉曾经直面的它，也是卡拉或许即将直面的它。它，便是俗世。黛博拉晕倒了。

片刻后，抬头望见X光室外一张张热切的面孔，黛博拉终于发觉自己有多讨厌脚踝骨折，有多讨厌被迫留在这家医院。跟精神病院所谓“暴力”病房里的黛博拉相比，待在这家医院里的黛博拉，可要疯癫得多。她坐起了身。

“你感觉怎么样？”陪同黛博拉的两名学生护士问道（瞧这副架势，仿佛此地只有她们两人手握从心理上跟黛博拉沟通的诀窍）。忽然间，黛博拉心生一计：假如她狠狠地吓吓这帮人，他们恐怕就会把她送回去，管她的脚踝有没有骨折呢。

“我的病……”黛博拉竭力扮出一副阴森的模样，“即将发作。”

“嗯！”这时，医生十分热心地插嘴道，“小姑娘的脚踝严重扭伤，但是，幸好没骨折！”

众人纷纷长舒了一口气。黛博拉用包扎好的脚踝一瘸一拐地出了X光室的房门，倚在两名护士身上，钻进正在守候的出租车，一路飞驰着驶向高速公路，驶向马路，驶向一条更窄的马路，进了她所住那家医院的大门，进了南楼后门（B病房与D病房所在之处），搭上电梯进了D病房——终于到家啦，感谢上帝！感谢上帝！

傍晚时分，睡前洗漱时，黛博拉一瘸一拐地进了大浴室，把某块钢板充当镜子，审视着自己的“镜”中倒影。这是一块淬火钢，数百名病人曾把自恨发泄在它的身上，结果就连钢铁也无力承受这般摧残。即使是手无寸铁的病人，也找到了各式利器，在它身上又是刮又是划又是砸出小坑，害得钢板伤痕累累。“恶纳瓜。”黛博拉对它说了一句——该“业尔”语词汇表示：“我爱你。”

“竟然去了一家医院……”黛博拉告诉“弗锐”，“……反正就在昨天之前，我还从未期盼过穿上约束衣，不过，何不让大家一饱眼福？可惜的是，我真是蠢到家了，偏偏出了医院以后，我才想起还有‘口吐白沫’这一招！”

“那你真是自己找罪受。”“弗锐”问：“到底出了什么事？”

黛博拉把事情经过告诉了弗里德医生，她叹了口气。

“这种偏见消退得极慢，”弗里德医生说道，“所幸局势正在好转。我还记得‘二战’前的情形是多么严峻，另外，‘一战’前的局势又有多严峻。对这种事，要有耐心。你对精神疾病的了解远超世人，也正因如此，你能够更加自由地理解或者宽恕。”

黛博拉掉转了目光。又来了，“弗锐”的话动不动便会隐隐透出某种弦外之音：即使身为病人，身为俗世的陌路人，也好歹该为俗世出一份力。

“难道你看不出来，我帮不了任何人！难道我跟你说过的话，你全都当成了耳边风？‘甘侬’自召啊！”

“你到底在说些什么？再跟我讲讲……或许，我确实不太明白。”

“我这个人，与善无缘。‘业尔’世界有句警句，‘审查神’曾经用它来折磨我，不如让我翻译给你听听。‘沉默之中，沉睡之中，行动之前，呼吸之前，“甘侬”自召，响彻天地，永世不变。’换句话讲，那份染毒的本性，或称敌之自我，有着高呼发声的能耐，并吸引俗世中为数不多的所有同类。它会在我毫不知情的情况下将同类召集到身旁，活像某种魔法，才不管我拦不拦它呢。”

“弗锐”回答：“依我看，你的意思恐怕是，它已经吸引了一两个，或者两三个同类。不如跟我讲讲她们吧。”

除了“业尔”魔法、“业尔”诸神及两个世界之力，黛博拉认定，世间必定尚有另外一桩铁证，能够证明她从骨子里便与俗世相悖。而这桩铁证，则存在于俗世，在世俗少年简单的日常生活中——它貌似魔力，将黛博拉吸引到他人的身旁。无论是人挑你还是你挑人，总之但凡是人，就逃不过跟他人结伴，当夏令营的营友也好，当学校的同桌也好，当小团体、小圈子、某个班级的同伴也好，而且，这些同伴还有地位高下之分。可惜的是，既然已经当上了俗世中某个团队的一员，那总得扮演好这一角色嘛。没料到的是，黛博拉却发觉，偏偏只有跟某些堕落者、穷困者、破相者、伤残者、怪人与狂人在一起，她才能扮演好团队成员的角色。而跟此类人士聚在一起，却也并非黛博拉运筹帷幄的结果。相聚的过程是如此自然，恰似铁块遇上了磁石，但因此相聚在一起的人们，却也个个都心里有数，个个都颇为自恨，也恨自己的同伴。

某年夏季，夏令营里有个聪颖的女孩，名叫尤金妮娅。当时，最终变局的关头已经越逼越近，“业尔”差遣黛博拉的次数也越来越多，奖赏给她的慰藉却越来越少。于是，尤金妮娅与黛博拉一拍即合。当然，她们也深知其中的缘故，两个小姑娘有时还会因此互相折磨。可是，她们之间也有着某种同情心，不仅无须对方开口便可知晓对方的心声，知晓一举一动背后深埋着怎样的苦痛，而且她们还双双深悉，在俗世面前戴稳假面，是多么不易。但最为重要的是，两人会互相陪在身旁：一起做伴去餐厅，一起做伴去球场，一起做伴去湖边，另外再加上互相安慰，但又并非满嘴谎话，或者只是嘴上敷衍几句。尽管两名女孩都拆不掉隔在她们与世人之间的心墙，但话说回来，她们也恨不得打碎那副隔音玻璃板一般的假面具（只是偶尔，也只是在某些人的面前）。好歹透口气吧，好歹有那么片刻畅所欲言，仿佛整个俗世并非单单只是“众相神”那副德行。

过了一阵，整个夏令营便发觉尤金妮娅与黛博拉成了朋友。大家对她们既看不顺眼又恼火，便索性将她们撇到了一旁。当然，黛博拉心中深悉，尤金妮娅孤独、不安、独特、激愤，但与此同时，黛博拉也竭力想将某个念头抛到脑后：或许，尤金妮娅也身携染毒的“甘侬”。某天，黛博拉从夏令营里溜了号，只盼着能在“业尔”的“泰阿平原”上静静待上片刻——假若“业尔”恩准，她还可以在平原上飞翔。黛博拉在夏令营的营地里有不少藏身处，趁着俗世尚未高声呼喊着到处找她，她大可先享受一下安宁时光，为时一小时左右。其中的最佳藏身地，是一间废弃的淋浴房。可惜的是，当天黛博拉赶到时，却发觉淋浴房里还有旁人。黛博拉开口唱起了歌，算是给那个尚未发现她的人敲声警钟。毕竟，曾经有过好多次，黛博拉放声大笑或者高声说起“业尔”语时，竟被人贸贸然打断，为此她还不得不忍受“审查神”的好一番折磨呢。随后，淋浴房的某个隔间便传来了一阵急促的窸窣声，还有尤金妮娅的声音。

“来的是谁？”

“黛博拉。”

“过来吧。”

黛博拉向淋浴室走去。尤金妮娅正赤身站在某个淋浴隔间中，看上去大汗淋漓。黛博拉迈步走向她时，她伸手递出了一条沉甸甸的皮带。“给你，抽我吧。”她说。

“你说什么？”

“你深知我的本性。在你面前，我用不着撒谎。把皮带接过去，把它用起来。”

"用来干吗?" 黛博拉只觉得噩梦将至。

"你明明是在逃跑，是在装出一副不明白的样子。你深知它的用途……是用来抽我，你得……"

"不行……" 黛博拉开始一步步地朝后退，"我做不到。我不答应。"

尤金妮娅的欲求已如阴云般笼罩了整间屋。汗珠从她的脸孔滴下，滴在她的双肩和双臂上。"别忘了，我对你了如指掌！我让你用这条皮带抽我，你就得乖乖照办……因为……你……懂嘛。"

"不……" 黛博拉又后退了几步。她的脑海中，猛然闪过了一个念头：或许，正是她染毒的"甘侬"传到了尤金妮娅身上，跟尤金妮娅体内等待已久的毒性交织在一起，才招来了这场祸事。黛博拉或许是个祸根（"业尔"语中所谓困于毁灭、无法脱身之"培奈"），但毁的也就是她自己，她可从未让其他任何人来蹚这浑水。突然间，黛博拉又悟到了另一件事：说不定，与黛博拉自身的"甘侬"相比，尤金妮娅的"甘侬"毒性更强。但即便如此，亲眼目睹便是牵涉其中，牵涉其中，便脱不掉干系了。正是黛博拉自身的"甘侬"召来了尤金妮娅的"甘侬"，才又导致……紧接着，黛博拉回到了尤金妮娅身旁，接过了那条皮带，朝地上一扔，拔腿逃离了淋浴室。自此以后，她再也没有看过尤金妮娅一眼，再也没有跟尤金妮娅说过一句话。

"换句话讲，你的朋友……任何对你有好感，或被你吸引的人……都难逃灭顶之灾。假如不是被你亲手毁掉，就是因为跟你太过亲近……" 诊室里，弗里德医生总结道。

"'业尔' 把它当成个笑话，但你刚才的话更加一针见血。没错，你说得很对。”

“这一条对你的双亲和妹妹也适用吗？”

“女人的毒，毒不倒男人。依我看，男人会以其他的方式受创。以前我还从未寻思过这件事，不过，我倒也在这家医院见过男性患者。他们还占了整整几座病房呢，跟女性患者一样。”

“半点也没错。”“弗锐”答道。“那对你身边的女人适用吗？你还害怕她们染上你的毒吗？”

“多年来，我始终在慢慢地害她们染上毒。”

“结果怎么样？”

“依我猜，我妹妹迟早会发疯。”

“目前你依然这么认为？”

“对。”

这时电话响起了铃声，弗里德医生起身走到办公桌前方，接起了电话。每次诊疗期间，弗里德医生的电话恐怕至少要响上一回。某次治疗期间就更厉害了，那一次，医生居然接到了整整五通电话。“弗锐”向黛博拉耸了耸肩膀，以示歉意，随后跟对方通了几分钟电话。“好……”她说着又落了座，“我们说到哪里了？”

“说到了被电话铃改变的世界。”黛博拉不悦地答道。

“有些电话，我真是不得不接……要么是长途，要么是其他医生专挑某个时间段打过来的。但是，电话我能推多少，就推多少好了。”她微微露出了笑容，审视着黛博拉，“我深悉，与所谓的‘名医圣手’共赢，究竟是有多难。难免会有人拼着命想要扳回一城，免得所谓的名医‘无往而不胜’嘛。让我告诉你吧，虽然找我的人数也数不过来，但实际上，我也吃过许多败仗。不如，我们再接着一起努力？”

“刚才，我们在谈染毒的事。”黛博拉告诉弗里德医生。

“没错。我很好奇，”“弗锐”问，“假如淋浴间事件发生在当下，你还会不会跟当初一样惊惧？”

“不会。”黛博拉笑道——这个问题，听上去真荒唐。

“为什么不会？”

“嗯……”黛博拉显然开心起来了，“因为目前我已经疯了呀。当初你承认我患病，承认我病得很重，乃至于不得不入院，你就已经向我证明了一件事：我的心智其实比我预料中的更加健全。心智更加健全，也就意味着更加强大，知道吧。”

“我不太明白。”

“多年来，我一直心中有数，深悉自己病入膏肓，可偏偏就没人愿意承认。”

“换句话讲，即使你跟现实最为贴近，即使你一眼就能看透现实，偏偏大家却让你别信。难怪精神疾病患者们根本忍不了谎言……”

“看你这副模样，仿佛是第一次有这种体悟。是吗？是不是我让你有所发现？”黛博拉问。

“弗锐”顿了顿。“你说得对，在某种程度上，你启发了我。因为，尽管我明白谎言为什么不利于精神错乱的患者，但我尚未从这个角度审视过它。”

黛博拉露出了微笑，鼓起了掌。

“这是怎么回事？”“弗锐”发觉黛博拉的笑容中没有一丝怨气，于是问道。

“嗯，其实……”

“换句话讲，其实你愿意给予，也愿意被给予？”

“假如我能给你某些启发，那也许意味着，我多少具有某些价值。”

“我真是流下了眼泪。”“弗锐”说，“我为你的‘业尔’诸神流下了大颗大颗的鳄鱼的眼泪。”她假惺惺地耷拉下嘴角，扮出一副伤心的模样，“他们正在浪费某个有血有肉的活人的时间。迟早有一天，此人会识破真相，把这群家伙扫地出门。”

“我还以为你摇身变作了山巅流云……”黛博拉说，“谁知道，白云背后仍是那烈焰之触般的‘弗锐’，仍是那雷霆闪电。”一想到要过没有“业尔”的日子，她不禁浑身发起了抖。

随后，弗里德医生和黛博拉又谈起了黛博拉的某种看法，这种秘而不宣的看法倒是黛博拉跟医院病人们的共识：与普通人相比，她手握更大的权力；但与此同时，她却又不如普通人。尽管黛博拉认为，她自己有着带毒的“甘侬”，但她却冷静而又理智地探究着其中的细节，并未将之视作真相。某天傍晚，她坐在大厅里等着分发镇静药，眼睛却望向了卡洛儿小姐。卡洛儿小姐正像一只老掉牙的猫头鹰一样，坐在某把沉重的椅子上。黛博拉的目光又转向了李和海琳，她们两人正迈步走过来。

“你能不能看透我的想法？”她问那三人。

“你是在跟我说话吗？”李问。

“我是在问你们所有人。你们能不能看透我的想法？”

“你到底在玩什么花招？……想害我进隔离室？”

“见鬼去吧。”海琳用开心的口吻说。

“别看我啊。”卡洛儿小姐的口气，恰似某位伯爵夫人参观屠宰场时微微吃了一惊，“我连自己在想些什么都看不透。”

黛博拉放眼环顾墙边倚着的几个人影。她们从来都在等，似乎从来都没有挪过一分，变过一分。

“假若你所寻求的是客观现实，”黛博拉低声自语，“这个起点，还真是再厉害不过了。”

第十八章

时值春季，正是激情的季节，急切的季节。时光一去不复返，让雅各布心里有点空落落的。他坐在小女儿的文法学校毕业典礼上，听着歌声、发言、祈愿和承诺，却只觉得内心的空洞愈来愈深，仿佛永远没有尽头。他早已告诉自己，今天属于苏茜，不关黛博拉的事。可是，尽管有违他的良心、他的希冀，有违他对埃丝特和他自己许下的承诺，他却根本无法挥开脑海中黛博拉的身影。为什么她就偏偏不能跟家人团聚？

今年春季，是黛博拉离家的第二个春季，但是，她离雅各布眼巴巴期盼的那个女儿形象，到底又近了几分？那个低调、乖顺、女人味十足的女儿？半分也没有。实际上，治疗根本没有半点进展。年轻女孩们一个接一个地走出了礼堂，个个身穿白裙，显得天真无邪。雅各布向埃丝特扭过了头：看在苏茜的分上，埃丝特今天打扮得雍容华贵，家里人还索性把她身上披挂的服饰称作“加冕礼服”。

“为什么她就不能回家待上一阵子？我们可以去湖边。”他轻声道。

“现在不行！”埃丝特从牙缝里挤出一句话。

“法律可没说，要把她关在那儿！”雅各布低声回答。

“接她出院，也许对她没好处。”

"接她出院，也许对我有好处——对我有好处。偶尔一回而已！"

当天傍晚时分，布劳夫妇带苏茜去了一家高档餐馆。苏茜原本打算去参加班级聚会，可是，雅各布偏偏认定时光、美丽以及他与女儿们待在一起的日子都在流逝，至少今夜可以共度吧。可惜的是，正因他攥着今夜不肯放手，从一开始便注定，当晚是一场败仗。苏茜有点闷闷不乐，埃丝特也很心酸：在场的这个女儿，怎么又被不在场的那个女儿拖累了一回？雅各布深悉，手中的沙握得越紧，反而流得越快，可惜他就是无法自控。整个夜晚都笼罩着一种凄凉的气氛。

在埃丝特看来，大家还不如打开天窗说亮话，于是她开了口："黛比本来很想参加你的毕业典礼……假如能办到的话，她本来还打算给你寄点东西。"

苏茜静静地望了望母亲，答道："她也算来过了吧。就在我们去取毕业文凭的时候，再加上后来准备出发的时候，我都亲眼看见你们在聊她。"

"瞎诌！"雅各布说，"我们才没有聊任何人。"

"其实不要紧，真的。虽然你们说话说得很小声，但那种眼神……"苏茜斟酌着字眼，免得父母尚不清楚刚才他们脸上流露的究竟是何等神色，可惜到了嘴边的字词，个个都很让人下不来台，害得她根本说不出口。

"瞎诌！"雅各布又重复了一次，挥挥手表示作罢，"哪有什么'眼神'啊，纯属胡说！"

苏茜与埃丝特对视了一眼：雅各布分明又在逃避。"可怜可怜他吧。"埃丝特不出声地恳求苏茜。苏茜垂下眼眸，凝视着身上的白色毕业礼服，摆弄着一个纽扣。过了片刻，她说："我们领毕业文凭的时候，站在我前面的那个女孩，你们认识吗？她哥哥真是不得了……"

这家医院的病人们深感好奇：他们正备受煎熬，难道还拦不住春天的脚步？尽管如此，春天却依然高奏着凯歌来临了。D病房的病人们很恼火：俗世取了她们的小命，却不仅没有为自己的罪行受苦，反而貌似正春风得意呢。当多丽丝·里维拉扎起头发、穿上西服、露出笑容，准备再度重返俗世时，在D病房许多病人的眼中，她分明就是跟春天勾结了起来，偏要跟她们作对。"退位国王之妻室"女士提议道："多丽丝·里维拉就是个间谍，几年前我就识破了她的身份。大事小事她都会记下来，交给我们的敌方换钱。等到人家把情报曝光，它就成了人家的啦。"

"还是发发善心吧。"道本医生的病人玛丽说——谁让玛丽堪比特蕾莎修女呢，"我们总得发发善心才行，虽然但凡能通过'社交'染上的病，里维拉哪种也没逃过，更别提根本没什么社会地位的男人给里维拉的私处染上了什么'脏病'，也更别提里维拉那'脏'之又'脏'的精神分裂症了。"玛丽的声音变得越发响亮，她的语气中有种熟悉的惧意。

"你们这群精神错乱的病人，还真逗。"菲奥伦蒂尼医生的病人玛丽下了断言。

D病房里，有人打了一架。

看上去，整间D病房似乎陷入了一个怒气、惧意与打斗的旋涡，而它既出乎意料，又来势汹汹。

“D病房的隔离室里安置了好多病人啊。”一名新人学生护士沉思着说道。

“要是隔离室里的病人再多几个的话，医护人员只怕就得让病人两人合住一间了。”黛博拉回答。

“对……说得很对……”学生护士附和道（她竟然施展了“三号疗法”，微微露出笑容）。黛博拉扭开了头，再度试着朝医院的时钟抛出一只鞋。

“我真恨不得把她脸上的微笑抹掉。”黛博拉说。

“靠你那张臭脸，应该没问题。”海琳说。

“我好歹还是赶不上你！”

紧接着，便又是一场打斗。

“这种病房嘛，终归会有这种时候。”老一辈护理员告诉新手护理员们，“通常倒也不会闹得这么凶。”可惜的是，新人们对老一辈的话并不买账。最近几届新来的学生护士都很惊惧，而对最新一批学生护士而言，惊惧中居然还添了一把辛酸泪。离开医院后不久，上一届的两名学生护士就“精神崩溃”了，眼下已摇身变成了某精神病院的病人。据人们传言，“你所目睹的景象，能把你活生生逼疯”。

于是，被分配到D病房的四名新手学生护士眼下正紧紧地站成一团，一个个吓得厉害，堪称D病房里今年春季为数不多的美丽、青春与健康的化身。D病房里一群身染“甘侬”毒的病人，还从未像今天一样深感孤立。海琳和康斯坦蒂娅势要跟新来的学生护士开战，直到把新人变成熟人。黛博拉则会采用自己的方式，从头脑中抹掉新手护士们的影子，直到她们融进D病房那日常而又普通的背景图中。除了一团团白影，黛博拉的双眸将拒绝看见新手护士们的形象；除了新手护士下达某些指令或者提到她时，黛博拉的耳朵将拒绝听见新手护士们的声音。对付这几位美丽的新手，黛博拉用来自保的这招，可比开战管用多了。尽管这招并非有意为之，黛博拉心里对它却十分感激。毕竟，让人伤心的，并不仅仅是几名学生护士有多美丽，有多活泼，而是她们身上的某种陌生感——害得黛博拉为自己的疯狂有点难为情。

某天下午，坐在护士站附近的地板上，黛博拉正端详着那座跟她作对的时钟，无意间却听见两名学生护士正在谈话。

“又从B病房送来了一个病人？他们会把她安置在哪儿？”

“我怎么知道？但反正出不了什么好事，不然她就不会被送上楼到D病房来喽。”

“还记得玛西娅跟我们说过的话吗：‘病人的情况，总是一时好一时糟。’我只盼这个病人至少知道怎么上厕所，知道该把吃的放在哪儿！”两名护士咯咯笑出了声。

黛博拉深悉，学生护士们咯咯发笑，是出自焦虑的本能反应。谁能料到，后来，工作人员却将卡拉带上了楼。卡拉显得躁动不安，脸上流露出多丽丝·里维拉当初那种沮丧的神情，黛博拉顿时对刚才那两团白色人影生了一肚子气，谁让她们竟然咯咯发笑呢。她们嚼舌根的对象，可不是随便一名“狂人”，而是卡拉，骨子里就是个好人的卡拉——想当初，黛博拉的毒舌戳中了卡拉的痛处，卡拉竟然也没跟她计较。

假若见到黛博拉与卡拉，只怕没人能料想到，这两人会是朋友吧。不过，黛博拉也深知，现在上前跟卡拉打招呼，只怕非常不妥（这一点，恐怕会让心智健全人士们深感不解）。现在卡拉正深陷困境，假若打招呼害得卡拉动起了手，甚至出尽了丑，她心里肯定会很后悔。因此，黛博拉连看也没看卡拉一眼，只是躲在自己石雕般的面具后方等待，直到她发觉卡拉发出秘密信号，以示相认的一刻。

等到卡拉终于发出信号时，两人双双迈步向对方走去，能显得有多漠然，就显得有多漠然。黛博拉微微地露出了笑容，谁知就在下一秒，却发生了一件怪事。黛博拉那又平又灰又模糊的二维视野中，竟赫然露出了卡拉的彩色三维影像，如此真实，如此生气勃勃，恰似刚从冷敷罩中苏醒的一刻，恰似一口热咖啡。

"嗨。"黛博拉用平平的语调说道。

"嗨。"

"你能抽烟吗？"

"还没获批抽烟的'特权'。"

"嗯。"

过了一会儿，在浴室外，黛博拉经过了卡拉的身旁，卡拉正在等护理员放她进浴室。

"要是你乐意，去我床上吃晚餐吧。"黛博拉提议。

卡拉没有回答，但等到晚餐送来时，她带上餐盘去了大楼后方的集体寝室，毕竟目前黛博拉就住在那儿。

"行吗？"

黛博拉挪到了一旁，好让卡拉占住她挑的位置——床尾的平坦处。（"哈喽，哈喽，我那三维且多彩的朋友，见到你真开心。"黛博拉在心里说道。）"多丽丝·里维拉回过医院，但她又离开了。"黛博拉高声说道。

“我听说了。”卡拉说完，抬头凝望着黛博拉。正在这时，奇迹竟再度发生了：或许就跟刚才那个让黛博拉看清卡拉的奇迹一样，卡拉似乎一眼看穿了黛博拉的面具。“小黛……其实情况还不算太糟。他们不得不把我送回 D 病房，是因为我一时间用力有点过猛，也是因为，我的举动多多少少算是跟我父亲作对……当然，还有好些别的缘故。我没有放弃，我只是有点累。”卡拉的双眸盈满了泪水，而面对朋友的哀痛，黛博拉一时间被困惑与惧意害得愣住了，脑海中只有一个念头：在俗世那纷乱的万丈怒涛中，究竟有着什么宝物，竟能让溺水的人们一头扎了回去，尽管他们依然脸色苍白，依然透不过气，却依然矢志不渝，试了一次又一次？

“他们怎么会认定，自己能跟世人一样在俗世沉浮？其实只要溺水一次，他们身上那种‘甘侬’不就没有表面张力了吗？”黛博拉对兰特美恩嚷嚷道。

“那就只有爱达忒知道喽。对某些人而言，世上并无不可能之事。”兰特美恩说。

拜惊惧所赐，黛博拉的一颗心简直悬到了嗓子眼。“换句话讲，依你看，卡拉的‘甘侬’并不属于骨子里恶毒的那种，而是……要视情况而定？”

“说得对。”

“可是，我是她的朋友啊。假如她与我并非同类，我就会毒害她！”

“半点也没错。”

“怎么会出如此违规的事？法则不是讲得很清楚吗：‘甘侬’自

召。难道我召来的并非同类？假如真是这样，原因何在？”

“或许，是一种惩罚吧。有些时候，为了罚你，其他人只怕就要遭殃了。”兰特美恩说。

黛博拉从兰特美恩的身上移开了眼神，却发觉卡拉还在哭。看上去，“终极骗局”的其中一招，便是哄人认定自己已摸清了门道，认定自己已在历经多年煎熬后找到了制胜之法，然而，却又在最后关头让人功亏一篑，让人又迎来了昔日那乱哄哄的境地、又听到了昔日的一声声嘲笑。

“她是我的朋友！她看似并未受伤……”黛博拉朝正在离去的“业尔”诸神高喊。

“你与她并非同类，你与她的‘甘侬’不一样。你将成为害死她的元凶。”“业尔”诸神说。

卡拉止住哭声时，黛博拉的躯壳依然还在床的另一头，可是，她的自我却早已不在躯壳之中。

出于某种莫测的缘由，其中一名学生护士竟然摇身变成了黛博拉的小尾巴。这位学生护士快活地跟在黛博拉身后，既忙这又忙那，既管这又管那。每逢黛博拉在D病房的“公共”区域现身，D病房那灰色的背景中便会多出一团白影和一种嗡嗡作响的声音。

“你肯定比你自己料想中病得还重。这帮家伙通常都会挑病得最重的几个交到上帝手里。上帝乃刀俎，黛博拉之流乃鱼肉。因此，不如将我冠以‘鱼肉’之名吧。”黛博拉用“业尔”语自语道。

用“业尔”语来说，这番话显得颇为好笑，于是黛博拉哈哈笑出了声，又伸出双手，依照“业尔”的规矩默默地做了个手势，算是用手势充作了笑声吧。

“是谁在笑？”安忒拉贝打趣黛博拉道。

“是我，‘鱼肉’之流！”黛博拉告诉安忒拉贝。他们双双笑了起来，直到黛博拉感觉俗世的折磨在她心中逐渐淡去。“当上帝发觉‘鱼肉’之流浑身带毒，又将如何收场！”黛博拉和安忒拉贝再度发出了笑声。

“那位闹上天堂、满头大汗的学生护士，到时又会是怎样的一脸讶色？”又是一通欢笑，可惜笑声刚落，便只余下一抹感伤。因为，黛博拉心中很有数：她还不够坚强，还不足以开口让那名学生护士别再跟着自己，别再用一句句热心的话语来烦她。

春天还在继续。尽管黛博拉把秘密、恐惧和她在两个世界之间通行的口令一个接一个地告诉了“弗锐”，其目的却是逼自己赶紧向“终极骗局”臣服。毕竟，“终极骗局”势不可当，正如安忒拉贝必将永堕不休。面对厄运的威胁，黛博拉始终保持着超然而又疏离的态度，有那么一阵子，她甚至配合着末日惨剧演了一番，算是将优雅的死亡搬上了高尚艺术的舞台吧。

“弗锐”举起了双手，表示作罢。“你不仅是一名患者，还是一名青春期患者，请上帝保佑我们吧！”

“嗯？”

“好吧，这事无药可救。闹剧也好，戏仿也好，该来的总会来。不过，请千万帮我分辨清楚，其中哪些是由我们正全力对抗的疾病引起的，另外又有哪些，则是青春期的种种行为——说到青春期的种种行为，它们倒又是一条铁证，证明你百分百身为人类，且即将成为一个女人。”弗里德医生用犀利的眼神紧盯了黛博拉片刻，露出了笑容，“有些时候，这份工作会让人喘不过气，毕竟又是一大堆秘密，又是一大堆症状，还要直面一大堆昔日的阴影，因此会害得我忘记一点：这种疗法或许会显得毫无意义而又枯燥，直到世界在患者眼中变得真实起来的那一刻。”

这时，黛博拉的眼神却落在了弗里德医生凌乱的办公桌上。将目光转移到这张办公桌上，通常会让人松一口气。办公桌上摆着一个镇纸，形状很古怪，会让人浑然忘掉治疗期间的紧张气氛。此刻，黛博拉凝望着它，毕竟它虽然很眼熟，但它总不会伤人吧。“弗锐”发觉，黛博拉正在端详桌上的镇纸。

“你知道它是什么做的吗？”

“玛瑙？”

“不，不是玛瑙，是一块罕见的石化木。当初我高中毕业的时候，父亲带我去了卡尔斯巴德游玩，当地有着各种奇特的岩石和岩层，我父亲买了这个镇纸给我，当作那次旅行的纪念品。”“弗锐”说道。

“弗锐”还从未讲过她的私事，从未讲过自己的过往呢。跟弗里德医生相处的初期，当最初的信任开始萌芽时，黛博拉一度忙于跟自己的认知角力。面对弗里德医生犀利的问题，她一度逼着自己秉承“坦苦图苦”态度（“不躲不藏”）。但谁能料到，某次治疗几近尾声的时候，“弗锐”居然站起身，从花盆中一簇仙客来上摘下了一朵又大又美的鲜花。弗里德医生解释道：“通常，我不爱摘花，但这一朵是你应得的。通常，我也不爱送人礼物，所以拜托你收下吧。”

正因欣然接受了来自俗世的花朵，黛博拉挨了两回“业尔”的重罚，但她觉得很值得。但是，当她从第二次重罚中回过神时，时间已经过去了好几天，美丽的花朵早已枯萎。谁料到，就在此刻，“弗锐”竟又送了黛博拉另外一份礼物，那便是关于“弗锐”的点点滴滴。这份礼物是如此微妙，其意义远胜于黛博拉得以从弗里德医生的追问中喘息片刻，远胜于弗里德医生在暗地里给她打气。这份礼物简直像在说，“我放心地将我的过往交予你手，正如你当初放心地将你的过往交予我手”。于是，管它是否处于青春期，总之是这份礼物，让黛博拉再次站在了跟弗里德医生平起平坐的位置。

“你喜欢那趟旅行吗？”黛博拉问。

“那趟旅行谈不上有多令人激动，也谈不上时下年轻人所谓的‘好玩’，但我有种长大成人的感觉，也很荣幸与我父亲同行，算是我们两人结伴同游成人世界吧。”忆起往昔的快乐时光，弗里德医生的面孔仿佛熠熠生辉。“好啦！”她伸出双手搁到膝盖上，截住了话头，“又到干苦活的时候了，好吗？”

“好吧。”黛博拉嘴里说，只等着再受一番煎熬。

“嗯，不，等等。还有一件事。我想先跟你打声招呼，免得太过唐突。今年夏季，我会提早动身去休假，因为在苏黎世还有个会议要开。随后就是我的假期，度完假以后，为了一部拖延已久的著作，我还要去参加某个研讨会。”

“那你要去多久？”

“我计划将于六月二十六日出发，九月十八日回来。我已经为你安排好了医生，负责在我离院期间跟你面谈。”

随后几次治疗中，“弗锐”谈起了她那位同事的资历，谈起黛博拉或许会心存不满——毕竟换了个医生，看上去活像是黛博拉被抛弃了嘛。“弗锐”还谈起，这位新医生并不会涉入太深，但会代表俗世与黛博拉并肩对抗她的“审查神”、“众相神”及“业尔”诸神。交接事宜安排得挑不出一根刺，黛博拉却察觉到事情仿佛已成定局，察觉到害人的老一套又被搬了出来。

“这家医院的不少医生我都认识，”黛博拉沉吟道，“比如克雷格医生，还有西尔维娅的医生亚当斯……我见过亚当斯医生工作时的模样，对她很有好感。菲奥伦蒂尼医生某次值晚班的时候，我跟他聊过一回。不过，其中最棒的是哈雷医生。据哈雷医生声称，我入院的时候，他见过我的父母。我也跟他聊过，我信任他……”

“这几位医生的日程都排满了，接手的是罗伊森医生。”“弗锐”告诉黛博拉。好吧，箭已在弦上，至于黛博拉是否答应，都不过是说说而已。

“碰不得的‘高压线’。”黛博拉冒出一句话。

“什么意思？”

“是某个‘业尔’词汇的意译。它代表着：我自会遵从安排。”

第十九章

黛博拉堪称争分夺秒，只盼能在“弗锐”离开医院之前，将所有问题通通摆平。她申请并获批转到了B病房——虽然还是上锁的病房，但好歹不是D病房了嘛。B病房的病人或许可以保留纸张、铅笔、书籍和隐私，只可惜，跟疯得没治的D病房相比，这里活像一座坟墓。正因黛博拉一度在D病房待过，B病房其余病人对她很忌惮，但她也认识其中几名病人。再说了，B病房里还有几个不赖的护士，会让黛博拉想起麦克弗森，谁让他们不时提起麦克弗森呢。拜“弗锐”即将离院一事所赐，黛博拉的治疗时段淹没在了一种绝望的紧迫感中。若说这几次治疗没能发掘出什么出色的洞见，至少也算是下了一番苦功，说了好些实话。

待在医院的最后一天，“弗锐”说：“接手照料你的人都很可靠。B病房的管理员你非常了解，面谈会由罗伊森医生接手，祝你有个愉快、收获满满的夏天。”

正因“业尔”的定律与俗世的定律互有交叠，黛博拉心中深悉，“弗锐”已一去不复返了。卡拉第一次撤出D病房时，黛博拉曾经割舍过对卡拉的记忆与爱，到了如今，黛博拉又重施故技，将“弗锐”抛到了脑后，仿佛弗里德医生从未露过面，仿佛弗里德医生再也不会露面。从B病房那静悄悄又做作的大厅，黛博拉迈开了脚步，去找她的新医生。

她发现罗伊森医生正坐在主楼层某间办公室的椅子上，腰板挺得笔直。“进来吧，请坐。”罗伊森医生开了口。

黛博拉坐了下来。

“你的医生跟我讲了不少关于你的事。”他对黛博拉说道。黛博拉绞尽脑汁苦思着该如何回答，可惜，她满脑子只有一个念头：他的坐姿也实在太过僵硬……我告诉过“弗锐”，我不会刁难罗伊森医生……我告诉过“弗锐”，我会尽全力配合罗伊森医生……

“没错。”黛博拉答了一句。罗伊森医生绝非一位和气的人物，黛博拉深悉此事，便出招试探了一番：“您来自英国，对吧？”

“对。”

“我挺爱英国口音。”她说。

“嗯。”

“真是一个字一个字从牙缝往外蹦！”安忒拉贝略带轻蔑地叫了声苦。

沉默片刻后，罗伊森医生又开了口：“告诉我，你在想些什么？”听上去，他的话倒像是在给她下令。

“在想关于治牙的事。”黛博拉告诉医生。

“在想关于治牙的什么事？”他的语调没有半点起伏。

“治牙所付的代价，或许会比我们想象中高昂许多。”黛博拉说道。她住了嘴，换了个话题。“我没普鲁卡因[1]可用了，‘弗锐’取走了药。”

1 一种局部麻醉药。——译者注

“你说的是谁？谁取走了药品？”罗伊森医生急不可耐地问，仿佛发现了什么宝贝。

“医生……弗里德医生。”

“你刚才说的可不是这个名字……你还给她取了个绰号？”又是下令的语气，活像一把鹤嘴锄。

“只是另外一个名字而已。”

“嗯，是那套秘密语言。”罗伊森医生说着，朝后一仰。在黛博拉看来，他真是好一副胜券在握的模样啊，仿佛一切有章可循，一切尽在掌握。“弗里德医生跟我提过，你自己有着某种秘密语言。”罗伊森医生又补上一句。

“快撤吧！”安忒拉贝催道。可是，安忒拉贝说出的是诗意的“业尔”语，心酸之余，黛博拉仿佛重又发现了它的美——“夸如”：仿若潮涌潮退，一瞬间流光如沙。

“但我明明答应过‘弗锐’。”对暗处那位烈焰映衬的永堕之神，黛博拉不肯松口。

“‘弗锐’已经死啦。”在黛博拉身旁另一边，兰特美恩冒出一句。

“跟我讲一讲你那种秘密语言中的某个词语。”罗伊森医生追问道。

“‘夸如’。”黛博拉的口吻颇为恍惚。

“这个词是什么意思？”

“你说什么？”黛博拉猛然望向医生，凝望着他那张不以为然、线条冷峻的面孔。就连他的坐姿，也活像个苦行僧。

“你刚才提到的词语，是什么意思？是怎么回事？”

“‘夸如’……”黛博拉又重复了一遍。这场对峙，让她很心慌，但她又听见自己的声音正在告诉“业尔”诸神，“但我明明答应过她……”“这个词的意思是……嗯，它意味着宛如浪涛，也可以暗指某种与海有关的特质，比如凉爽，不然就是某种轻柔的沙沙声。它意味着，翩然浪涛之姿。”黛博拉告诉他。

“那你为什么不索性就说‘波状’呢？”罗伊森医生问。

“嗯……”黛博拉已开始流出黑色之汗了——这正是“业尔”“神罚”的前奏，“但凡某件事物具有翩然浪涛之姿，就可以用它来形容，但它也暗含了一层海洋的寓意，有些时候，便会显得极具美感。”

“我明白了。”罗伊森医生说。但黛博拉深悉，他并不明白。

“比如，有时你可以用它来形容清风拂动，形容翩翩长裙，形容波浪般的头发，要不然……也可以用它来形容离别。”

“这个词还代表‘离别’？”

“不……”黛博拉回答，“……代表‘离别’的是另外一个词。”

“哪个词？”罗伊森医生问。

“……这一点取决于，此人是否还打算回来……”黛博拉心酸地回答。

“真有意思。”罗伊森医生下了论断。

“那种语言还有个警句……（为了给自己救场，也给“业尔”诸神救场，黛博拉不得不心生一计。）相当于：杀鸡焉用牛刀。”

“牛刀？”罗伊森医生问。

不如换个美式风格的说法吧，于是，黛博拉又试了一回。“勿用鹤嘴锄给脑子开刀。”

“对你而言，该警句意味着什么？”罗伊森医生或许忘掉了一点吧：若是黛博拉真能对俗世实话实说，她就不会成为精神病患。

“一经翻译，该警句就失去了灵魂。”她答道。

两人双双沉默了好久好久。尽管在随后的治疗中，黛博拉又试了一个小时，总之试了一小时又一小时，可惜的是，罗伊森医生那缺乏幽默感的机械式回答，却次次都会招致沉默，恰似黑夜降临。他使出了浑身解数，劝说黛博拉：“业尔”语是黛博拉自创的某种语言，并非与诸神一并降临的某种馈赠。以黛博拉最初告诉他的几个“业尔”语词语为例，罗伊森医生非要拿着来自拉丁语、法语及德语中的只言片语，向她证明那几个词的词根——那东一个词、西一个词的拉丁语、法语及德语，就算是对一名用功的十岁幼童来说，只怕也算不上多么难学。他还分析了那几句“业尔”语的结构，非要逼着黛博拉看清一件事：除了极少数例外，这些语句采用的结构都与英语相仿，而黛博拉自己不就跟英语脱不了干系吗？罗伊森医生的研究成果，确属详细而又机敏，有时甚至近乎巧妙，黛博拉好几次都深以为然。可惜的是，罗伊森医生钻研得越深，笼罩着黛博拉的沉默也越深。他那冷冰冰的逻辑和他那严肃的态度，害得黛博拉活生生把话憋在了肚子里。她无法开口告诉他，他的“解剖刀”侵入了她的思想，正如当初几位医生的手术刀侵入她的身体。除此之外，他所谓的那些“证据”，真是极度无关痛痒。到了最后，黛博拉拼上了全力，尽可能地把话说得明白了些：“拜托，医生，我身上的不同之处，并不等于我的病。”那是黛博拉最后的哀呼，只可惜，罗伊森医生并未理会。

现在，“弗锐”已经死了，俗世暖烘烘的夏天又跟黛博拉身处的季节大不一样——在黛博拉身处的地方，太阳不过是空荡荡的宇宙中灰扑扑的一团。除了沉默，此处一无所有。黛博拉已不再对外界有半点反应，整个人显得死气沉沉。随着时光渐渐流逝，黛博拉连动也不再动了，呆呆地坐在床上，恰似一尊无法挪动的展品。在她的内心，“业尔”倒偶尔会向她敞开大门，要么让她随永坠不休的安忒拉贝漫游于炙热的烈风中，要么让她随兰特美恩翱翔片刻，身下便是“业尔”“哀伤峡谷”上空一股股升腾的气浪。可惜的是，此类时刻极为罕见，另外，黛博拉为此还得受好一番繁文缛节的罪。这下可好，就连“业尔”也显得遥远而又难以理解了。

黛博拉给接手她的新医生取了个绰号，名叫“蛇牙”，其寓意取自响尾蛇催命般猛抖尾巴发出的嘶嘶声，某种并无意义但却邪恶的声音——因为每当黛博拉僵硬而又沉默地端坐在罗伊森医生前方，过了一个又一个小时，她便会想起这种声响。她那假面具般平静的面孔之下，慢慢地聚起了一座火山。随着日子一天天过去，各种声音、各种反驳、各色仇恨、各色饥渴，再加上长久的惧意，都开始在火山的深处沸腾，温度一日盖过一日。

某天，“伪善神”爱达忒化作一名女子，在黛博拉的面前现了身。化身成女子时，爱达忒总会戴上面纱。她显得仪态万方，每次现身都会提醒“业尔”的女王兼受害者她到底有多美，也都不会忘了说上一句：她，黛博拉，或许也会有恨不得变丑的一天呢。此次现身时，爱达忒穿着一身白衣，她的面纱竟微微放低了几分。

“受苦吧，爱达忒。你为何白衣飘飘？”

“寿衣与婚纱，一袍两用。瞧瞧吧：非死便生，非生便死，非降便战，非战便降？循我之路，便可寻见种种对立的两端；同一途径，却走向截然相反的结果。”爱达忒说道。

“我只能隔着面纱了解你，爱达忒。”黛博拉回答。

“我的意思是，为防火势蔓延，世人会预先放火。放火，却是为了灭火。”

“这个法子能用在岩石上吗？”

“假如有我相助的话。”爱达忒说道。

黛博拉顿时认定，不如她也“以火防火”吧，好歹可以平息体内那座火山的几分火势，毕竟她拿它一点办法也没有。靠着这招“以火防火”，她也终于可以为自己找到一个问题的答案：她与凡人究竟是否确属同类？对于此事，黛博拉的种种感官并未提供任何证据，因为她的视野之内是一片蒙蒙的灰影，她的感觉非常迟钝，她的双耳只听到低沉的呻吟与怒吼，其中半数时间都毫无意义。在B病房，火柴的数目根本无人在意。至于黛博拉，尽管她的视野很朦胧，但遇上“业尔”想要指派给她的差事，她却向来都看得分明。于是，没过多久，黛博拉就弄到了火柴和香烟，都是东一根西一根捡来的。五支烟发出了红光，随后，黛博拉开始灼烧起了自己的皮囊。可惜的是，在黛博拉石雕般的面具与皮囊后面，她体内的火山却灼烧得更炙热了。她再次点燃了香烟，刻意而又缓慢地将它们在手肘的内侧摁灭。某种微弱的感觉传了过来，再加上一股烧焦的气味。可是，火山却依然并未动摇分毫。难道非要来一场漫天大火，才能“以火防火”吗？

过了一会儿，一名护士进了屋，准备给黛博拉传几句话。也许是闻到了烧焦的皮肉的味道，护士竟然把要传的话忘到了脑后，立刻动身出了屋。没过多久，一名医生便赶到了黛博拉身旁。黛博拉松了口气。透过她的面具，她望见的是哈雷医生的面孔，恰似一幅平面图。跟黛博拉身处的地方不同，眼前这间屋，其实正值夏季，眼前这平面图一般的身影，其实是个活生生的人——这一点，黛博拉只能无条件地相信了，恰似相信远在万里之外因而不值一辩的事物，比如地球的周长到底是多少英里，比如光波的统计变异。

“你所谓的‘以火防火’，是什么意思？”哈雷医生向黛博拉发问。

“似乎很有必要。”某位“火山”的代表回答。

“在什么地方很有必要？”哈雷医生问。

“外表上。”

“让我看看吧。”医生的话显得很小心，但并不挑剔，也不虚伪。

现在，黛博拉的衣袖已经黏住了灼伤的肌肤，但哈雷医生尚未来得及喊出富有文明气息的劝阻——“不要！”，她就已扯开了衣袖。医生本能地微微皱起了眉，伸出了手。瞧他这副神情，活像黛博拉是个有血有肉的真人呢。

查看完伤势，哈雷医生用一种略显伤感的口吻宣布：“依我看，不如让我带你上楼去 D 病房吧。”

“随便。”

“嗯……”医生的话中隐隐透出一丝温柔，“如此一来，你就会变成我在 D 病房的病人。我刚刚接管了 D 病房的管理职位。”

黛博拉依照“业尔”的规矩，做了个微微上翘的手势表示服从，意在表明：无论黑暗与否，至少她感觉安全了一些，因为跟哈雷医生交流没什么问题嘛。除此之外，哈雷医生也从未面露笑容地施展过“三号疗法”。随后，哈雷医生便端出平素那干脆利落的作风，将黛博拉带回了 D 病房。等到两人伫立在那扇上了两把锁的大门后方时，“业尔”之中有个声音说了一句：“瞧瞧这医生吧。看出来了没有？现在他倒感觉安全了些。”

“可怜的家伙。”黛博拉回答。

“你还真把B病房弄得一团糟。”哈雷医生边说边查看黛博拉的伤处，“伤口得清理一下，可能会有点痛。”

某位学生护士站在他们身旁，端着一个令人印象深刻的托盘，托盘里装满了医用金属器械，而护士本人，因为自己又有机会跟“医疗工作”沾上一点边了，显然很开心。哈雷医生开始擦洗并清洁灼伤的伤处，器械给黛博拉带来了某种微弱的感受，却并没有让她感觉到痛。冲着哈雷医生的这份关心，冲着他花在病人身上的时间，黛博拉想送他一份礼物。就在这一刻，她记起了“弗锐”，记起了“弗锐”送给她的仙客来。

“可是，‘弗锐’已经死了。”安忒拉贝提醒她。

“可是，你可以送哈雷医生一朵花嘛。”兰特美恩低声道。

“看得见摸得着的东西，我一件也没有。”

“‘弗锐’曾经把她的一段记忆送给了你。”兰特美恩说。遵照“业尔”礼，黛博拉对兰特美恩致了谢：“愿你身沐暖意，心怀光明。”

黛博拉绞尽脑汁，想要琢磨出一则真相，作为礼物送给哈雷医生。也许，可以告诉他关于视觉的真相：即使看清了某件事物的每一根线条、每一个平面、每一种颜色，假如意义缺失的话，所见的景象便无关紧要，此人便活生生是个“睁眼瞎”。或许，就连著名的“第三维”，也只是意义罢了，是某种才能，能将一大堆二维平面图像变成一个盒子、一尊圣母玛利亚雕像，或者一个手持消毒液瓶子的哈雷医生。

“我尽可能地轻一点。”哈雷医生说。

黛博拉向哈雷医生投去犀利的眼神，想要看个究竟：他是否企图让她欠下一份人情，背上一副重担？答案是否定的。难道哈雷医生就不受她那带毒的“甘依”影响？这时，黛博拉下定了决心：她要送出的礼物，是让哈雷医生安心。她要告诉他一声，即使触碰了她，他也能免于一死。

“别担心，”她婉言告诉医生，“接触的时间过短，不会感染。”

“因此我才用了这个嘛。”医生一边用棉签擦拭，一边说。他用绷带包扎着伤处，黛博拉才发觉他并未听懂，于是她决定告诉哈雷医生，第三维对于眼中所见之物究竟意味着什么。那句话脱口而出。

“视力并非一切！”

“对，我猜也是。”医生说着包扎好了黛博拉的伤口。随后，他仿佛回过了神，问道：“你的眼睛出了问题？”

“嗯……”真相竟然脱口而出，黛博拉感觉很下不来台，“难过的时候……我经常没办法看清楚东西。”

“噢，真的吗？真有意思。”“众相神”不无挖苦地对黛博拉说道。

“闭嘴！我被吵得听不见自己在想些什么了！”黛博拉冲着“业尔”诸神高喊。

“你说什么？”哈雷医生闻言转过了身。黛博拉惊恐地望着医生。她说给“业尔”听的话语，竟然越界落到了世人的耳中。“众相神”发出的喧嚣顿时变得越来越响，直至变成震耳欲聋的嘶吼；黛博拉眼前的一片灰影，变成了一片血红。毫无预警地，“业尔”的“神罚”已猛然降临，恰似刽子手猛然下了毒手。一时间，空间、时间、重力、光线和五感都纷纷失去了意义。温度瞬间冻结，光源射出针刺般的光线。黛博拉顿时摸不透自己身在何处：此处并无上下可言，并无位置或距离可言，并无因果可言……

她经受了好一番煎熬，顾不上过了多久，也顾不上自己有多累。随后，她又出现在了俗世的某个白昼，裹在冷敷罩中，身边是一名陌生的医生。

“嗨。”

“嗨。”

“你怎么样？”

“我哪里知道。过了多久……”紧接着，黛博拉便回过了神：这位医生怎么可能知道这种事？“我在这儿待多久了？”她问。

“噢，三四天左右。”

黛博拉发觉，自己的双手、双肩和双臂，正在隐隐作痛。她顿觉无比惊惧。“我是不是揍了谁？我伤到什么人了吗？”

“没有。”对方微微露出了笑容，“不过，你倒是把门和窗户害得好苦。”

黛博拉听了既反感又羞愧，本打算把头扭开，可惜脖子却抽筋了。她咳了起来，不得不再度扭头朝着医生。“我不认识你。你怎么会在这个地方？”

“今天轮到我当值待命，我就来看看你是否还好。”

“天哪！天哪！”黛博拉发出了惊叹，“我肯定是把这地方掀了个底朝天。除非有人自杀，否则从来没人去叫医生。”

陌生的医生笑了笑。“在我身上不适用，我资历尚浅。你能从冷敷罩里出来吗？你感觉是时候了吗？”

“我不知道。”她说。

“嗯，不如再等上半个小时。别为了你身上的痛处担心，那很大程度上是由紧张导致。嗯……再见吧。”她听见医生的钥匙在锁孔里忙活了一阵子，怪异的是，那种生手气质居然有点让人感动。

等到黛博拉躺回D病房自己的床上时，她却发觉，周围竟笼罩着一片悲苦的气氛。黛博拉目前的床位，正是她一度在D病房前排寝室住过的那张床。D病房的病人们来来去去，因此，“退位国王之妻室”女士已经搬到了隔着两张床的地方，黛博拉目前夹在菲奥伦蒂尼医生的病人玛丽与西尔维娅之间。西尔维娅依然一句话也不说，一丝表情也没有。“业尔”的“神罚”已经让黛博拉累得厉害，因此她在床上躺着，望着俗世的一抹抹阴影越拉越长，将俗世的时间推向黄昏。

隔壁床的玛丽也正在躺着歇息。过了片刻，她乐滋滋地开了口：“小妞，我还从没看出，你竟有这份能耐。你挺能打啊！”

“我没揍任何人……”黛博拉回答。提起此事，她不禁有点反胃，同时也有点好奇：尽管刚才年轻的“新人”医生声称黛博拉没揍任何人，可是，实情究竟如何？

“嗯，但你颇具天赋，绝对颇具天赋！”玛丽发出了一阵嘎嘎嘎的大笑——这是某个从未弄懂过快乐的人在装作快乐的模样，“但话说回来，你当然很疯癫，精神错乱……你又不知道自己在干吗。”她又换上了一副轻松的口吻，仿佛正在一出精妙的喜剧中扮演角色。

“说得对，但我也不明白我怎么能挺过来……怎么不发作了……”黛博拉轻声道。

“其实吧，但凡是你这种病例，就该明白：只要你再也承受不住，那种地狱……”玛丽说着发起了抖，又发出一阵阵刺耳的尖笑，“也就到头啦。跟肉体上的疼痛差不多……嘻嘻……上一秒还好生厉害，下一秒，居然没了影踪！”

“你的意思是，它竟然有个限度？”

“亲爱的小妞，再说下去，可就上不得台面啦，上不得台面！”玛丽告诉黛博拉，随后，玛丽那年轻女孩般的咯咯娇笑声，转眼又变成了刺耳的狂笑。

黛博拉有点好奇：玛丽说得对吗？在毫无规矩可言的噩梦中，是否至少还有限度？光线越来越暗，集体寝室变得愈发朦胧。或许，即使是在地狱之中，也有着些许仁慈。黛博拉的视野变得清晰了几分，寝室里几张病床朦胧的轮廓、几面墙壁以及黛博拉身边的几位“活死人”病友，纷纷笼罩在夏日黄昏的微光中。头顶的几盏灯亮了，而就在灯亮的一瞬间，黛博拉也猛然悟出：玛丽，深陷痛楚的玛丽，笑声骇人的玛丽，刚才竟竭尽所能地伸出了援手，只为了告诉黛博拉，“疯癫”也确实有个限度。即使是“染毒”之人，若是使出全部勇气与精力，终究也可以帮助彼此。卡拉办到过，海琳办到过，“活死人”一般的西尔维娅办到过，而时至今日，玛丽竟然也现身说法，贡献了一份难得的智慧。

这时，黛博拉记起了她与玛丽初遇的景象，不禁笑出了声。想当初，黛博拉自介道：“我是黛博拉。”随后伸手朝她的床位一指：“就住那张床。”而无时无刻不在微笑的玛丽，则露出了一抹苦笑，说：“我是一座疯人院，就住在华特·迪士尼笔下。”

到了晚上，黛博拉按捺不住心中的渴求，又起身在D病房里搜罗了一番，只盼着再找几根火柴和几个烟蒂，以便再次“以火防火”。

第二十章

对黛博拉来说，“以火防火”成了对付她体内那座压抑的火山的唯一一招，好歹能够让她缓解几分压力。在身上的同一个位置，她用烟蒂烫了一回又一回，伤疤结了一层又一层。烟蒂和火柴倒是不难找，虽然据称D病房会精心严防烟蒂和火柴。但实际上，就算是D病房的预防措施，也敌不过黛博拉满脑子“以火防火”的念头。只不过，黛博拉灼伤自残一回，只能管用一个小时。随后压力变得越来越重，黛博拉又只能再承受三四个小时。因此，她不得不藏了一大堆别人抽过的香烟和火柴，一次次地点燃。

数日以来，黛博拉一直没让别人发现自己的伤口，尽管伤口处已经开始感染流脓了，她不得不在身上换个地方用烟蒂去烫。护士与护理员们根本没有半点察觉，让黛博拉深觉好笑，但并不惊讶。黛博拉的伤口明明在流脓，散发着恶臭味，却根本无人察觉。因此，她在心中暗自揣摩：恐怕是因为，护士和护理员们连看也懒得看我们一眼吧。

到了周末，“资历尚浅”的新人医生又来了D病房。“你看上去好转了不少。”他来到休息室，告诉黛博拉。

“要是看上去没好转，那才怪呢，我毕竟花了好一番工夫。”她有点尖刻地回答。

"嗯，既然病情大有好转，用不了多久，你就能回 B 病房了。"

听到医生这句话时，黛博拉突然悟出：若是到了戒备稀松的 B 病房，有了无须费心的火柴，那不正是死亡的绝佳机会吗？黛博拉早已认定，自己正一心求死。谁料紧接着，她却发觉自己无比惊恐，于是揣摩着其中缘故。假如遵照她的意愿，新人医生正任她赴死，她又为何如此恼火？

"我身上又灼伤了几处。"黛博拉只说了一句。

新人医生显得很震惊，但他脸上的讶色一闪即逝，接着说道："我很开心你告诉我了。"

黛博拉扯弄起了毛衣，用手把它拧成一团，仿佛在拧一件湿衣服。"假如我真想赴死，我干吗又要自救？"她在心中自问，同时想象着新人医生准许她在 B 病房自焚身亡的一幕，不禁大为恼怒。

"你竟然把实情告诉了医生，因为你是个胆小鬼！""众相神"下了论断，又照着老一套嘲弄了起来。

"你的旧伤怎么样？"新人医生一边问，一边松开包扎的绷带。黛博拉没有回答：他大可亲眼看见嘛。黛博拉身上灼伤的伤口，一直顽固地不肯愈合。"你不会又碰过旧伤吧？"医生的口吻略带几分责怪，但也不敢太过强硬。

"没有。"她说。

"我们换种绷带试试看好了。让我看一下新伤吧。"他瞧了瞧黛博拉的另一条手臂，"你拿烟蒂烫了这条胳膊几次？"

"大约八次。"

新人医生把新伤和旧伤全都包扎妥当，随后起身离开，无疑是要去责骂护士们几句：怎么能如此疏忽，竟把能够起火的危险物品留在了病房中？不过，在休息室里，他留下了一截燃着的香烟，足够黛博拉用来自残两回了。

当D病房的规条制定人员发现该病房的病人们并没有预想中那么安全时，他们进行了一系列的改革，将整个病房彻底折腾了一番，以期进一步拉大他们自己与病人之间的距离。一年前，D病房引进了餐叉，现在餐叉被取消了。“金属时代”让位给了“木材时代”，用火则变成了护士站周边区域的专属特权：谁让护士站才属于现代社会呢？至于在远离护士站的更新世时代，一个个“直立猿人”仍在蹒跚而行，嘴里的话语都不成人言，她们时而用十指进食，时而还在地上排泄。

“真是感谢万分哪，小姑娘。”李·米勒走过黛博拉身旁，一边挖苦地说道，一边向灯火通明处走去。在那里，某位“现代人”医生会把他的身份象征分给D病房的病人们，也即香烟与火柴。

“见鬼去吧。”黛博拉说，可惜语气颇为心虚。没过多久，“退位国王之妻室”女士又一口咬定黛博拉是个间谍，还声称黛博拉在跟内政部长勾结。据黛博拉所知，内政部长堪称“退位国王之妻室”女士的死敌。

目前一阵，火柴和烟蒂确实很不好找，但也绝非毫无门路。某位“现代人”医生会点燃并抽起一根根顶端带有火星的柱状宝贝，但他并未将那些宝贝放在心上。因此，某个极度渴求火种的“原始人”小姑娘便会守候在他的身边，而这名“原始人”那平面且发灰的视野却能够神奇地聚焦在一根根香烟上，足以辨认出香烟的色彩、气味与立体感。

可惜的是，“以火防火”却并未改变黛博拉体内火山的外表（或者，根据安忒拉贝的说法，也即它的“花岗岩外袍”）。除此之外，“业尔”诸神、“众相神”、“审查神”一时间也都莫名其妙地大肆向黛博拉施罚，想怎么罚她就怎么罚她。就连“业尔”的规矩似乎也已荡然无存了。黛博拉开始认定，火山必将爆发。她又猛然记起，“终极骗局”至今尚未降临。

对黛博拉来说，一日接一日，早已沦为了俗世之日，徒有虚名罢了。谁知道某一天，她突然苏醒过来，却发觉自己跟往常一样，正裹在冷敷罩中。房门的锁孔里有一把钥匙正在转动，随后一名护士进了屋。护士的身后正伫立着一个女人，她看上去显得与往常判若两人：因为，眼前的她竟没有丝毫改变。她正是“弗锐”。

“好吧。”“弗锐”说了一句，接着进了屋。护士给她取来了一把椅子，黛博拉顿时恨不得躲开“弗锐”这张脸和她脸上露出的反感之色。“弗锐”放眼环视着周围，在床边坐下，带着某种惊叹的神情点了点头。

“我的天哪！”“弗锐”叹道。

“你回来了。”黛博拉冒出一句，她那石雕般的外表并未泄露出一丝心中的自恨、恐惧、羞耻、遗憾、虚荣与绝望，“度假玩得开心吗？”

“我的天哪！”“弗锐”又说了一次，“到底出了什么事？我离开医院的时候，你的情况还很不赖，谁知道回来一瞧，现在……”她又环顾着四周。

见到“弗锐”竟还活着，黛博拉真是倍感欣喜——这一点可把她吓坏了。她开了口：“这种乱糟糟的场面……你又不是没见过，为什么这次如此震惊？”

“说得对，我确实见过。我只是很遗憾地发觉，当事人居然是你，而且你还深受其苦。”

黛博拉闭上了双眸。一时间，她只觉羞愧难当，恨不得逃往“业尔”的“深渊”，逃进黑暗与茫然之中。可是，“弗锐”分明已经回来了，她再也无处可以藏身。“我又不知道你会回来。”黛博拉说。

“我明明说过，会在今天回来。”“弗锐”回答。

“是吗？”

“正是。依我看，你变成了这副惨状，恐怕就是为了让我瞧瞧，我离开你，把你气成了什么样子吧。”

“才不是……”黛博拉说道，“我试过跟罗伊森医生相处……我真的努力过，可惜，你已经死了……至少，当时我以为你死了……罗伊森医生一心只想证明自己有多正确，又有多机智。我忘了你还会回来……”

尽管已然筋疲力尽，黛博拉却又使劲折腾了一通。“我想听听不见，想看看不清，想动也动不了……活像入院之前的一阵子……偏偏那座火山又烧得越来越烈，而火山的外壳却连自己是生是死都说不清！”

弗里德医生朝黛博拉挪近了些。“有时你会说些至关重要的话，今天算是其中之一。”医生悄声告诉她。

黛博拉将头紧贴在床上。“我连理也理不清……那些词语。”

“顺其自然吧。”

“你竟如此坚强？”

“我们两人都很坚强。”

黛博拉深吸了一口气。“我身上染了毒，我恨死了这一点。我必将在耻辱与堕落中毁灭，我恨死了这一点。我恨我自己与那些骗子，我恨我的生与死。对于我的真相，俗世却只给予谎言。我一次次尝试着跟罗伊森合作，但我发觉他一心只想证明他是对的。他还不如索性把话说出口呢：‘清醒点吧，别再犯傻了……’——多年来，表面上的我害得大家深感失望，而内心深处的我，‘业尔’世界也好，我自己也好，敌军战俘的身份也好，又冲着他们瞎诌一通，因此大家就对我下过同样的评语。真该死！我真该死！”黛博拉说。

黛博拉本想放声大哭，谁料耳边传来的却是窸窣声，是刺耳的喘息声。那声音是如此可笑且丑陋，她立刻闭上了嘴。

“也许，等我走出这个房间的时候，”“弗锐”告诉黛博拉，“你可以学学怎么放声大哭。至于现在，且容我说上一句：品一品你此刻体会到的恨意及羞耻吧。你心中的恨意与羞耻有多深，你心中的爱意、快乐与同情，就能有多深。至于别的，明天再说。”

弗里德医生迈步出了屋。

当天晚上，卡洛儿小姐手持一本书，来到了黛博拉身旁。“瞧，”她羞怯地说，“我的医生给我留下了这本书。是本戏剧书，不知道你愿不愿意跟我一起念呢？”

黛博拉望了望倚在墙边的海琳。假如是海琳想给黛博拉这本书，她保准会把书从地上踢给黛博拉，也许还得奚落几句。即使是在俗世之中，又有哪两个人还说着同一种语言？

黛博拉开口回答，却发觉自己竟然学起了卡洛儿小姐那种咬文嚼字的做派和她那种羞怯的气质。“你乐意读哪个剧本？”卡洛儿小姐问道。于是，两人朗读起了《不可儿戏》，黛博拉担当着其中大多数男角，卡洛儿小姐则担当其中大多数女角。没过多久，李、海琳和菲奥伦蒂尼医生的病人玛丽，也一起读了起来。真是人人自扮自演，真是好一出热闹的闹剧啊。大笑不止的玛丽便是出身显赫的狂人版欧内斯特，而卡洛儿小姐饰演的格温多琳则散发出木兰与蛛网的气息。一时间，希耶罗尼米斯·博斯那噩梦般的画布上竟上演了奥斯卡·王尔德笔下那文雅的喜剧。整间寝室从头到尾读完了整个剧本，随后又读了一个。病人们心里很有数，护理员们既在跟她们一起发笑，也在嘲笑她们呢。她们在心中暗自思忖：抛开今夜带来的恐惧不提，它堪称一个美好的夜晚，奇迹般地，它竟逃脱了众人所遭受的苦刑。

面对弗里德医生，埃丝特·布劳一句话也说不出来。她清了清嗓子。

"您刚才的话，我没听错吧？"

"应该没错，但首先……"

"为什么！为什么？"

"我们也正在试图找出缘由。"

"难道你就不能在她灼伤自己之前找出原因？"

埃丝特早已读过医院精心而又笼统的报告，但报告中的某种语气仿佛给她敲响了一声警钟，于是埃丝特再度动身，带着某种不祥的预感来到医院探望黛博拉。院方却告知埃丝特，目前她不宜面见黛博拉。随后，埃丝特又要求去见哈雷医生。一进哈雷医生的办公室，她便听到了任何言语都无法改变、无法粉饰的事实。到了眼下，埃丝特坐在弗里德医生的面前，心中只觉得愤怒、惊恐而又绝望。

“那我怎么转告她的父亲？我还能对他编出什么瞎话，好让我们夫妻俩把女儿留在这家医院里，留在这个害得她越病越重、越变越凶的地方！”

在惊恐的埃丝特听来，弗里德医生的言辞显得又长又慢。“依我说，或许，对黛博拉灼伤一事，我们的反应都有点过激。说来说去，它毕竟只是病症的某种症状，而我们大家也都知晓她患病的事。除此之外，就目前来说，患者对治疗也仍有反应。”

“可是，它也太……太丑陋了吧！”

“你指的是伤口？”

“我还没有见到伤口……我指的是那个念头，那种想法。怎么会有人对自己下这种毒手！什么人……”埃丝特倒吸了一口气，伸手掩嘴，泪珠夺眶而出，滚落下她的面孔。

“不，不，”弗里德医生说道，“让你如此心惊的，是那个词。也是那个邪恶的词，害得你如此痛苦——‘发疯’。曾经一度，它代表着‘无望的一生’。”

“我才不许自己把那个词用到黛比身上呢！”

“假面具已经碎了，假面具后的真面目，倒也可圈可点。”弗里德医生在心中思忖。她一时有点拿不准，该不该把这一点告诉那位母亲。或许，对埃丝特来说，它也算是些许慰藉吧。这时，电话铃响了起来，弗里德医生用和气的腔调接起了电话。等到再度转身面对埃丝特时，医生却发觉，她已经镇定了下来。

“换句话说，你真的认为，她仍有机会……回归正常吗？”

“依我看，毋庸置疑，她很有可能重获精神健康，并保持精神强健。布劳太太，有些话我想说给你听，但不宜传进黛博拉的耳朵，因此请你不要告诉你的女儿。每个星期我至少都会接到四份邀约，请我为患者进行治疗。我还负责指导大学精神病学院医生们所做的分析，而且，每次讲座我都得推掉不少邀约。我根本没有半点时间能浪费在一个无望的病例上。假如我认定已经帮不了她，我也绝不会强留她一分钟。请将这番话转告给你的家人吧。你不必一次又一次地撒谎，其实，事情的真相根本算不上有多不堪。”

弗里德医生送黛博拉的母亲走出了自己的办公室，只盼自己刚才好歹帮了点忙。不费力的慰藉或许适用于其他的医学分支（毕竟给人开开安慰剂处方，其实比医生们口头承认的更加常见嘛），但是，弗里德医生的整整一生和她的相关培训却都与之相悖。再说了，经历了种种事件以后，但凡医生的意见听上去跟哄人的软话有一丝相似，埃丝特·布劳便会无比心惊。假如这次谈话能让埃丝特添上几分底气，那布劳家的所有人也会跟着添上几分底气吧。

弗里德医生深悉：眼下的埃丝特，已不再屈从于她的父亲；眼下的埃丝特，是个坚强、强势，甚至有几分霸道的人。当初那股让埃丝特不惜自损也要替亲生女儿荡平所有敌人的力量，或许也将化为当下的救赎之力。假如埃丝特笃定弗里德医生的治疗确实适用于她的女儿，她便会挺身对抗全家人，好让医生把治疗贯彻到底。黛博拉的病，动摇的可不仅仅是家族相册里的全家福。黛博拉的病，已让她的几名家人不得不追索病因。也托了这份追索的福，他们自身还得到了些许成长——假若上述一切的确属实，它便成了某种希望之源，而精神病学期刊中对它罕少提及，或许是因为它不仅不在

“科学”范畴内，也不在计划之中吧。不过，弗里德医生的父亲曾经告诉过她：在学问的门外，天使正在等待。

走出弗里德医生的办公室，外面秋高气爽，埃丝特遥望着医院那高高的、有着重重屏障的门廊。她心中深知，门廊后方便是D病房。D病房到底是个什么样子？住在D病房的病人们，内心又是什么样子？埃丝特猛然发觉，自己的眸中已盈满了眼泪，于是，她飞快地挪开了已然模糊的视线。

黛博拉坐在D病房的地板上，只等着护士给她包扎伤口。她眼下已成了医护人员关注的宠儿，因为她的伤口始终无法愈合。这份实实在在的伤势被实习护士们引以为乐，她们拿出了药膏、药剂、绷带和胶布，勤恳地忙活起来。至于D病房里几位抽烟的病人，却依然很生黛博拉的气，她们把D病房换了新规定的事怪到了黛博拉的头上。就连打算跟她搭话的李·米勒也向她投来了轻蔑的眼神。实习护士忙着给她包扎伤口时，黛博拉向D病房的其余几名病人望去。对这群家伙，黛博拉已经送上了一个叫作“活摆设”的绰号。她们或坐或站，除了某种惊叹的神情，再无其他表情。几位病人正惊叹于她们的血液竟能如此平稳地流动，她们的心脏竟能超越意志或激情的约束，怦怦怦地跳动呢。护士们终于给黛博拉身上那顽固的灼伤伤口换好了敷料，紧接着便暂时离开了病房大厅。凭借余光，黛博拉发觉海琳正紧盯着西尔维娅。西尔维娅正伫立在黛博拉的身边，跟往常一样，一动不动。谁知道下一秒，海琳却迈步走了过来，重重地揍了西尔维娅一拳，随后又是一拳。西尔维娅挨了好几拳，却依然伫立在原地，仿佛根本没有察觉自己正在挨揍。面对如此挑衅，海琳顿时勃然大怒。一时间，一只野兽拼命向一块岩石发起了冲锋。海琳又是打又是嚎又是抽又是挠，嘴里乱吐唾沫，脸上涨得通红，头发肆意飞扬。反观西尔维娅，却只是慢吞吞地闭上了双眸。她的双手，依然无力地垂在身侧；她的身体，似乎全然听凭重力与惯性的摆布；她这个人，似乎对打斗根本不感兴趣。然而，按照惯例，有人随即召来了六名护理员，带走了海琳，打断了这场突如其来的纷争。没过多久，海琳就被一片咖白相间的浪涛卷走了身影。

此刻，黛博拉却依然伫立在距西尔维娅十英尺[1]远的地方。在这个星球上，她们双双像是孤身一人。黛博拉恍然记起了两年前的一幕，当时海琳为求自保，竟然冲过来袭击她，一心只盼毁掉那张曾经目睹自己秘密的脸孔。当初所有的一切，皆是“海琳”——医生也好、护士也好、护理员也好、D病房急匆匆的节奏也好、冷敷罩也好、隔离室也好，总之一切的一切，无一不是“海琳”。而当初的黛博拉，也曾孤零零地伫立在原地，只觉得满心羞愧：她竟已沦落到无力自卫的地步。当初的黛博拉正像此刻的西尔维娅一样呆站着，恰似一尊雕像。只不过，西尔维娅的呼吸声出卖了她，那是粗重的哼哧声，一声接着一声，仿佛她在喷着鼻息。世上怕是只有黛博拉一人深悉这一点吧：尽管刚才无力自卫，但是，西尔维娅也急需关注，正如此刻海琳备受关注一样。

“不如走到西尔维娅身旁，拍拍她的肩膀，对她说上几句话好了。”黛博拉在心中琢磨着。可是，她站着一动也没动。“我真该走

1　1英尺≈0.3米。——编者注

到她的身旁，因为我自己也曾遇上过这种事，没人像我一样深知内情，明白它是……”可惜的是，黛博拉的双脚穿在鞋中，而她的鞋并未向西尔维娅迈步；她的双手依然垂在身侧，并未向西尔维娅伸去。“以当初那黑暗一夜之名，我真该去到她的身边……毕竟，当初在那一夜，她曾为我打破沉默……”黛博拉暗自思忖道。于是，她竭力想要挣脱身上花岗岩般的外袍，想要挣脱脚上石头般的鞋。她向西尔维娅望去。在D病房的所有病人中，西尔维娅是最丑的一位——流着口水，蜡白的一张脸永远带着苦相。黛博拉深知，假如此刻上前向西尔维娅施以援手（谁让黛博拉最清楚西尔维娅的心思呢），西尔维娅或许会报以沉默，活生生害得黛博拉心碎。黛博拉的心中涌起了一抹惧意，吞噬了采取行动的念头。又过了片刻，刚才降伏海琳的几名护理员一个接一个地回来了，于是，黛博拉再也没有机会采取行动。她心中的惧意逐渐消退，羞耻感却油然而生。羞耻感害得黛博拉涨红了脸，也害得她呆立了好一会儿，一心只想赴死。

随后，在“弗锐”的办公室里，黛博拉站在医生面前，将她目睹的一切与没能办到的一切，都告诉了医生。

“我从未对你撒过谎！”黛博拉说道，“我也从未对你宣称，我属于人类。现在，你可以把我赶出去了，因为我身负罪行，却无从道歉。”

“宽恕你，这事可不归我管。”“弗锐”一边点烟一边告诉病人，她从椅子上抬眼审视着黛博拉，“你将会发觉，现实世界充斥着艰难抉择与道德议题。而且，正如我之前所说，现实世界绝非一座玫瑰园。不如先颂赞那赐你一双慧眼的力量吧。与此同时，既然慧眼让你辨明了正道，不如再争取迈向将其化为行动的一天。但是现在，我们必须努力挖掘的是你身上那些灼伤的起因。你分明是因为生我的气、生这家医院的气，才对自己下了这等毒手。”

就在那一刻，黛博拉立刻悟出，“弗锐”弄错了她身上那些灼伤的起因和必要性。可是，医生错得最厉害的地方，却是它的严重性。尽管它看似反常得不得了，但在黛博拉眼中，它却跟体内火山宁静的外观一样迷惑人。

“依你说，我身上的灼伤很严重吗？”她问“弗锐”。

“非常严重。”“弗锐”回答。

“你错了。”黛博拉只说了一句，一心盼着弗里德医生真心笃信她常说的那些话：患者要信任自己内心深处的信念。黛博拉身上的灼伤高达四十多处，伤处结了疤又剥掉，再用烟蒂烫上一回，一回又一回。不过，相较于这些伤痕所掀起的轩然大波，它们似乎并不值得如此大惊小怪。“我不知道原因，但你错了。”黛博拉告诉医生。

黛博拉环视着弗里德医生凌乱的办公室。对于俗世凡人而言，阳光正透过窗户洒入，可惜的是，它的金色也好，它的暖意也好，却都跟黛博拉隔着远远的一段距离。她的周围依然黑暗而又寒冷。她的痛苦所在，正是这种无休止的隔阂，而非烫上肌肤的烟头。

“无论我的官能是否受限，我都将悔罪。”黛博拉低声道。

“拜托大声些，你说话我听不清楚。”弗里德医生说。

“选择性忽视。”黛博拉说——算是嘲笑了一番精神病学的措辞吧，毕竟精神病学的专业术语和行话既缺乏“业尔”语的美感，又缺乏“业尔”语的诗意。“弗锐”也顿时会意，哈哈笑了起来。

“有时候我也认为，我们的专业词汇用得有点过头了。但话说回来，我们终究是在互相交流，而不仅仅是在自言自语，或者在跟不停下坠的神明说话。刚才，你是在跟他们说话吗？”

“不，”黛博拉说，“刚才，我是在跟你说话。因为西尔维娅遇上了这种事，我已经下定了决心：不行恶举。假如海琳袭击她之后我无法挺身而出，至少不能把西尔维娅卷进我拿烟蒂烫自己这种破事。毕竟你刚才还提到，此事非常严重。”

“你这话是什么意思？”

“西尔维娅有时候会抽烟，但她又很健忘。以前西尔维娅把香烟放下，我就守在一旁捡起来，再赶紧溜走。D 病房的两个玛丽抽烟都抽得很凶，我只要确保不被人发现就行。这帮家伙其实成了我的帮凶，对吧？”

“我认为，从某种程度上来说，确实如此。但事实上，你是在利用她们的症状。”

“不会再发生这种事了。”黛博拉悄声说道。与此同时，她有点拿不准：“弗锐”为什么要在等候室里留下香烟和火柴？毕竟，施展招数、让陪同黛博拉前来诊室的护士分心，是件很容易的事。只可惜，黛博拉说不清“弗锐”是否心知，在她的等候室里等候的那段时间，到底是多么令人煎熬。

治疗结束后，黛博拉起身准备离开，嘴里冒出一句：“我真是把自己逼上了绝路。我不肯从 D 病房的病人们那里偷燃着的烟蒂，除非那些烟蒂被扔进了烟灰缸，或者被人忘到了脑后。我也不能从你那儿拿，因为你并不情愿。”

说完，黛博拉便将手伸进衣袖，掏出刚才从“弗锐”桌上取走的两盒火柴，气呼呼地扔上了弗里德医生堆满纸张的办公桌。

第二十一章

等到黛博拉体内的火山终于爆发时，火柴盒中却找不出哪根火柴足以点燃一场“以火防火”的烈火了。当黛博拉察觉到熟悉的惧意猛然来袭，耳边听到心怀仇恨却并未现身的“众相神”发出单调的怒骂时，她原本以为，不就是“众相神”跟平常一样，发出一通坏心眼的咆哮吗？事发时，黛博拉正孤身一人待在楼前浴室那有着浴缸的后半间屋里，因为隔离室已被人占得满满当当。通常而言，护士们会帮黛博拉把浴室的房门打开，任由她单独待在屋里，直到又有病人急用浴室前方的厕所。因此，晚间洗漱之后的半个小时，几乎百分百能够变成黛博拉独处的时段。事发当日，暮色已然降临，无须多久，就该到就寝时分了。黛博拉本不愿意带着痛苦入睡，陷入与水合氯醛的缠斗之中。这种催眠药最近已在黛博拉的玻璃杯中越放越多、越来越浓，吞下肚的时候，活像咽下了燃烧的胶片。

她在冰冷的地板上躺下，将头朝地上的瓷砖撞去，缓慢而有条不紊。黛博拉脑海中的一片漆黑已然变成了一片血红，从她的体内渐次漫上来，漫出了她的身体。等到回过神时，她已被火山爆发喷出的熊熊怒火吞没。

当视线再度变得清晰时，黛博拉察觉到，自己的听觉与视觉都很受限，仿佛只能透过钥匙孔去张望，也只能透过钥匙孔去倾听。

她还察觉到自己正在嘶吼，房间里已经多了几名护理员的身影，房间的四壁则遍布着“业尔”语词汇和“业尔”语句子。黛博拉的周围充斥着种种仇恨、恼怒和怨愤之语，而那种语言竟用“破碎”来隐喻“准许”，用“高压线”来隐喻“遵从”。一个又一个词，无一不偏激。某个“业尔”语词汇“乌固如”，竟以其最高级形式，被人写在了房间的一面墙上。该词字面上代表着“犬吠”，但又意指“孤独”，此刻它的每个字母都足有一英尺高，每个字母都跟房间墙壁一样长：“乌固如。”房间墙上的词语，一个个全是用铅笔和鲜血写就，某些地方还被人用一个破碎的纽扣刮擦过。

就连老练的D病房工作人员也露出了讶色与惧意。正是这种表情勾起了黛博拉内心的熊熊怒火。俗世的恐惧与仇恨，恰如空中太阳，它平凡而又无处不在，它日常而又无人质疑——所谓自然法则嘛。可是现在，它的光芒却汇聚在了D病房工作人员的眼神中，于是点燃了怒火。黛博拉的声音并不大，但她嘴里说出的字词满带着恨意，而且个个都是“业尔”语。

“布劳小姐，不管你是用什么东西刮出了墙上的字，这东西在哪儿?”

“瑞刻瑞亚特，瑞刻瑞亚特尚戈锐安，忒姆尔厄尚戈锐安南。纳扎厄芳戈尚戈锐安南。伊拿杜姆。阿戈阿伊都姆。”黛博拉说。(“记住我吧。记住愤怒的我吧，畏惧激愤的我吧。万丈怒火，锻我利齿；此时此刻，游戏告终。”)——其中“阿戈阿伊”一词，意思便是，活生生用牙齿撕咬肉体，借以折磨。

正在这时，护士福布斯太太来了。福布斯太太原本挺讨黛博拉的欢心，或者换句话讲，黛博拉记得的是，福布斯太太一度挺讨自己的欢心。黛博拉心中的怒火已越烧越旺，嘴里冒出的字词也越来越多，一时间甚至顾不上“业尔”语的逻辑和框架，变成了一连串胡言乱语，幸好中间还夹杂着几个零星的“业尔”单词，让黛博拉明白自己在说些什么。福布斯太太问黛博拉，能否让她把其他工作人员打发走。她的义举让黛博拉深为感激。于是，黛博拉向她摊开了两只手掌，又竭力想要说上几句算是人话的话，谁知道，却发出了一串更加不知所云的音节。

“墙上的这个词……字号最大的那个词……我曾经听你提到过。这个词有没有什么意义？”福布斯太太问。

黛博拉疯狂地苦寻着词语、声音或者手势，想要阐明体内火山爆发带来的冲击力。至于她用割破的手指蘸着血在墙上写下的词语“乌固如”，则是“愤怒”的第三种形态。以前，黛博拉还从未说过或写过这个词，但它比“黑色之怒”或“红白之怒”更加极致。她在房间里焦躁地乱走了片刻，然后将头朝后一仰，张大了嘴，发出了无声的厉啸。福布斯太太凝望着她。

“这个词，代表的是恐惧？”福布斯太太问。“不对……不是恐惧……是愤怒。”福布斯太太说着，目光再度落到了黛博拉的身上，“是某种不受你控制的愤怒。”她顿了顿，又开口说：“来吧，让我们试试隔离室，直到你能把自己管住。”

隔离室很小，可惜的是，黛博拉体内火山的威力却死活不肯放过她。它不停地将她从隔离室的一侧抛向另一侧，墙壁与地板猛击着她的头部、双手和身体。拜刚刚已至癫狂的“业尔”所赐，丝毫无法自控的黛博拉显然已沦落到跟无序的俗世相差无几的地步了。

过了一会儿，工作人员捉住了黛博拉，把她裹进了冷敷罩。她跟工作人员搏斗了起来，深恐自己会对他们下什么毒手——到了这一步，她已无法无天了嘛。一时间，英语、“业尔”语与胡言乱语，都从黛博拉的嘴里冒了出来。她心中的愤怒渐渐被恐惧取代了，可惜的是，她虽然想给对方提个醒，想告诉他们自己正在抓狂，却无力把话说清。使出脑袋与牙齿，黛博拉在跟工作人员搏斗，对方给她绑上了一条条约束带，而她则像狗一样张嘴一通乱咬，冲着自己、冲着自己身上裹缚的东西，也冲着屋里那张床和屋里的那些人。她一直打闹到累垮了自己，随后便躺下一动也不动了。

过了一会儿，黛博拉觉得，她双腿和双脚的血流有点不畅。通常来说，这种情况会带来熟悉的痛觉，可是，现在她却半点也不觉得痛。同时她还心知，就在绷带之下，身上灼伤的伤口只怕已纷纷撕裂，但却也半点都不觉得痛。无法无天之处，寒风肆虐！……黛博拉躺在床上发抖，可是，裹上冷敷罩已是数小时前的事了，她本该感觉暖和才对。超越了“业尔”的法令与逻辑，黛博拉惊讶地长吁一声：我之敌，我那传播瘟疫的毒性自我，此刻竟已不再受控……

“原本尚有一线相牵……”黛博拉高声地嚷嚷起来，嘴里说出的既有“业尔”语，又夹杂着某些不属于她的陌生的字词，“原本，我跟俗世尚有些许牵连。谁能料到，眼下却什么都没有了，跟俗世断得干干净净！”

“你并非世人之一。”“审查神”向黛博拉宣布。这是一句早已听过的话，或许，正是“业尔”世界中年头最久的一句话吧。但是，其语境已从安慰与怜悯变成了恐惧与恼怒，再变成眼下的终极骗局，也即游戏的最终章，也即俗世私底下的谋划布局，或者换句话讲，是她黛博拉的天谴。此刻，黛博拉心中已然深悉，她所畏惧的那场死亡，也许并非肉身之死，而是意志之死、灵魂之死、心智之死、规条之死。因此，它并非死亡，而是永远生不如死。黛博拉的肿瘤，顿时开始隐隐作痛。

“弗锐”审视着黛博拉，嘴里问：“你是不是病了？”黛博拉哈哈大笑起来，笑得跟当初哭泣一样难看。

“我想问的是，你的身体是不是出了什么问题？”弗里德医生问。

“没有。”黛博拉本想告诉“弗锐”，谁料墙壁已经流出了汗与血，天花板上已经长出了一个大瘤子，正要挣脱它的外壳。

“你能听见我说话吗？”“弗锐”还在问。

黛博拉竭力想将自己的感受告诉医生，可惜的是，她只能依“业尔”礼做出一个表示“癫狂”的手势：摊平双手，互相靠近，但又不让两只手相碰。

“听我说，尽力听我说。”“弗锐”的口吻很严肃，“你是在害怕你的力量，害怕你无法掌控它。”

等到黛博拉终于可以开口说话时，她只能挤出几个字：“‘业尔’……在俗世……碰撞……”

“再试一次吧，顺其自然。”

“断得干干净净……‘恩阿依拿儒阿依’……跟俗世一刀两断！”

“这一点正是你必须住院的原因。目前你身处医院，不必害怕体内种种看似骇人的力量。请用心倾听，也请尽力跟我保持交流。你必须尽力跟我说话，同时告诉我，你那两个相撞的世界究竟发生了些什么。我们将竭尽全力，不让你被恶疾拖累。”

黛博拉心中的惧意顿时轻了几分，她终于挤出了一句话：“是业尔语、英语，再加上胡言乱语。来势……汹汹。怒火。”

“难道多年来，你一直都是怒气冲冲的吗？而这份怒气积年累月，同时活生生被内疚和恐惧腐蚀，恰似内心中有几个臭气熏天的鹅卵石？”

“很大程度上是的……”黛博拉说道。

“换句话讲，并非你的怒气导致了痛苦，对吗？”

“不是……‘业尔’……降临俗世……相撞了。‘审查神’……判了死刑……终极……”在刺骨的寒意中，黛博拉瑟瑟发抖着。

“裹上毯子吧。”“弗锐”劝道。

“‘业尔’之严寒……‘纳可依’……俗世之毛毯……”

“不如瞧瞧俗世的暖意是否有用。”“弗锐”说。弗里德医生拿起毛毯，把它盖到了黛博拉的身上。黛博拉猛然记起，“业尔”语中并没有“谢谢”一词，因此，她竟无法用言语向“弗锐”表达感激。于是，她的心中又添了一份无声的重担。除此之外，她居然还在发抖——怎么就不能让“弗锐”见了开心点呢？

“跟我说说吧，”“弗锐”问道，“当你听见自己用好几种语言发出高呼时，就你感受到的情绪来说，其中有几分是愤怒，有几分是恐惧？”

“总共十成，”黛博拉一边回答，一边任由当初那种情感再度将自己淹没，“三成是愤怒，五成是恐惧。”

“加起来也只有八成。”

“我深受其苦。”黛博拉说着使出了“业尔”手势，“遇到你以后，我仍深受其苦，但也学聪明了些。现在，我再不许它们满到十成了，留两成给杂七杂八的玩意儿吧。”

“弗锐”哈哈大笑起来。“其中有些许怒气，有好些惧意，还有些什么‘杂七杂八’的玩意儿占了两成？也许是某种宽慰，因为今后再也无须为了‘业尔’和俗世之间的那堵墙不惜一切了？对了，难道就没有什么明显的迹象，会让人联想到当初我一走了之，留你独自对付病情的事？”

在黛博拉看来，医生的后半句话其实并不尽然，但她还是一并斟酌了一番，随后开口说道：“恐惧……‘审查神’……犯禁……毁掉我……还有………”

“你想说什么？”

“随后便是……否定。全盘否定，连‘业尔’也没有了。只有高声的胡言乱语和否定。否定！”

“就连你当作朋友的诸神也没有了。”弗里德医生若有所思地说了一句。她把椅子朝黛博拉拉近了些。黛博拉正裹着毛毯抖个不停，只可惜，在她内心的严冬面前，毛毯的暖意竟也戛然而止。“黛博拉，你拥有健康的天赋，拥有力量的天赋，知道吧？在你放手打破围墙之前，你一度很信任我们的治疗，也信任我。在你任由怒火降临之前，你让自己住进了 D 病房，挑了个地方躲开其他人，而且容我多嘴一句，你偏偏挑的还是某个深得你心的护士当值的时候。对于一个本该丧失理智的人来说，此举堪称妙招。你身上那种求生的天赋，真不错。”

黛博拉只觉眼帘沉得根本抬不起来。她累极了。

“你看上去筋疲力尽，”“弗锐”告诉她，“但没那么害怕了，对吧？”

“没那么害怕了。”

“怒火也许会再次降临。你的病或许也会找上门来跟你斗一斗，但我相信，你能降伏它，你有能力求助，并重获你所需要的掌控力。你心中一半的惧意，是害怕没人能够拦住你，也正是这种恐惧，害你无法说出他人能够理解的言辞。”

等到结束了跟弗里德医生的治疗，黛博拉回到D病房，却发觉D病房刚刚又经历了一场浩劫。

“全怪你那位好友……”李·米勒压低声音说，“……文雅的可人儿卡洛儿小姐。”

“出了什么事？”

“她弄走了一张床，扔了出去！她抬起了一张床，对准福布斯太太扔了过去！”

“砸中人了吗？”

“当然砸中人了。福布斯太太眼下已经进医院喽，手臂骨折，还有割伤和瘀伤，鬼才知道还有其他什么伤。”

李·米勒很恼火，毕竟福布斯太太正是罕见的病人们的宠儿。D病房的全体病人，无论自觉还是不自觉地，个个都尽力护着她，不让人伤到她。福布斯太太肯花时间，福布斯太太聪慧且无私。最难得的是，福布斯太太以这份工作为乐，而D病房的全体病人都心里有数。

“误伤，纯属误伤。”黛博拉说道，恰似木头人开了口。她还记得好几宗误伤事件：一名病人本来想揍某人，结果揍上了另一个人；某位学生护士似乎动不动就会撞到拳头与椅子之下。若是有法子让眼前这宗事件跟其他误伤混为一谈的话……

“说不定，我们亲爱的病人暂时性精神错乱了！”菲奥伦蒂尼医生的病人玛丽喜滋滋地插话道，“暂时性精神错乱，是个法律术语。它指的是事件之前、事件期间、事件之后，可惜啊，他们偏偏没说究竟为时多久。法律啊，措辞好精确……一门科学，知道吧？”说完，恰似一名七岁幼童，玛丽蹦跳着穿过了大厅，又发出一阵咯咯娇笑，余音折磨着众人的感官。

“福布斯太太还会回来吗？”黛博拉问李·米勒，她只觉得有点反胃。她深知，李·米勒把一肚子火发在了她头上，是因为卡洛儿小姐目前正待在隔离室中，旁人根本无法近身，而黛博拉却偏偏站在李的面前，近水楼台嘛。黛博拉并未将自己当作任何人的朋友，但就在此刻，她突然悟出：在李·米勒眼中，黛博拉正是卡洛儿小姐的朋友。

黛博拉非常缓慢地向李·米勒转过身，强撑着自尊说道（毕竟，对黛博拉而言，尊严可是件新鲜事，既陌生，又让人有点别扭）：“李，还有哦，卡拉也算。”黛博拉依然不敢将“朋友”一词说出口，毕竟这词危险得不得了。

李·米勒迈步走到了护士站门口，咚咚咚地捶起了门。护士站房门打开时，她问对方要了一支烟，对方点燃香烟递给她，她咆哮了一句：“我到底在这个疯子窝里干什么啊！”黛博拉听完迈开脚步，进了集体寝室，躺到她的床上。

黛博拉越是思忖，就越想弄清：卡洛儿小姐为什么偏偏袭击福布斯太太？卡洛儿小姐为什么偏偏挑中了某个“好人”？当天傍晚，排队领完镇静药以后，黛博拉神不知鬼不觉地走到了护士站门外的角落，伫立着一动也不动，把头搁到那里的水管上。热水管上裹了一层隔热材料，而那根冷水管有时却会被D病房的病人们用作窃听设备，虽然它用起来不太舒服。假如某人将头紧贴着这根冷水管，并且屏住呼吸，她就能听见护士站里的对话，即使护士站关上了房门。黛博拉一度认定，声音肯定是从水龙头里传过来的，因为每当说话者靠近护士站里的钢制水槽，偷听到的声音就会变得清楚一些。站在这个地方，D病房里无人注意到黛博拉。时值傍晚，整间病房弥漫着夜色，待在大厅的护理员全都忙着让不情愿的病人们上床就寝。护士站里，护士们也正在忙着写报告。

"在那边。"某个声音说道，听上去像是克利里小姐。

"不，在那儿……咖啡壶旁边。"

一想到竟能随时喝上咖啡，黛博拉不禁觉得满口生津。于是，她又把脑袋朝冷水管贴紧了些，免得自己一心琢磨咖啡的事。护士站里的人们，眼下已经聊起了休假期间的安排；大厅里的人们，目前正在飞快地散去。若是护士站里的家伙再不快点聊聊正题，黛博拉只怕就得闪人了。

"天哪，我好累。"（听声音，像是汉森。）

"累的可不止你一个。"（这是贝尔纳迪。）"我说不清楚，但反正在我看来，她们一个个像是病得更重了。"

"你的意思是，更疯癫了。"护士站里的某人说道。

"呸，呸，呸。别乱说话！"众人哈哈大笑。

"不，说真的……这见鬼的病房，哪天不打上几架，不送几个病人进隔离室，再送半数病人进冷敷罩啊。说到老卡洛儿·艾伦，现在人人都把她叫作卡洛儿小姐，活像她是一位南方佳丽……以前我倒是听人谈起过她，但直到今天下午，我才算开了眼界。”

“真要命！谁能料到那样一个老太太，竟能活生生搬起一张床，还朝人砸了过来？”

黛博拉只盼着她们能聊聊福布斯太太，等到护士站里的人果真聊起福布斯太太时，她贴着冷水管露出了笑容。

“你见过卢·安了吗？”有人说。（福布斯太太的名字就叫作卢·安。）

“哈德森和卡雷尔陪着她呢。苏菲明天会去看她，等到我能脱身的时候，我也会去。”

黛博拉气急败坏地咬紧了牙关。护士站里的人已经准备交班收工了。要是现在还没听出什么眉目……

“嘿，昨天晚上你见到布劳了吗？”

“没有……布劳我是没有见到，我跟惠特曼和好了。”

“哟……”有人笑出了声，“老兄啊！”

任何关于“布劳”的消息，黛博拉都不想听。她来偷听是为了摸清详情，免得自己为卡洛儿小姐和福布斯太太的纠葛犯愁；是为了好歹捋出点头绪，免得自己满脑子都是某些时常害得自己上当、害得自己又瞎又癫的念头。

“天哪！当时布劳躲在浴室里，满嘴嚷嚷着各种瞎话，又在墙上涂满了癫狂的文字，打斗的时候真是势如猛虎。我们给她裹上冷敷罩的时候，她一直在胡言乱语地骂人……反正没人能听懂她在骂些什么，可是，你瞧瞧她的面孔，活脱脱就是一股恨意。哎哟哟。”

“今天一整天，她都没有开口。”

“嗯，这一条得记一记。”

沿着冷冰冰的冷水管，黛博拉瘫倒在地板上。她伸手捂住了面孔，羞耻感正害得她脸颊发烫。她又从冷水管旁挪远了些。如此一来，她就能远离消息的源头，待在比较合适的位置了。黛博拉像以前那样发出不可思议的哭泣声，冲着各个世界与世界之间的碰撞小声咕哝，念叨着那句一成不变的话，“你并非世人之一”。学生护士马滕森走过来站在她身旁时，黛博拉依然捂着脸庞，还在一个劲儿地叹息着。

“好啦，布劳小姐，”马滕森说，“不如上床就寝吧。”

“好。”黛博拉闻言站起身，却依然伸着双手，捂住脸躲起来，踉跄着进了集体寝室，上床就寝。她继续抽噎着。

“这上不得台面的杂音是怎么回事？”菲奥伦蒂尼医生的病人玛丽欢声道，“我敢断言，难不成是某种全新的同性恋招数……你们这些疯癫的家伙，倒是个个极富创造力，谁让你们有大把时间仔细琢磨呢。”玛丽说完，又开始时而嗫嚅，时而发笑。

玛丽的笑声和黛博拉哽咽的哭声害得“退位国王之妻室”女士很烦心，她开口抗议起来：“你们这些肮脏的婊子，真是太不尊重人了！我乃堂堂退位英国国王爱德华之秘密首任妻室！”

“好吧，哥伦比亚万岁！”珍妮插嘴说——珍妮罕少开口，但十分喜爱睡觉。

“万福玛利亚，你充满圣宠……”道本医生的病人玛丽高呼了一句——这位玛丽动不动便会念上几句祷词，害得病房所有人都恨不得变成无神论者。

“哎，天哪！这下可好，你们居然又招惹了那个婊子！”有人说。

寝室里的喧闹声愈演愈烈，在黛博拉听来，它仿佛正在应和依然在她内心深处回响的那难听的声音。护理员进了房间，让大家通通闭嘴，于是，整个房间陷入了一片寂静。屋里的每个灵魂都缩进了某个与世隔绝之处，而那个地方的边界，目力竟不能及。

黛博拉躺在床上，思绪又飘回到刚才的谜题上。D 病房的一群病人，个个恰如乱舞的尘埃，然而即便如此，D 病房中亦有禁忌之事。黛博拉深悉，她绝不能开口去问卡洛儿小姐，当时为什么要扔那张床去砸福布斯太太，或者换句话说，福布斯太太的那条手臂怎么会突然撞上了那张床。在 D 病房中，斗殴也好、偷窃也好、咒骂也好、亵渎神明也好、有性怪癖也好，通通算不上什么罪过。随地吐痰、公然小便、公然大便或者公然自慰，也只会招来一时的恼怒，而不会害得大家惊掉大牙。但是，若是胆敢询问“如何”及“为何”，那便不可饶恕。若是胆敢反对另一名病人的作为，最佳的情况下，也算是一桩粗鲁之举，最惨的情况下，则会被视作一种袭击——纯属试图破坏 D 病房的某种屏障，而此类屏障正是病人们赖以保命的至宝。比如，李·米勒就曾骂过黛博拉，毕竟黛博拉拿烟蒂烫自己，害得整间 D 病房都跟着遭了殃，可是，李·米勒却从未问过黛博拉自残的缘由，也从未开口阻拦黛博拉自残。当初确实有过嘲弄，有过怒火，可是，从未有人插手来管黛博拉。绝不能当面追问卡洛儿小姐扔床砸人的事，卡洛儿小姐的朋友们（好歹算是吧），自此之后，若是当着卡洛儿小姐的面，便会巧妙地避开“福布斯太太”这个名字。如此说来，究竟要去哪里，黛博拉才能找到问题的答案呢？

黛博拉一天接一天地琢磨着此事，脸上却没有流露出丝毫端倪。每当开口说话时，她说出的字词都夹杂着东一句西一句的英语、“业尔”语和各种胡言乱语，也就够她勉强回答一下问题，或者示意一下自己缺点什么。黛博拉的话是如此含糊，害得她自己和其他人一样吃惊。比如，当护理员问黛博拉，今天是不是她洗澡的日子时，黛博拉竭力想要挤出一句全英文的回答，谁知道，她说出口的却是“从来都不够深入”。

浴室中，有人发问：“布劳，你是不是在里面？”

黛博拉答道：“这个地方是‘库图库’（‘业尔’词，意指‘二级藏身’）。”黛博拉挣扎着想要翻译自己的话，却发觉根本无法跨越自己与世人之间光年般的距离。另一方面，多种语言掺杂不清，又把黛博拉推得离世人更远了些。为此，她觉得无比惊恐，于是无论接下来她再说些什么，就都成了根本无法翻译的乱语，而这些根本不成体统的声音，又害得黛博拉更加惊恐。只有在“弗锐”身边时，黛博拉才能把话说得清楚些。

“她们声称，我们 D 病房全体病人的病情都在加重。她们声称，我的病情就在加重。”

“嗯，那依你说，你的病情是不是在加重？”“弗锐”一边点燃一支烟一边问。

“不许耍花招。”

“我不耍花招。我希望你深入思考，并诚实作答。”

“我不想再思考了！”随着突如其来的怒火越烧越旺，黛博拉的音量也越来越大，“我累了，也怕了，再也不在乎发生了些什么。忍着黑暗，忍着寒冷，下着苦功，到底是为了什么啊！”

“为了让你离开这个该死的地方，这就是目的所在。”“弗锐”的声音跟黛博拉的一样响亮。

“我不会再跟你讲些什么了。我倾吐的废话越多，我留下的废话就越多。你大可以对我叫停，去找你的那些朋友，要不然就再写一篇别的论文，用它再获一个别的奖项。我可没办法对自己叫停，所以，我要对这场抗争叫停。但是，你也千万别担心……我会很乖，会很听话，再也不会在墙上乱涂。”

长长的一口烟雾喷到了弗里德医生的面前。“好吧，”弗里德医生的口吻几乎透出几分和蔼，“你放弃了，可怜的小姑娘。你将在一家所谓‘疯人院’中度过你的余生，将时光消磨在挤满癫狂病人的病房里……‘可怜的宝贝，她原本可以出落成一个多好的人……极有才华的人……真是莫大的损失’，俗世会对你如此评价。”弗里德医生噘起了嘴，发出啧啧声。

“而且，只怕会比真实的我更有才华，因为我困在这家医院里，哪有验证才华的一天！”黛博拉高喊道——毕竟，骨子里的真相即使来自地狱，也掷地有声。

“说得对，真该死，说得真对！”“弗锐”回答。

“什么啊！”黛博拉朗声道。

“我何曾说过这是件容易事？我不能逼你把病治好，我也不愿违背你自己的意愿让你‘康复’。但是，假如你拿出你所有的力量和耐心与疾病抗争，我们会合力取得胜利。”

“若是我不去抗争呢？”

“嗯，世上有着不少精神病院，再说了，医院的数量也只会一日多过一日。”

“若是我真去抗争，那又是为了什么？”

“去年我就告诉过你，前年我也告诉过你：不是为了什么轻松得来的赏心乐事，而是为了你自己的挑战，为了你自己的错误，为了你自己犯错挨的罚，为了你自己对爱及心智健全的定义。总之，是为了一个健全而坚强的自我，让你得以踏上人生之路。”

“你还真是不爱夸大其词啊。”

“听我说，亲爱的小姑娘，”“弗锐”边说边将烟灰重重地磕进了烟灰缸，“我是你的医生，我深知，多年来，你对谎言是何等敏感，因此我尽量不说谎。”她向黛博拉望去，脸上带着一抹熟悉的微笑，“除此之外，某种不恐惧、不内疚、能用流畅有力的英文表达的愤怒，倒是很讨我的欢心。”

医患二人沉默了一会儿，随后，“弗锐”开了口：“依我看，时候已经到了，而且你也已经做好准备，可以自行回答你自己刚才提出的问题了。你的病情是否正越来越重？别怕……不管给出什么答案，都不会害你上绞刑架的。”

黛博拉顿觉自己恰如《圣经》中的挪亚，派出一只鸽子前去查探那骇人的国度。过了一阵，鸽子飞了回来，显得精疲力竭而又瑟瑟发抖。虽未衔回橄榄枝，但至少，鸽子已然回返。“病情并未加重，”黛博拉宣布，“一点也没有加重。”

“……病情并未加重……”D病房的医护人员会议上，弗里德医生发言宣布，“她的病情一点也没有加重。”

D病房的工作人员个个听得有礼而又专心，但看上去，他们似乎却又难以置信：某位病人不仅突然冒出了一连串胡言乱语，还徒劳且失态地大肆打闹，难道不正表明，该病人的病情严重恶化了吗？在此之前，黛博拉·布劳显得病态且沉默，不然便显得病态且毒舌。她有着一张冰雕般的面孔，总是一副冷嘲热讽、高高在上的派头。毋庸置疑，之前的迹象确实表明，黛博拉患有严重的精神疾病，但时至今日，她倒是颇为符合D病房病人那熟悉的形象了。黛博拉是个“疯子”——这是大多数工作人员从她身上感受到的一个词，也是大多数工作人员会用到她身上的一个词，除非当着医生的面，除非工作人员认定自己的话有可能落到别人的耳朵里。而就在此时，这间屋里无人提到但却显得震耳欲聋的，也正是这个词。

“嗯……反正最近一阵子，她确实没怎么再拿烟头烫自己……”一名护理员说道，语气有点心虚。

“那正是黛博拉‘全新的道德观’。”弗里德医生一边回答，一边微微露出了笑容，“她声称，她不愿意让她的病把D病房的其他病人拉下水，因此，她就必须上其他地方去寻找火源。总之，她算是不许自己去某些地方偷香烟和火柴了。”

“他们……病人也会考虑这些吗？我指的是……道德？”一名新人问道。其实，工作人员全都对答案心中有数，但罕有人真心笃信。真心笃信的只有少数几名医生，而且也只是在某些时候吧。

“那是当然。”弗里德医生回答，“在这里工作期间，你会时常目睹到此类铁证。关于伦理或道德的实例数也数不过来，多年来，曾让不少所谓的‘健康人士’惊叹不已：比如某些小细节，或者某些病人不惜巨大代价突然表现出慷慨之举，尽管出乎大家的意料。它们的存在提醒着我们，让我们戒骄戒躁。我还记得，当我离开德国那家医院时，一名病人送了一把刀给我，让我用来防身。那把刀是他偷偷制作的，他花了好几个月时间才将一块铁片磨成了刀。他打磨了这把刀备用，本来是防着有朝一日，他的病情恶化到再也无法承受的地步……”

“那你收下刀了吗？”某人问弗里德医生。

“当然收下了。因为他有能力给予，便是健康与力量的象征。但当时我即将动身前往美国，”她温柔地微微露出笑容，“所以，我又将那把刀交给了某个不得不留下的人。”

“弗里德医生很会讲话，难道你不觉得？”动身离开时，罗伊森医生评论了一句。罗伊森医生是受哈雷医生之邀前来参加会议，毕竟他曾为D病房的几名病人治疗过一阵。

“布劳是她的病例之一。”哈雷医生回答，“噢，对了，我真是忘了个精光。还用说吗，这一点你当然知道。”

“没错，弗里德医生不在的时候，我接手过一阵子。”罗伊森医生说。

“怎么样？”

“起初我还以为，正因为布劳有一肚子怨气，治疗才困难重重……知道吧，她的常规治疗师都抛下了她……也算是某种抛弃吧。没料到的是，实情并非如此，而是纯属某种我们不愿面对的情形。毕竟我们身处医学界，我们这一行，可不乐意承认什么‘爱憎好恶’。可惜，我跟布劳偏偏就是合不来，我们彼此都看对方不顺眼。依我说，或许我跟她有点太像了……”

“难怪活生生‘擦出了火花’啊。”

“依你看，难道布劳的治疗真有什么进展吗？看上去，弗里德医生似乎这么认定。”罗伊森医生微微转过身，冲着弗里德医生做了个手势，“可是……”

“我没看出来，但她应该心里有数。”

罗伊森医生又开了口：“她真是堪称良医……真希望我有她那样的头脑。”

“她的头脑确实聪慧。”哈雷医生说着，扭头望了望那位仍在会议室里回答问题的矮胖女子，“但等你跟她相处一段时间，你就会发觉，对小克拉拉·弗里德来说，头脑是最不值一提的优势。”

第二十二章

尽管眼前驱不散体内火山喷出的氤氲热气，心中挥不去火山喷发间隙留下的荒凉阴霾，黛博拉却察觉到，D病房的一群工作人员竟纷纷开始对她表现出某种善意了，貌似还并非走走过场而已。一位名叫昆汀·多布山斯基的新人护理员，也即某个酷似麦克弗森的“好人”，目前已顶替了疲惫的老蒂歇尔特。福布斯太太已重返医院，去了另一栋大楼中给男性病人设置的D病房。又一个秋季让位给了又一个冬季。

冬天是个难熬的季节。D病房的供暖系统又老又不稳定，不时发出一阵阵呼哧声、叮当声。若是开了供暖设备，大家都会热得昏昏欲睡；若是不开供暖设备，大家又都会冻得半死。

“这个地方到底是怎么供暖的啊？”李·米勒说道，将关于永恒主题的永恒问题重问了一遍。她正缩成一团拥着咖啡杯，竭力暖着两只手。

“这是露西的首任丈夫‘退位国王爱德华八世’设计的某种供暖系统。”海琳说。

“说到我们告诉医生的那些梦，供暖就归全体梦中角色负责哟。”某人插了嘴。

“但是，他们并不恨我们，”玛丽喜滋滋地娇声道，“至少，并不恨我。他们对我极度看不上眼，但他们并不恨我……因为《圣经》不许！”

黛博拉起了床，想找个法子让自己暖和些。自从体内的火山爆发以来，她再也无须像以往一样成天留神着香烟和火柴，以便“以火防火”了，尽管她的痛苦并未减轻分毫。火山的恐惧之怒依然会找上门，挟其喷发之威，将黛博拉狠狠地撞向某堵墙，不然便驱使着黛博拉沿着大厅狂奔，直到某扇关闭的门或某堵墙把她拦住。黛博拉每天都进冷敷罩，有时甚至一天就要裹上两次，一旦冷敷罩裹好缚紧，她便会任它爆发，任由自己被狠狠地裹挟其中。不过，这段时间，全体护士与护理员都变得和气了些，甚至跟黛博拉开起了玩笑，给了她不少小恩小惠。

“难道你不知道缘由?”“弗锐”问。

“不知道。我爆发了，他们居然还肯在我身上花时间。有好多次，我感觉即将发作，所以我请工作人员给我裹上冷敷罩，他们也照办了，尽管办这些事费力也费时。等到事情过后，有时我们甚至还会聊上几句。”

“瞧，”“弗锐”的口气很温柔，“你体内所谓的火山崩溃时，另一样东西也跟着崩溃了：你那石雕般的表情。人们望望你的面孔，就能看出你的反应，看出你生气勃勃。”

这时，黛博拉只觉心头涌上了一股特殊的畏惧，不禁后背生寒。这股惧意由来已久，她曾不惜付出巨大的代价来保护自己免遭它的毒手。

“‘纳可依’……‘纳可依’……”

“这是什么意思?”“弗锐”问。

“向来都是……不相匹配……比如，我的表情仿佛在说‘为何如此恼怒’，但其实我并不这么想。我的表情仿佛在说‘为何如此鄙视’，但其实我并不这么想。在某种程度上，也正因为这一点，才有了‘业尔’的条条框框和‘审查神’。”

“现在，你已经摆脱条条框框了。”“弗锐”告诉黛博拉，“你的面孔并不会为你树敌，它只表明某人正对她的种种感受做出反应。恐惧与愤怒也会在你的脸上流露，究其缘由，则正是你身受其苦。不过，无须害怕，也无须再为了愤怒与恐惧撒谎。其中最棒的一点是，希冀、乐趣与喜悦也会在你的脸上流露出来。这些表情绝非你刚才所谓的‘不相匹配’，而是再恰当不过了，并将越来越听从你自己的选择及意愿。”

可惜的是，黛博拉依然无比惊恐。对黛博拉来说，她的面部表情是个谜，一个从未解开的谜。在一幕幕对她仍意义不明的回忆中，多年来，以某种自己永远无法解释的方式，黛博拉竟然一回又一回地跟人结怨。其中部分缘由，恐怕是黛博拉的外表（肯定是外表惹的祸吧），比如某种不属于她，但又一直被她挂在脸上的神情，比如某种不属于她的做派腔调，而它有能耐活生生将盟友变成施害的对手。至于眼下，既然体内的火山已经融化了她那张石雕面孔，一切或许又会重新上演：充斥着条条框框的“纳可依”式人生，黛博拉不得其门而入；种种现实，其中并无黛博拉的一席之地。

当天下午的天气，寒冷而又阴沉。从弗里德医生的办公室，黛博拉迈步走回 D 病房，不禁笑了笑自己，又笑了笑跟她同行的护理员——护理员正被严寒冻得瑟瑟发抖（护理员所处的严寒，是严冬的严寒）。至于黛博拉，尽管就在护理员的身旁，却身处双重严寒之中（黛博拉所处的严寒，是内心的惧意，加“业尔”的严寒）。

“简直冻得要命！”护理员说道。黛博拉听了很开心，随后便开口说了句真话，算是回报这种平起平坐的感觉。

“还好，你只遇上了一种严寒，就是可以用大衣对付的那种。”黛博拉答道。

护理员却哼了一声，说了一句：“千万别上当！”于是，就在这时，越过千百次的错与罚，黛博拉猛然记起了麦克弗森曾经的言辞：“难道你们这群姑娘认为，全天下的苦独独被你们吃了？”

“抱歉，”黛博拉告诉护理员，“我并不是故意冒犯。”

谁料到，眼下护理员满肚子都是苦水与怒气，随后便向黛博拉诉起了苦，数落着日子是多么难熬：她又要养育子女，又要成天干活，还要拿着低薪呢。一时间，黛博拉仿佛听见了护理员的心声，她正在数落这份工作的不堪之处：当了护理员，就要收拾一群成年人留下的烂摊子，还要遭各种孩子气的噪声的罪——偏偏这些孩子气的噪声，全都出自一个个成年人的头脑和一具具成年人的皮囊。护理员对黛博拉很火大，毕竟黛博拉此刻正是“这份活儿”的象征。但在黛博拉看来，护理员倒也算坦诚相待。护理员的这份反感并不仅仅针对黛博拉一个人，也并未藏着掖着，因此黛博拉还受得了。但等两人走到病房大门处（门锁和钥匙倒也堪称某种象征），她们的情谊便画上了句号。护理员将它抛到了脑后，仿佛从未发生过一般。她迈步从黛博拉的身边走开了，脸上没有丝毫表情。

D病房中，黛博拉四处闲荡了一会儿。目前已到工作人员的换班时间，黛博拉请工作人员将她放进带有浴缸的那间屋，容她独自待上片刻。屋里已经关掉了暖气，但出于习惯，黛博拉走到老旧的暖气片旁，在暖气片的护罩上坐了下来。暖气片上方有一扇窗户，俯瞰着医院场地内的草坪，草坪上有着绿树和一道厚厚的篱笆，恰好将围墙遮住——黛博拉给它取了个绰号，叫作“保护区”。太阳即将落山，恰如一颗寒星在树篱的后方闪耀，漫漫日光之下，树木显得光秃秃、灰蒙蒙的。周遭一片寂静。“业尔”很安静。破天荒地，“众相神”也闭上了嘴。所有世界的所有声响，似乎都已平息。

一步接一步，一点接一点，黛博拉竟开始看清俗世的颜色了。她居然见到了好些事物的轮廓，好些事物的色彩：绿树、人行道、树篱以及树篱后方那冬日的碧空。太阳正在落山，一时间，色调在暮色中不停地变换，竟给“保护区”平添了一重维度。这时，一个念头向黛博拉缓缓地袭来了，继而愈演愈烈，黛博拉逐渐悟出，她死不了。她逐渐清晰地悟到，她不仅不会变成“活死人”，还将真正地活着。这个念头让她既惊叹又敬畏，既狂喜又惊恐。“那么，到底何时开始呢？”黛博拉对渐浓的夜色发问。就在这时，她突然回过了神：一切已经开始了。

此刻，夜幕已然降临。黛博拉打开浴室的房门，重返了D病房。所谓“第三维”，也即“意义”本身，竟然就在她的眼前，坚守在墙壁与房门的线条中，坚守在人们的脸庞及身体的轮廓中。黛博拉恨不得凝神观察，观察现实世界的种种感觉，观察现实世界的方方面面：不停地望，不停地听，感知并陶醉于光及意义之中。只不过，黛博拉偏偏又是个历经诸多骗局的老手，她颇为谨慎。不如，就把这个新发现交给“弗锐”那双贯穿时光的慧眼吧。

黛博拉吃了晚餐，发觉自己竟能忍受自己的狼狈相，竟然在用木勺和十指笨拙地吃着。但是，晚餐的味道很不赖。它让她齿颊留香，而且吃完之后，她还记得自己吃过晚餐。

“不管它到底是什么勾当……”黛博拉嗫嚅道，“……我倒是挺好奇，会在何时揭晓。”整整一个晚上，她都在听护理员们闲聊，他们活像几名孤单的哨兵，身处一片陌生而又贫瘠的土地。黛博拉敢说，护理员们不清楚她的遭遇究竟是怎么回事。不过黛博拉也已开始感觉有些心惊，因为她拿不准事情的走向。或许，它便是游戏的另一个环节，是俗世一次又一次发出的终场一笑。

黛博拉咕咚将镇静药吞下肚，向自己的床走去，嘴里对“业尔”说：“受苦吧，诸神。”

“受苦吧，某飞鸟，我们正在等待……”

“我有一个问题。某部漫画中，有两名土著人，但他们不知道自己是漫画角色，还以为自己是真人。土著人在岛上生了一堆篝火，但是，那座岛其实是一只站在河中的河马的背。土著人开始做饭，温度透过了河马的厚皮，河马起身走掉了，还驮着两个满脸惊诧的土著人。这部漫画的读者发出了一阵笑声，翻过了有着土著人、讶色、丛林、河流、河马与篝火的这一页。我的问题是：如此一来，他们又会是什么表情？他们又能怎么办？

“得等，才能得知答案。”安忒拉贝回答，“谁又说得准，也许到了明天，就根本没这事了。”

“也许，你甚至无须搭理它，你甚至无须去想它。”兰特美恩说道。

“也许，这只是一种症状。”黛博拉说道。

次日早晨，黛博拉清醒地躺在床上，但又拿不准自己该不该睁开双眸。大厅之中，某人正在嘶吼。黛博拉还能听出，她的身旁有一名学生护士，正在想法子叫醒道本医生的病人玛丽——谁让黛博拉的耳边传来了围裙发出的沙沙声呢。透过合上的眼帘，她察觉到了清晨红彤彤的阳光。靠窗的几名病人走运得很，享尽了太阳的好处，但幸好每天早晨，太阳至少还会普照大家片刻。今天早上，托阳光的福，黛博拉在心中苦思着一件事：我的身上究竟出了什么变故？

“我的身上出了点变故……”她悄声自语，“……就在昨天。到底出了什么事？到底出了什么事？”

“来吧，布劳小姐，该起床了。”学生护士催道。

“早餐吃什么？”黛博拉问——她可不乐意泄露任何问题。

“典型地方菜吧，”菲奥伦蒂尼医生的病人玛丽娇声回答，“他们从来不肯透露是哪个地方的，但我心里很有数！”

“他们又能弄出些什么地方菜，给脱离俗世的人吃呢？”某病人说。

就在这时，黛博拉猛然记起了昨晚发生的怪事：当时，她竟看清了颜色，看清了形状，看清了融汇其中的意义及生命感。这一切还在吗？是否尚在眼帘之外等候？黛博拉猛然睁开了双眸。人间世界，竟然尚在。黛博拉站起身，用毯子裹住自己，出屋去了大厅，去了护士站。

“打搅一下，今天我是否要见我的医生？”黛博拉问。她曾千百次在护士站门前“行乞”，但这次似乎有所不同——尽管从大家的表现来看，似乎并没有任何不同。

“请等一下。没错，你将于今天两点钟离开病房。”

"我能自己一个人过去见医生吗?"

护士露出了某种怀疑的神情，仿佛戴上了外科口罩。"我得拿到病房管理员的书面批条才行。你心里应该有数吧。"

"病房管理员过来的时候，我能见见他吗?"

"他今天不在病房。"

"能否请你帮忙登记一下我的名字? 拜托你了。"

"没问题。"护士说完，转身走开了。

听起来，护士的语气很不确定，可是，黛博拉心中深悉：眼下若是苦苦地揪着护士不放，实在有点不妥。尽管如此一来，等到黛博拉终于见到病房管理员的批条时，那"人间世界"只怕已经消失了踪影。

到了弗里德医生的治疗时间，黛博拉只觉得既害羞又惊恐，唯恐自己提到那件奇事便会害它消失。但她思忖了一番，还是将昨晚所见的一切告诉了"弗锐"。更重要的是，她也说出了意义的事以及与意义一并降临的事物：缓缓开启的希望。

"它跟'业尔'通常的情况不一样，"黛博拉告诉弗里德医生，"倒是让我想起了你。因为，我的脑海中只有一句话：我会活下来，活得生机勃勃。"

"弗锐"向黛博拉抛来富含考验意味的熟悉眼神。"依你看，这一病情预断是否真实?"

"我才不愿意说出口呢。若是说出了口，或许就会给我自己招来大祸。"

"不，不会。对我们而言，什么祸也不会招来。"

"嗯……依我看……依我看，也许是真的吧。"

“那我们就来证实一下，不如现在就开始治疗。”“弗锐”说道。

随后，医患二人便花时间挖掘起了昔日的秘密。正因黛博拉新近萌生了对生命的渴求，弗里德医生和她竟然发觉，昔日某些秘密的某些面向也随着这一渴求浮出了水面。黛博拉这才悟出，想当初，她在内心扮起了“敌方日军”一角，正是借之回应夏令营营员的恨意。当初的“敌方日军”一角，既富有暴力意味，又富有异国情调，恰是黛博拉那满腔怒火的化身。弗里德医生和黛博拉谈着此事，言谈之间却又打开了关于殉难的话题：殉难与耶稣基督颇有关联，而耶稣基督正是每个犹太人的骄傲与惊骇。

“殉难与愤怒，”黛博拉告诉弗里德医生，“这便是我扮作一名‘敌方日军’的真相。而我展现给其他医生的，则是他们期盼的‘好兵’形象。殉难与愤怒……听上去倒像是还有些更深的含义……像是在描述我所熟知的某人某物……”

“还有些什么含义？”“弗锐”问黛博拉。“必定有着诸多支撑，这个念头才得以维持了许多年。”

“它描述的是……为什么……为什么？居然是外公！”黛博拉顿时发出了一声哀号。对那个熟悉的暴君般的拉脱维亚老头，她竟给出了一张如此面目全非的面具。它所描述的形象，正是黛博拉的外祖父，比外祖父的身高、体重或牙齿数目更贴近他本人。“昔日我偷偷扮演的士兵形象，是个‘沐鲁’——照‘业尔’的说法，就是某种假面，借以让我逃避跟外公的亲属关系。”

“看出这一点……痛苦如此之甚吗？”弗里德医生问。

“算是颇有好处的痛苦吧。”黛博拉说。

“你的症状、你的疾病与你的秘密，皆有诸多存在的理由。各方面各部分，都相互维系、相互依存而又相互增强。若非如此，我们大可以给你打上一针这药那药，要不然就催眠一下，然后说上一句‘疯病，滚开！’——那不是小菜一碟嘛。可是，你的这些症状由诸多需求构建而成，起到了诸多目的，也正因如此，消除这些症状才会带来如此深重的痛苦。”

“既然……现在我手握……现实……那我是否不得不放弃‘业尔’……彻底放弃……立刻放弃？”

“切勿假装放弃。依我说，等到有了现实世界来顶替‘业尔’的位置时，你自会乐意放弃‘业尔’，但你无须答应我什么。我并不要求你为了我所信仰的神明而放弃你所信仰的诸神。当你准备妥当的时候，你自会做出选择。”紧接着，弗里德医生又正色道，“但是，每次你任由世上的光明透进你的心扉时，切勿让他们折磨你。”

黛博拉回到D病房时，“治伤小队”正在等她。这一次，带队的是文纳医生。黛博拉给文纳医生起过一个绰号，叫作“迷失的天际线”，因为文纳医生似乎从未正眼看过任何人，一直在放眼向外遥望，仿佛在远眺大海，目光越过了理应归他治疗的病人。黛博拉起的这个绰号让大家深以为然。至于眼下，文纳医生却显得很焦躁，因为黛博拉竟未准备妥当，一心乖乖地等着他的治疗；因为黛博拉身上那些灼伤的伤口，已经数月迟迟不愈了；除此之外，还因为按理来说，清创本该害得黛博拉受点她该受的苦，可谁能料到，她却似乎总是一副并不在意的样子。黛博拉对文纳医生没什么好感，于是，她开始打趣一旁的昆汀·多布山斯基，借以表达对文纳医生的不满。昆汀·多布山斯基正拿着绷带，每当文纳医生粗暴地用棉签擦拭黛博拉的伤口，以至于撕裂了皮肉，昆汀就忍不住打个哆嗦。

“稳住你那只胳膊别动。”冲着黛博拉一动不动的手臂，文纳医生凶巴巴地说。他气呼呼地将棉签用力一挥，创口下方健康的皮肉便随之冒出了鲜血，覆盖了黛博拉的伤口。“真该死！”文纳医生喘了口粗气。

“见鬼，文纳医生。”黛博拉轻声告诉他，“你不必动怒。我身上长着一个并不存在的肿瘤，这些伤口没让我吃的苦，那肿瘤可让我吃尽了。”

听见黛博拉的话，多布山斯基紧咬着嘴唇憋住笑。可惜的是，医生手中的器械又猛刮了一下黛博拉的伤口，多布山斯基不禁深吸了一口气。“哎呀！慢慢来啊，小黛！”

“这种痛其实虚得很，昆汀。”黛博拉告诉昆汀，“实打实的痛，是被世间众人赖以生存的各种力量所弃。实打实的痛，是一年接一年地疯癫，却无法向任何人倾诉，并让对方相信。每逢你身上那颗肿瘤带来某种‘虚得很’的痛，害得你连腰都直不起来，只怕某个教授就会冒出来告诉你一声，为什么你不应该觉得痛。不过，出于礼貌，这帮家伙也倒还是会把它当作‘实打实’的痛，试着给你治上一两回。”

“别再说了！我正在专心清创。”文纳医生吩咐黛博拉。

这时，多布山斯基朝刚进屋的一名护士抛了个眼色，黛博拉顿时对他们心怀感激：毕竟，他们两人准许黛博拉担当了目击者嘛。

几天以后，“新人医生”又来了 D 病房，担任当天的值班医生。“是时候再查看一下灼伤的伤口了。”他告诉黛博拉。

“上次是文纳医生来给我治伤，要是连他下手都未深及骨，其他人就更不会啦。”黛博拉告诉他。

黛博拉此话让人非常心惊，一时让“新人医生”措手不及。“我一直在担心你身上那些灼伤的伤口。”他立刻说了一句，借以掩饰自己刚才颇不专业的反应——结果可好，黛博拉听出医生居然再度失言了，而他自己此刻也猛然记起了某本大部头巨著中的某一页，书上明明早有教导嘛：“切勿告诉病人，你很担心。”对自己刚说出口的几句话，医生露出了满脸的讶色，随后，他又匆忙想要藏起那副神色，一点接一点地收敛，最终只余下了些许痕迹。“嗯，不如说是我心系伤口吧。另外，我还琢磨出了一个点子，说不定行得通。”医生一边说，一边从衣兜里掏出了一小瓶药膏。紧接着，“新人医生”又打发走了越发壮观的“治伤小队”，随后与黛博拉相视一笑，活像两个同谋的共犯。这时，两人才双双松了一口气。

医生瞧了瞧黛博拉的手臂。绷带已经发出了恶臭，伤口周围的皮肉开始跟伤口一样显得黏糊糊的。

“嗯，让我们试试看吧。”从医生的脸上黛博拉可以看出，她这份灼伤的伤势恐怕比医生记忆中的还要糟。等到清创完毕，医生开了口：“刚才我已经尽量下手轻一点了，希望不会太痛。”

“别担心。”黛博拉一边说，一边从万里之外的“堕落神”安忒拉贝身侧飞身赶回，露出了一抹笑容，“或许有朝一日，我会感觉到痛的。”

两天后，护士们剪开黛博拉的绷带，发现伤口处的腐肉已经不见了踪影。

“医生到底用了什么灵丹妙药！”护士长惊叹地摆了摆头。

“他把药膏留给黛博拉了，就在六号柜里。”小克利里说。

黛博拉闻言，向护士扭过了头。“我也将献上一份心意。”

“你要献上什么?”护士用专家式的急躁口吻发问道。

“哎呀，是我的微笑。”

第二十三章

正因黛博拉将要活下去，正因黛博拉已然开启了新生，全新的颜色、全新的维度与全新的知识，眼下竟都充斥着某种强烈的紧迫感。既然形状、光明与规条目前已经成了常态，黛博拉便开始钻研起了人们的一张张面孔，开始与他人交谈，开始倾听他人的声音。尽管她很羞怯，也玩不转人们聊天的话题，黛博拉却还是逐渐悟到，拜迷失的病人与疲乏的工作人员所赐，她所在的 D 病房其实颇为欠缺现实感。急躁而又急切地，黛博拉攀上了医院那沉重之阶，缓步向医院的“特权”之巅攀登着。她几乎能够听见身下的阶梯正在呻吟，发出阵阵吱嘎声。一级接一级，一步接一步，黛博拉获批的活动范围越变越大（本院病人获批的活动范围越大，代表在医生们眼中，该病人所能负起的责任也就越大）：独自前往该病人主治医生的办公室（理智健全程度：100 英尺 ×1 小时）；独自待在本院前院（理智健全程度：200 英尺 ×3 小时）；独自待在本院前院及后院（理智健全程度：1 英里[1]×5 小时）。到了最后，黛博拉索性申请挪到了 B 病房，毕竟在 B 病房中，所谓“英尺 × 小时”条例，还将囊括病房中所有书籍、铅笔与速写簿。时至今日，既然黛博拉正怀着战栗

1　1 英里≈1.6 千米。——编者注

的心情日益确信，自己已经重获了生机，她便也逐渐爱上了全新的人世。

“若是我还活着，那我必定跟世人实属同类，也就意味着，我跟世人本性相同！对吧！”黛博拉激动地对“弗锐”说，同时伸手朝着屋外的人世指了指。黛博拉上次住进B病房时，除了“众相神”的咆哮与正在蓄势的火山，便只余下了黑暗与寂静。当时，黛博拉看不见任何人或任何事，只能看见去洗手间的路、去就餐的路、去领镇静药的路。至于这一次，黛博拉却眼巴巴地带上了自己的寝具，目光搜寻着护士们的面孔，嘴里打听着对方的名字，只盼能分到B病房前方某间既吵闹又充满活力的寝室。

护士长歪了歪头。“你认识卡拉·斯通汉姆，对不对？”

“卡拉回来了吗？我……我还以为她出院了。”

“嗯，有那么一段时间，她算是我们医院的门诊病人，”护士长竭力用一潭死水的语气答道，“不过，现在她又重回病房了。”

卡拉正坐在她的床上。望着卡拉，黛博拉只觉得眸中浮起了某种暖意。

“嗯，还好你们两个姑娘彼此认识。”护士将另一条毯子搁到寝室的另一张床上，转身出了屋。

“嗨，小黛……”卡拉打了个招呼。看上去，卡拉似乎很开心见到黛博拉，但黛博拉也看得出，出于羞愧，卡拉露出了一副闷闷不乐的模样。正如她那凝望卡拉的双眸，黛博拉的心中也涌起了一股暖意，她暗自在心底恳求：我是你的朋友啊，千万别因为重新入院而感到羞愧。黛博拉合上双眸，用她说惯“业尔”语的唇舌吐出了一句英文，向卡拉许下了承诺。

“我才不在乎这算不算自私。我很开心你在这儿，因为我也在这儿。”随后，黛博拉便整理起了床铺，收好了她的衣服。两人又聊起了各路小道消息：卡洛儿小姐啦，海琳啦，玛丽最近崩溃了一回啦，再加上 B 病房的护士们——比如，若是遇上麻烦，哪位护士会现身，哪位护士会连影子也找不到。

紧接着，黛博拉说了一句：“在各种小道消息中，我可没听到半点你回了医院的风声。”她边说边直视着卡拉。单凭这个表情，黛博拉仿佛说出了万语千言，而那番话假如真的说出口，只怕就会显得十分唐突。

“医院外面无比孤独，仅此而已。”卡拉说。她对黛博拉格外开恩，容许她提个问题。于是，黛博拉竭力想问得简单些。

“重返医院，是不是很难熬？”

“嗯……有种受挫的感觉。”卡拉点点头表示作罢，随后柔声岔开了话题，“在外面工作的时候，我简直是孤零零一个人……早晨，我要搭车经过好长一截路去上班，感觉昏昏欲睡。除了几名技术员和说着‘早上好’、‘晚上好’的人，我什么人也遇不到。到了晚上，我会去看电影，不然就待在自己的房间，读读技术书，权当补课嘛。没过多久，眼前的街巷就让我想起了当初圣路易斯的街巷，想起了当初在圣路易斯的日子……感觉简直相差无几……”

说出这番话时，卡拉的脸上浮现出熟悉的痛苦的表情，但忽然间，她又回过了神。“我并不是说，没人能够成功，”她匆匆地补上一句，“也不是说，我不会再……只不过，有时我很不服气地出了院，偏偏尚未准备妥当……”正在这时，一阵铃声打断了卡拉的话。“职业治疗坊又开张喽。来吧……我带你四处看一看。”她说。

来到室外，冬季的空气显得寒意逼人。黛博拉赫然发觉，人世，竟无比美丽。“保护区”的树篱之外，某处正有烟雾升腾，时不时地，她会闻到一股烟味。就在此刻，黛博拉的身侧是一名密友；工艺坊里，还有一块画板等着她去涂抹。黛博拉竭力想要忍住心中满溢的感激与渴求，但是，她的眼前偏偏充斥着人世的色彩与维度，充斥着人类的各色规条：运动与引力、自我与友谊、因与果。正在这时，一个声音从黛博拉身后的高处传了过来。她转过身，望见卡洛儿小姐正从 D 病房的一扇窗户旁朝她挥手。

“卡洛儿小姐肯定又被送进隔离室了。”卡拉一边说，一边数着窗户。两人也挥手回应，又在空中比画起来，算是跟卡洛儿小姐聊了片刻。

（我刚刚打了一架。）卡洛儿小姐告诉黛博拉，在栅栏重重的窗户后比画着。

（我自由喽！）黛博拉回答卡洛儿小姐，雀跃蹦跳着，作势挣脱了枷锁。

（有多远的自由？）卡洛儿小姐问黛博拉，比画着远眺大海的手势。

黛博拉伸出一条胳膊扮成墙壁，又伸出一只手，作势停在了墙壁的前方。

（护士来了！）卡洛儿小姐告诉黛博拉，双手抱头示意着白色护士帽的两翼，随后，又装作晃了晃钥匙。

（那再见喽！）卡洛儿小姐飞快地挥了挥手，消失了踪影。这时，一名护理员正好踏出后门，望见有人在走道上打着手势。“你们两个姑娘到底在干什么？”她问道。

“练习一番，只是练习一番。”卡拉说。黛博拉和卡拉又迈开了脚步，走向位于医院某栋附属大楼的工艺坊。

乍一看，作坊里有种忙于工作的温暖气氛，跟普通工作场所倒是差不多。但当你仔细审视，便会发觉，这分明只是一种扮出来的假象。病人们要么忙于缝纫，要么忙于用黏土做雕塑，要么忙于阅读，要么就忙于用糨糊和几块布料制作拼贴画。明眼人一看即知，病人们的大部分活计，分明是些无用功，黛博拉不禁暗自觉得有点难为情。那些世间规条的弃儿，似乎正借着辛勤劳作的假象暖手呢。他们正徒劳地埋头于材料、纸张与纹理之中，拆开一条条旧羊毛围巾，借以汲取几缕现实感。依黛博拉看来，在一片实用性被置于神坛的土地上，此类所谓的“治疗性”无用功，活像无意中朝着病人们理应培养的自尊心狠狠地扇了一巴掌。这时，一名身穿蓝白条纹制服的职业治疗师朝她们走了过来。

“哈喽。”治疗师的口吻显得略有点太过欢欣。她向黛博拉望去：“卡拉，你难道是给我们带了个访客过来？”

“没错，我们只是想来瞧瞧。”卡拉说，“这是黛博拉。”

“哦，当然没问题！”治疗师的口吻十分热情，“我见过你……当初在D病房的时候！”

一时间，忙于工作的病人们纷纷抬起了头。黛博拉的脑海中猛然浮现出了一幕：这位职业治疗师身穿猎装，在某片疾风拂过的麦田上开了一枪，惊得一群鸟儿冷不丁展翅高飞。卡拉深悉眼前的场景，于是将头扭开了片刻。不过，卡拉随后便又扭回了头，补上一句：“黛博拉已经转到B病房了，目前正是我的同屋。”

某几张脸松了一口气，某几双手又忙活起了工作。

卡拉和黛博拉在作坊里待了一会儿，有人把黛博拉介绍给了本院的几位男病人。黛博拉一边听着那几位男病人的名字，一边暗自寻思：男人染病的病因，究竟又是什么？两个姑娘出了作坊，朝A病房走去。A病房属于开放式病房，里面有一个咖啡壶，可供病人与工作人员共同使用。

“基本上，咖啡壶还是工作人员在用。”卡拉对黛博拉说道，“不过，总算是让人有点盼头吧。遇上工作人员都不想喝咖啡的时候，或许他们会把剩下的咖啡给我们喝。”可是，黛博拉却不太乐意到A病房里去。刚才作坊里治疗师的“麦田一枪”，难道还不够她难受吗？

“卡拉……你已经出过医院……我的意思是，真真正正地出过院。当我们患者中的某一个踏进某间屋时，外面世界的情形真是这样的吗？”

“有些时候吧。”卡拉说，“找工作时，你得出示文件。有些时候，还有社工来查看你一下。或许会极度、极度难熬，但有时人们又会比料想中更加和气。其中有不少工作，要求你必须出示文件证明自己神志清醒，他们对此还很重视。但话说回来，外面最拔尖的某些人，又会让你与有荣焉。不过，最让人难受的一件事，是大家个个显得彬彬有礼，一副跟你又道‘早安’又道‘晚安’的派头，而你和他们之间的距离却偏偏显得越来越远。遇上那种时候，你心里才真是难过得不得了呢。据医生声称，这是病人的错——换句话讲，该怪到我的头上。据医生声称，假如我没那么焦虑，友情便更易到手——真是站着说话不腰疼。依我说，世上难道有哪位医生，曾经头顶污名想要挤进某个圈子？再说了，能不能挤进那个圈子，靠的还是人家的怜悯，或者病态的迷恋呢。”

黛博拉闻言笑出了声。“某些医生！不如来趟‘异域之旅’，度过荣耀的一年吧。不如化身病人，参观你们所在的精神病院吧！”

卡拉也哈哈笑出了声。“这可是一趟抹杀你的声望、你的民权、你的自尊的旅行哟！别人的满嘴敷衍之辞是何等销魂的滋味，该换你来尝尝！”

有那么一阵子，黛博拉与卡拉双双沉溺于一场游戏之中：借着自己的声望，借着某种自己独有的现实感，某些医生跟自己的病人划清了界限，而黛博拉与卡拉一心想向他们寻仇。就在这时，黛博拉也忽然悟到，哈雷医生、“弗锐”和“新人医生”倒是用不着那趟所谓的“异域之旅”，因为上述三人从未彻底关上隔开他们与病人的那扇大门。

“我还忘了告诉你，”迈步走回B病房的途中，黛博拉对卡拉说道，“某件关于海琳的事。我们倒是经常笑她的那些玩笑话，但直到最近，她的玩笑话其实都冷得很，知道吧。不知怎的，最近一阵，她的身上却好像添了几分体贴。”黛博拉告诉卡拉，她离开D病房时，海琳竟然守在门口。海琳一直等到黛博拉和她独处了片刻，才冒出一句：“为什么离开的那个不是我？”黛博拉回答：“嗯，为什么不是呢？”当时，海琳心不在焉地念叨“也许……也许……”，仿佛她第一次冒出这个念头。一直以来，海琳还从未如此卸下心防，即使是在睡梦之中。当然，等到护士来接黛博拉离开时，海琳已经变了脸，挥着拳头，不仅把黛博拉骂成“蠢婊子”，还冲着她高声嚷嚷：“给我记牢了！”不过，黛博拉却露出了笑意，因为她心中深悉，此刻海琳在骂的，是她心中的“盼头”，不是黛博拉。

随后，护士便带着黛博拉穿过南边那扇无钥匙的门，途中遇上了“新人医生”。一见黛博拉，他显得眼神一亮。“嗨……”他眉眼带笑地说，“我听说你的住址有所变动。祝贺你！”他的语气中带着尊敬。黛博拉还从未料到，初尝新世界的滋味竟是如此醉人。“可是，他毕竟资历尚浅，他的话哪能作数呢。”黛博拉悄声安抚着“业尔”诸神。

“真怪……以前我竟然从来没有想到……”黛博拉告诉弗里德医生，“……犹太人恐怕自有犹太人的偏狭之处。我就从未跟哪个非犹太人深交过，也从未全心信赖过哪个非犹太人。‘新人医生’，也就是希尔医生，他和卡拉都是新教徒，海琳是天主教徒，卡洛儿小姐算是个癫狂的浸信会教徒……”

“那又怎样？”

“嗯，我一直在脑子里耍些有趣的花样，把他们扮成犹太人，好跟他们亲近。”

“你是怎么做到这一点的？”

“嗯，比起忘记他们是些异教徒，还要再多迈一步吧——毕竟，经常有人告诫我们，异教徒终究会背叛我们。对了，他们不是犹太人这件事，我也不得不忘个精光。昨天，卡拉问我对某人有些什么看法。我告诉她说：‘你知道这类人的嘛：他一心要当一名个人主义者，所以遇上普珥节就会哇哇哭个不停。’当时她流露出了惊诧的神情，过了好久好久，我才回过神来。卡拉根本不懂犹太人的节日，因为她根本不是个犹太人。”

“你能不去改动这些人的本来面目，不去改动你自己的本来面目，但仍爱着他们吗？”

“这家医院倒是给了我这份能耐。当你身为‘疯子’时，你究竟是个犹太人疯子，还是个其他教派疯子，并不重要……”黛博拉慢吞吞地说。

弗里德医生的思绪随后便悠然飘到了一篇文章上。那篇文章出自弗里德医生的笔下，探讨了一个问题：医生该如何告诉一名康复中的患者，她刚刚重获的健康必须与这个世界的种种疯狂症状相搏。或许有朝一日，这名女孩的健康之路将会通往更加理性、更加自由的方向。紧接着，弗里德医生却又管住了自己，说道：“我真开心你发现了这一点！可惜，有点离题。我听过你向我提到的某段回忆，关于当初你差点把你初生的小妹妹从窗户扔出去的事。可是，其中有些不对劲的地方，一直让我颇为困惑。拜托再跟我讲一遍吧。”

于是，黛博拉再次讲起了往事：想当初，她是如何将手伸进了摇篮，抱出了那个小宝贝——对黛博拉来说，那名女婴显然是个丑娃娃。谁知道，其他所有人却都像是睁眼瞎一般，偏偏看不出来。想当初，她是如何将女婴举到了窗外，母亲是如何匆匆赶到，而满心憎恨又被当场抓包的黛博拉，又是如何深感羞愧。黛博拉还讲起，后来自己对妹妹萌生了爱怜之意，一想到当初差点亲手结果了苏茜，她就忍不住浑身发抖。自始至终，那对心下了然、羞愧而又悲伤的父母，都在为整件事悬着一颗心，但出于仁慈，他们却始终没有提过一个字。

“当时，那扇窗户是开着的吗？”“弗锐”问。

“窗户开着。但我记得，我又把它打开了些。”

“你是把窗户完全敞开了吗？”

“总之，开得足以让我举着小宝宝，探出身子。”

“我明白了。换句话讲，在你敞开窗户又试着探出身子以后，你从摇篮里抱出了小宝宝？”

“不对……我是先把妹妹抱了起来，然后才决定要她的命。”

“我明白了。”“弗锐”朝后一仰，恰似刚刚享用了美餐的匹克威克先生[1]。“现在，我变身当上侦探啦。”弗里德医生向黛博拉宣布，“让我告诉你吧，你讲的故事漏洞百出！一名五岁孩童居然抱起了一个沉甸甸的婴儿，她将婴儿抱到了窗前，她自己和婴儿都倚在窗台上，同时她还打开了窗户，试了试探出身子，再将婴儿举过窗台，然后伸直胳膊举到窗外，只等着扔下婴儿。这时母亲进了屋，五岁孩童居然又风一般地把婴儿抱回了室内。小宝宝开始哇哇大哭，于是母亲抱走了她……”

“不……那个时候，小宝宝已经回到摇篮里了。”

“真是有趣得不得了。”“弗锐”说，“好了，究竟是我脑子秀逗，还是你竟然编了个故事，声称你在五岁的时候，进屋发现小宝宝躺在那儿，于是心生歹意，想要取她的性命？”

“可是，我明明记得……”

“也许，你确实记得心生恨意，但事实明明与你所说的相悖！你母亲进屋的时候说了些什么？说的是‘把孩子放下！’，还是‘别伤害小宝宝！’？”

“都不是，我记得非常清楚。她说了一句‘你在这儿干什么？’。我还记得，当时小宝宝在哇哇大哭。”

1　查尔斯·狄更斯的著作《匹克威克外传》中的角色。——译者注

“整宗事件中，最让我惊讶的一点是，当初我忙于倾听情感内容……比如憎恨，比如痛苦……因此，竟然忽略了事实。结果事实不得不一次又一次地冲着我放声大喊，才让我终于听见了它们的声音。黛博拉，当初那份憎恨是真的，那份痛苦也是真的，但当初你的年纪没有大到足以做出你记忆中这些事的地步。另外，你提到你的父母多年来一直深感愧疚，但其实只是你为自己对妹妹的歹意感到愧疚。拜错信自身力量所赐，你把曾经的想法转化成了记忆。顺便说一句，你的病让你一直都无法摆脱这种对自身力量的错信。”

“其实，它跟真的也差不了多少。毕竟多年来，我一直都把它当作事情的真相。”

“说得对，很有道理。”“弗锐”露出了笑容，“不过，你恐怕再也不能借此自罚了。我们所谓的‘准杀人犯’，不过是个吃醋的五岁小孩，朝某个入侵者的摇篮瞥了一眼。”

“其实是摇篮车。”黛博拉告诉医生。

“带腿的那种摇篮车？天哪，你要是只有五岁的话，恐怕连摇篮的边也摸不着。明天我就交还我的警探徽章！”

这一刻，黛博拉仿佛重回五岁时的某间屋，站在父亲的身旁，一起端详着新生儿。黛博拉的双眼跟父亲的指关节齐平，摇篮却偏偏有着褶边，因此，黛博拉不得不踮起脚，越过摇篮朝里瞥。“我甚至连碰也没有碰妹妹一下……”黛博拉茫然地告诉弗里德医生，“我甚至连碰也没有碰妹妹一下……”

“既然你已经重拾了昔日的记忆，我们不妨一起来瞧瞧吧。”“弗锐”提议。

随后，黛博拉便谈起了当初光明的一年，谈起了阴霾笼罩不散之前的岁月。她追忆起某段短暂却又神奇的时光，当时她尚对未来满怀期待。就在这时，黛博拉突然悟出，当初那一年中，尽管背负着虚假的“杀人害命”的罪名，背负着公主宝座被人抢走的重担，她却尚未踏上毁灭之路。曾经一度，黛博拉也经历过一段美好时光（时至今日，带着种种深刻的意义，好日子居然又再度降临到了她的身上），当时她仍对人生充满执着，仍然带有满腔乐滋滋的渴求，算是托了当下与未来的福吧。

黛博拉仿佛迈步踏出了五岁时的阳光，泪珠从她的脸颊滚落。“弗锐”发现她流出了眼泪，点了点头。“我同意。”弗里德医生说道。

就在这一秒，黛博拉已心中有数：幼年的幸福时光证明她并非从基因上就受了诅咒，并非在骨子里就造了孽。曾经一度，尽管受着苦，她却活得生机勃勃。这一刻，黛博拉情真意切地哭出了声。她依然不太会哭，因此哭得激烈又刺耳，哭得长一声短一声。等到哭声终于平息时，“弗锐”不得不开口向她询问：这通痛哭是否“颇有好处”，是否具有疗愈之力？

“今天几号？”黛博拉问医生。

“十二月十五日。你为什么会问这个问题？”

“我只是把脑子里的念头大声说出了口。‘业尔’时间纯属内心时间。你知道‘业尔’历法和人世历法是怎么回事，也知道‘众相神’如何隔上一阵就对我审判一场。”

“没错。”

“我刚刚记起，照‘业尔’的说法，今天是所谓‘第四期“英哥力夫”转“阿诺特”’。这个说法意味着，我们正处于上升期，要走上坡路呢。”黛博拉心中依然太过惊惧，不敢开口告诉弗里德医生：

奇迹般的是，托“上坡路”的福，她倒似乎真的从“地狱”升至了“炼狱”。

黛博拉离开弗里德医生的办公室，迈步走回B病房。室外正飘着冰冷的雨丝。因果世界之寒让黛博拉瑟瑟发抖，但她心中又颇为感激。毕竟，它是某种对人世规条与人世季节负责的严寒嘛。“保护区”一带的树枝，显得湿而黑。黛博拉赫然发觉，爱达忒在自己的头顶上方现了身，正在高处一根巨大的树枝上漫步。女神的面纱闪烁着微光，恰似火焰上方闪耀的空气。

“受苦吧，受害者。”爱达忒跟黛博拉打了个招呼。

“喔，爱达忒！”黛博拉用“业尔”语回答，“此刻的人世如此美好……你又为何脚踏枯枝，坐拥‘业尔’与他方？”

“置身此树，难道我显得不美？”女神问。“业尔”语的问句显得格外令人心酸，因为它们采用的虽是某种熟悉的形式，可惜但凡变成问句，便会透出某种转瞬即逝、电光石火的意味。身为“伪善神”，爱达忒的回答向来都很难懂。“依我看，不如我就一直化身为女子好了。”爱达忒告诉黛博拉，“如此一来，你好歹也有个仿效的榜样。”

但是，黛博拉深悉，她绝不能将爱达忒当作“仿效的榜样”。爱达忒与黛博拉堪称南辕北辙，首要的一点就在于：爱达忒身为女神之尊，美得不可思议，根本不受人世的束缚。爱达忒若是落泪，她的泪珠便会化为飞溅的钻石，纷纷从面颊跌落。爱达忒之法度，并非人世之法度。

“留在我的身边吧。”黛博拉恳求“业尔”，用上了意味着“永恒”的词语。可惜，无人回应。

吃晚餐时，卡拉显得格外紧张。她双手发抖，脸上失去了血色，看上去一副病恹恹的模样。黛博拉竭力想要使出富有人情味的眼神，朝卡拉望去，好给她打打气，可惜却并未奏效。咖啡送来的时候，卡拉原本想去取她的杯子，谁料到，它却从她发颤的手中脱落，跌在地上摔碎了，恰如众人脚下那层脆弱的现实。咖啡杯碎裂的声音回响在耳畔，桌边旁人顿生唇亡齿寒之心。沿着众人内心熟悉的轨迹，惊骇一路蔓延开来。

就在此刻，黛博拉伸出手，握住了卡拉的手。卡拉的手稍事歇息。卡拉整个人稍事歇息。这一幕来得是如此突然，比黛博拉脑海中记起一大堆事项还要突然：比如，“业尔”时间与“业尔”季节皆随内心氛围而变；比如，“第四期‘英哥力夫’转‘阿诺特’”，其实是个不赖的起点；比如，黛博拉自己尚欠西尔维娅一笔人情债；比如，黛博拉依然盼着能够一吻麦克弗森。黛博拉向卡拉望去。卡拉的脸上依然没什么血色，仿佛刚刚挨了一耳光，但显得比刚才好些了，卡拉的双手也松弛了一些。整间屋没有一个人说话，片刻后，那位负责宣布用餐结束的护士便抬起了她那谨慎的白胳膊，抬得刚好能让大家看清楚。随后，房间内全体人员几乎悉数起身离开。就在这时，就在望见护士的手势时，黛博拉才突然悟出，为了卡拉，她竟挺身而出了。上楼途中，黛博拉又猛然悟到，也许……不，“也许”一词用在此处太过强烈……不如说，有那么一丝丝可能吧，她可能并不仅仅是一名“疑似前谋杀犯”。她可能更像，更像是个“好人”——“好人”一词，此刻仿佛一记重拳向黛博拉猛然袭来，但这个想法已然涌上了心头，黛博拉既无法抹去，也无法将它抛开了。

第二十四章

她的梦，始于冬日的黑暗。一片黑暗中，探出了一只巨大的手，握着拳头。那是一只男人的手，骨骼与肌腱间的阴影显得十分有力。拳头赫然张开，宽广的掌心中躺着三个小小的煤块。巨手又缓缓地合拢，拳头握出了万钧之力，活生生握出了白热的高温，温度仍在一点一点地攀升——一时间，竟有种粉身碎骨之感。她似乎借由自己的身体尝到了三个煤块的痛楚，而那剧痛几乎让人难以承受。到了最后，冲着那只巨手，她发出了高呼："住手！难道永无止境吗！就算是一块顽石，也受不了这种痛。就算是一块顽石……！"

过了好久好久，在世间万物都难以承受的好一番煎熬之后，巨手松开了折磨人的拳头。拳头极慢地张开了，慢得不得了。

钻石，三粒钻石。

三粒透亮而璀璨的钻石，闪耀着光芒，躺在那只善良的手掌里。一个浑厚的声音呼喊着她："黛博拉！"紧接着，声音温柔地宣布："黛博拉，这将是你。"

第二十五章

一月一日，满心的渴求终于盖过了惧意，因此，黛博拉回家了，在家待了五天。黛博拉心知，她整个人都流露出某种怪异的神情，而且除了刮伤与灼伤的疤痕外，她身上还带有某种更加微妙的痕迹——某种疏离与孤独的氛围。尽管如此，对新世界的渴求依然推动着黛博拉迈开了步伐。

全家人都热情地欢迎黛博拉，仿佛她征服了全世界。有人早已给苏茜敲过警钟，给雅各布敲过警钟，给外祖父外祖母敲过警钟，给全体上一辈叔叔阿姨敲过警钟，因此，全家纷纷战战兢兢地亮出了爱意，带着惧意与怜悯，将满腔的爱心捧到了黛博拉面前。最讨黛博拉欢心的那些美食，都被端了上来；最讨黛博拉欢心的那些人，都前来见证现实版的反转情节，见证现实中活生生的“然而”与“无论怎样……”。

黛博拉尽力品尝着假期才能吃到的美食，尽力跟前来探望的人们闲聊，可惜的是，一坐下来，她就觉得好累。黛博拉所在的医院中，人际关系显得短暂而又易变，绝不至于复杂到一时间要应对两三个人的地步。再说了，每当黑暗向其中一人袭来时，医院里的谈话就会突然收场。至于眼下，人们却在东一句西一句地聊着，活像一团乱麻。只可惜，黛博拉无法告诉他们，尽管她跟世人实属同类，她却觉得，自己跟其他人隔着无比遥远的距离。

望见女儿再次跟自己同坐一桌，雅各布内心的自豪与暖意顿时向黛博拉涌了过去，显得有几分可悲，又有几分脆弱。“我敢打赌，在那个地方，可吃不到这等肉食。”他冒出一句。

黛博拉刚要开口回答，光是餐具就够她头疼的了，却又及时管住了自己。

“用不了多久，你就再也不用离开家喽。”雅各布宣布。

黛博拉顿时脸色惨白。埃丝特赶紧插嘴道：“让我们拭目以待吧，好不好……依我说，蘑菇真是好吃……黛比，瞧，都是些你最爱吃的美食！”

苏茜坐在桌子对面，端详着埃丝特和雅各布，端详着相貌平平而又疲惫的姐姐。实际上，姐姐居然比她还要显小。此刻的姐姐正享受着盛宴，一大堆人服侍着她，仿佛她的归来本身便是某种奇迹。苏茜的心里很有数，她必须保护这个变了样的黛比。眼前这个黛比并非她一度期盼的姐姐——苏茜眼巴巴盼着的姐姐，会出席毕业舞会，被男友、大学橄榄球赛和魅力簇拥嘛。只不过，拜某种造孽的魔法所赐，全家的幸福与安宁偏偏就着落在姐姐的身上。

“瞧，黛比，”苏茜开了口，“爸爸妈妈已经跟我讲明，你待的并不是一所学校。所以能不能拜托大家，别再为那宗‘机密要事’忍得半死不活了？事情会好办不少。”

“走进卧室，打个电话，跟朋友们说一声，说我去不了大家计划已久的那趟郊游了，事情就会好办不少。”苏茜暗自心想。就目前而言，父母很需要她，黛比很需要她，虽然是以某种让人有点心惊的方式。真遗憾……苏茜只觉眼泪已经快要夺眶而出了，毕竟她一心想要参加这趟旅行。但是，她总不能当着家里人的面抹眼泪吧。

于是，苏茜站起了身，心中深知，家里其他人恐怕还盼着避开她聊上一聊。“抱歉，我必须打个电话给安妮特。”

“你要跟那帮孩子一起去，对不对？”埃丝特问苏茜，突然记起前一段时间，苏茜一直在念叨这次“周末”出行。

“不去……我下次再去。”

“是不是因为我回家了？”黛博拉问。

“不……不，我只是不想去，反正这次不想去。”

这个谎也撒得太蹩脚了。俗世的一天本来已经让黛博拉累得够呛，但她依然苦苦地琢磨着苏茜的感受。“你的朋友本来是打算先到我们家来，还是准备去别处？”她问妹妹。

苏茜转过身，差点答了姐姐的话，但终究只是张了张嘴，又把话咽回了肚子里。她说了一句：“你又不是常在家待着，这周我还是多陪陪你吧。”

“别把我当个小宝宝管，跟我说清楚！”黛博拉问妹妹，顿觉自己深陷人世的泥潭。

“不行！”苏茜嘴里嚷嚷，转身就进了屋，准备打电话给朋友。

“你妹妹真的非常爱你，”埃丝特说道，“全家人都在尽一切努力，路上再没有什么绊脚石啦。”可惜的是，黛博拉却只听见她自己疲惫的喘息声。她仿佛正在攀登珠穆朗玛峰，虽然在世上众人看来，它不过是一片平地。她蹒跚地攀爬着那望不见尽头的悬崖峭壁，只觉得每一份恩惠、每一次相助都是一笔欠下未还的人情债，总之一笔笔都重逾千金。那些慈爱的家伙把人情债堆到了黛博拉的头上，害得她深受折磨。但凡施受双方地位对等，恩情便也对等，但这帮施恩于黛博拉的家伙自认是些普通人，并未察觉自己有着多大的能耐，竟能在人世存活，而在黛博拉眼中，他们个个堪比泰坦神。她对他们的感激之情，只会害她感到比以往任何时候都要迷茫、无能、孤独。

黛博拉上床就寝后，埃丝特和雅各布带着医院开给女儿的镇静药，尴尬地来到了女儿的床边。黛博拉服药时，雅各布扭开了头。但等到亲吻女儿、跟她道晚安时，他却用胜利的口吻宣布："家里很不赖，对吧？这才是你的归宿。"黛博拉顿时感觉，肿瘤仿佛正在体内翻腾。雅各布却继续说道："黛比，你不必跟那帮……待在那些尖叫的女人身边。"

"什么尖叫的女人？"黛博拉嘴里问，心中却在揣摩：难道，雅各布竟然听到过她扯开嗓子嘶吼？只盼他没有听到过吧。

"当初探访你那家医院的时候……我们曾经听见……"

凝望父亲带来的痛楚，被黛博拉一笑而过了。"哎，我明白……肯定要怪块头又大、脑子又笨的老露西·马滕森。她就爱在D病房的前窗扮'人猿泰山'，把我们医院的访客吓个半死，算是报复世人吧。"

雅各布从未想到，那个至今在他梦中挥之不去的尖叫声，竟然有可能出自一个人之口，出自某个名叫露西的女子。悟到这一点，他顿时松了一口气，但稍后道晚安时，他又紧紧地搂了搂黛博拉。

黑暗之中，一众"业尔"角色辉映着黛博拉的卧室。"我们从未恨过你。"骑着他那饱经沧桑的马驹，兰特美恩显得熠熠生辉。"无情，纯属为了护佑！"安忒拉贝唱和道，手中挥舞着一束火星。

"我们降临于枯燥之时，我们降临于希望破灭之时。"兰特美恩高呼。

“我们并非空手而来。当你无处可乐时，你与我们同乐。”安忒拉贝补上一句。

黛博拉深悉，“业尔”神明所说，通通都是实情。时至今日，尽管黛博拉沉醉在一个缤纷多彩的人世中，沉醉在一个气味确凿无误的人世中，尽管黛博拉深爱着有规又有矩的因果、光学、声学、运动与时间，她却也忍不住好奇：拿“业尔”世界换来这一切，是否真的值得？当然，黛博拉所指的“业尔”是曾经的“业尔”，并非世界末日般无序的“业尔”，也并非当今将其女王投进无尽混沌深渊的“业尔”。她指的是早年间的古老王国，当时的“业尔”有着苍鹰盘旋的峭壁，有着无垠的碧空，有着翠绿的陆地，匹匹野马徜徉其中。除此之外，她还会与安忒拉贝一同下坠，在身后洒下光芒呢。

“业尔”之变，是从“审查神”降临开始的。在那之前，黛博拉经历了很长一段恐惧期，而现在的她已经深悉，那都怪“业尔”世界与人世的碰撞。“审查神”曾承诺保护黛博拉，宣称会把两个世界隔开，好让黛博拉在两者间安全地穿梭，好让黛博拉只需口头敷衍一下灰扑扑、孤零零的俗世，却在“业尔”世界享尽自由。在最为快乐的一阵子，黛博拉是如此幸福，飘飘然到恨不得脚不沾地，瞬间飞离俗世。只可惜好景不长、良辰难再，没过多久，“审查神”仿佛摇身变成了暴君，统治了“业尔”和俗世。“业尔”依然富有美感，富有欢乐，可惜那位暴君一时喜一时怒，“业尔”的美与欢乐都受制于暴君那无常的喜怒。

至于眼下，选择再度摆到了黛博拉的面前。谁知道这一次，那座衡量人世优点的天平上，倒是新添了一个砝码，是希望，是那一星半点的“盼头”。尽管如此，人世却依然是个充满危险与背叛的地方，尤其是对一个异类来说。这时，镇静药已开始让黛博拉的感官变得迟钝，而在黛博拉的最后一瞥中，“业尔”的光芒倒是占了上风。

黛博拉到家的第二天与第三天，苏茜都待在家里。家里的亲戚还在一个接一个地前来探望黛博拉，但他们被小心地分成了好几拨。毕竟，说到黛博拉目前的“病情”，亲戚们有的清楚，有的却不太清楚嘛。黛博拉带了一包画作回家，准备给母亲鉴赏，因为长久以来，黛博拉的画都归埃丝特第一个品评。埃丝特自豪地向一批又一批姑妈姑婆亮出了女儿的画作，姑妈们与姑婆们欣赏着黛博拉的画，流露出亲戚们常有的神情——有点困惑，又有点宽容的自豪。黛博拉的画作中根本没有医院场景，但她画出了海琳：一个发似枯草、眼神空洞的“疯女人”。画中的海琳正揽镜自照，向昔日照片中某位惹人爱的大学好友望去。黛博拉也画出了康斯坦蒂娅。画中的康斯坦蒂娅竟动用了两名护士陪同，才能前去散步。在“保护区”中，她们的身影显得颇为渺小，而画中的“保护区”，则探向无垠的远方。就为了这两幅画和别的几幅画，埃丝特还让黛博拉从技术层面解释了一番。跟以往一样，大多数访客把画作大大地夸赞了一顿，临走时留下一个吻，还留下几句逗弄苏茜的玩笑话，打趣她最近又征服了哪个裙下之臣。（“才不是，塞尔玛阿姨，那小子是好几周前的事情了。我只是跟他一起去了个派对而已。”苏茜说。）

吃晚餐的时候，埃丝特又夸奖起了黛博拉是多么有魅力，多么镇定。可惜在黛博拉看来，不知道什么缘故，这两天苏茜似乎显得颇为消沉。苏茜原本可以踏出家门，将败家子姐姐留给一大家子尽情吹捧，但她却还是留在了家中。或许，是她的毒性所致？黛博拉身染的慢性毒素终究奏了效？当然，黛博拉的意识定会告诉她，所谓的“慢性毒素”并不存在，可惜的是，就在逻辑与意志之下的心底，有个声音却依然在低语：“他们在撒谎！他们在骗你！”

当天晚上，黛博拉早早便服下镇静药，上床就寝了。就在快要沉入梦乡时，她却听见苏茜和埃丝特的声音从客厅传了过来。那是争吵的声音，充斥着痛楚。“上帝保佑！”黛博拉冒出一句，倒头睡着了。

“你反正是充耳不闻，”苏茜抱怨说，“只要事情没有牵扯到黛比，你反正通通都当作耳边风。可是，我可不是个粗心的蠢材！”

“你这话说得不太公道。你姐姐只能在家里待上几天，所以我们才弄出这么大场面嘛。”埃丝特说。

“怎么不提你们写了一封又一封信，你们去医院探望了一次又一次！”苏茜哭号道，“我明明也画画，我还会跳舞，去年我还为夏令营表演秀写了两首歌曲。这些东西，或许确实赶不上黛比的画那么‘深刻’，可怎么从来没见你为我拦住外婆，没见你邀请娜塔莉姨妈或者曼特叔叔来品一品我刚写的歌曲、评一评我刚说的机智话呢。”

“难道你还看不出来，你这个笨丫头，”埃丝特用近乎恶狠狠的口吻告诉小女儿，“因为用不着啊！夸你，那就等于吹牛。夸黛博拉，则是……”

布劳母女闹出的动静实在太大，雅各布恼火地从卧室走进了客厅，凶巴巴地吼了一声：“够啦！死人都能被你们吵醒！”

就在这时，三人全都发觉了雅各布的失言。虽是无意中脱口而出，它却准头十足地影射着家里刚服完药沉入了梦乡的大女儿，那全家人多年来心痛与争吵的缘由。带着愧疚与怒气、爱意与绝望，布劳家三人又各自上床就寝了。

探访结束以后，拎着一只装满新衣的手提箱，黛博拉回到了医院。

第二十六章

春天再度来临了。不管是那家医院的“保护区”，还是通往城镇的街道，都已抹去了冬天的影子。黛博拉依然满心充斥着热爱与渴求，沉醉于人世的形态与色彩之中，索性将她的艺术天赋用到了十几种工艺品和风格上。工艺坊里的原料实在不多，不过作坊里有些什么，黛博拉就用些什么。丝网印刷也好，雕版印刷也好，水彩颜料也好，水粉颜料也好，黛博拉恨不得把人世的所有玩具通通玩个遍。而就在她的内心，“业尔”跟人世的阴暗面却还在争斗不停。世间惯例也罢，世间众人也罢，黛博拉只觉得自己恐怕永远也摸不透，但说到物质上的东西，倒是不乏全新的途径、自由和巨大的回报。某天，一名新入院的病人问了黛博拉一个问题：“你是什么呀？”其实，对方问的是，黛博拉究竟信什么宗教，结果黛博拉发觉自己答了一句：“牛顿的拥趸。”

病房里这位新来的病人，倒是跟海琳十分相像。黛博拉察觉得出，尽管新病人动不动便像挨了枪子儿一般放声哭喊，但在她那茫然的外表下，却藏着某种真实感，某种力量。这位新病人名叫卡门，其父乃千万富翁，但黛博拉深悉，这个姑娘只怕注定要进 D 病房，并在 D 病房待上好一阵子了。对新病人卡门来说，入住病房后时长三个月的“蜜月期”眼看就要过完了。正是在这三个月的蜜月期里，大多数病人会紧紧攥住仅存的几丝理智，借以掩盖某种骇人的裸露感。有些时候，当卡门从旁边经过时，卡拉和黛博拉会对视，用眼神告诉对方：这一位，只怕是不鸣则已，一鸣惊人吧。

“嗨，卡门…… 不如一起去 A 病房打乒乓球喽。”

“没法儿去。今天下午，我父亲要来探望我。”

“那你想不想我们陪着你?”卡拉问卡门。黛博拉顿时心里明白：卡拉此举，算是替她们两人向卡门放话，准备出手相帮。尽管算不上什么美人儿，黛博拉和卡拉却愿意洗漱收拾、梳好头发、披挂上阵，好歹能替 B 病房的病友卡门助助阵，替卡门的父亲挡挡 B 病房另外几个貌似更加古怪的疯妞吧。

“不用了，他不会理解的。我只希望，我能办到…… 别出乱子。”用她那副没精打采的口吻，卡门告诉两人。

“那怎样才能办到?”黛博拉问卡门。

“同意…… 向来不都是吗。只要凡事…… 凡事全盘同意。”

今天是个周日，工艺坊没有开门，医院里处处透出一股周末常有的荒凉感。即使是在医院的庇佑之下，星期天也仍是个难熬的日子。于是，卡拉讲起了当初她在医院“外面”工作时，一个个周日都是多么痛苦。黛博拉自己也记起了人世的一个个周日是多么险恶。若是平日，黛博拉大可戴上所谓的“面具”，恰似给身心都竖起一层屏障，偏偏周日作为所谓的“休息与自由”之日，会害得人猝不及防。星期天，它向人许下了休闲、和平、圣洁与爱。而这一切正重申着对人间仙境的向往。但也偏偏每逢周日，黛博拉就无法把面具戴稳，周日下午就更是一场激战了，毕竟黛博拉忙于赶在周一之前将其他世界全都藏好——到了周一，她不仅必须一次次地重复谎言，还必须维持完美的表象呢。

早春略带暖意的薄雾中，黛博拉与卡拉悠闲地漫步着，放眼打量着冬天在人行道上留下的裂缝，玩着两人为打发时间一手打造的白日梦游戏。借着这款游戏，黛博拉和卡拉会活生生地将人世摧毁十几回，再重建十几回，半算惩罚，半算暗地里寄予脆弱的希冀吧。

“在我的大学，绝不允许有人拉帮结派。”

“在我的工厂，老板自己就会拣最平常的活儿干，好瞧瞧那些活计究竟有多要命。”

不过，黛博拉和卡拉最熟的还是医院，于是在白日梦游戏的重头戏中，两人无数次建起了医院，给医院配备了各色员工，给医院配备了各款设备，再管理起了医院。两人谈着话，猛然发觉已经远远地越过了医生大楼和学生护士的寝室楼。

“我这家医院，可以把窗户上的栅栏通通拆掉。”卡拉冒出一句话。

对这个提议，黛博拉有点拿不准。“首先，医院的病人必须足够坚强，才能经受得住。有些时候，你总得找些打不坏的东西开打吧，总得让自己处在可以发狂的环境才行。”

“我这家医院，所谓‘随叫随到’的值班医生，得真正做到‘随叫随到’才行。”

“我这家医院，护理员通通要当一星期病人。”

这时，黛博拉和卡拉发觉，她们已经走到了一块草坪上，远远地越过了最后一栋医院大楼。

“瞧瞧我们走到哪儿了。”

“我还没有获准走这么远。”黛博拉告诉卡拉。

“我也一样。”

两人感觉很不赖。下午正渐渐变成黄昏，随后下起了一阵小雨，可这场冲着周日、冲着人世、冲着监管掀起的哗变，虽小但却特别，让她们两人都不忍喊停。黛博拉和卡拉坐在草地上，开心得直冒傻气，任由周日的天降神雨落在她们身上。暮色降临了，雨丝透出了寒意。浑身湿透的黛博拉和卡拉站起身来，满怀着憧憬迈步向医院走去。

快要走到最后一栋楼时，她们两人的身影落到了汉森和小克利里眼中。汉森和小克利里刚刚走出三号附属楼，正在朝医院的主楼走去。

“嗨，姑娘们……你们俩有夜间特权吗？”

“没有，我们这就进屋。”卡拉答道。

“那好。”护理员说。两名护理员等待着卡拉和黛博拉，等到两个姑娘走到他们身旁时，护理员一左一右把她们夹在了中间。怎么能用这副派头回去？刚刚经历过自由，经历过欢笑，经历过一场好雨，卡拉和黛博拉才不要这样回去呢。她们对视了一眼，示意对方：“不行。”一行人走到大门附近时，护理员习惯性地朝卡拉和黛博拉围了过来，卡拉和黛博拉只好灰溜溜地进了门。谁料到，就在大门的另一侧，机会来了。卡拉与黛博拉双双看准了这一时机，仿佛一辈子苦苦受训就是为了此刻，卡拉与黛博拉也双双抓住了这一时机。不知不觉中，汉森和小克利里已经松懈下来了。大门后方是一扇双开门，等到一行人悉数穿过了双开门，卡拉和黛博拉却冷不丁同时转过了身，掉头从双开门中穿过，双开门便晃悠悠地朝两名讶异的护理员摆了回去。卡拉和黛博拉大步流星地朝前奔去，一溜烟又出了前门。两人一边拔腿开跑，一边听见蜂鸣器正嗡嗡嗡一通乱响。铃声是在向医院示警：竟有病人开溜。

沿着黑漆漆的小路，卡拉与黛博拉边跑边笑，笑了好久好久，直到喘不过气来。雨滴狠狠地落在她们身上，天空掠过一片迅捷的流云。“业尔”之中，安忒拉贝正在曼声吟唱，颂赞着人世之美，他可好多好多年没唱过此类歌曲了。黛博拉和卡拉一路朝前奔，直到双双喘不过气来，感觉体内隐隐作痛。随后，她们便放慢了脚步，在寒冷与自由面前发起了抖。这时，远处突然亮起了一盏灯：是一辆车。

“医院居然派人来搜寻我们了！”卡拉气喘吁吁地告诉黛博拉。两人一起跳进了道路边沟，直到那辆车从旁边驶了过去。汽车的灯光在雨中消失时，两名逃亡者又从沟渠里爬出来，继续朝前走，边走边笑，谁让她们俩都是飞毛腿兼机灵鬼呢。过了一会儿，卡拉和黛博拉又望见了一辆车。

“医院又派了一拨人在找我们？”

“别给自己脸上贴金，疯妞，这毕竟是一条公路。”

“可是，还是小心一点行事为好……”说完，两人又跳进了沟渠。

两人蜷缩在藏身处，提心吊胆又冻得厉害。一时间，黛博拉不禁有点纳闷：这场闹剧，她们究竟想要如何收场？她和卡拉既没有干衣服，也没有钱。除了逃跑，她们既没有别的打算，也没有别的心思。黛博拉竭力回想着“弗锐”的教导：去做自己内心真正想做的事。于是，她倚着路堤坐了下来，琢磨着自己“内心真正想做的事”究竟是什么。在黛博拉的身旁，卡拉抖掉了鞋里的一块石子儿。等到那辆汽车从旁驶过以后，两人从沟渠里爬出来，都糊着一身泥，活像一个模子里塑出来的。她们又继续朝前走。

“我们迟早得回医院吧。”黛博拉高声说。

“那是当然，明天我还要跟我的医生见面。只是我得自己一个人待上一会儿，仅此而已，受不了有人领着我，也受不了有人陪着我。”卡拉说道。

黑暗之中，黛博拉露出了笑容。“那是当然，我也这么想。”

回医院的路，黛博拉和卡拉走了好久好久。她们不时就开口唱上几句。一路上，湿透了的鞋子害得她们脚下打滑，惹得两人全程都在咯咯笑。直到两人穿过医院前门，又踏进 B、C、D 病房所在大楼的前门时，她们俩才被当场“抓了包”。眨眼间，她们的身边便呼啦啦涌来了好几个人，把黛博拉和卡拉分开了。看上去活像是工作人员的某种报复，谁让她们两人竟说走就走、说回就回呢。黛博拉洗澡时，两名护理员一直在旁看守。这两名护理员值的是晚班第二班，换句话讲，黛博拉洗澡时必定已过了午夜。

“你马上就要遭殃喽。”其中一名护理员自以为是地向黛博拉宣布。

“我是不是……会被赶去楼上？”

“要是你在这里乖乖地听话，服了镇静药就上床睡觉，今天晚上你可以待在这儿。”护理员说，“你们两个姑娘，得去隔离室才行。”

等到洗完了澡，黛博拉和她的“看守”从卡拉和卡拉的“看守”身旁经过，走向病房大厅的尽头处——尽头处的几个房间被用作了隔离室。不过，黛博拉与卡拉的眼神却依然自由。于是，越过护士们的头顶，她们俩互相抛了个眼色。过了一会儿，当黛博拉渐渐沉入梦乡时，她在心中暗自思忖：或许，这次逃院的代价有点太过高昂。但就在此刻，她却又记起了雨滴的气息。

B病房的管理员目前是奥格登医生，一名新来医院的医生。黛博拉跟奥格登医生还不熟，也不太拿得准他的为人。自从跟卡拉串通一气互抛眼色以后，她就再也没有见到卡拉。黛博拉目前唯一的招数，便是竭力回想小道消息中曾经提到哪些逃院事件，一心琢磨着如何才能编一个站得住脚的逃亡理由。当天上午十一点钟，在看守的陪同下，黛博拉被送到了行政办公室。护理员伸手敲了敲奥格登医生的办公室大门。

“进来吧。”有人说了一句。黛博拉迈步进了办公室，赫然发觉，在办公桌旁坐着的人，却是哈雷医生。她定然是喜形于色了，因为哈雷医生微微露出了笑容，告诉黛博拉：“奥格登医生得了流感，因此，B病房的管理工作会由我接管一阵子。来这儿管理B病房，能让一切井然有序嘛。”说完，哈雷医生便朝后一仰，两个拇指并在了一起，“这究竟是怎么回事？”

黛博拉告诉哈雷医生，她和卡拉溜出医院究竟是去哪里逛了一趟。医生两次打断她追问详情，等到她终于说完，医生问道：“这主意是谁先提出来的？”

黛博拉苦思着该如何解释。某个“业尔”语单词恰好描述了当初她和卡拉的感受，此时它偏偏出现在了她的脑海中，害得她没办法集中心神去讲英语。黛博拉下定了决心：至少把那个“业尔”语单词翻译成英文吧。她只盼哈雷医生能够理解。鉴于黛博拉欲说还休，哈雷医生索性凝望着她，嘴里催道：“跟我讲讲吧。”

“好……嗯……”黛博拉有点迟疑，毕竟她恨不得表现得十分理智，“假如你跟我一样笨手笨脚，跟我一样动不动就把事情搞砸，你只怕就会对心想事成的人怀着崇敬之情。我的……不如说是我的故乡好了，会把这等能人称作‘阿图麦’。对这等能人而言，凭空多出来的一级台阶，绝不会害他绊上一跤；他用来捆包裹的绳子，绝对不会短上一截。总之一句话，人家求红灯即得红灯，求绿灯即得绿灯，求苦时即得苦，求乐时即得乐。谁知道就在昨天，我竟然也当了一阵子‘阿图麦’。卡拉也一样，算是我们两人共同经历了一回吧。毕竟喷嚏要是来了，你挡也挡不住。谁能说得清到底是谁拿的主意，到底是谁带的头，我和卡拉不过是顺其自然而已。”说到这儿，黛博拉记起了当时是如何跟卡拉一起穿过第二扇门的，笑容顿时浮现在了她的脸上，随后又消失了踪影。

“很有意思吗？”哈雷医生问。

“那是当然！”

“好了。我要先跟卡拉聊聊，请你在办公室外等上片刻。”医生吩咐。

黛博拉迈步走出医生的办公室，一眼望见卡拉正在办公室外等着被医生问话，看上去一副警惕的模样，貌似怕得不得了。卡拉向黛博拉抛来询问的眼神，黛博拉微微耸了耸肩——经验老到的病人们也好，囚犯也好，间谍也好，修女也好，只怕都会如此让人难以察觉地耸耸肩膀。望见这一幕，卡拉恰似挨了一拳，随后便进了医生的办公室。似乎过了好一阵儿，卡拉才从办公室里探出头，朝黛博拉示意：“进来吧，医生想同时向我们两个人问话。”

这一次，看护两人的护理员倒是互换了一下眼色。

黛博拉进了办公室，嗅了嗅屋里的空气。哈雷医生居然沉着一张脸呢。不过，黛博拉立刻看出他正强忍着笑意，于是松了口气。

“你们两个违反了医院的规定……依我说，恐怕足足违反了八条规定。”哈雷医生开了口，“理应受到严厉的批评。但是，谈起这件事，你们两人的说法倒是非常吻合。确实很有趣，对不对？而且是两人同享的乐趣。在这间医院里，倒是非常少见。我颇有点为你们两个感到骄傲……”说到这儿，哈雷医生重又正色宣布道，“依我看，用不着给你们两个现有的‘特权’降级了。就这样吧。”

卡拉和黛博拉走出办公室，关上了门。哈雷医生在座椅上转过身，放眼向窗外望去。室外的树木已经吐出了新芽，春色正沿着树枝一寸寸蔓延，树篱上涌动着一片绿意。哈雷医生遥想着刚才那两名女孩在暴风雨之夜边走边唱，又想起自己也曾踏上过“逃亡”之旅。“真是小屁孩啊！”医生叹道。他的口吻中有几分不耐烦，几分钦佩，再加上一丝艳羡。

“卡门人呢？”卡拉问了黛博拉一句。“我想跟她说一声，没事了。下午的时候，她眼睁睁看见我们走了，而且她肯定也听说了我们闹出的事。”

“我不知道，我还没有见到卡门。”

卡拉和黛博拉问了问护士。

“卡门回家了。她是昨天晚上走的。”

“可是，卡门的父亲来医院，单单只是探望一趟吧？”

“说得对。不过依我猜，他恐怕改了主意。我只知道，昨天晚上七点钟左右，卡门和她的父亲一起离开了医院。”护士的语气分明是在暗示卡拉和黛博拉两人：别再追问下去。于是，卡拉和黛博拉互问了起来：“到底出了什么事？”

“特里，昨天你有没有见过卡门？”

“没错……我见过卡门。”

“到底出了什么事？”

“她不同意。”

黛博拉和卡拉顿时面面相觑，不禁发起了抖。一时间，人世的无常与哈雷医生的夸奖，双双在她们的耳畔回荡着。

“我的父母……”黛博拉开口说。黛博拉的心里很有数，尽管父母从她身上见到的恨盖过了从她身上见到的爱，但他们还是让她留在了这家医院里。尽管她没有一丝病情好转的迹象，他们依然任由她在这里待了好久好久。他们从未逼着她病愈康复，以便重塑他们自己的名声。这时，黛博拉低头一瞧，发觉自己的双手正急匆匆地忙着比画“业尔”手势，忙着自言自语。至于卡拉，被囚笼所困因而恰似睁眼瞎的卡拉，却适时插嘴补了几句话。

“说来说去，他们给我的，是自由。卡门的家人没给她留下机会，但我的家人……”

这时，黛博拉突然悟出，她能留在这家医院中放手一搏，多亏了父母买单。想当初，在黛博拉毫无起色的一刻，他们本可以就此喊停。可是，他们竟然并未对未来失去信心，尽管他们只怕永远无法从那份未来中尝到什么甜头。

“卡拉……要不是我被吓了个半死，我真的万分感激！”黛博拉说。

第二十七章

海琳，手凉如冰、脸色惨白的海琳，入住了B病房。她身上紫丁香花色的连衣裙既不合身，也跟这位柔韧的“母老虎”很不搭调。她摆出一副“寻常”模样的笑容，可惜的是，笑容中却透出几分紧张的意味，恰似一个陷阱。黛博拉和卡拉告诉海琳，她们俩很高兴跟她见面，结果海琳回嘴道，她们俩都是撒谎精兼伪君子。说完这番话以后，就在海琳那副微笑的面具之后，一抹实打实的笑容悄悄地现了身，让黛博拉和卡拉很为海琳开心：看得出，海琳在这具皮囊里待得好端端的嘛。

等到海琳获批了相关“特权”，她便被带到工艺坊去了。黛博拉也跟着去了，因为她还记得当初工艺坊里的一幕：工艺坊活像一片麦田，“麦田”里的猎手还会冷不丁地开上一枪。鉴于海琳那拳脚乱飞、流传至今的过去，当初黛博拉遇到的那把枪，只怕会变成一门大炮。

卡拉早早便出了病房去看医生，直到快吃晚餐的时候，她才再度露面。黛博拉和海琳正拿着速写簿和卷发器坐在大厅里，卡拉静悄悄地在大厅现了身，迈步向她们两人走来。

“小黛……是关于卡门的消息。”卡拉说着，递给黛博拉一幅剪报。报纸在B病房属于禁品，不过，其实暗地里的私货交易猖獗得厉害。黛博拉飞快地扫了那张剪报一眼，把它塞进了她的速写簿。报上文章的标题赫然入眼：大亨千金自寻短见。黛博拉握紧了速写簿，以免别人读到那则剪报，读到剪报中的新闻。标题下方的报道堪称细节详尽，描述了某人对准自己的耳朵搂动扳机后留下的一大堆烂摊子。

“你们认识卡门？我的意思是，认识生前的卡门？她在这儿住了多久？”海琳问。

“刚好久到学会了跟人说‘不’。”卡拉答了一句。

“她本来有希望治好的。”黛博拉站起身，断然说。

“小黛，你又怎么说得准？”

“难道你就是嘴贱，非要哪壶不开提哪壶？”海琳换上了愤愤的口吻。

“我又没说卡门本来定会康复，我只是说她本来有可能康复。”

听到她们的吵闹声，其余病人纷纷从房间里迈步出来。所有人都明白海琳和黛博拉在聊些什么，一种紧张的气氛顿时在 B 病房里蔓延开来。几名护士在一旁观望，拿不准到底该说话，还是该闭嘴。黛博拉却渐渐心生一种感觉：今日之争，与其说争的是卡门的自杀，倒不如说，争的是众病人心中的一番疑问——到底赢家会是所有病人心中的愤世嫉俗之情，还是所有病人心中那一丝丝不顾一切与病魔抗争的渴望？

令她讶异的是，黛博拉发觉，她自己竟站在了那丁点“盼头”的一边。她虽然深悉自己的想法，却实在拿不准 B 病房这群病人能否将自己的话听进耳朵里，毕竟相较于 D 病房中的一群病人，她们虽然理智得多，却也胆怯得多。

“哎，小黛，明明你自己就提过，卡门只怕随时都会‘一鸣惊人’。”卡拉冒出了一句。

黛博拉瞪了卡拉一眼，心中暗自琢磨：卡拉此举，究竟是竭力想要阻止自己说出几句惹祸的话，免得黛博拉随后不得不当众改口，还是打算糟蹋两人之间曾经共历难关的情谊?

“卡门本来就有可能康复，仅此而已。她得了健康且良性的疾病。”黛博拉宣布。

“你的说法真是自相矛盾!”

“根本就不可能!”

“有什么不可能……好好琢磨一下吧……她得的病，恰似痛快挨了一刀。她这个病，既不做表面功夫去唬人，又不在医生面前假充正常，去糊弄医生。”黛博拉说。

一片尴尬的沉默。不经意间，黛博拉发觉自己的眼神已经落在了琳达身上。琳达堪称B病房的“心理学权威”，读书甚多，嘴里动不动便会冒出一串术语。向琳达求援，算是黛博拉鲁莽地临场发挥吧，因为她满心只盼不被言语中深藏的痛楚所伤。可惜的是，黛博拉的目光和她下的定义都把琳达吓得厉害。琳达恼火地回了嘴：“瞎诌……你不过是在为你自己的防御机制找借口!”

黛博拉尽全力想把话说得更圆一点，更真一点。“瞧瞧在我们医院住院的男病人吧……他们个个都很理性，‘头脑清醒’，还很风趣呢。这家医院的工作人员对他们都很有好感，即使单单只从个人层面上讲。可是，这群男病人偏偏还是到了这里，而且已经待在这家医院好多年了，不管是哪个人，还是哪件事物，都帮不上他们。看上去，他们并未经受多少煎熬，因为他们本就没有多少感受，这才是病人膏肓的重病吧。D病房的卡洛儿小姐或许是病了，但她在抗争，她有感受，她有生机……”面对B病房众人的怀疑与怒火，黛博拉的声音越变越小。但忽然间，她却又再度体会到了某种平静的力量。那是世界正在绽放，当初在D病房的某夜，黛博拉就品尝过它的滋味。只不过这一回，它显得来势更急，更加热情洋溢。“好好地活着，就是抗争。”黛博拉宣布，“这两样，就是一回事。对了，我依然认为，卡门本来就有可能康复。”

正在这时，护士拦住了大家。黛博拉环顾着四周，环顾着一张张对她冒着火气的面孔。看上去，黛博拉的一番话戳中了某个令人剧痛的痛处。它是B病房的痛处，是某种绝望的希冀：众人一心只盼诸多敷衍之举能让大家渡过难关，假如大家撑得够久、装得够真的话。在这家医院外面的世界，人们是否也会如此心惊地紧攥住惯例不肯放手？

“你这人还真爱在病房里兴风作浪。”过了一会儿，准备上床就寝时，卡拉告诉黛博拉。

“你是不是想问，像我这等刺儿头，是怎么平安长到这么大的？”

“我会想念你的，小黛。”卡拉冒出一句话。

遥遥的“业尔”世界，仿若猛然传来了一声惊雷。“你为什么要‘想念我’？”黛博拉问。

“因为我马上就要出院，再试一回。”卡拉说。

一股惧意冷不丁向黛博拉袭来，恰似有人反手抽了她一记耳光。幸好，黛博拉已经从“弗锐”那儿学到了不少，于是她颤抖着在心中暗自发问：“我是在为自己害怕，还是在为卡拉害怕？假如是在为自己害怕，原因何在？害怕失去一个朋友？害怕被人世抢走了一个朋友？还是害怕用不了多久，我自己也不得不重归人世呢？”

正是拜同样的惧意所赐，刚才B病房的病人们才对黛博拉所谓的“健康且良性的疾病”退避三舍。一念及此，黛博拉哀伤地露出了笑容。

卡拉告诉黛博拉：“我接受的疗法应该还挺厉害的，强大到够我撑上一截难熬的进城之路了。我会去找些无须困在某个小房间里的工作，或许以前我栽了跟头，就是栽在这一点上。”听卡拉的口吻，她显得既心惊，又疲惫。

“我会想念你的。”黛博拉黯然道。

“用不了多久，说不定你也能出院。”

黛博拉竭力想要吐出一句“那是当然”，但她深知，自己的惧意也许会活生生把“那是当然”变成其他语言。因此，她只是躺在床上，品尝着浓雾般笼罩着她的惧意。

接替卡拉床位的女孩，是一名温柔而又慷慨的医院常客，曾在其余十几家医院里接受过机械性精神病学治疗。目前，她的记忆力已严重受损，她的病却丝毫未改。除此之外，这姑娘还给自己编排了好几十对父母，一对对根本沾不上一点边。“我家一直是个音乐之家……”她会含糊地声称，“我父亲乃帕德雷夫斯基，我母亲乃苏菲·塔克，所以我的神经才这么紧绷嘛。”

新室友很讨黛博拉的欢心，过了一段时间，她们俩就不再聊起家人了，也不再聊起新室友的演员父母葛丽泰·嘉宝和威尔·罗杰斯究竟有些什么矛盾。

在黛博拉心中，对新世界的渴望已然觉醒，逼着她一步接一步地探索着人世。她会在大厅里坐到学生护士们身旁，不然就在工艺坊里坐到学生护士们身旁，听她们闲聊。她会问起学生护士的生活，问起学生护士的家庭，问她们住在哪里，问她们培训完后想要做些什么。她会动不动就进城一趟，把来回的门道都摸透了，一路上又是瞧又是闻，观赏着季节变换。

对新世界的渴求甚至驱使着黛博拉踏足了某些不太欢迎她的地方。比如，它驱使黛博拉踏足了城镇的社交生活。黛博拉加入了两个教堂唱诗班，还跟卫理公会牧师聊起了年轻人小团体的事。可是，黛博拉与牧师都心里有数：对黛博拉而言，追求归属感只怕是没戏了。长期以来，这个小而孤立的群体对那家医院及住在那家医院的病人一直又是畏惧，又是嘲弄。可是，一个刚刚重临凡间的凡人对其与生俱来的权利究竟是多么渴求，教堂唱诗班里那群疲惫且安静的女士恐怕猜也猜不到，想也想不通吧。尽管大家并不搭理黛博拉，她却还是一次次地现了身；大家把黛博拉当作隐形人，她却还是一次次地现了身。

到了最后，在惧意、激动、忐忑与一股不肯回头的倔劲儿之中，黛博拉索性着手开始申请出院了。流程一步接着一步，等到医院的批复终于下发时，黛博拉却从室友的面孔上望见了某种神情。想当初，黛博拉自己曾向卡拉流露出的，必定就是这副神情。在此之前，黛博拉自己曾向多丽丝·里维拉流露出的，必定也是这副神情。那是某种惊叹、畏惧、恼怒、嫉妒，而其中的重中之重，却是某种翻天覆地的孤独。

“你要离开这家医院了，我真是半点也不在乎。其实，我根本算不上这间医院的病人，知道吧。我只是在为我的学位做研究，一旦做完研究，我就会收拾行李从这家医院离开。”新室友对黛博拉说。

黛博拉跟室友道别时，室友望着她，露出一副仿佛从未见过黛博拉的模样。

某社工手里有份名单，列出了城镇中可供出租给门诊病人的房间。据黛博拉从本院小道消息中打探到的爆料以及她每次进城的见闻，其中大多数房间不仅又差又黑，还拜住在屋里的某些“弃儿”所赐，背上了一身的污名。

“其中有一两间屋子是新的，里面也没有病人住。不过，这几间都有点远了……算是在城镇的另一头吧。”社工告诉黛博拉。

黛博拉合上双眸，伸出一只手指，搁在了房屋名单上。

“据法律规定，我们必须声明……”

“好的，我心里有数。”黛博拉回答，猛然记起了当初自己扭伤的脚踝与圣艾格尼丝医院之行。(“她们是否会动手施暴？”当时曾有人问起。)她不禁打了个哆嗦。

“我必须跟你一起去，这是规定……”社工又补上一句。

黛博拉与社工一起伫立在某栋旧屋的门口，女房东打开了房门，社工介绍起了黛博拉的情形。黛博拉凝神审视着房东，只等着房东板起一张脸，只等着房东的眼中浮起戒备的神色。不过，房东是个上了年纪的老太太，整个人显得十分敞亮。一时间，黛博拉不禁有点纳闷：房东真能听懂社工在讲些什么吗？

等到社工说完以后，房东朝他们两人做了个手势。“我希望你会喜欢这间屋。”

“她原来待的，是一家精神病院。”社工的口吻显得很绝望。

“噢？……瞧，这间屋光线更足，但另一间更靠近浴室。”房东回答。

等到社工动身离开后，房东只补了一句话：“对了，请千万别把这个马桶堵了。马桶有点旧，有点不好伺候。”

“我的人生可全指望着它呢，哪能伺候不了？”黛博拉答道。

事实证明，女房东金太太才刚刚搬到这座城镇，因此并未自小听闻“那个地方”的各色奇谈。然而，一宗又一宗相关事件、一个又一个骇人的相关逸闻早已害得镇上大多数人对那间医院又是害怕，又是瞧不起。黛博拉就常常亲眼目睹，有些孩子的母亲会冲着孩子高呼，指挥孩子们避开某位“船长”——因为这位曾在海军服役的“船长”，眼下会在走路时自言自语。至于黛博拉，因为她身上异样的气息显得更浅，这座城镇的人们并未对她流露出畏惧的神色。实际上，整座城镇几乎对她无动于衷。尽管黛博拉前往教堂参加了唱诗班，上了高中的缝纫课，甚至参加了一个青少年户外俱乐部（“欢迎诸位，来者不拒”），她来来又回回，却只是跟人共用了一台缝纫机、一本赞美诗集、一张地图，跟人说了几句“早安”“晚安”之类的客套话而已。人人对她都颇有礼貌，她对大家也极讲礼数。可惜的是，城镇众人的生活却都将黛博拉拒之门外。

“到底是该怪这座城镇，还是该怪我这张面孔？”

“或许两者兼而有之……”“弗锐”答道，“不过，在我看来，你的面孔没什么问题。也有可能，你跟人见面时，脸上会流露出几分焦虑。”

尽管此刻缺乏灵感，黛博拉却仍在与弗里德医生对话，堪称进行了一番精神层面的体力活儿，在全新的自由中找出了与昔日全新的冲突。

“拜托你再次回顾一下昔日，然后跟我说说：你有否看见些许光亮，穿透我们曾经谈过的那片灰影？”“弗锐”问黛博拉。

随后，黛博拉便再度沉浸在了回忆中。毁灭与灾难曾经占尽了上风，显得毫无漏洞，但在此刻，却奇迹般地透出了一缕缕阳光。想当初，阳光一度几乎全被“业尔”所向披靡的力量遮住了。“没错……对……我能看见！”黛博拉露出了笑容，“有时候，我似乎还能记起好几天这样的日子……比如，我们一家搬回芝加哥之前住在某栋房子里的一年。比如，我的某个朋友……以前我怎么会把这些忘了个精光！”

“你曾经有过一个朋友？”

“直到我进了这家医院……而且，她并不属于心灵破碎的族群，至少在她习惯了陌生的城市以后，就不算是了。刚开始时，她确实像是‘甘侬’一心想要召集的人物，毕竟当时她还是个孤单的外来客。但没过多久，她就摸透了我们这儿的门道，而且，她为人很不赖。我的意思是，她不是心灵破碎的那类人！”

“最近几年，你有没有收到过她的消息？”

“收到过！她在念大学……当初我怎么给忘了呢？”

“当你病得很重的时候，若能记起一个朋友，记起几缕阳光，那便意味着要改变某种不容改变的世界观。若是有人对整个世界放了手，其中定有缘故。你总得有着充分的理由，才会抛弃整个世界吧。目前你既然已经重返这个世界，你就能够记起：黑暗之外，究竟还有些什么？世上黑暗至多，只是因为，爱之光，再加上经历真相之光，始终与之抗衡。”弗里德医生告诉黛博拉。

“可是，‘业尔’同样也很美，很真实，‘业尔’同样也有爱。”

“不怪它的语言，也不怪它的神明本身，要怪就怪他们将你拦在了世界之外，这才是病之所在。”“弗锐”说。

“每逢兰特美恩心情好的时候，跟他同行真是棒极了。缝纫课上完以后，或者教堂唱诗班的事情结束以后……多说一句，缝纫课和唱诗班都不是我该待的地方，我就是里面的异类……能跟一个敢发笑、敢犯傻、能变美、能惹你哭的神明一起回家，简直太棒了，路上还能趁着兰特美恩出声朗诵时遥望繁星。”

“这个神明的形象全由你自己亲手打造，这一点你已心里有数了，对吧？他是你从自己的幽默、自己的美中创造而成的，你明白，对吧？”“弗锐”温和地问。

“对，现在我已经明白了。”承认此事，让黛博拉很是心痛。

“你是什么时候看出这一点的？”弗里德医生问。

“你是指，用上我所有的眼睛？”

“弗锐”点点头。

“或许我一直都能看见。某种程度上，算是深埋在心底的安全之处，但依我猜，它对我越逼越近，已经有很长一段时间了。上个星期，我还跟爱达忒和安忒拉贝一起偷笑了一会儿。他们写了一首基于贺拉斯诗歌的合唱曲，他们唱起它时，我说：‘我能从头到尾熟记于心的华章也就区区几篇，这正是其中之一。’结果安忒拉贝回嘴道：‘那还用说！’随后我们便互相开涮，开着玩笑损对方。我打趣道，‘不如你来教我数学’，爱达忒和安忒拉贝都笑出了声，但后来他们终于承认，他们没办法超越我的知识范围。接着我们又边笑边互损起来，可惜话里带着刺。我问安忒拉贝：‘难道你借以焚身之火，乃我之火焰?’他说：‘难道它不值一燃?’我说：‘此火何为，取光抑或取暖?’安忒拉贝说：‘为的是你生命中的许多年。’我又对安忒拉贝说：‘是我的有生之年？是我的一辈子？你的国度，真是争议之国度。’”

“现在依你看，‘众相神’是对你自己某些思维的一种批评吗?”“弗锐”问道。

“我担心……我依然在担心，‘众相神’多多少少算是真实的存在。假如我想把‘众相神’赶跑就能把‘众相神’赶跑，那就太好了。”

随后，“弗锐”提醒黛博拉，“众相神”一度对她十分冷酷。医生还提醒道，在好长好长一段时间里，“业尔”诸神都谈不上什么真正的美了。直到今日，黛博拉挺身对抗“业尔”诸神，他们才又带着妙语与诗歌的诱惑再度降临。毕竟，面对友善的神灵，黛博拉只怕更不好意思跟他们作对。

趁着黛博拉的脑海中还闪耀着记忆之光，“弗锐”又开口发问：“你的新朋友卡拉呢？你还会不会跟她见面?”于是，黛博拉又跟“弗锐”讲起了某件怪事。

最近一阵，黛博拉罕少跟卡拉见面。不过，只要两人凑到一起，便会有一种特别的亲密感。黛博拉与卡拉在任何一个地方或许都会变成朋友，但她们偏偏一起遭遇了病魔，又偏偏同时战胜了病魔，她们两人的“战友情”中便自带一种新生与斗争的气息。白天时分，卡拉忙于实验室技术员的工作；到了晚上，卡拉还不得不花时间学习种种新技术，毕竟就在她换了三家医院、在重重铁窗后度过足足五年的时间里，世上又接连出现了不少新技术。

黛博拉和卡拉分享了各自的诸多过往和各自的诸多恐惧，也分享了各自心中那一丝又一丝的希冀。多年来，黛博拉却逐渐察觉，每当她提到自己的艺术，或者提到她正在画的画，卡拉身上就会起些微妙的变化。几乎不知不觉中，卡拉的表情僵了起来，态度也冷了下来。不过，当初两人所待的地方充斥着忽喜忽怒的情绪、充斥着暴力、充斥着从种种感官与感知而来的谎言，卡拉的情绪变化又很微妙，因此，黛博拉在住院期间并未留意。没料到的是，等到人世在黛博拉眼前变得历历可见时，她突然悟到，只要一提她的艺术，她的朋友便会退缩。正因两人都恨不得一头扎进现实与实践之中，卡拉身上这种诡异的疏离感也就显得格外突出。黛博拉记得，卡拉似乎还从未见过她的作品。可是，当初她们两人一起在D病房收集纸片的日子里，难免会碰上东一张西一张的黛博拉画作吧。当时黛博拉的画落到了卡拉眼里，卡拉却不太喜欢，因此心里有点内疚。必定是卡拉觉得有愧于自己的朋友，因此生了自己的气。所以，黛博拉下定决心，那就别让卡拉为她的艺术操心了。毕竟新世界中，可供两人同赏的风景是如此之多，又怎能全都看个遍？

上周六，黛博拉上床就寝前，还盼着跟卡拉聊聊新来的房客和女房东的女婿，随后，她便做了一个梦。

梦中是个冬季，正值夜晚时分。天空呈厚重的蓝黑色，点点繁星闪烁着微光。在狂风肆虐的洁白山丘上，雪堆投下的阴影被拉得好长好长。黛博拉在雪地上迈步而行，眺望着星星闪耀的微光和雪花闪耀的微光，她自己眼中也闪耀着冷冰冰的泪光。这时，一个低沉的声音问黛博拉：“星星既有光，亦有声，这一点你明白，对吧？”

于是，黛博拉凝神聆听，听见了星之声唱响的摇篮曲。群星齐唱之声是如此曼妙，她不禁流下了眼泪。

刚才那个声音又说："放眼瞧瞧吧。"

黛博拉便放眼向地平线望去。声音又开了口："瞧见了吗，那是一道拱，一段弧。总之，今夜正是一段黑暗之曲线。越过它，便是人类历史之曲线，每个生命都会化作从出生至死亡的一段弧。万千道弧线的顶点，便决定了历史之曲线，到了最后，便会决定人类之曲线。"

"我能不能见识一下我的那段弧？"黛博拉恳求梦中的声音，"我是否会化作时代洪流中的一笔？"

"你自己的，我不能给你。"声音回答道，"不过，就让你见识一下卡拉的一段好了。从这里朝下挖，就在积雪的深处，它被埋了起来，冻了起来……要挖得深一些。"

黛博拉伸出双手拨开积雪。寒意极为刺骨，但黛博拉十分卖力，仿若其中必有救赎。终于，她的一只手碰到了某件东西，她赶紧用力把它拽了出来。竟然是一块骨头，显得厚而坚固，呈又长又高又稳定的曲线状。

"这就是卡拉的人生吗？"黛博拉开口问，"还是她的创造力？"

"是她骨子里的真面目，尽管它被埋了起来，还冻住了。"

那个声音顿了顿，又补上一句："真不错……她这一段又棒又牢靠！"

黛博拉本来还想再求求那个声音，求它展示一下她的艺术究竟会在时光中划下怎样的一笔，可惜的是，她的梦已经渐渐远去了，星之声也越来越微弱，最后完全消失了。

次日早上，黛博拉依然清楚地记得梦中的场景。随后卡拉来找她，两人闲坐着聊天时，黛博拉只觉得有点神思不属，她的思绪仿佛依然系在昨夜梦中的漫天繁星上，她的双手仿佛依然紧握着一块又弯又滑的骨头。

"拜托，千万别生气哦。"黛博拉说了一句，接着就把昨夜的梦告诉了卡拉。当她讲到在雪地里动手开挖时，卡拉听得入了神；当她讲到挖出深埋的骨头时，卡拉插嘴道："那你有没有看见，它是个什么样子？！"每当黛博拉动一下身子，仿佛正从弯弯的骨头上拂开积雪，卡拉便也跟着动一下身子。黛博拉向卡拉讲起梦中弯弯的骨头是什么模样，又讲起梦中的声音说了些什么，卡拉流出了眼泪。

"依你看，是真的吗……你真觉得是真的吗？"卡拉问。

"反正事情是怎么样，我就怎么样告诉你。"

"不是你编了个故事吧……我是说，你真做了个这样的梦吗……"

"没错，我确实做了个这样的梦。"

卡拉抹了抹眼泪。"只是一个梦罢了，你的一个梦……"

"不管怎样，梦是真的。"黛博拉答道。

"是我永远无法前往之处……"卡拉沉思着说，"……是我永远无法承认的渴盼。"

等到黛博拉把事情讲完，"弗锐"开了口："一直以来，你总觉得你的画技是理所应当的，对不对？曾经一度，我不时会在病房报告中读到，即使有着种种不便与限制，你却想尽了办法去画画。你极富天赋，即使是在你病得最严重的时候。至于现在，你也亲眼目睹了其他没这么幸运的人是什么情形，他们并未蒙受创意的召唤，很难在创意之途上一路成长。之前，你不得不将一段健康的友谊埋葬在了遗忘中，又从你自己的记忆中活生生抹掉了某些洒满阳光的时光。依我说，这个梦正是为了提醒你另一种快乐：理解卡拉。世上或许会有不少对你心怀一丝丝妒忌的人……没错，没错，我明白，这听上去跟以前那套‘天之骄女’的说辞很相像，但其实并非如此。你把你自己身上这份多产的天赋视为寻常，可是，世上还有不少人愿意付出高昂的代价去拥有这种天赋。经由这场梦，你或许也悟到了几分，这算是世界的某种召唤吧。”

黛博拉听着“弗锐”谈起自己，却只觉得：听弗里德医生讲来，黛博拉的人生倒并不像是被诅咒、被毁了的人生。黛博拉与弗里德医生一起回忆着“业尔”世界昔日的呼号：“沉默之中，沉睡之中，‘甘侬’自召，永世不变。”曾经一度，它是对堕入地狱的人们发出的一声秘密召集令。也正因这一声召集，黛博拉将他们推上了毁灭之路，成了他们毁灭之路上的同谋。但时至今日，看上去，这个噩梦已经消散了。有没有可能，即使黛博拉触碰了某样东西，它们也能免于病变？有没有可能，黛博拉可以深爱而不施毒，见证而不惹祸？若是朋友有需，黛博拉又能否给出发自真心的证词？

第二十八章

随后数月，黛博拉画完了一系列钢笔画，又跟弗里德医生一起花了许多时间剖析了过往。随着人世在黛博拉眼前重新变得五颜六色，变得富有立体感，黛博拉逐渐悟出：可惜的是，唱诗班练习和缝纫课只怕都不足以支撑她的希冀。不管黛博拉显得多么讨人爱、多么理智、多么随和，她都始终是个“隐形人”。大家既看不见她的身影，也听不见她的话语。就算黛博拉深悉卫理公会的教会年历，熟知女子“祭坛团”的好几则八卦，她也永远看不透那一张张礼貌却又漠然的面孔，不过她倒是学会了在此类场所照搬对方的那副举止。越过约翰·斯坦纳谱曲的《七叠阿门》乐谱，黛博拉凝望着周日的教堂会众，不禁在心中暗自揣摩：他们是否曾经感谢上帝赐予他们心中之光，赐予他们步调从未乱过的日日夜夜，赐予他们朝天轻扬的火星，赐予他们与自然规律相符的寒冷与痛楚，赐予他们一双慧眼，让他们得以掌握自然规律从而有所希冀呢？他们是否曾经感谢上帝赐予他们一群朋友，赐予他们一群朋友，赐予他们一群朋友呢……他们是否明白，他们的人生是多么美好，多么令人艳羡？黛博拉越来越意识到一件事：她那为数不多的业余消遣，实在不足以让她验证或施展她对新世界脆弱的认同。

尽管黛博拉能读拉丁文，也读得懂一点希腊语，但她一直没有从高中毕业。黛博拉记忆中的高中，也差不多是四年前的事了——提起对高中的记忆，黛博拉恰似某个来自异乡的访客，难得光顾一回。她查阅了本地报纸，发觉她对人世和它的需求都知之甚少，不禁吃了一惊。黛博拉根本找不到一个可以申请的职位，哪怕是最简单的工作。毕竟这座城镇规模很小，节奏也慢，因此女招待也好，廉价商店的女店员也好，都用不着应付汹涌的人流。虽然此类职位并不要求应聘者的智商有多出众，但可惜的是，黛博拉的学历不够，申请不了这些职位。

有那么一段时间，医院并未向黛博拉提供任何帮助。该院的精神科医生们个个都是这座城镇的异乡人，再说了，他们也已多年没有琢磨过什么"熟练工"、"非熟练工"一类的事了。从弗里德医生的话外音听来，恐怕这个问题只能靠黛博拉自行解决。该院的门诊病人管理员也是同样的说法，但是，他立刻又补上了几句，声称他会去查看一番。两个星期后，门诊病人管理员将黛博拉叫回他的办公室时，他显得有点吃惊。

"我找好几个人聊了聊，"门诊病人管理员告诉黛博拉，"很显然，你必须念完高中，然后才能找到一份工。"面对黛博拉惊恐的神情，他又开了口："嗯……不如你先琢磨一阵……"

但门诊病人管理员并不知道，当天白天，黛博拉已经去看了一下这座城镇的高中。高中的校舍是几座宏伟而高耸的大楼，远在城镇的另一头。石头建筑酷似一只巨型恐鸟，体型大得根本飞不起来。或许，黛博拉必须去这所学校念书，当个学生吧。但偏偏几年前，她曾在一所类似的学校里受过创。当然，多年来，黛博拉的病早已在她的体内日积月累，但最后的一幕幕恐怖场景（黛博拉"断片"

的日子，或者黛博拉一次次突然跌入黑暗的“业尔”的刹那），却都是在跟这所高中的校舍大厅类似的某些校舍大厅里上演的。当初她周遭的一张张面孔，也跟如今这所高中校舍里的一张张面孔差不了多少。黛博拉尚未忘记，当初决意不再装作跟世人一副模样之前，她的内心是多么挣扎。她又想起当初内心那个不为人知的“日本战俘”——他身负未经治疗的创伤，而这伤又害得他落入了敌手。她想起当初暗地里死气沉沉的时光，想起自己一度脸戴无人察觉但却不堪重负的“面具”，一度在暗地里当着安忒拉贝、“审查神”、“众相神”及“深渊”的臣民兼俘虏。

尽管黛博拉让俘虏她的“业尔”诸神受了累，但她对“面具”的愿景也落了空——她本来还盼着，即使不惜一切代价，它终究也能让她跟世人上演一出合家欢呢。但到了眼下，黛博拉已经悟到当初的“代价”到底有多重了：在一个紧张又忐忑的小镇中，黛博拉未来的高中同学不仅会比她小上三岁，还会跟她相隔仿若光年的距离。她心里明白，如此一个世界，充其量也就像是一个无人区。即使黛博拉已不再属于“业尔”，她与人世之间也依然存在着骇人的疏离感。想当初，正是这种疏离感害得黛博拉日复一日痛苦地奔向另一个世界。无论有没有“业尔”，目前若是再重返校园，恐怕都已经太晚了吧。再操持起学年末舞会、拉帮结派、卷发器和班级徽章之类的事情，恐怕都已经太晚了吧。对于寻求归属的种种招数，黛博拉真是受够了。

“我已经年满十九岁……”她对着高中校舍开了口，“有点来不及喽。”说完，黛博拉便转过了身，在“业尔”的风中瑟瑟发抖——疾风呼啦啦地刮过了万丈隔阂，无论那隔阂是真是幻。

黛博拉对门诊病人管理员说：“我再也无法回到快乐的高中时代，回到在体育馆里打排球的时光了。”

“可是，除非你能有张文凭……”

“无人无所不能……”黛博拉答了一句。她又给门诊病人管理员提了个醒，声称刚才那句诗出自古罗马诗人维吉尔，但她心里也有数：管理员说的很有道理。

“不如你把力所能及的事情都列一下？”门诊病人管理员提议道。黛博拉看得出，此事纯属无用功，旨在打发她去“办点有用的事”。在黛博拉看来，这不就相当于一番垂死挣扎吗？管理员一心想要脱身，也不乐意受商业世界与谋生之道所困——黛博拉心里对此很有数，但出于同情，她只好乖乖听了管理员的吩咐。说不定，她确实能够从名单的某个词里挖掘出某种偏好、某种天赋或者某些真能派上用场的宝贝。于是它再度现身了——是那一丝丝“盼头”。从一朵小而弱的火花，它即将化作惊天火光。

黛博拉回到住处的小桌子旁边，落了座，在一张纸正中间画了一道竖直线，又在白纸的一头写下了“学识”一词，另一头写的则是“适用职位”。

学识	适用职位
1. 骑自行车	1. 乡村送货员
2. 熟记《哈姆雷特》全篇	2. 家庭教师，教授在校学生《哈姆雷特》
3. 可从沉睡中醒来且各项机能齐备	3. 守夜人

4. “脏话”词汇量极大	4. 语言顾问
5. 会一点点希腊语	5. （程度不足）
6. 会一些拉丁语	6. 家庭教师，向在校学习拉丁语的学生教授拉丁语
7. 具备冷酷的潜质	7. 职业杀手
8. 十年艺术家生涯	8. 并非天才——商业层面并不可行
9. 了解大多数精神疾病的方方面面；因曾亲眼目睹实情，故能表演得十分逼真	9. 演员（风险过大）
10. 不抽烟	10. 品酒师

黛博拉又把清单重写了一次，画掉了第四条、第五条、第七条和第九条。不得不把“职业杀手”一条画掉时，她感到格外心酸。但是，她心里也有数：她自己的四肢很不协调，动作又笨拙，职业杀手难道不该是精悍而又优雅的人吗？一直以来，黛博拉都缺“阿图麦”缺得厉害，因此她心中深悉，若是真当了职业杀手，那届时她下手的目标，死法必定十分不合她的心意。想象着自己竭力从某个重达三百磅的前摔跤手的尸体下爬出来，黛博拉顿时心下了然：看上去，第七条注定是没戏了。

到了次日，黛博拉将清单交到门诊病人管理员手中，但没等他读完就离开了。黛博拉的表现竟然如此不堪，就连安忒拉贝也很为他的女王兼受害者尴尬。至于“众相神”，则忙着乐滋滋地自命正义呢。实际上，黛博拉被人世给她的诸多选项吓得够呛。她的面前有着种种可能的未来，正如此刻她眼前的某条过道：它带着黛博拉离开了行政办公室，它是一段长路，路上每隔十英尺就有一扇挂着标牌的门——一扇接一扇尽皆紧闭。

“哎，布劳小姐……”这时，黛博拉身后有人喊道。应该是其中一名社工。（“对方想要干什么？我已经租到了一个房间，管房间的社工自此就免了吧。除非，哪位社工真有能耐让其他社工别再来管我。”黛博拉在心中暗自思忖。）“奥斯特医生跟我聊过你念高中的事。”社工开了口。就在这时，黛博拉体内的肿瘤突然渗出了血色，仿若血海般向上涌去，直到她的双眸泛起了火辣辣的痛。

“我早就应该想到。”这时，社工却已开口说道，“城里有个地方，说不定能帮你做好准备。”

“做好什么准备？”黛博拉问。

“考试的准备。”

“什么考试？”

“哎，高中同等学力考试。正如我刚才提到，似乎是个实用的法子……”社工用疑问的眼神打量着黛博拉。黛博拉想要告诉对方，肿瘤掀起的“血海”肆虐之时，她无法听见任何声音。除此之外，社工刚刚宣布的消息让黛博拉如释重负，一张脸登时变得雪白。可惜的是，正因为突然如释重负，她简直有点感到不适。

“换句话讲，我就不用再去市镇的高中念书了？”

“不用。我刚刚说得很清楚，城里有一所辅导学校——”

“也就是说，我有的挑？”

“你可以跟辅导学校聊聊各种可能性……”

“是要打电话预约吗？”

“嗯，你目前仍是个受监护人……”

“能请你帮我打电话给他们约时间吗？”

“可以，我可以代劳。”

“你能不能把他们的说法转告我一声？”

社工一口答应下来，黛博拉一屁股坐到了地上，遥望着社工迈步走远。肿瘤掀起的“血海”带来的痛楚正在渐渐消退，黛博拉心中的惧意却并未消失。“听听你的心声吧。”这时，黛博拉的耳畔忽然响起了安忒拉贝的声音，他边说边在她的身侧下坠。于是，黛博拉听见她的心正在怦怦作响，恰似风中一扇没有门闩的门。

“怎么回事？到底怎么回事？我明明真之又真，就在这里，就在刚刚！”黛博拉冲着“业尔”高呼。她眼前的景物顿时走了样，变得东一团西一团的，脑海中冒出的是某种古怪的“业尔”语，仿佛“业尔”语也为了保密变成了某种暗号。“为什么？为什么会出这种事？”黛博拉问。

黛博拉的问题打破了人世的寂静。她察觉到有人就在不远处，或许是奥斯特医生走出了他的办公室。只不过，黛博拉的听力也跟她的视力一样走了样，当她一头撞上某人时，她高呼了一声：“各种感官可不是各管各的！”

“她会不会动手施暴？”有人在问（不然便是类似的言辞，带着厌倦又气恼的口吻，从一片模糊中向黛博拉传来）。黛博拉本想开口回答，“对一座火山而言，动手施暴才符合自然规律”，但她根本无法与人交流。黛博拉的身侧和身后都围上了一团团模糊的身影，身影还有着一只只胳膊。随后她便踏进了钢制的病人电梯，被送到了D病房。一切又从头开始了。

等到黛博拉清醒过来时（又一次，又一次进了冷敷罩，又一次缠上了约束带），她朝着自己哈哈大笑，目光扫过身上所裹的冷敷罩。

“这一下，我算是明白了，真是冷不丁就变成‘下降期’，冷不丁就走‘下坡路’啊。这一下，我算是明白了，兰特美恩，你这可悲的神明。这一下，我算是明白了卡拉和多丽丝·里维拉怎么会累成那副鬼德行！”一声声刺耳而又痛苦的狂笑似乎撕裂了黛博拉的咽喉。

过了一会儿，昆汀·多布山斯基迈步进了屋，来给黛博拉测量脉搏。

“嗨……冷敷罩有用吗？”他嘴里问，心中琢磨着自己到底是该板起一张脸，还是该露出一脸笑容。

“嗯，反正我又看得见了。”黛博拉告诉昆汀，“也听得见了，还能说出话来。”

她向昆汀望去。“你还愿不愿意当我的朋友？”

“当然！”他的口吻很不自在。

“那就别强装脸色，昆汀，顺其自然就好。”

于是，他便依言露出了一副失望的神情。“只是……我一心盼着你好好地待在医院外面，开启新的人生，仅此而已。”

这时，昆汀的心中涌上了一股焦虑的痛楚：毕竟，他对黛博拉心存友善，黛博拉却偏偏是个“疯子”（尽管医生们曾经叮嘱昆汀，要称呼病人为“精神疾病患者”）。若是昆汀说错了话，或许还会让黛博拉变得更疯。据医生们声称，据昆汀读过的所有书籍声称，他不可以把话说得太死，不可以跟病人吵嘴，不可以表现出强烈的情感，而应该表现出快乐且乐于助人的模样。尽管手握一大把指导意见，昆汀却深知他可以打动黛博拉，因此他忍不住尝试，这种尝试让他对她心生某种感觉，而正因为这种感觉，黛博拉在昆汀眼中变成了一个有血有肉的人。黛博拉的相貌确实很普通，发如乱麻，但昆汀的长相也曾遭人嘲笑。再说了，昆汀也曾遭遇过重大的挫折，正如此刻的黛博拉。昆汀曾经出过一次车祸，事后，他遍体鳞伤地躺在一条路上，身边还躺着他的父亲。救援人员用一条毯子裹起了昆汀，把他送进了医院，正如黛博拉此刻被裹在床单里的模样。除此之外，昆汀还记得当初那段路。在疼痛来临之前，更难忍的是某种骇人的感觉，被压成一摊烂泥的感觉——身体也罢，灵魂也好。车轮转了一圈又一圈，昆汀的耳畔随之传来一声又一声低语："压瘪喽，压碎喽，压瘪喽，压碎喽。"至于后来的疼痛，倒是让昆汀诡异地感到了几分自豪。父亲之死，给昆汀留下了赤裸裸而真切的哀伤。断了的肋骨，让昆汀每呼吸一次，都活像是在死神脸上扇了一耳光，算是一种生存之痛吧。至于眼下，昆汀向黛博拉望去，思绪重又随着昔日的车轮转动起来，耳边仿佛听见一声声"压瘪喽，压碎喽，压瘪喽，压碎喽"——此刻的黛博拉，必定就是这种感受。

"想不想喝点东西？"昆汀问。

"不用了，谢谢。"

值此痛苦之际，值此害羞之际，值此等待之际（只等着两人眼睁睁地看见昆汀露出失望的神情，黛博拉露出惊恐的神情），昆汀与黛博拉互望着彼此，黛博拉忽然悟到：她的朋友昆汀·多布山斯基是一名男子，一名性感的男子，一名激情满满的男子。而就在此刻，朝着她内心空虚的回声之处，他仿佛发出了一声激情的召唤——直到此刻，黛博拉才察觉到她的内心是多么空虚。不过，就在她察觉到空虚的一刻，她也察觉到了某种渴求。那是某种漫长而强烈的渴求，已经晚了数年，黛博拉还从未尝过其中滋味。但是，有渴求，便相当于有能力。“弗锐”说得对，无论脑子秀逗与否，黛博拉都能体会到种种感觉。

她抬头向昆汀望去。他在门口停下了脚步，只等着给黛博拉打气，让她心怀希望。可惜的是，跟他想要展露的样子相比，他心中的希望本就没那么足。“你还得再熬上一个小时。”昆汀说。

“不要紧。”黛博拉深悉自己此刻模样颇丑，她可不想污了昆汀的眼睛（不管是他的双眼，还是他的心灵之眼）。于是她扭过了头，任由昆汀关上了房门。

这一回，取笑黛博拉的并非安忒拉贝，而是兰特美恩，有着一双冰冷蓝眸的“暗黑神”。“渔夫大获全胜，鱼在网中却不肯乖乖受死。鱼儿拍击船舷，鱼儿辗转求生，鱼儿深受失其本性之苦，而它正是鱼儿存活之本。鱼儿垂死挣扎，惹得渔夫甚是不悦，只想无视，毕竟鱼儿正是他的奖赏、他的胜利。对俗世来说，对我们来说，你便是这条鱼。再度死去吧，让一切回归原状。”

“难道你没看见吗！我已经不知道该如何‘再度死去’了！”黛博拉冲着兰特美恩嚷嚷。

当天下午，黛博拉回到病房后，一名护理员竟在护士站旁的一只烟灰缸里留下了一根尚未熄灭的香烟。黛博拉将香烟捡起藏好，带去了她目前所住的集体寝室。她眼下所住的床位夹在道本医生的病人玛丽与一位名叫安的病人之间。黛博拉坐在地上，躲在其他床位后方，审视着自己伤痕累累的手臂。被烫过的伤处只怕不会有什么感觉吧，再拿烟头烫它也没有用。于是，黛博拉拿烟蒂对准手臂的另一处，想要将燃烧的香烟在并未麻木的皮肉上摁灭。烟头越逼越近，黛博拉感觉到了它的暖意、它的灼热。毛发刚刚被烤焦，一阵火辣辣的刺痛便传了过来，黛博拉猛地抽开胳膊，不禁吓了一大跳。

"竟然是下意识反应！"黛博拉狐疑地冲着床栏说。她又试了一次，试了一次又一次，但无论换到胳膊上哪一处，她都本能地感受到一股火辣辣的刺痛。尽管烟蒂尚未挨上她的皮肉，黛博拉却不得不罢手。她在床腿上摁灭了香烟，用"业尔"语高声宣布："诸凡世界诸凡神魔：从今往后，黛博拉将不再以灼伤自残，因我似乎已经……"一时间，黛博拉深感恐惧而又深感快乐，已经流出了眼泪，"因我似乎已开始与人世紧密相连……"

到了要跟"弗锐"见面时，黛博拉一溜烟朝医生的办公室奔去，把陪同她的护士吓得够呛。治疗时间一开始，黛博拉就冲进了屋。"嘿！知道当你拿烟头烫自己的时候，会发生些什么吗？你真的会被灼伤，就这样！而且吧，还会带来一种灼伤的痛觉，就这样！"黛博拉说。

"你又拿烟头烫自己了？""弗锐"开口问。就在刚才，看到黛博拉的笑容，弗里德医生本也露出了笑容，这时笑容却消失了踪迹。

"我试过了，但我没有办到。"黛博拉回答。

"哦？"

"因为很痛！"

"哎，我真开心！"她们两人相视一笑。随后，"弗锐"发现了黛博拉身后的陪同护士，于是问起了原因，也得知了原因。护士出了医生的办公室，在外面等候，"弗锐"随即露出了询问的神情。黛博拉早已熟知弗里德医生的这副神色：曾经一度，它尚未露面，就已经害得黛博拉打哆嗦。

“以前，‘业尔’总会预先给我敲敲警钟……相当于解释一下为什么会出事……”黛博拉告诉弗里德医生。

“或许‘它’明白，你需要帮助。当时明明你只要求援就能得到帮助，但却偏偏不敢直接开口，生怕遭到拒绝。”

“可是，此次‘深渊’的降临来势汹汹，来得又很突然。如此来势汹汹又突然的话，我怎么能好起来？”

“阻拦你康复并投向世界的种种举动，目前只剩下最后一道防线。当然，你的病会垂死挣扎，总之能撑多久，它就撑多久。”

黛博拉把学校的事告诉了弗里德医生，又谈到了另外一件事：一想到要在空荡荡的小镇待上三年，她当时是多么畏惧，又是多么绝望。她还一度认定，沦为一名受害者，只怕是她黛博拉的命数。后来，黛博拉又讲起如何见到社工，如何听取了社工的建议，如何突然间顿觉释怀与希冀，社工的消息又是如何让她心潮起伏，一屁股坐在了地上，一时竟然不知所措。等到讲起后来业尔“深渊”又是如何降临时，黛博拉突然悟出，事情竟然起了点变化。“很有趣……的事。”她说。

“什么有趣的事？”

“曾经一度，‘业尔’才是合乎逻辑并易于理解之处，俗世却是一团混沌的乱麻。想当初，有好些套路可以帮我逃离俗世，虽然它们变得越来越复杂，但一直以来……总算有规可循……”

“嗯？”

“嗯，当我开始拥有这个世界时，‘业尔’仿佛随即宣称：‘那我们就走另一条路好了，管它是条什么路。’结果，当初人世无规可循的时候，‘业尔’便有千姿百态，‘业尔’便会讲究因果。但当人世摇身变得合理时，‘业尔’就变得一点也不讲理了。”

“说得对。”“弗锐”柔声道——每当弗里德医生想要规劝又不想透出一股火药味，她便会端出这样一副派头，“你什么时候能不再当这两个世界的‘墙头草’？”

“我还没有准备妥当！”黛博拉高声嚷嚷。

“没问题。”“弗锐”的口吻很和气，“但在你定下心不再当‘墙头草’之前，你永远也无法真正掌控这个世界，无法享尽世间的好处。”

恐慌之风顿时席卷了黛博拉，她的心随之怦怦乱跳。她默默地召唤着安忒拉贝，安忒拉贝立刻降临了，让她安下了心。“受苦吧，受害者。”安忒拉贝用熟悉的“业尔”问候语打了个招呼。

“难道最近你只有在受到威胁时，才会向我施以美好？”黛博拉问安忒拉贝，只等他露出挖苦的笑容。安忒拉贝却没有笑，反而有些退缩。

“可怜可怜我吧。”

安忒拉贝此举让黛博拉大吃一惊。“你因何受苦？”她问安忒拉贝。

“烈火焚身。”

“可是，火焰伤不了你一分一毫啊。”

“当你凌驾于人类火焰之上、不受人类火焰所扰时，我便也是一样。但既然火焰烧灼了你，它便也烧灼了我。”这时，安忒拉贝猛吸了一口气，他的火光映照着他的脸，黛博拉望见了他那朝天的面孔：

安忒拉贝的脸上竟闪烁着汗水与泪水。“噢!”她高喊一声，安忒拉贝再度向她扭过了头。

“瞧，你与我同甘，你与我共苦。我们乃同一声音，同一面貌。你总不会期盼，总不会想象，你跟世人会有如此同甘共苦的一天吧?”安忒拉贝说完做了一个指代“混乱”与“抛弃”的手势。在“业尔”语中，这个手势便意味着人世。

“你的心思又溜去哪里了?”“弗锐”问黛博拉，“带我一起去吧。”

“我刚才跟安忒拉贝在一起。他说得很对。人世或许确有法度，确有逻辑，尽管有时它危险而又扭曲。人世中也有挑战，还有一些我尚不知晓的知识要学，比如数学，这些知识‘业尔’的神明也教不了我，可是……”说到这儿，黛博拉的眸中忽然盈满了泪水，“又有哪里，能容我与世人分享?”

“你怎么哭了?”“弗锐”问黛博拉，口吻依然很温柔。黛博拉望了望对方，听出了她与弗里德医生惯用的剧本中的开场白。她又怎能不笑呢?

“总共十成，其中四成是自怜，三成是‘业尔’所谓的‘硬皮’，还有一成是绝望。”

“加起来也只有八成。”(依然是惯用的剧本。)

“还有两成杂七杂八的玩意儿。”

黛博拉与弗里德医生又笑了。“你看，”“弗锐”说，“你我之间的交流，也可以跟你与你的神明之间一样明明白白。我从不掩饰自己的本性，但有些时候，你会忘记一点：此刻我是，而且一直都是这个世界的代表，也是与你并肩争取这个世界的战友。”说到这里，弗里德医生擤了擤鼻子，仿佛是为了显示她是人世间多么典型的一员，“你所谓的‘硬皮’，又是怎么回事？”

“当初刚刚来到这家医院时，我并没有多么不开心。当时我什么都不在乎嘛，因此自有一种平和。然后，你让我在乎起来了，可是我刚刚在乎起来，‘业尔’就罚了我，让我很绝望。我向‘业尔’求饶，安忒拉贝却说：‘希望之果，已经被你从瓤啃到皮喽。’于是我暗自心想，那我总得活下来，目睹旧的果皮干枯发硬，最后被丢到一边吧。安忒拉贝时不时就搬出这则典故，等到我发觉自己重获了生机，真的有了活力，发觉自己跟世人本属同类时，我告诉安忒拉贝，我会好好嚼一嚼旧的果皮，嚼啊嚼啊嚼啊，直到从中品出美味。这次我重返医院，大家都对我很失望，安忒拉贝又说：‘硬皮磕牙得很啊，干吗不把它吐出来？’”

“你对此有何感受？”

“现在我可没办法停嘴不嚼，即使我似乎也没嚼出什么滋味。”黛博拉回答弗里德医生，“自从我有了跟世人一样的本能与下意识反应，依我猜，我就甩不掉它了……”黛博拉露出了羞涩的笑容，因为，此话无异于她在亲口承认：这一点很要紧，而且将来某一天，她说不定会因此遭殃。

“真希望我能告诉她……”“弗锐”在心中暗自思忖。可是，你又如何告诉某个生于沙漠、长于沙漠的人，在他目力所不能及的地方，世上还有着片片肥沃之地？于是，弗里德医生说：“你在病房里待得怎么样？”

“还用说吗，病人们一个个都很生我的气，工作人员也都有点失望。今天，我还要去见哈雷医生。”

“喔，有什么特别的事吗？”

“那倒没有……但我得托他转告社工一声，事情我还会接着办。假如社工提到的某家机构同意的话，我随时可以就位。”

取用清单

日期：九月三日

病房：D

患者：黛博拉·F.布劳

病房管理员：H.L.哈雷医生

日期：九月五日

时间：上午8:30

物品清单：

一条连衣裙，适合都市穿着

一双长筒袜

一双鞋

二十七个“夹式”卷发夹

一件大衣

一支唇膏

0.80美金郊区巴士票费（供社工及患者本人使用）

4枚城市巴士代币（供社工及患者本人使用）

上述物品将取自患者租住的房间

签名：

H.L.哈雷

第二十九章

神奇的是，黛博拉的需求居然已被世人看在了眼里。黛博拉发觉，她那所谓罕见的麻烦，竟然是个常见问题，常见到了已被写进某条规章的地步。假如能向本州教育理事会证明她已掌握了高中课程，黛博拉就能获得高中同等学力证书，用不着再在那所石头校舍的大型高中里熬上三年了。假如她能从那家医院出发，骑车两小时前往城里的补习辅导学校，再从城里的补习辅导学校骑车两小时返回那家医院，那在“永不”与“也许”之间，或许就能搭起一座更快、更保险的桥梁。于是，黛博拉一头扎进了功课中，充满怀疑又头晕眼花，好不容易站稳脚跟，又一头朝书海扎了下去，恰似一条鲸鱼潜入了海底，随后浮上来，呼吸一口，再一头扎进海中。尽管每天催眠般的四小时车程确实有点危险，但这场顽强的战斗偏偏又让黛博拉心生自豪，算是给了她急需的力量吧。她竭力应付着功课，也应付着每天花在路上的四个小时。随着时光流逝，补习学校的老师们也好歹让黛博拉把紧闭的心门敞开了一条缝。在从 B 病房前往补习学校的一个月里，天色未明，护士便已前来叫醒黛博拉了。每天清晨，趁着尚未起程前往补习学校，黛博拉会遵医嘱喝上一杯咖啡（算是药用）。她坚持清晨即起一周后，晚班护士索性自作主张给她加了餐，给了她吐司和一杯果汁。工作人员的额外关照表现出了一份尊重，让黛博拉感觉很自豪。除了格外出挑的几位，这家医院的工作人员常常都只肯照章办事，绝不多劳一分力，但最近一段时间，当黛博拉站在门口，手持她的晨间课本（课本可正是负责又理智的象征），只等某人用那把“疯人院”大钥匙给大门开锁时，护理员会对她说一声“再见喽”，甚至说一声“祝你过个愉快的一天”。

在工作人员的额外关照下，黛博拉不仅在病房里直起了腰，还有了些许地位。随后，黛博拉又搬回了她自己租住的房子。某次前往医院吃晚餐并进行治疗的途中，沿着路面，她投下了一道阴影。虽然暮色此刻已然降临了，但是，黛博拉又怎能投下一道如此之长的影子？正在这时，黛博拉猛然悟出，当初多丽丝·里维拉的病明明已经好得差不多了，衣兜里明明已经揣着自己的钥匙，明明已经足以投入工作，但在面对 D 病房那群眼巴巴又吓破胆的听众时，多丽丝·里维拉却为何要守口如瓶。如今的黛博拉也同样目睹到了一幕：每排除万难前进一分，她的影子便会被拉长一截。尽管人世一堵又一堵漠然的墙依然让她自感渺小，但在她曾经待过的那家医院，在那群希望破灭的病人眼中，她投下的影子却已仿佛大过生命。黛博拉重返医院之际，她的影子也随之摇摆得厉害。

某天，在跟“弗锐”进行了一次令人疲惫的治疗以后，黛博拉发觉，医院大厅里竟然聚集了一群人。她又凑近了几步，望见他们正在慢吞吞地扭动，恰似一群水下生物。在人群的正中央差点被挡了个严实的角色，正是卡洛儿小姐。黛博拉虽已投入了人世的怀抱，但她的一片忠心并未动摇，因此，她不得不把一声大笑咽回了肚子里。卡洛儿小姐，那位拿捏得稳力道、巧劲与准头的天才，那位曾经活生生抛出一张床的天才，已再度上阵！黛博拉有点纳闷：卡洛儿小姐是怎么溜出D病房的呢？卡洛儿小姐站在混战的人群中央，几乎一动也没有动，一人对阵五个护理员，引得护理员们互斗个不休。她低沉地嘟囔着，嘴里发出怒吼，恰似一台引擎，话音中还夹杂着长长的嘶嘶声和各种脏字。黛博拉从旁边走了过去，又抛下一句“哈喽，卡洛儿小姐”——但与其说黛博拉是在帮卡洛儿小姐，不如说她是帮了护理员一把。卡洛儿小姐从战斗中分神，朝着黛博拉露出了笑容。

“哈喽，黛博拉。你不是重回医院了吧，对不对？”

“嗯，那倒没有，只是来见医生，治疗一小时。”

“我听说，你是在家过的圣诞节。”

“没错……这次回家可要轻松不少，差不多算是很愉快。”

卡洛儿小姐炯炯的双眸顿时柔和了几分，她那硬邦邦的身姿和五名跟她缠斗的护理员仿佛顿时减了几分杀气，暂时停了火——虽然有点好笑，却也诡异地让人有点感动。这时，黛博拉与卡洛儿小姐面对着彼此，寒暄了几句。

“卡拉怎么样？你还跟她见面吗？”

“嗯，没错，卡拉拿到了她想要的那份工……嘿，难道多布山斯基真的跟我们医院男病患病房的某位护士结了婚？”

“对，是个学生护士。不过人家算是秘密结婚，因为她还在培训。这事没人知道。”卡洛儿小姐与黛博拉相视一笑，算是笑了笑偷听用的冷水管，笑了笑本院所有病房的“耳目”吧。

“大家过得怎样？”黛博拉问卡洛儿小姐。

“嗯，基本上都是老样子。李·米勒要去另一家医院了。西尔维娅倒是看似很有起色，虽然她还是死不开口。海琳又回我们D病房了，知道吧。”

“不……我还真不知道这事，拜托替我跟她问声好。朝她扔个什么东西，粗鲁一点，这样海琳就会知道是我。”黛博拉凝神审视着卡洛儿小姐。此时此刻，在那位掷床者兼古罗马诗人卡图卢斯之信使的脸上，在黛博拉那位谦逊又温和的老师的脸上，痛楚显得如此的赤裸裸，让人十分难以面对。“你还好吗？”黛博拉开口问，心知除此之外，再无须多说。

卡洛儿小姐用歉意的眼神望了望身边对她左拥右围的一帮人，仿佛这场面纯属她一不小心犯了个错，招来了一大帮护理员，害得她极度下不来台，她自己却跟这场面扯不上什么瓜葛。

“嗯……”卡洛儿小姐告诉黛博拉，“算是时好时坏。”

“要我给你带点什么吗？”

黛博拉深悉，卡洛儿小姐无法开口求人。但是，她盼着卡洛儿小姐能用暗语回答几句。黛博拉与卡洛儿小姐之间，一度有着某种对她们这类患者而言十分罕见的共鸣：某种心灵的共鸣，某种情感的共鸣。想当初，古罗马诗人贺拉斯的词句曾经从卡洛儿小姐的嘴里喊出，穿透了厚达两英寸的隔离室大门，飘进了某人心底的黑暗荒原，而它们并不仅仅是拉丁语，并不仅仅是言辞之美。

“哎，不用……用不着。”

正在这时，黛博拉猛然发觉，公共汽车马上就要出发了。“我得走啦……”她说道。

“好，那就再见吧，黛博拉。”

“再见。”黛博拉说着经过了卡洛儿小姐的身边。卡洛儿小姐的双眸再度冷酷了起来，她绷紧了身子。众人再度扭打起来，耳边又传来了机器轰鸣般的嗡嗡声。休战告停了。

黛博拉坐上了公共汽车，想起了卡洛儿小姐，忍不住有点发抖。究竟有多少人可以死而复生？D病房一众女病人中，其中有多少终将获得自由？黛博拉待在这家医院的三年中，诸多面孔来来往往，其中有不少在医院留了下来。离开的那些人中，大约四分之三已经转到了其他医院。也有一些病人，病情已经好转到了一定程度，过起了门诊病人的日子。其中究竟有几人真正出了院，有了生机，有了自由？只怕十个指头都数得过来！黛博拉只觉得瑟瑟发抖。今天晚上，恐怕不得不逼着自己埋头于书本了吧。

数月时光过去了，黛博拉的笔记本上写满了高中课程的知识。假如理智是以英尺 × 小时来衡量，那知识的衡量标准，应该就是黛博拉究竟背了几磅重的课本前去学校，又把它们带回了家吧。沉甸甸的课本给了黛博拉某种自豪感，仿佛有朝一日，她也会在人世占上些许分量，正如她怀中沉甸甸的课本。城里的补习学校主要针对有着阅读问题或语言障碍的儿童，但除了要坐在丁点小的廉价桌子旁边这一点，黛博拉倒是很喜欢补习学校。毕竟，她不必别扭地跟老师相处，不必摆出少年老成的派头，她可以独自用功，也不会有种不合群的感觉——这一切，都颇讨黛博拉的欢心。过了一阵，黛博拉的老师便夸起了她的韧劲儿。“稳步前进嘛。”老师们说。黛博拉真是开心极了。只有下午时分，重回自己租住的房间时，黛博拉才感觉人世让她心痛。回家的路上，公共汽车里充斥着环佩叮当、咯咯娇笑的年轻的高中女生与大学女生，黛博拉不禁发觉自己正在窥视某个世界，那个属于酷爱揽镜自照、弱肉强食、虚荣且心虚的年轻姑娘的世界——在这个世界中，黛博拉已屡屡碰壁。虽然黛博拉心中深知，这个世界看上去的模样比实际上要亮眼得多，但在这个世界的弃儿们眼中，它却依然闪耀着神秘的光辉。黛博拉不禁低下头，望了望身上的毛衣和校服裙：乍一看，黛博拉倒是跟她们差不了多少，但她却依然是个异类，是个装成年轻女学生的赝品。

“我又何异于那个世界？”“业尔”之中，爱达忒适时向黛博拉发问，“我轻裹面纱且莫测，我益处多多且多姿。若是你离开了我和爱你的兰特美恩，离开了与你自在同乐的朋友安忒拉贝，你又何处去寻如此之光？”

紧接着，诡异的是，补习学校几名老师的形象竟然出现在了“业尔”中，跟爱达忒搭起了话。

“你们也要加入‘众相神’了吗？连你们也一样？”黛博拉冲着几位辅导老师高喊。

“当然不是！我们要跟你造出的这帮怪物作对！”英语老师开了口。

“至于你，好好听着，”补习学校的数学老师对爱达忒说，“那姑娘很努力。她每天都带着削好的铅笔、穿着守旧的服饰来学校。在课堂上，她敏捷又听话，从不发疯。数学方面，她倒是算不上多么灵光，但她好歹为成绩下了苦功。这就是铁铮铮的事实！”

“你这话怎能算是‘天花乱坠’呢？怎能算是‘乌鸦洗白’呢？”爱达忒干巴巴地挖苦道（所谓“天花乱坠”、“乌鸦洗白”，皆是“业尔”语中对奉承话的一种隐喻，毕竟奉承话就爱胡吹一通）。

忽然之间，“众相神”的成员们一个接一个地在“中洲”现了身。其中一个手持小号，一个捧着小提琴，一个手拿一只鼓，另外一个则拿着手鼓。“我们要去舞会喽。”他们告诉黛博拉。

“什么舞会?”

“盛大的舞会。”

“何人出席?”

“你也将出席。”

“开在何方?”

“五大洲。”

“无论生病与否,”补习学校英语老师的身影告诉黛博拉,“无论生病与否,你都是舞者之一——难道你看不出来?”随后,在一张纸上,补习学校的几名教师与“众相神”勾勒起了“业尔”语中的隔阂之辞。用“业尔”语和英语,他们写下了那旧有的字眼:“你并非世人之一。”“你那一切旧有的现实,就摆在那儿。”补习学校数学老师的身影告诉黛博拉。

紧接着,他们将那张纸撕得粉碎,任它随风飘散了。

当天傍晚,在教堂里,黛博拉邀请跟她共用赞美诗集的女孩出去喝杯汽水。对方的脸色顿时变得惨白,说话也口吃得厉害,害得黛博拉很担忧:若是旁人见到这个场面,只怕还以为她说了什么上不了台面的话。一时间,黛博拉仿佛又活生生望见了许久以前的惊心一幕:《前进,基督徒战士》一曲正一步步朝昔日的小女孩黛博拉袭来。随后,黛博拉继续在唱诗班练习中唱着关于慈悲的歌,整个人却一点接一点重又变回了“透明人”。

“又是青春期?”“弗锐”问黛博拉,“要真是青春期,至少你会有长大熬过去的一天。可是,你还认为自己染毒吗?”

“不,只是很难一下子把旧有的念头全都改掉。一直以来,我都小心翼翼地对待我的‘甘侬’。对其他人那种纯洁的‘甘侬’,我还犯红眼病呢。想要一下子改变对所有事情的看法，不是那么容易的事。”

“可是，你还有朋友……”听“弗锐”的口气，倒像是在发问。

“在这座城镇，即使我跟人们并肩唱歌，晚间又去上课……大家也都无视我。大家的眼里，将永远也没有我这个人。”

“你确定，这并非你的个人心态？”

“相信我，错不了。”黛博拉轻声道，“倒也不乏亮色，但除了一两个来自这家医院的朋友，也就一星半点亮色吧。”

“那一星半点亮色又是怎么回事？”

“嗯，之前，我的房东太太在帮她的女儿照顾小外孙女。她的小外孙女才两个月大，而我的房东不得不出门一趟。结果房东太太到了我的房间，只说了一句：‘黛博拉，你愿意在我回来之前照看一下孩子吗？’说完她就出了门，就这样。我在小宝宝身旁坐了一个半小时，心中抱着一线希望，只盼小宝宝就一直保持这副样子——吸气，呼气，千万别在我的看护下丢了小命。”

“小宝宝为什么会丢了小命？”

“假如我这人果真只是一张面具，假如我这人的内心果真只有一线生机，烈火焚身时才自觉活着，但却没有……”

“告诉我，你是否爱你的父母？”

“那还用说，我当然爱我的父母。”

“还有你的妹妹，你其实从未谋害过的妹妹？”

“我爱妹妹，一直都很爱她。”

“还有你的朋友卡拉？”

“我也爱卡拉。”黛博拉随即哭出了声，“我也爱你，但我可没有忘记你的力量，你这老掉牙的心理垃圾桶！”

“不再背负那些老掉牙的臭垃圾，感觉怎么样？”弗里德医生问。

正在这时，黛博拉察觉到，安忒拉贝仿佛又在低吼。难道安忒拉贝、兰特美恩、爱达忒以及黛博拉在“业尔”中拥有的诸多美丽之处，都会跟“深渊”、“神罚”、“众相神”、“审查神”以及旧日现实中的一众祸患混为一谈吗？

“难道必须一股脑全部放弃？难道真要一样样集齐了再全部扔掉？”黛博拉问弗里德医生。

“难道你还看不出来，目前而言，这笔买卖怎么看也划算不了？”“弗锐”说，“你必须首先接受这个世界，不加怀疑地接受并全心投入……就当是信我的话吧。随后，根据你自己投身这个世界的成果，你再来掂量一下这笔买卖是否划算好了。”

“可是，‘业尔’的闪光点又怎么办？难道我再也不能想起兰特美恩了吗，那骑着黑马、如此黑暗的兰特美恩？难道我再也不能想起安忒拉贝了吗？难道我再也不能想起爱达忒了吗，那颜容不变、如此美丽的爱达忒？难道我不该再次想起他们，再次想起‘业尔’语中某些盖过英语的词语？”

“这个世界很大，可容诸多智慧。你为什么从来没有画过安忒拉贝，没有画过其他神明的画像？”

“嗯，他们属于秘密……你也知道，有规条禁止把不同的世界混在一起。”

“或许，是时候跟这个世界分享‘业尔’美好的一面了，分享‘业尔’迷人、智慧的一面。贡献，便等于投入。”

这时，黛博拉却望见，安忒拉贝正在他那火花闪耀的黑暗中加速下坠。爱达忒的泪滴是钻石，安忒拉贝的泪滴却是火星。黛博拉又望见，兰特美恩正目中淌血，恰似俄狄浦斯。不过，鲜血让黛博拉记起了些什么，她心不在焉地开了口。

“有一次，我去某位女士家里，发觉她家厨房水龙头中淌出的竟是鲜血。曾经一度，街上结着血块，人群变成了虫群。至少，眼下我再也没有遇到过这种事了。”

“噢，黛博拉！健康并不仅仅等于没病。我们两人如此努力，从来都不只是为了让你免于患病！”弗里德医生说道。

就在这时，弗里德医生再度在心中暗自期盼，仿佛她正试图向一名眼盲的病人证明光之颜色。若是黛博拉能够明白充满真实与经历的人生究竟是什么滋味，那岂不是再好不过！

“若是我给你一张兰特美恩化身为鹰的肖像图，或者给你一张兰特美恩的骑马图，你会把它看成我昔日的疯癫之举，还是某种‘贡献’？”

“那我得先瞧瞧再说。”“弗锐”答道。

“那好，也许我会开始敞开‘业尔’的大门。”黛博拉说道。

州教育厅

关于“高中同等学力考试”的通知

高中同等学力考试将于五月十日于县法院大楼内举行。

已注册考试的考生需填写并提交所附表格，并于五月十日（星期二）上午九点至县法院大楼内进行考试。若考生未能同时遵守上述两项要求，将被取消认证资格。

黛博拉将这则通知搁到了桌子的一头。桌子的另一头，则搁着安特拉贝肖像的素描图。刚才，黛博拉已飞快地从信封中抽出了通知，感觉有点讶异：它竟来得如此之快。她立即填写了所附的表格，又核查了两遍地址以确认无误，随后立刻出门把表格寄了出去，唯恐放错了地方，或者忘到了脑后。表格被塞进邮箱时，黛博拉才感觉到了一阵惧意。

此刻，黛博拉正坐在桌旁，竭力想要付之一笑，因为她深悉一件事：在内心深处，她是多么渴盼、多么激动啊。实际上，黛博拉真正感受到的是希冀，而非恐惧。现在再装作她与人世不容，恐怕有点太迟了吧。

在满心期待中，黛博拉熬过了考试之前的两周。随后，到了指定日期，她衣着得体地在考场现了身：来到老旧的县法院大楼，进了镶有护壁板又有股霉味的屋子。到考场里黛博拉才发现，好些考生都是一口气念完了高中学业——那是一帮粗手粗脚的工人，一个个汗流浃背、哼哧哼哧地埋头于书页之间，仿佛高中功课正是一块块花岗岩。黛博拉既吃惊又谦卑地发觉，尽管这群考生并未进监狱，并未精神失常，但不知出于什么缘故，却没有跟上这个世界的节奏，结果到了眼下，他们和黛博拉一样，都逃不过这一关了。谁能料到，麦克弗森昔日的警句今日便恰好浮现在黛博拉的眼前：全天下的苦，可不独独是黛博拉一个人吃了。等到了交卷的时候，黛博拉把她的试卷跟别人的试卷放在了一起，离开了考场，心里却有点拿不准自己究竟考得怎么样。

黛博拉已经跟补习学校说好，她会继续去上课，直到考试成绩公布。一方面是免得她自己瞎担心，免得她自己闲着；另一方面，也是唯恐考试没有通过，她不得不再次申请。那段日子堪称一锤定音之前的纯真时光。黛博拉继续埋头于学业，但却半点也不心急。她目睹卫理公会教堂前方那几棵刚刚吐翠的果树绽放出春色，凝望变幻的碧空，对杨树萌生了爱意。但凡电影院上映一部新片，她就去看上一场电影。也正因如此，黛博拉对《人猿泰山》的了解至少跟她对《哈姆雷特》的了解差不多吧。总之，她度过了一个月非凡而又闲暇的快乐时光。这段时光，黛博拉将它称作“童年”。

到了月底，黛博拉冷不丁收到了本州教育理事会的信。她已顺利地通过了考试，不仅足以获得官方颁发的高中同等学力证明，而且分数还高得足以让她申请任何一所大学。黛博拉打了个电话回家，自豪地将第二条喜讯告诉了父母，只觉得很开心。毕竟，父母的骄傲一刻虽然有所迟延，却终究并未落空。

“太棒啦！真是天大的喜讯！喔，等我给全家人通通打个电话！大家只怕自豪得不得了！”埃丝特说道。

与埃斯特相比，雅各布的反应堪称风平浪静。“……极度自豪，”他说了一句，“很棒，真的很棒。”听上去，他的声音似乎有点嘶哑。

高中毕业生黛博拉随即挂断了电话，刚才父亲可怜的自豪感害得她有些脸红。阳光依然遍洒了小屋，空气中依然弥漫着春天的气息——是树木吐翠的气息，是开花的灌木丛的气息，是湿答答、暖融融的土地的气息。黛博拉慢步走到了屋外，沿着道路绕过上了年头的天主教墓地，经过了汽车拆解厂，打算去城镇的高中，冲着窗户猛瞪几眼——她早就答应过自己，若是通过了考试，她就得演上这么一出。虽然现在也没什么乐子可言了，但好歹信守一下昔日的诺言吧。黛博拉迈步踏上了高中的操场，又绕过学校的巨型球场，球场上还有四名男生正在练球。忽然间，黛博拉觉得累极了，于是倚着球场后方的围栏坐了下来。

就在刚才，父亲为什么如此自豪，自豪得一副可怜样？没错，为了成功完成学业，黛博拉确实投入了全身心的力量。她是那么有毅力，奋斗到底。到了眼下，一切也终于画上了句号。可是这一切，其他人不早就不费一丝力气办完了吗，早在两年之前？此刻的黛博拉是个十九岁的高中毕业生，父母却还到处打电话向人报喜，把这则喜讯嚷嚷得传遍芝加哥。“不过，我也确实盼着这个喜讯！”她用“业尔”语悄声告诉自己，忽然间觉得有点无助，向围栏转过了身。

学校的球场中，男生们正在奔跑，黄昏的魔力让他们个个都变出了长达十英尺的影子。夕阳之下，他们显得如此年轻，如此强健，如此金灿灿。黛博拉用尽了一身的力气和一身的毅力，才走到了他们悠悠然便已走到的这一步。黛博拉与他们之间的那堵墙，此刻分明依然伫立，未来也将永久伫立。时至今日，黛博拉的眼神倒是能够穿透那堵墙，望向人世的无垠之美。可惜的是，光是好端端地活着，便已耗尽了她的力量。

球场对面，两个在阳光下闪耀的身影正漫步而行。其中一个是苗条的年轻女孩，显得优雅而又天真，正跟同行的男孩十指相扣。男生的夹克松松地披上了女生单薄的双肩。两人绕着球场慢吞吞地朝前走，经过了黛博拉的身旁。他们停步了好几次，要么玩闹一会儿，要么说上几句话，两人都笑出了声。男生探身过去，用鼻子蹭蹭女生扎起的秀发，或者蹭蹭女生的脸颊。

恰似一名“疯子”，黛博拉高声自语起来。“这种场面，只怕永远也落不到我身上。”她宣称，“不管是抗争、学习、工作，还是苦熬，只怕都无法让我得以与世人同行，无法让我得以与世人十指相扣。”

“很久以前，卡拉就告诉过你了。不管是你的学业，还是你的工作，总之都一样。反正就是‘早安’、‘晚安’呗。”在围栏处，兰特美恩对黛博拉说。

“昆汀倒是会给你喂水，用喂食管给你喂水。可是，昆汀永远也不会伸手轻抚你的脸。没有一个人……没有一个人……”安特拉贝补上一句。

此刻，暮色已然降临。黛博拉缓缓站起身，朝城镇走去。汽车拆解厂的场院中，教堂唱诗班的众人似乎纷纷露出了面孔，正在向黛博拉叫板。“早安。晚安。”他们说——他们的嘴里，从未念过她的名字。

“我曾怀揣着希望跟你们一起歌唱，一起缝纫，谁知道我站在你的身边，你却根本不记得我是谁。”到了那片天主教墓地，“业尔”诸神纷纷现了身，安忒拉贝在黑暗中遍洒着火星，兰特美恩发出犬吠般的咆哮，“众相神”也再度亮相：“加油啊，懒丫头。努力啊，笨丫头……永不……永不……永不……”

“我的成功，明明就来之不易！即使在生病期间，我也没有缺席，每天都很清爽、准时、清醒地露了面。”黛博拉向“业尔”诸神哭诉，“我是有点自尊心的……”可惜的是，黛博拉的声音却淹没在“业尔”诸神的哈哈笑声中。她呼喊着安忒拉贝，朝“业尔”之中张望他那流火的踪迹，谁料却只听见他在发笑，发出一阵无情而又空洞的笑声，流露出极度的蔑视。这时，带着声声狂笑，安忒拉贝一闪而过。冷不丁地，安忒拉贝的身旁还冒出了另一抹身影。黛博拉认得出来，这个身影，多年前她曾在一本书中见过。那是外祖父书房里某本被忘个精光的书，一本有着版画的书，一本早已不再流行的书，但它也一度是所谓“书香门第”的必备品。那本书，正是弥尔顿的《失乐园》。想当初，靠着所谓“原创”的绝妙构思，黛博拉造出了一个永堕火海的神明，但他不正像是弥尔顿书中的撒旦吗？毕竟，在外祖父的大宅中，黛博拉曾千百遍凝视过书中的插图。当初的九岁小女孩，曾经品味着书中雷霆万钧的词句，虽然她并不记得她曾读过那些章节。而她那双画家的眼睛，也凝视着版画中的一个个天使，观察着精雕细琢的线条——正是这些线条，给书中的天使赋予了立体感。于是，当初一心向往秘密国度的九岁女孩便巧妙地从书中窃取了大天使的形象，将之放进了她所创造的世界，变成了它的首位居民。换句话说，就连安忒拉贝也并非出自她黛博拉之手！

一幕幕景象之后，喧嚣正愈演愈烈。“你将一事无成！……你将就地一躺！什么也没有！学习也好，工作也罢……总之什么也成不了！”“众相神”咆哮道。

黛博拉沿着道路进了城镇，穿过街道，“业尔”诸神却一路在她的身旁嘶吼着。黛博拉的双眸渐渐失了神，她一心倾听着“业尔”的声音。她经过教堂，经过每周三与每周四她会来唱歌的地方，“业尔”诸神却嘲弄起了她父亲刚才嘶哑的声音。她经过条条熟悉的街道，“众相神”却取笑起了昆汀的笑容和刚才球场上亮闪闪的几名男生。现在，黛博拉已经快要走到那家医院了：车辆拐弯处的两盏灯，她还认得出来。黛博拉迈开脚步朝前走，仿佛只是出于惯性，仿佛她已十分盲目。“业尔”的“深渊”正等候着她。可是，也等不了多久了。黛博拉只觉无比心惊。她马上就会看不见，听不见……什么也没有。她抬腿迈上台阶，走到了医院门口。她伸手推开了医院大门。拜托，务必有人在啊！她进了医院，有人说道：“哈喽，布劳小姐。”紧接着，又有人问：“你没事吧，布劳小姐？”黛博拉却只能做出一个举动：比画了一个手势。这时，尽管某个“业尔”神明正在扯开嗓子厉啸，黛博拉却也听到了别的声响：是三声用于示警的警铃，嘟嘟嘟。“深渊”降临了。

又一次，黛博拉重新回到了那不变的起点，一颗受惊的心正渐渐平复下来。但她毕竟还活着，她胸中张狂的心仍在怦怦地跳动，因此，她开始在冷敷罩中挣扎，只盼能害得自己筋疲力尽，一命呜呼。她终于累了，可惜死神却偏偏要跟她作对。过了一会儿，多布山斯基再度出现在了屋里。这一次，他倒是小心地绷着面孔，除了医院员工那副木然的神色，没有流露出一丝表情。教科书算是赢了吧。

“现在你感觉还行吗？”他问黛博拉。

黛博拉累得厉害。“应该是吧。”

“我们不得不打了个电话给你的房东，告诉她你今晚恐怕不回住处，会待在医院里。你的房东太太很担心你的学业，所以带着你的课本和几件衣服到医院来了。她真的很关心你。”

“她是个好人。”黛博拉说——黛博拉说的是真心话，但她也暗自盼着：若是他人的美德不会变成一副重担压到自己的身上，害得自己受累，那该有多好。接着，她便又恭喜昆汀“秘密”地结了婚，结果她眼睁睁地发觉：昆汀费力地想要板住脸，不流露出一丝惊讶的神色。

等到昆汀和小克利里把黛博拉从冷敷罩里解开以后，黛博拉穿上破旧的病号服，慢吞吞地出了屋，走进病房。跟平素差不多，眼前是一张张空洞或者带有敌意的面孔——毕竟，见到某位昔日的病人又在医院现身，难免让人惊骇。眼下正值黄昏。看来，昨天下午与今天上午的大部分时光，已经从黛博拉身旁白白溜走了。病人们刚刚领了各自的晚餐餐盘，道本医生的病人玛丽正待在角落里，冲着晚餐念念有词；卡洛儿小姐或许又已经进了隔离室；至于海琳，她看来是躲着不想见黛博拉了，应该是出于怨气、嫉妒……和友谊吧。黛博拉坐了下来，眼神落在了晚餐上。她只觉得很心痛。

冲着餐盘中微温的饭菜，黛博拉叹了口气。但就在这时，道本医生的病人玛丽却突然站起身，扬手扔出了咖啡杯和小碟子。咖啡杯和小碟子狠狠地击中了黛博拉的头。她扭头面对着玛丽，发觉玛丽竟没有一丝动容，仿佛根本不知道自己下了什么毒手。护理员随即走了过来，对玛丽和黛博拉都端出了凶巴巴的架势。其实，护理员拿不准究竟出了什么事，虽然事发期间他一直坐在一旁，但他偏偏当了“睁眼瞎”，因此有点内疚。黛博拉轻抚着湿漉漉的头发，猛然记起了多年前相似的一幕——当初她也做过类似的手势，就在几年前海琳用餐盘袭击她以后。那仿佛已是好多好多年前的事了。

黛博拉再度端详着D病房中的一张张面孔。她在医院现身，显然正害得大家为心中的一丝“盼头”苦苦挣扎。就在这时，黛博拉猛然悟出：此刻的她，正是昔日的多丽丝·里维拉，不仅是希望与失败的活生生的象征，也象征着病人们是多么惧怕自己与她身上的韧劲，那种百折不挠的韧劲。除此之外，黛博拉还悟出了另一件事：说到她到底为何会碰壁，她恐怕永远也无法向面前这群病人解释清楚，尽管她们急需弄懂是怎么回事。她恐怕也永远无法向面前这群病人解释清楚，她为何要一次又一次地重整旗鼓，踏进这家医院外面的世界……在某种程度上，现实正如“业尔”，也是一个私人国度。意义之维度，实在难以向他人言明，尤其是在遇上某种情形时——简化或抹杀意义，本就是对方的生存之本。就在刚才，玛丽的咖啡杯和小碟子狠狠地砸上了黛博拉的头，玛丽的一腔怒火与惧意都赤裸裸地落在了黛博拉的身上，黛博拉也顿时看清了真相：她刚刚才向父母公布了一则喜讯，刚刚才伸手挂断了电话，为什么痛苦便随之降临了呢？真相是，终于，“业尔”正在逼她做出抉择。随着黛博拉成为人世的一员，随着黛博拉成为一个拥有当下与未来的人，一名牛顿拥趸，一个因果论者，抉择已经到了最后的关头。它的到来，伴随着痛苦与暴力，伴随着熟悉的“深渊”之怖，仅仅是因为黛博拉依然是个生手，分不清她到底是遇上了问题，还是她的病引起了症状。于是，她的病将她领回了安全之处（黛博拉仅有的防御与力量，也正是源自她的病），让她得以做出抉择。此时此刻，真正选边站的时候到了。

晚餐的餐盘被收拾干净以后，黛博拉向人问起了她的课本。护理员取来课本，交到了黛博拉手中，带着些许尊重。应该是对课本代表的一切的尊重吧。黛博拉翻开了第一本。

“若为等边三角形，则其 AB、AC、BC 三边所对之三角大小相等。”

“你个臭婊子！快放开我！”集体寝室传来了一阵动静。

“你并非世人之一。”安忒拉贝悄声道。

“我正是世人之一。据‘弗锐’声称，你也算是我对人世的某种贡献，可惜我还不太拿得准。”黛博拉告诉安忒拉贝，“我得学一学。接下来，或许……”

“若一条直线将一个80度角分为两角，则两角之和为80度。”

玛丽的声音传来：“我有点好奇，难道精神错乱真会传染？说不定，这家医院还能把我们卖去提取抗体呢。”

“你真不打算留下我们对付你的‘硬皮’吗，某飞鸟？”

“我只能放手了。我将与人世同在。”

“可是，人世无序又野蛮……”

“即便如此。”

“别忘了你自己的童年，别忘了希特勒与炸弹。”

“即便如此。”

“别忘了世人那木然的面孔，别忘了那些证明你心智健全的文件，别忘了你是如何渴求与世人携手同行的。”

“无论如何。无论如何。”

“我们可以等，等到你召唤我们……”

“绝不召唤。我将与人世同在。全副身心。”

“再见，某飞鸟。”

“那就再见了，安忒拉贝。再见，‘业尔’。”

“在诸多特定方面，技术上的进步影响了西方的扩张。”

康斯坦蒂娅的声音传来：“你们难道看不出我有多难受吗？你们这群该死的猪猡！”

“炸药的问世，使得铁路连接两岸成为可能。”

“我乃退位英国国王爱德华八世之秘密首任妻室！”

“詹娜又抓狂了。赶紧去叫埃利斯，我们最好先备好冷敷罩。”

“对现代工业社会而言，铁路与摩尔斯电报机都维持着不可或缺的联系。”

“全副身心。”黛博拉说。

后 记

当我于1951年离开医院时，我最不情愿做的一件事，只怕就是书写精神疾病了。其污名是如此之巨。若是既要谈起我多年来与现实隔绝一事，又想要保持"正常的"社交生活的话，撒谎似乎是唯一的选择——而我对"正常的"社交生活无比向往。当时我尚在接受治疗，但我也在上"普通教育发展证书"（GED）辅导班，随后，我便开始上大学。刚开始学了两门课，最终则是完整的课程项目。在学习如何驾驭一个我从未真正体验过的世界期间，我曾两次短暂地返回医院。我找到了暑期工作、约会、订婚、遭弃、哭泣，为自己过上正常生活感到自豪，其间一直在住院事项上瞒天过海。就连我的未婚夫也并不知晓我多年患病的事。如今看来，当初竟然没把我一生中最重大、最重要的特点告诉任何人（无论是朋友，还是我的第一任或第二任未婚夫），简直是一件难以设想的事。

到了大学四年级的时候，我有了良好的成绩，有了一些不错的朋友，也刚刚第二次订了婚，订婚对象是一位核物理学家。我的某位普通朋友是个心理学专业的研究生——为人热情、有点散漫、才华横溢。我一度为他下厨，直到我发觉他并不在意自己吃些什么。当时他被我的一名熟人所吸引，对方的目光却被他那不搭调的衣服与乱蓬蓬的头发拦住了。"替我美言几句吧。"那位朋友动不动就说。

于是我照办了，但结果似乎没什么区别。当时，那位朋友跟另外四位已从大学毕业的男生住在一所宅邸中，他邀请了女方去吃晚餐。“我自己一个人去的话，会觉得很怪。不如你跟我一起去吧，局面就会容易些。”女生告诉我。当时正值春假初期，我们去了位于某居民区街道上的男生宅邸，见到了帮忙下厨的三个人。可想而知，那顿晚餐，正是某些对美食并未格外偏爱的男人的手笔。

不过，当天的谈话倒是活泼、有趣而又轻松。无人需要证明些什么，我曾从未婚夫及他的小团体中留意到的某种自得和争强好胜也并未出现。我还从未感到如此惬意。某位名叫阿尔的研究生聊起了他的工作。他是某家退伍军人医院精神病房的夜班护理员，该医院位于亚伯拉罕·林肯曾经的夏季宅邸中，由修女担当工作人员，该医院的病人大多数经受着慢性酒精中毒和轻瘫的煎熬。阿尔提到了我的医院，声称他曾考虑过去那家医院工作，偏偏该医院并不治疗酗酒人士。我便说，其实该医院也治疗酗酒人士。“嗯，”其中一名男生便问，“你是不是在那家医院工作过？”我思索了片刻——思考着我在这群人中感觉是多么惬意，以及突然间，我对之前的谎言又是多么反感。这群人值得坦言相待吧。于是，我便说道：“不，我曾是那里的病人。”沉默了片刻，阿尔开口说：“那他们成绩斐然哪。”紧接着，大家便又继续聊起了天。我很喜爱阿尔的勇敢，但我也心中有数：我给自己贴上了标签。因此，当他问起他是否可以给我打电话时，我吃了一惊。那是三月的事。到了九月，我们结婚了。

1960 年，在阿道夫·艾希曼的审判之前，心理学家布鲁诺·贝特尔海姆为《哈泼斯杂志》写了一篇题为《被忽视的教训：安妮·弗兰克》(“The Ignored Lesson of Anne Frank”)的文章，让我无比震惊。他声称，当初犹太人有着死亡之愿，并消极地走向灭绝。在某次新年派对上，我缠住一位名叫沃尔特的幸存者不放，追问他此事的真假。他答道：“哪来的这种说法？第一，当初我们上哪里去找抵抗用的枪？第二，毒药明明已经在那儿了，就等着用在我们身上呢。第三，带着一大堆孩子和老奶奶，你又如何逃得掉？又有谁会冒着丢掉自己性命的风险收留你？”

“他怎么会写这篇文章呢？”我问道。沃尔特耸耸肩膀说：“当你有某段无比非同寻常、无比痛苦的经历时，你要么改动它，要么就把它忘个精光。我就已经浑然忘掉了做奴工时的细节。我明白当初我在哪里，做了些什么，但我把与其交织的感觉抛到了脑后。他恐怕是改动了自己的经历吧，使之符合他对自身目前处境的理解。”突然间，我冒出了一个想法：“我还没有忘记我自己的经历……我最好是把它写下来，趁我还没有把它改动得太厉害。”不过，我并不愿意写一个案例研究。

自从在美利坚大学修历史课以来，我就对1190年的约克大屠杀产生了兴趣。在阿尔伯特的鼓励下，我写了一本关于此主题的小说《国王的臣民》，后于1963年出版。它向我证明了一点：我可以让历史重获新生。在经历了极端状态的心理挑战与十年治疗之后，我有些好奇自己是否能够将个人经历演绎成小说。随后，1964年，霍尔特、莱因哈特 & 温斯顿出版公司便出版了《我从未许诺你一座玫瑰园》。

将它写成一部小说，让我得以客观地看待它。我与丈夫和两个孩子在山中过着与世隔绝的日子，我家没有车。我也需要在我自己与那些年之间营造一个空间。这本书我是用笔名写成的，因为我母亲给了我建议，以便保护我的家庭。但在照办之前，我还想测试一下这个主意。

阿尔伯特是一名心理学家，在科罗拉多职业康复部工作。那里的咨询师们有来自监狱、精神病院和中途之家等处的客户，应对着各式各样的精神疾病。某天傍晚，我邀请了一些咨询师，晚餐后我问道："你们现在打交道的精神病患者，他们能够治愈吗？"那些咨询师摇了摇头。"病情有所缓解，"其中一位回答，"或许症状稍有减轻，但具有不确定性和暂时性，随时可能恢复原状。当然，属于逐步发展，无法治愈。"假如连训练有素的专业人士都有着这样的感受，那我的邻居们又会有些什么感受？他们会不会等着我被某样点火索"点着"，比如提到了鞋带，或者提到了星期二之类的？我们有个患有癫痫的儿子。污名已经够重了。因此，我同意了使用笔名。就用一个尽可能相似的假名吧：汉娜·格林。

我原本还梦想着重新找回作为"汉娜·格林"的那个自己，没料到过了六七年，却还是没能逃过一劫：另一位汉娜·格林出现了，她的故事发表在了《纽约客》上，随后她又出版了一本出色的小说《家中逝者》(*The Dead of the House*)。我开始收到一些费解的粉丝来信，她则被当作精神疾病患者获得了一次免费的住院治疗。(顺便说一句，我们两人被弄混的情况一直持续着，直到我从维基百科获悉，我已去世。)当我从我的朋友约翰·威廉姆斯(我深为钦佩的一名作家)处得知另一位汉娜·格林的事情后，我给她写了一封信，告诉她：我接下来着笔的所有书籍，将不再用"汉娜·格林"这个名字，世上绝不会有什么"玫瑰园之子"或"玫瑰园之新娘"。我告诉她，很抱歉我之前的行为打扰了她。她邀请我前往她在纽约巴罗街的住所见面，我们共度了一个愉快的下午。自此之后，我便用自己的名字出版了十六部小说和四部故事集。

污名虽犹在，但时至今日已得到了非常大的改善。人们书写着他们在医院内外的极端精神状态经历，也在通过各色途径和各种治疗方法寻求帮助，我已收到他们之中许多人的来信。美国各地都在涌现“听声网络”（Hearing Voices Network）和“突破”（Breakthrough）这一类的团体，其中不少团体的创始人或员工便是一度患有精神疾病的人士。另外还有联合团体，此类团体服务的接受者也会提供援助，且在董事会上担任职务，而我也帮助资助了其中某些团体。

我的故事绝非独一无二。我们之中超过三分之一的人在未经特殊治疗的情况下得以完全康复，还有许多人通过各种治疗和途径得以康复。但是对精神疾病患者的主流观点，却落在那些尚未找到合适的治疗方法或战胜恐惧、孤独与痛苦之途的相对少数的人群上。我们不知是什么导致了严重的精神疾病，也不知是什么治愈了严重的精神疾病，但我们所知的是，知识搭配上同情心和信任，取得了诸多成功。

随着污名的进一步消散，随着越来越多的人（包括名流在内）公开他们的挣扎，治疗极端状态的机会将会有所提高，一系列疗法与干预也将给予我们自由，而自由，正是心怀勇气之奖赏。

乔安妮·格林伯格